英雄はアンブロシアを喰む 上

Minami Kotsuna

小綱実波

Ruby collection

Contents

登場人物紹介

イーサン・ダニエル

VIP専用ボディガード。
ギリシャ彫刻のような美貌の持ち主。
とある使命を負っており、
藍を翻弄するが…?

真宮 藍

俳優。祖母がギリシャ系
アメリカ人のクォーター。
十代半ばで時を止めたような容姿に
コンプレックスを抱いている。

ニキアス

クロノキアの神子にして王。
狼神を父に持つ半神。
滅びゆく国を救うため、
『英雄の果実』を取り戻すべく異界に渡る。

ユーニス

クロノキアの青年神官。
道中、藍と悠斗の世話をする。
お喋りな性格で、
藍たちを戸惑わせることも。

カイロス

序列第一位の国
イレクトロンの神子。
ニキアスとは旧知の仲だが、
現在は微妙な距離を取っている。

清岡悠斗

ドームツアーを控える人気アイドル。
藍と同じく撮影のために
渡米するが、界渡りに
巻き込まれてしまう。

シメオン

神殿兵士。髪も肌も真っ白で
優美な印象の青年。
戦闘に特化したセルジオスよりも
世知に長けている。

セルジオス

神殿兵士。浅黒い肌の青年。
クロノキア神の眷属である
神狼と人間の乙女の間に
生まれる。戦闘に優れている。

英雄はアンブロシアを喰む　上

ニューヨーク

七年ぶりのニューヨークは、なつかしい匂いがした。

「いやあ、藍《あい》くん。マネージャーの僕にもビジネスクラスを用意してくれるなんて、やっぱりアメリカのエンタテインメント業界はスケールが違うよね！」

「はは。水地《みずち》さん、その話もう何回目だっけ？」

空港で拾ったタクシーは渋滞に捕まることなく、順調にマンハッタンを目指している。マネージャーの水地は、初めて乗ったビジネスクラスに興奮しっぱなしだ。

「たしかに、俺みたいな無名の俳優にもビジネスのチケットを用意してくれるなんて、さすがアメリカ。本当にありがたい話だよね」

水地はあわてて首を振った。

「ごめんね。うちの事務所はビジネスクラスなんて用意できないから」

わかっている、と藍は笑って頷《うなず》いた。

真宮《まみや》藍は俳優だ。大学在学中に水地にスカウトされたことがきっかけで、芸能界に飛び込んだ。映画を中心に活動しているが、世間的にはまだそれほど知名度は高くない。

今回、藍は世界的な映画監督ホセ・フェレールの目に留まり、オーディションで見事役を獲得すると、撮影のためにマネージャーの水地と二人で渡米した。

「高待遇を受けると、むしろ不安になるよ。期待が大きすぎるっていうか、本当にこの役をやりきれるのかなって」

「藍くんの演技も英語も、フェレール監督に絶賛されていたじゃない。今回の役は君にぴったりなんじゃないかなあ」

「大人の役じゃないからね」

「またそんなこと言って。大丈夫！　藍くんはとても綺麗《きれい》で格好いいよ」

藍の懸念を一蹴《いっしゅう》するように、水地は力強く断言する。

「はは、ありがとう」

藍は面映《おもはゆ》げに笑った。五年前、水地が街で一目惚《ひとめぼ》れしてスカウトしただけあって、藍は人目を引く甘く端整な顔立ちをしている。当時藍は、都内の大学に通う学生だった。スカウトされるまではまったく演技の経験もない素人だったが、本格的にレッスンを受けてみれば、幸いなことにセンスも悪くなかった。

この容姿とセンスがあれば売れると、事務所も力を入れた期待の新人だった。しかし、藍はいまだに主役を射止めることもなく、デビューしてから四年が過ぎた。

「今回は、藍くんのミックスっぽい容姿が、フェレール監督の脚本にはまったんだと思うよ」

藍の祖母と母はアメリカ人だ。白い肌と細く整った鼻梁《びりょう》、そして平行二重の大きな目が、ミックスであるルーツを感じさせる。身長は百八十センチを超え、頭が小さく肩幅もしっかり張って、手足もすらりと長い。天然の黒髪は柔らかく波打っている。瞳《ひとみ》は一見ブラウンに見えるが、明るいところでよく見れば、アンバーとグリーンが混ざったアースカラーであることがわかる。

　車窓から大きな橋が見えてきた。あの橋を渡れば、マンハッタンに入る。

「ねえ、藍くん。今回も十代の役だってこと……やっぱり気にしてる？」

　水地の問いに、藍は車窓の景色を眺めながら頷いた。

「ちょっとね。俺ももう二十五歳なのに、これからもずっとこうなのかなって」

「うーん。最初に会ったときも高校生だと思ったから、年齢を聞いて、僕もびっくりしたんだよね。すごく若いなって。でも、いまもそうだね……うん」

　水地が口ごもったのには理由がある。

「いまだに高校生みたいな見た目だって言いたいんでしょ。俺もわかっているんだけど、なんかうまく年を取れないんだよね」

　藍は自虐的に笑った。水地も否定できないのだろう。

「五年前から、ほんっとうに藍くんは変わらないからなあ」

　容姿にも演技力にも恵まれた藍がいまいち売れないのは、外見の異様な若さのせいもある。二十五歳にもかかわらず、演じられる役柄が少年の役に限られているのだ。

　藍のすべて――赤子のように薄く繊細な肌質や声質、醸し出す雰囲気のすべてが、まるで十代半ばで時を止めたように清らかさを保っている。高校生役や大学生役をなんなくこなす女優でさえ、藍の隣に並ぶと実年齢が透けて見える。実際に女優の中には、藍と並んでカメラに映ることをあからさまに嫌がる者もいた。

年を取らない、ではなく、年を取れない。それが藍の最大の悩みだ。

「これからもずっとこんな感じなら、もう役者を諦《あきら》めたほうがいいのかな」

「もう！　いい仕事が獲《と》れたばかりなのに、そんな弱気なこと言わないでよ！」

「いてっ」

水地が藍の太股《ふともも》をペシッと叩《たた》いた。

「若見えするのは悪いことばかりじゃないよ」

「そうかな」

「そうだよ！　そのおかげですごいチャンスが来たじゃないか。君は英語もできるし、これからは海外も視野に入れて仕事を探してくるよ。まあ三十くらいになれば、さすがに見た目も追いついてくるだろうから心配しないで」

俳優とマネージャーの関係になって五年。水地の励ましに、藍は感謝を込めて微笑《ほほえ》んだ。

「ん。ありがと、水地さん」

そうだ。今回これほどの大チャンスを掴《つか》むことができたのだ。それがまたティーンの役だったことくらいでネガティブになる必要はない。

藍は意識的に気持ちを切り替えることにした。

「あ、見て。あれが国連ビル」

窓の外を指差す。初めてニューヨークを訪れた水地に、日頃の御礼《おれい》に観光ガイドをすると約束したのだ。水地はどれどれ、と視線を彷徨《さまよ》わせた後、ビルを指差して目を輝かせた。

「河岸に建っているあの平べったいビルがそう？」

「うん。橋を越えて通り過ぎるときに、多分正面が見られると思う。たくさん国旗が立ってるよ」

「へぇ！　ねぇ、藍くん。ちなみに自由の女神はどっち方面？」

「えぇと……自由の女神はあっちのほうだけど、ここからは見えないと思う。撮影の合間に時間があったら、見に行こうよ。俺も子どもの頃に行ったきりだし」

　水地ととりとめのない話をしながら、藍はテンションを上げようと努めた。マンハッタンに到着したら、二人はすぐにエージェントの事務所に向かう予定だ。弱気な表情は見せられない。

「海外映画の撮影なんて、僕は不安だなぁ。藍くんは案外落ち着いているよね」

「いや、ぜんぜん落ち着いてないよ。勝手がわからないことばっかりだし。エージェントがきちんとフォローしてくれるって、もう信じるしかないなって」

「それね。メールの返信とかも、いつもけっこう適当なんだよね。『だいたいこの時間にこの場所に来てくれれば、誰々が対応するよ！』みたいな感じで」

「海外ってそんなもんじゃないの。とりあえず、俺が時間に遅れずに現場に行きさえすれば、なんとかなるよ。大丈夫だよ、水地さん」

　水地は複数のタレントのマネージャーを掛け持ちしているので、都内なら、藍はひとりで現場入りすることも多い。街を歩けばすぐに気づかれるほど顔が売れているわけでもないので、公共の交通機関を使って現場まで移動することもあるくらいだ。

「ありがとう。ほんと、藍くんって実はすごく頼りがいがあるっていうか、ギャップがあるよねぇ」

「なにそれ。せっかく励ましてるのに」

藍は苦笑した。

「いやいや。それくらい頼もしいってことだよ。真面目だし、勉強家だしね。今回もしっかり役のことを研究してきたんでしょう？」

「作品の題材となった実際の事件については、色々勉強したつもり」

今回藍がオーディションで役を射止めたのは、クライムサスペンスを得意とするスペイン系アメリカ人監督ホセ・フェレールの新作だ。国際的な養子縁組組織の背後に潜む人身売買事件を題材とした作品である。

藍が演じるのは、組織を通じてスイス人の富裕層夫妻の養子となった、十七歳のアジア人青年リアン・ブルーナーの役である。出番はそれほど多くないが、主役の捜査官が組織犯罪に気づくきっかけになるという、なかなか重要な役どころである。

「いつもより気合が入ってるみたいだね」

「うん。水地さんが言うとおり、すごいチャンスだしね」

藍は頷いた。実のところ、藍は芸能人というステイタスにそれほど執着はない。役者として鳴かず飛ばずのままならば、どこかで見切りをつけて、オンライン英会話の講師でもやればいいと思っている。

そういう淡白な性格を早々に見抜いた社長や水地からは、もっと欲を持て！　と、いつも発破をかけられている。

だが、生まれ持った性格はそう簡単に変えようもない。幼い頃から淡白な性格なのだ。柔らかく藍を包む透明な膜があって、その内側からうっすらと見える外の世界をつついているような、そんな不思議な感覚を抱えて生きてきた。

そんな周囲から見ると若干シャイで大人しい藍も、ようやく大きなチャンスを掴むことができた。売れると信じてデビューからずっと支えてくれている水地や社長に、いつか恩返しをしたいと思っていた。その願いがようやく叶《かな》いそうだと、藍はいつも以上に気合が入っていた。

「水地さん。俺、がんばるよ」


タクシーは橋を渡り、マンハッタンに入った。

地図アプリで経路を確認すると、エージェントの事務所にあと二十分ほどで着く。約束の時間に遅れずに到着できそうだ。

「今日は事務所で挨拶《あいさつ》して、それ以降は予定なし？」

水地が鞄《かばん》の中からタブレットを取り出して、予定を確認する。

「そうだね。とりあえず今日は、キャスティング・ディレクターのジェシカさんに挨拶をして……その後でホテルにチェックインするから、そこで少し休憩してね」

「わかった」

「夜だけど、もし疲れてなかったら、会食を入れてもいい？　ＣＭでお世話になった代理店の前橋《まえばし》さんいるでしょ？　こっちに来ているから、よかったら軽くごはんに行きましょうって。行ける？」

「休憩すれば大丈夫だと思う。なにせビジネスでゆっくり眠れたし」

すると、突然水地がすまなそうに頭を下げた。

「これからの挨拶だけど、ごめんね、藍くん。僕はほぼ無力だ」

水地は英文の読み書きはできるが、英会話はからきしなのだ。日本式の語学教育の弊害である。

「メールでやりとりしてくれるだけで充分だよ。今後の段取りとかを、この後ジェシカさんと確認すればいいんだよね？」

「うん。お願い。通訳してくれれば僕が調整するから。それから明日の挨拶だけど、メールにはジェシカさんのアシスタントの……ゾエさん？　って読むのかな。彼女がサポートしてくれるって書いてある」

藍は画面を覗《のぞ》き込んで、そこに記された名前のスペルを確認する。

「ゾーイさん、だね」

「はい。ゾーイさんと読むんだね……ええと、それと、清岡悠斗《きよおかゆうと》くんがこっちに来るのは来週だって。時間がないから、スタジオかカフェで挨拶って感じだね」

「わかった。会うのが楽しみ」

清岡悠斗は、藍と同じくオーディションで役を射止めた日本人である。映画を中心に細々と活動している藍とは比べものにならないほど、テレビやＣＭで見ない日はない超売れっ子アイドルだ。

同じ芸能人といっても活動するジャンルが違いすぎて、これまで会ったことはない。

「五日後に合流して、四日間稽古《けいこ》した後は、ドームツアーの準備で帰国だって。それからまたすぐにこっちに飛んでくるらしいね。ついでに写真集の撮影をこっちでするとかしないとか」

「へえ、すごいね」

アイドルというのは、思った以上に過酷で体力勝負の職業らしい。

「そうだよねぇ。悠斗くんみたいな売れっ子になると、分刻みのスケジュールなんだろうなあ」

そういう水地は、どことなく羨《うらや》ましそうでもある。タレントのスケジュールのやりくりも、マネージャーの腕の見せどころなのだろう。そう考えると、この映画に完全に集中できるほどスケジュールに余裕があることが、いっそ申し訳なくなる藍だった。

「アイドルって、アルバム出してライブして、バラエティも出て、雑誌の撮影もこなして、ＳＮＳで写真アップして、夜もライブチャットして、ドラマも撮るとか、死ぬほどタフだよね」

「テレビで観《み》るかぎり細っこいのにね。二十歳だっけ？　若いなあ。俺は絶対に無理だわ」

感心する藍に、水地がぷぷっと噴き出した。

「いまだに十七、八歳に見える藍くんが、悠斗くんのことを『若い』って言うのもおかしいね」

「実際に俺より五つも若いんだって、清岡くんは」

「見た目は同い年くらいか、下手すると藍くんのほうが若く見えるよ。そう考えると、本当は藍くんこそアイドルに向いていたかもね。永遠の若さが活《い》かせたんじゃない？」

「永遠の若さ、って……表現が昭和すぎる」

四十代の水地と二十代の藍の、微妙にジェネレーションギャップを感じる会話だ。

「あーもう！　俺はただ、年相応の役がこなせるようになりたいよ」

頭を抱えた藍を見て、水地がくすくすと笑う。

「まあどっちにしたって、うちの事務所に、アイドルっぽい仕事を引っ張ってくる力はないから」

「はは、たしかに」

水地と藍は顔を見合わせて笑った。埒《らち》もない会話が、藍の緊張を解きほぐす。

マンハッタンの道は一方通行ばかりで、ドライバーはもれなく運転が荒い。盛大に鳴らされるクラクションにも慣れた頃に、タクシーは目的の事務所が入っているビルに到着した。

「さて、いよいよはじまるね」

タクシーから下り立った藍は、自然と道を歩く人の視線を奪う。日本でも海外でも、それは変わりがない。楚々《そそ》としていながらも、やはり芸能人らしく人を惹《ひ》きつける華がある。

水地がマネージャーらしく、ささっと藍の髪や襟の乱れを直した。感謝の気持ちを込めて、藍は水地を見下ろしてニコッと笑う。咲き誇る直前の花のような、まだ青く熟れはじめる前の果実のような瑞々《みずみず》しい気配に、水地は藍を見上げて目を細めた。

「うん。今日もとても素敵だよ、藍くん」

＊＊＊

翌日、藍はホテルのロビーで、キャスティング・ディレクターのアシスタント、ゾーイ・チャステインと合流した。褐色の肌に大きな瞳をさらに強調するつけまつげが印象的な女性だ。

「ハーイ！　アイ、おはよう！　今日もキュートね」

「ゾーイ、おはよう。今日はよろしくお願いします」

藍はゾーイが用意した車に乗り、早速撮影現場に移動した。これからフェレールに挨拶するのだ。

車中でも、ゾーイはパワフルに喋《しゃべ》りまくる。ゾーイのフランス語訛《なま》りの英語に耳が慣れるのに少し苦労したが、やがて問題なく会話できるようになっていた。

「アイは綺麗《きれい》な英語を話すわね」

「ありがとう」

「お祖母《ばあ》様とお母様がアメリカ人なんだっけ？」

「祖母がギリシャ系アメリカ人で、日本人の祖父と結婚したんです。祖父はもう十五年ほど前に、祖母は七年前に亡くなりましたが」

「それは残念だったわね。お祖母様はどちら出身なの？」

「クイーンズです」

藍の祖母は、クイーンズ地区のアストリア出身だ。ギリシャ系移民が多く住んでいた街で、いまもギリシャ料理店などが軒を連ねている。

「あら、それならニューヨークは地元じゃない」

「ええ。でも俺自身は、母の帰省にくっついてたまにこっちに来たことがあるだけで、住んだことはないんです」

「なら英語はどこで学んだの？」

「家と学校で。母は英語の派遣教師として来日して、父と知り合って結婚したんです。母との会話は英語で……父や兄姉《きょうだい》と話すときは、英語と日本語ごちゃまぜだったかなあ」

「なるほどね。ところで名前の『アイ』ってどういう意味なの？」

ゾーイが色々と質問してくるのは、キャスティング・ディレクターという仕事柄だろうか。おかげで、これからフェレールとの顔合わせというのに緊張する暇がない。

「漢字って意味があるんでしょう？」

「よく知っていますね。藍という漢字は『インディゴ』って意味です」

「へぇ。色なのね」

「そう。兄と双子の姉がいるけど、三人とも色にちなんだ名前なんです。兄さんは蒼《あお》で『ブルー』。双子の姉達は翠《みどり》と紫《ゆかり》で、『エメラルド』と『パープル』って意味です」

ゾーイはワオ、といかにもなリアクションをしてくれた。

「綺麗なグラデーションじゃない」

「はは。四人もいて両親も億劫《おっくう》になったのか、だんだん色が暗くなっていったみたい」

藍のジョークに、ゾーイが楽しげに笑う。

「ホセも貴方《あなた》が撮影に加わるのを楽しみにしているそうよ。ああ、そうだ。撮影が順調に終わればだけど、ホセが今日一緒にディナーをどうかって。さっき、彼のマネージャーからメッセージが来ていたわよ」

「え、嘘《うそ》、本当に？　いきなり？」

藍は目を見開いた。藍とゾーイの会話に参加できず、居心地悪そうにスマホをいじっていた水地に、日本語で話しかける。

「水地さん、やばい」

「ど、どうしたの？」

「今夜、フェレール監督とディナーできるかもって」


郊外の撮影現場に到着したとき、藍の緊張は最高潮に達していた。

ホセ・フェレール監督の身体《からだ》が空くのをしばらく待つ。休憩に入ったタイミングで、なんとか無事に挨拶をすませることができた。幸運なことにフェレールは機嫌がよかった。オーディション以来、わずか五分程度の挨拶だったが、フェレールは意思疎通がスムーズな藍を気に入ったようだ。「君の演技を楽しみにしている」と、期待を込めたまなざしで握手を求められた。

「あ〜、緊張した。口から心臓が飛び出そうだった！」

ゾーイがにっこりと笑う。

「ホセもとても満足しているように見えたわ。今日のロケはグレッグのシーンだけだから、余裕があったのも幸いしたわね。少し見学していく？」

藍は頷《うなず》いた。現場の様子を見学できるのは願ってもないことだ。

出演者やスタッフ達と次々と引き合わされ、挨拶を交わす。藍のことを認識してくれているスタッフもいて驚いた。

「こんなにまともに挨拶させてもらえるなんて……正直驚きました」

「日本人らしい謙虚さね。貴方の出演シーンが何カットあると思っているの。貴方はちゃんとしたゲストスターよ。自信を持って」

「そういうものかな」

「そうよ。ダイバーシティ重視の時代とはいえ、アジア人の役は多くないわ。次の魅力的なオファーが来るかどうかは、今回の貴方のがんばり次第よ」

ゾーイの激励に頷く。そうだ。アメリカのショービズの世界に、遠慮や謙遜《けんそん》は必要ない。それどころか、むしろ悪いほうに作用するだろう。とくに藍は、実年齢よりかなり若く見える。舐《な》められたら終わりだ。

「わかったよ、ゾーイ。ありがとう」

「あら、ホセがトレーラーに戻ったわね」

ゾーイが指差した二十メートルほど先に、白いトレーラーが停《と》まっている。ちょうどフェレールが数人のスタッフとともに入っていくのが見えた。

ドアの前に、ダークスーツの男が立っている。その男を見た瞬間、藍は思わず感嘆の声を漏らしていた。

「……うわ」

ギリシャ彫刻が、生きて動いている。男の最初の印象は、その一言に尽きた。

男は光り輝くようなゴールデンブロンドを綺麗になでつけて、美しい額を晒《さら》している。迫力のある男だ。広い肩、胸板は厚く、手足は長く引き締まって、スーツの上からでも鍛え上げられているのがわかる。見事なプロポーションだ。俳優か、あるいはモデルだろうか。いや、モデルでも、あれほど完璧《かんぺき》な男性美を体現する男はそういないだろう。

藍が呆然《ぼうぜん》とその男を見つめていると、ゾーイがにやりと笑った。

「ああ、彼ね。信じられないくらいゴージャスでセクシーな人でしょ」

藍は無言で頷いた。男の印象があまりに強烈で、いまだに目が離せない。

「彼は今回のキャストですか？」

「いいえ、冗談のようだけど、彼はホセのボディガードよ」

「マジで？」

藍はつい素で驚いてしまった。しかし、ボディガードと言われてみれば、あの迫力はそのせいかと納得する。立ち姿からしてまったく隙がないのだ。

「彼の名前はイーサン・ダニエル。ゴシップサイトでも超有名なのよ。『ハンサムでセクシーすぎるボディガード』って、よくホセと一緒にパパラッチされているわ」

ゾーイが饒舌《じょうぜつ》に語りだす。彼女もあの男に興味を持っているのだろう。

フェレールは、なぜ彼を雇ったのだろう。たとえばセレブの中には、ボディガードをアクセサリーのように外見で選ぶ人もいるという。するとゾーイは藍の思考を読んだのか、ノーと首を振った。

「顔で選ばれたわけじゃないと思うわ。彼が所属しているのは、富豪や経営者向けにボディガードを派遣する、東海岸でも有名な警備会社なの。軍や警察出身者しか雇わない。彼は本物のプロフェッシヨナルよ」

「あんな俳優顔負けのハンサムがただのボディガードなんて……それこそ映画みたいですね」

すると、ゾーイが「挨拶《あいさつ》しにいきましょ」と、いきなり藍の背中を押した。藍は狼狽《ろうばい》した。

「ちょ……ゾーイ！　彼にまで挨拶する必要がある？」

「当然よ。ホセと一緒に仕事するんだから、彼とも顔見知りにならなきゃ。あれだけのハンサムを間近で拝むチャンスは逃さないわ」

完全にゾーイの個人的な野望ではないか。ダシに使われた藍は、積極的なゾーイに引きずられるように男に近づく。

藍達に気づいた男が、こちらを向いた。サングラスの奥から、頭から爪先までくまなく観察されているのがわかる。

サングラスで目は隠れているが、やはりとんでもない美形だ。シミひとつない白い肌。美しい額からまっすぐ伸びる高い鼻梁《びりょう》。完璧な黄金比の美貌《びぼう》に、藍は言葉もなく見惚《みと》れた。

神は気まぐれで、ときに奇跡のような造形を生み出す。

近くに寄ると、あらためて男の体格の良さがわかった。

（でかい……でかすぎる）

百八十センチ以上ある藍が、思いきり顎《あご》を上げてようやく視線が合うほど背が高い。確実に二メートルは超えている。だが、鈍重な印象はまるでない。これほどの体格ならば、たしかに暴漢も簡単に制圧できるに違いない。

遠目で見たときより、胸の厚みがすごい。もしかしたらスーツの内側に防弾ベストでも着用しているのだろうか。ここはアメリカだ。ボディガードならば、おそらく拳銃《けんじゅう》も所持しているのだろう。

ゾーイは愛想よく男に声をかけた。

「ハーイ、ミスター・ダニエル。ジェシカのアシスタントのゾーイよ。私のことを覚えている？」

「ミズ・チャスティン。もちろんだ」

男の声を聞いた瞬間、藍の背筋を奇妙な戦慄《せんりつ》が走った。

「そちらの少年は？」

『ボーイ』と呼ばれて、藍はカチンと来た。日本でも十代に間違われるからしかたがないとはいえ、実際は二十五歳になる成人男性だ。外見で舐められてはたまったものではない。

「はじめまして。日本から来たアイ・マミヤです。この作品にキャストとして参加します」

苛立《いらだ》ちをこらえ、なるべく落ち着いて見えるように挨拶をする。

「ミスター・アイマミーヤ？」

「マミヤ、です。言いにくいなら、アイ、と名前で呼んでくださってもかまいません」

男が無言で頷く。職業柄かもしれないが、まったく愛想がない。エンタテインメント業界の人間に雇われているのならば、大勢のキャストやスタッフと接触する機会も多いだろうに、もう少し愛想というか、笑顔のひとつくらい見せてもいいのではなかろうか。

そうだ、これだけは言っておかねばと、藍は口を開いた。

「あと、俺は『ボーイ』ではありません。おそらく貴方とそう変わらない年齢です」

男はわずかに驚きの表情を浮かべた。男は、見たところ三十前後といったところだ。二十代半ばも三十前後も変わらないだろうと、もうすぐ二十六歳の誕生日を迎える藍は、男への対抗心で少し逆サバを読んだ。

「アイ・マミヤ……失礼した。ミスター・マミヤ」

ゆっくりと舌を転がすようにして、再び藍の名前を発音する。

「イーサン・ダニエルだ」

イーサンがサングラスを外した。

「……っ」

藍は思わず息を呑《の》んだ。

鋭く彫り込まれた眼窩《がんか》に嵌《は》まる男の瞳《ひとみ》は、どこまでも透明なイエローサファイアの色だった。俗に言うウルフアイだ。

(狼《おおかみ》だ……)

極めて洗練された男が、一気に野生の獣めいた荒々しい印象に変わる。

イーサンが握手の手を差し出す。呆然とウルフアイに見入っていた藍は、はっと我に返った。

差し出された手が驚くほどデカい。藍の小さくない手が簡単に握り潰《つぶ》されそうだ。長い指は、端整な容姿に似合わずゴツゴツとしている。

「こ、こちらこそよろしく」

藍は差し出された手をあわてて握り返した。

「っつ！」

二人のあいだに青い電光が弾《はじ》ける。全身にビリビリッと衝撃が走り、藍は小さな悲鳴を上げた。握手を振りほどき、手を押さえる。見上げれば、イーサンも眉根《まゆね》に深く皺《しわ》を寄せていた。藍と同じように電流が走ったに違いない。

「す、すみません。静電気が走ったみたいだ」

「……いや」

イーサンは目を見開いて、藍が振りほどいた己の手をじっと見ている。

「……君は」

イーサンは顔を上げ、再び藍の視線を捉《とら》えた。藍は息を呑んだ。男の瞳……イエローサファイアの虹彩《こうさい》が、不気味なほど色が抜けて、ほとんど白色に変わっている。そのせいで、黒い瞳孔《どうこう》だけがやたらと目立った。

男は無言でじっと藍を睨《にら》んでいる。漠然とした恐怖に、とっさに藍は目を逸《そ》らした。これ以上この男と関わってはいけないと、己の勘が危険を知らせていた。

「ミスター・マミヤ。君について話を」

「あの！　今日は、お会いできてよかったです」

失礼を承知で、藍はイーサンの話を途中で遮った。イーサンは口を閉じると、イエローサファイアの瞳でじっと藍を見つめる。いつの間にか、虹彩の色がもとに戻っていた。

「ゾーイ、水地さん、そろそろ行こうか」

「そうね。おじゃましたわね、イーサン」

藍は軽く頭を下げて、ゾーイや水地とともに、足早にその場を立ち去った。

まだ背筋がゾクゾクする。ちらりと背後を振り返ると、イーサンはまだ藍達を……いや、藍を見つめている。藍はさらに歩みを早めた。一刻も早く、危険な男から遠ざかりたかった。


ゾーイは気になる男性に話しかけることができたせいか、とても機嫌がよかった。

「ね。彼、近くで見てもゴージャスだったでしょう?」

「ねえ、藍くん、いまのボディガードの人、信じられないイケメンだったねえ!」

ゾーイも水地も、間近で見たイーサンの美貌に興奮している。しかし、藍は二人にうまくリアクションできなかった。

「アイ? どうしたの」

「ごめん。少し疲れたのかもしれない」

ゾーイが心配げに藍の顔を覗《のぞ》き込む。

「長時間連れ回してごめんなさい。昨日到着したばかりだものね。まだ時差ボケもあるでしょうし」

「体調が悪いわけじゃないんだけど」

「いいのよ。ホセとのディナーが実現するかもしれないから、一度ホテルに戻って休んでちょうだい。いまから戻れば、最低でも三時間は休憩できるわ」

藍は頷いた。ホテルでシャワーを浴びたい。さきほどの不快な感覚を、一刻も早く払拭《ふっしょく》したくてたまらなかった。

「ディナーの誘いが来たら、ミズチさんにチャットするわね。二十時に迎えの車を手配するから」

「ありがとう、ゾーイ。何から何まで」

「それが私の役目よ……あら」

ゾーイが顎を上げた。目を閉じて、顔をゆっくりと左右に揺らす。

「すごくいい匂いがする……マグノリア？　いいえ、フレッシュなピーチみたいな。今日はずっと一緒にいたのに、まったく気がつかなかったわ」

「え？」

ゾーイが藍の肩に顔を寄せて、スンスンと嗅《か》ぐ。そしてにっこりと笑った。

「アイ、貴方、とても素敵なフレグランスを使っているのね」

＊＊＊

約束の時間ぴったりに、藍は指定されたレストランに到着した。ゾーイがホテルの送迎まで手配をしてくれたので、マネージャーの水地はホテルで待機だ。

一人で来たせいで、保護者なしで店に来た未成年と思われ、エントランスでＩＤ提示を求められる。これくらいのことは想定の範囲内だ。

入国審査からこっちＩＤで実年齢を確認されるたびに、とにかく大げさにびっくりされるのだ。今回もパスポートと本人をまじまじと見比べられ、藍はうんざりした気持ちを噛《か》み殺《ころ》した。

予想していたことだが、フェレール監督の一行は、まだ誰一人として店に到着していなかった。ウェイティングバーに通される。そこでも、バーテンダーに上から下まで全身を観察された。ついでに周囲の客の視線も痛い。子どもが一人で何をしに来たんだ、というまなざしだ。

ＩＤを見せろと言われる前に、藍は自分からバーテンダーにパスポートを見せた。

「二十五歳。これでも成人してるよ」

やはりバーテンダーもＩＤを見て驚愕《きょうがく》したが、藍の流暢《りゅうちょう》な英語と落ち着いた態度に納得したようだ。クラフトビールを頼んだ。オレンジピールの味がするそれをチビチビと舐《な》めながら、スマートフォンをいじって暇潰しをする。友人から来ているいくつかのメッセージに返信しながら、フェレール監督らの到着を待った。

スマートフォンをいじるのも飽きて、ぐるりと店内を見回す。入口が目立たない店構えだったので狭い店かと思いきや、入ってみれば奥は広々としており、地下に向かって大きな吹き抜けが広がっていた。メインダイニングが地下にあるのだろう。

「ここは何料理の店？」

バーテンダーが愛想よく答える。

「知らずに来たの？　ペルー料理の店だよ」

「へえ」

ペルー料理がどんなものか、藍には想像もつかなかった。あたりを見回しても、店内にわかりやすく南米らしい雰囲気はまったくない。客層は品がよく、内装は都会的で洗練されている。

　しばらくすると、にぎやかな話し声とともに団体客が流れ込んできた。いよいよお出ましかと目を向けると、案の定、数時間前に挨拶したばかりのフェレール達が現れた。

「うわ」

　藍の緊張が一気に高まる。フェレールと談笑しながらバーコーナーに向かって歩いてくるのは、主演俳優のグレッグ・ショーエンだ。主演男優賞一回、助演男優賞二回ノミネートの実力派俳優は、さすがに半端ないオーラを纏《まと》っている。

　フェレールの後ろから金髪の男が歩いてくる。イーサン・ダニエルだ。ボディガードらしく、油断のない目つきで店内の安全をたしかめている。男は目を引く容姿にもかかわらず、巧妙に気配を殺していた。

「やあ、アイ」

　カウンターでぼうっと一行を眺めている藍を見つけて、フェレールが手を上げる。藍は我に返ると、遠慮がちに片手を上げて応えた。

　ホセ・フェレールは、表現に関して神経質なところもあるらしいが、基本は穏やかでフレンドリーな性格だという噂《うわさ》だった。噂どおり、ほぼ無名の藍にも気さくに声をかけ、握手を求めてくる。

「よく来てくれたね。君がチームに加わってくれてうれしいよ」

「フェレール監督、こんばんは。今夜はお招きありがとうございます」

　ホセの横から、グレッグが手を差し出す。藍は手汗が心配になりながらも、世界的大スターの手を力強く握り返した。好印象を心がけようと笑みを浮かべる。

「お会いできて光栄です。リアン・ブルーナー役を務めるアイ・マミヤです」

「グレッグ・ショーエンだ。いやあ、ホセから聞いていたけど、実際に会ったら、本当にティーンにしか見えないね」

「はは。よく言われます」

そのままフェレール達と並んで会話を続けながら、地下のメインダイニングに移動する。

背中に視線が突き刺さる。視線の主は、おそらくイーサンだ。藍は振り返ってたしかめたくなるのをこらえ、努めて平静を装った。


一同は吹き抜けの階段を下りて、地下の個室に通された。メインダイニングを移動するときも、テーブルのあちこちから視線が集まる。さすが有名監督とスター俳優の一行だ。藍は、自分がまだこの場にいることが信じられなかった。

個室のテーブルに着いたのは、藍を入れて八名のメンバーだ。

乾杯からはじまり、会話はすぐに種々雑多なものになる。藍は前の席や隣席のメンバーと軽く自己紹介しながらも、フェレールやグレッグがどのような話をするのかと耳を澄ませた。

フェレールとグレッグの会話には、有名俳優やセレブリティの名前が次々と出てくる。

努めて笑みを浮かべ、英語で会話を続けるうちに、だんだんと藍の感覚も麻痺《まひ》してきた。

煌《きら》めくシャンデリア。シックな赤い壁紙。出てくる料理は、見た目も洗練されたモダンエスニックで、どこらへんがペルー風なのかわからない。緊張のせいでほとんど料理を味わえなかった。

藍が白ワインのおかわりをオーダーしたときだ。テーブルの担当が、未成年ではないかと藍の年齢を確認してきた。一瞬テーブル中がシンとして、その後どっと笑いが溢《あふ》れた。

「アイと一緒に酒を飲むと、未成年に飲酒を強要した罪で罰せられそうだな」

フェレールが笑うと、グレッグも笑って頷《うなず》いた。

「俺の息子が十三歳なんだけど、同い年くらいに見える」

見た目を揶揄《やゆ》されることに慣れっこの藍も、ローティーンに見えると言われて、さすがに苦笑する。

「これでも来月には二十六歳になるんですが」

おお！　と全員がどよめく。藍の年齢を初めて知った者もいるのだろう。

「この肌の透明感で二十五歳ですって？」

向かいに座っていたグレッグのマネージャーが、人工の照明の下でもわかる、藍の陶器のような肌を見て、感嘆の溜息《ためいき》をついた。

「ああ、しかもアイ、貴方からすごくいい香りがするわね」

また匂いか。藍は、ありがとうと曖昧《あいまい》に頷いた。

「このメンバーの中では、藍がとにかく一番若いからね」

ワインを片手に、フェレールがからかう。

「ああ、そういえばイーサンは二十代じゃないかな？　外にいるなら呼んできてよ」

フェレールの何気ない思いつきに、藍の胸がドクンと跳ねた。誰かが外で待機していたらしいイーサンを個室に呼ぶ。

ダークスーツに身を包んだ男が登場すると、藍を除いた全員が歓声を上げた。まるでＣＧのような美形に、誰もがうっとりと見惚《みと》れ、色めき立っている。世界中の美男美女をさんざん見てきたはずの業界人達が、もれなくイーサンの美貌《びぼう》に圧倒されているさまは、一種異様な光景に見えた。

一方の藍は、イーサンが登場してからずっと、謎の悪寒が止まらない。

イエローサファイアの瞳《ひとみ》がテーブルを見渡し、最後に端っこに座っている藍を捉えた。人間的な感情がいっさい感じられない、本当に野生の狼のような瞳だ。

「ホセ。君のボディガードは、いつ見てもゴージャスで完璧《かんぺき》だなあ」

グレッグが賞賛すると、雇い主であるフェレールも満足気に頷いた。

「彼が俳優じゃなくてプロのボディガードだって？　ホセ、あの有名な映画をリメイクして撮ったらどうだ」

「はは、それもいいかもね。なあイーサン、君はいくつだったっけ」

「三十歳ですが、それが何か」

ホセの質問にイーサンが淡々と答えると、テーブルの一同は藍とイーサンを見比べてどよめいた。藍はさりげなく視線を逸らす。絶対にイーサンと目を合わせたくなかった。

「私の年齢がどうかしましたか」

「いや。君と五つほどしか年の変わらないアイの若々しさに驚いていたんだよ」

藍は苦笑した。しかし苦笑というには、苦々しすぎる表情になってしまったかもしれない。成熟した男性美を誇るイーサンと容姿を比較されるのは、男として劣等感が刺激されてつらい。

　すると、フェレールは藍の困惑をすぐに察したようだ。

「はは。これ以上は、ハラスメントになってしまうかな」

　さすが映画監督だ。人の表情をよく観察している。

「アイ、君の容姿をからかったわけじゃない。わかってくれるね」

　昨今この業界は――とくにアメリカでは、人種差別やハラスメントはセンシティブな問題だ。フェレールも訴えられないように慎重になっているのだろう。

　気まずい雰囲気になる前に、藍はフェレールに向かって、気にしていないと笑ってみせた。

（事務所の期待に応えるチャンスなんだから、多少からかわれるくらい我慢しないと）

　藍はアメリカでは無名の俳優だ。見た目だろうがなんだろうが、興味を持ってもらえるだけでありがたい。日本のメディアに『高校生役しかできない』と、もっと露骨に叩《たた》かれたこともある。

「気にしないで。むしろ生まれて初めてこの顔に感謝していますよ」

　この見た目のおかげで今回の役を勝ち取ることができたのだから、別に卑屈になる必要はない。劣等感をあえて野心的な発言に変えて、権力を持つ人間に媚《こ》びてみせるくらいには、年相応にしたたかな自覚もある。

　おや、という顔をした後、フェレールが藍を見る目つきを変えた。

「いいね。それくらいのアグレッシブさがなくちゃね」

　フェレールが満足そうに笑う。

「はは。とはいえ、いつまでティーンの役ができるかわかりませんけどね」

「君は永久にフィラーもボトックスも必要なさそうだから、二十年後もオファーが殺到するだろう」

イーサンはとくに藍に絡むこともなく、フェレールに言葉をかけると、さっさと個室を出ていった。

イーサンがいなくなって、藍はようやく緊張を解いた。そこからは落ち着いて会話に参加することができた。

だが、イーサンが現れてから、藍の頭の中はずっとあのボディガードのことで占められていた。

会食も終盤だ。ひととおりの食事が出終わると、テーブルに着いた面々は満ちた胃に満足しながら、小さなグループをつくって会話を楽しんでいる。それぞれが食後酒やコーヒーを頼んだ。

「失礼します」

コーヒーを待つあいだに、藍は断りを入れて席を立った。レストルームの場所をフロア係に尋ねる。

レストルームの鏡を見る。そこには適度にアルコールを入れたにもかかわらず、青ざめ、途方に暮れたような表情を浮かべた青年……いや、少年がこちらを見返していた。

まるで時間を止めたかのように、外見と実年齢が乖離《かいり》しはじめたのは、いつ頃からだろうか。

そこまで童顔なわけではないと思う。肉体的に未成熟なわけでもない。もしなんらかの成長障害を抱えているのならば、こんな体格に育つことはないはずだ。

だが、なぜか、年相応の年齢に見えない。

芸能界には、男女問わず実年齢より若く見える人はたくさんいて、だからこそこれまで目立たなかった。だが、もしこれからもずっと、このままの見た目だとしたら？

藍の異常な若さに、周囲の人間が違和感を抱くときが来るとしたら。「若々しい」が、いつか「気味が悪い」に変わるときが来るとしたら。

藍は己のネガティブさにうんざりした。ぴしゃりと両頬を叩く。いまこの瞬間、遠い未来を不安に思ってもしかたがないと、ニューヨークに着いた初日も反省したではないか。

「しっかりしろ」


藍は日本にいる頃からの習慣で、個室を使って用を足した。誰かがレストルームに入ってきたのが足音でわかる。

個室から出ると、鏡を覗《のぞ》き込んで前髪をいじっている男と、鏡越しに目が合った。高そうなジャケットに白シャツの胸元を開けている。ボトムはデニム。綺麗《きれい》に髭《ひげ》もあたり、髪のセットもぬかりはない。いかにも東海岸のエスタブリッシュメントといった見た目の男だ。

「おや」

男は鏡越しに藍をじろじろと見はじめた。嫌な予感がして、藍は顔を強張《こわば》らせた。

「失礼」

軽く目を伏せて、男の隣の手洗いを使う。ペーパータオルで手を拭《ふ》いてすぐに出ようとするが、さりげなく男に進路を妨害される。

「綺麗な子だね」

レストルームですれ違っただけの若い男に、「綺麗」などと声をかけてくる。チラと見れば、男はその顔に明らかに喜色を浮かべていた。おそらく男には、少年趣味の気があるのだろう。その手の性的嗜好《しこう》の男にたまに絡まれるので、なんとなく察することができる。

「君みたいな子が、一人で行動するのは感心しないね」

「こんな高級店のレストルームに危ない人がいるとも、危険なことがあるとも思えませんが、ご忠告をどうも」

これ以上声をかけるなら、おまえを危ない奴《やつ》だとみなすぞ、と言外に男を牽制《けんせい》する。外見の印象とそぐわない藍の落ち着いた受け答えに、男はおやと片眉《かたまゆ》を上げた。

「見た目どおりの子どもじゃないんだな。アジア人の年齢は本当にわからないな」

なおさら男を喜ばせてしまったようだ。藍がさりげなく横に避《よ》けると、男も一歩踏み出す。藍は内心で舌打ちした。レストルームは絶妙に奥まった場所にあるせいで、スタッフの目もすぐに届かない。

「そこを通してくれますか。連れが待っているので」

「素敵なフレグランスを使っているね。セクシーで、甘くて……たしかに大人だ」

男がクンと鼻を鳴らした。また、匂いか。これほど香りのことを指摘されたのは、渡米してからだ。たしかにフレグランスは常用している。だが、日本でもずっと使っていたもので、ささやかにしか香らせていないはずだ。

「クラクラしそうなほどいい匂いだ。なぁ、どこのテーブルだ？　誰と来ている？」

「ちょっ……」

最悪なことに、男はさらに藍に関心を持ったようだ。

大切な撮影の前に騒ぎを起こすのは避けたい。大声を出して店のスタッフを呼ぶか、あるいはフェレールの名前を出すか、と藍が考え込んだときだった。

レストルームの扉が開いて、背の高い男が悠然と入ってきた。

「そこで何をしている」

現れたのはイーサン・ダニエルだ。多少なりとも関係者の登場に、藍はホッとした。

「ホセ達が待っているぞ」

「はい。すぐに戻ります」

「こちらへ」

イーサンが男を押しのけるように、さりげなく二人のあいだに肩を割り入れる。長い腕が差し出され、藍はその腕に巻き取られるように移動させられ、次の瞬間には、イーサンの背後に匿《かくま》われていた。さすがはボディガード、流れるように自然な動作だ。

藍は安堵《あんど》すると同時に、圧倒的な男の熱を間近に感じて、さきほどとは別の意味で緊張した。一方、藍にコナをかけていた男は、突如として現れた芸術品のような美貌の男を呆然《ぼうぜん》と見上げている。

「この男は誰だ。何かされたのか」

イーサンの表情が獰猛《どうもう》なものに変わる。立ち昇る凶暴な気配は、牙《きば》を剥《む》いてハンドラーのゴーサインを待つ軍用犬みたいだ。

「なんでもありません」

藍はあわてて首を振った。うぬぼれかもしれないが、何かされたとでも答えようものなら、イーサンが容赦なく男に制裁を加えそうな気がしたのだ。

「本当か」

「ええ、大丈夫です」

問題を大きくしたくない。少年趣味の男にしつこく声をかけられたことなど、情けなくて誰にも知られたくはない。

イーサンは黙って頷くと、再び男に向き直る。不埒《ふらち》者は怯《おび》えた表情で、足早にその場から立ち去った。騒ぎにならずによかったと、藍は胸を撫《な》で下《お》ろした。

「ありがとう。実は少し絡まれていたので、助かりました」

頭を下げて、礼を言う。しかし、イーサンの表情は厳しいままだ。

「君が悪い。たとえレストランの中でも一人で行動するべきじゃない」

「……は？」

見た目はともかく、二十五歳の男がレストルームを使っただけだ。藍が首を傾《かし》げると、イーサンの目つきがさらに厳しいものに変わった。

「そんなに幼い外見で、無防備が過ぎるのではないか」

「はあ？」

イーサンが上体をかがめて、藍の首筋に顔を寄せてクンと嗅《か》ぐ。

「そんな見た目で、これほど甘い匂いをさせて……危ない奴が寄ってくるのはそのせいだ」

イーサンの息が、かすかにうなじにかかる。藍の心臓がドクンと爆《は》ぜた。

「ちょ、ちょっと！　なんなんですか？」

「やはりこの匂いだ。間違いない」

再びクンと鼻を鳴らした男が、頷《うなず》いた。

「さっきからわけのわからないことを……離れてください！」

男は頷いて、あっさり距離を取った。

「いまはこれで充分だ。確信が持てた」

「確信……？　いったい貴方はなんの話を」

「いずれ説明する。私も覚醒《かくせい》したばかりなんだ」

藍はぞっとした。この男は何を言っているのだろう。もしかして薬物でもキメているのだろうか。

「そ、そろそろ戻ります！」

これ以上、この男に関わるのは危険だ。見た目は完璧でまともそうに見えるが、人の匂いを無断で嗅いで妄言を呟《つぶや》くなど、危ない人物以外のなにものでもない。

「ああ、そうだな」

わけのわからないことを言われるかと思ったが、案外あっさりと解放される。

イーサンを置いてレストルームを出ると、藍は意図的に前だけを向いて、足早に個室に戻った。背後を歩く男の視線を背中に感じて、ゾワザワとおぞけが止まらない。

個室のドアノブに手をかけると、背後から伸びてきた手が、おもむろに藍の手に重ねられた。

「……っ」

藍はおののいて手を引っこめた。触れ合った手の甲から、全身にビリビリと電流が流れたのだ。

「やはりそうだ」

初対面の握手のときと同じだ。この男と触れ合うと、身体に電気が走る。振り返って男を見上げれば、透き通ったイエローサファイアの瞳《ひとみ》に視線が搦《から》め捕られた。藍は身を翻し、個室へ逃げる。

「ようやく見つけた」

イーサンの不気味な囁《ささや》きが、藍の後ろ髪をかすめた。

＊＊＊

翌日からスタジオでの打ち合わせがはじまった。

フェレール監督のアプローチは独特だった。まず『ダイアローグ』と称した一対一の対話形式で、役者達が演じるキャラクターをどのように解釈しているか、徹底的に話し合う機会を持つ。そこで、様々な情報を与え、役者達に自立的なキャラクターの理解を深めることを促した。

ダイアローグの合間にも、メイクリハや衣装合わせ、デモ撮影、英語の訛《なま》り指導など、撮影に向けての準備が目まぐるしく進んでいく。

キャストの扱いは、日本とは比べものにならなかった。ホテルからの送迎はもちろんのこと、食事やボディメンテナンスまで、当然の権利だと細やかにケアされた。オフ日に水地を連れて観光する予定だとゾーイに伝えると、当日運転手と車まで手配してくれたのだ。

そして、藍がニューヨーク入りした日から、遅れること五日。もうひとりの日本人キャスト清岡悠斗がやってきた。

悠斗との顔合わせは、チェルシーにある、日本でもメジャーなコーヒーショップで行うことになった。

清岡悠斗は、キャップに丸メガネをかけてやってきた。彼ほどの売れっ子になると、日本人が多いニューヨークでファンに見つかることも多いのだろう。しかし、さすが超人気アイドル。地味な格好をしていても、人目を引く華やかなオーラがある。

「はじめまして、アスターの清岡悠斗です」

「はじめまして。真宮藍です。オフィス・トミダ所属です」

黒々とした大きな目にしっかりした眉、きゅっと口角の上がった口元がとくに印象的だ。細身で締まった体格のせいでテレビでは小柄に見えていたが、実際は藍と拳《こぶし》ひとつ分くらいの身長差だった。

互いのマネージャーが名刺で挨拶《あいさつ》を終えるのを待つあいだ、目が合うと、悠斗がニコッと笑った。

「先月、真宮さんが出演されている『ハルニレ』を観ました。お会いできてうれしいです」

屈託ない笑顔がとても魅力的だ。藍もつられて微笑んだ。

「ありがとう。そんなに出番もなかったのに、覚えていてくれてうれしいです」

「もちろん覚えてますよ。俺、主演の芦屋《あしや》アキラくんと友達なんです。アキラくんと喧嘩《けんか》するシーンあったじゃないですか。真宮さんの全身が映ったとき、なんか頭身がマンガみたいな人がいる！　って思って」

「頭身がマンガ？」

藍が首を傾げると、悠斗は、はいと頷いた。

「手足が細くて長くて頭がちっさくて、加工しないでアレって何頭身なんだ？　って。それにアップになったら、めちゃくちゃ綺麗でカワイイ人だなってびっくりしました」

「はは……いや、可愛《かわい》いのは清岡くんだと思うけど」

現役アイドルに「可愛い」と褒められても困惑するばかりだ。印象はともかく、藍の顔のパーツひとつひとつを見れば、とくに子どもっぽい造形ではない。顔立ちでいえば、悠斗のほうがよっぽど藍よりも童顔だろう。

「真宮さんって、たしか俺より年上ですよね？」

「うん、二十五です」

「うへぇ。見た目すごく若いですよね。実物にお会いしたら、画面で見るよりも、もっと若いっていうか」

慣れっこではあるが、年下にこうもはっきり言われると、もはや苦笑しか返せない。藍の複雑な感情に気づくことなく、悠斗は愛想よく話を続ける。

「できれば、俺のことは悠斗って名前で呼んでくれませんか？　呼び捨てにされるの大丈夫なんで……あ、俺、なれなれしいですか？」

藍は愛想笑いで応えた。たしかに、初対面なのにグイグイ距離を詰めてくる。悠斗のコミュニケーションは、完全に陽キャのそれである。

「えぇと、じゃあ……悠斗、くん？」

「はい。へへ、なんかうれしいです」

目がキラキラしている。なるべくしてアイドルになったんだなと、藍は悠斗の瞳の輝きにひそかに感嘆した。

「藍さんって、ミックスで英語もネイティブだって、マネージャーから聞きました」

「祖母と母がアメリカ人なんだ。でも日本育ちだよ」

「俺も小さい頃から英会話を習ってるんですけど、日常会話とかやっぱり全然だなって。こっちに来て痛感しました」

悠斗のマネージャーが、横から「台詞《せりふ》は大丈夫です」と謎のフォローを入れてくる。藍は頷いた。あの実力主義のフェレールに、オーディションで選ばれたのだ。実際に台詞回しならば問題ないのだろう。

「台詞はまだなんとかなるんです。でも、現場でフェレール監督の指示がけっこう出るって聞いて、エグいなって。細かいニュアンスがわかるか不安なんです」

悠斗が再び邪気のない笑みを見せる。

「真宮さんが現場にいたら、頼ってもいいですか？」

「もちろん。ただ君のほうが出番も多いし、フォローできないときのほうが多いかもしれないけど」

「ありがとうございます！　真宮さん、いや、藍さんって呼んでいいですか」

この人懐っこさにはかなわない。芸能界のキャリアは悠斗のほうが長いが、年長者として庇護《ひご》欲がかきたてられ、思わず笑ってしまう。藍の笑みを見た悠斗が、目を輝かせた。

「藍さんってめちゃくちゃカワイイなぁ。年上とは思えない！」

「いや、待って。どう考えても可愛いのは君のほうだから」

藍はついに声を上げて笑った。


準備を重ねて、いよいよ撮影がはじまった。

その日の撮影場所は、郊外にある実際の児童養護施設だった。

顔馴染《かおなじ》みになったスタッフに挨拶をして、駐車場に停められていたトレーラーに入る。早いねと驚かれたが、他に仕事があるわけでもなく基本的に暇なのだ。それに、準備を見ているだけで楽しい。メイクやら現場の確認やらとこなしていたら、あっという間に時間が過ぎることもわかっている。

「アイ、早いね。勤勉な日本人らしい」

藍が来たと聞いて、フェレールとカメラマンが衣装のチェックに現れた。

「はは、現場の雰囲気が好きなので」

フェレールはにこりと笑った。

「それじゃあ衣装を決めようか」

スタイリストが差し出した衣装を着ると、藍は二人の前に立った。ホセがふむと顎《あご》に手を当てる。

「インナーがシャツだと、少し大人っぽすぎる感じがするね……どう思う？」

フェレールに話しかけられたカメラマンも頷いた。

「アイは顔立ちに品があるから、もう少しカジュアルに……そっちのデニムに、インナーはTシャツのほうがいいかもしれない」

スタイリストがすかさず薄手のTシャツを手に取り、藍に渡す。藍は命じられるままに服を着替え、再び二人の前に立った。また、監督とカメラマンがぼそぼそと相談する。

彼らの会話が、鼓膜をすべっていく。藍はふわっと心を飛ばした。こんな風に無になれる時間は嫌いじゃない。

藍自身に自覚はないが、こういうときの藍は、まるで等身大の人形に見える。時の流れから切り離され、少年の姿かたちのまま悠久のときを生き続ける存在に。

フェレール達はいつしか会話を止めて、藍の神秘的な立ち姿にしばし見惚《みと》れた。感に堪えないといった表情で、フェレールが呟く。

「一見すると普通の青年なのに……アイ、君は見れば見るほどミステリアスだ」

今日のシーンの主役は藍だ。出演者全員が通しで演技するドライを終えて、いざ本番だと、藍は最初の立ち位置に戻ってカメラが回るのを待つ。

すると、モニタの前にいたフェレールが藍に近づいてきた。

「アイ、少しだけ話がしたい」

「はい」

藍はキュッと唇を引き締めた。悠斗が心配していたとおり、フェレールは現場で細かく演技について俳優達と議論し、テイクを重ねるタイプだった。

「君のアプローチはとても素敵だが、少し透明すぎると思うんだ」

藍は首を傾げた。フェレールのコメントが抽象的すぎて、真意がいまいち掴《つか》めない。

「なんと言えばいいのだろう。君は私の映像に馴染《なじ》みすぎているんだ」

「馴染みすぎるのは、よくないことですか？」

「いや、とても素晴らしいことだ。私のようにエゴが強い監督からすると、君は理想の役者だよ。だが、アイ・マミヤという俳優がここまで私の世界に溶け込んでもいいのだろうかと、映像を見て心配になったんだ」

監督がつくりたい世界の構成物になる。「演じる」とは、そういうものだと思っていた。藍が困惑していることに気がついたのか、フェレールはすかさず「君の演技を否定したわけじゃないよ」とフォローする。

「いまの君のアプローチでも、私は充分満足している。数秒のカットでも充分すぎるほどに、君は私のつくりたい物語を理解して、最高の演技をしてくれている」

真摯《しんし》な焦げ茶色の瞳を見返せば、本気でそう思ってくれていることがわかって安堵《あんど》する。

「その上で、これは私のわがままだ。私は、君という俳優の個性が輝く瞬間を、もう少し見てみたい」

「俺の個性……ですか」

藍は目を瞬《しばたた》いた。

「そう。私にも、自分の世界を壊してほしいっていう、クリエイターとしての欲もあるからね」

物語の世界に馴染みすぎる。それは素晴らしいことだろう。だが言い換えれば、それは「自我」や「個性」といったものが欠如しているということだ。

「役者が世界観に馴染みすぎると、どうなるか。モブだよ。このままでは、君自身がどれほど大作のクレジットに名を連ねても、君という個性は永遠に目立たない」

藍はぎくりとした。フェレールの鋭い目に、本質的な問題を見抜かれた気がしたのだ。

「結局エンタテインメントの世界は、わかりやすいアイコンを目指して客が集まる。それがスターのネームバリューだ。そういう意味で、作り手と演者の個性は、本来相乗効果を持つべきだ」

与えられたキャラクターを、監督のイメージどおりに演じることはできる。一方で、「演じることで自己表現したい」という意志がない。つまり個性がない。

藍は考え込んだ。おそらく藍がいまいち売れない理由もそこにあるのだろう。

「少し、考えさせてください」

そう答えるのが、精一杯だった。

＊＊＊

最初は、撮影に夢中で気づかなかった。

藍はあるときから、イーサン・ダニエルの狼のような目で、一挙手一投足を常に観察されていることとに気がついた。

フェレール監督の近くにいると、彼のボディガードであるイーサンとも必然的に頻繁に接触する。視線を感じて振り返ると、必ずその先にイーサンがいた。

撮影中こそ引いたところにいるが、それ以外の時間、イーサンは常にフェレールの近くに控えている。ボディガードなのだから当たり前だ。藍は初対面のとき以来イーサンが苦手で、できればあまり接触したくなかった。

しかし悔しいことに、会うと頻繁に目が合う。イーサンはけして目を逸らさない。気まずさに耐えきれなくなって目を逸らすのは、いつも藍のほうだ。

イーサンの意味深なまなざしにつきまとわれて、藍は徐々に不安と苛立《いらだ》ちを募らせていた。

その日の撮影場所はニューヨークの郊外だった。藍は休憩中にコーヒーをもらおうと、フードトラックを目指す。近づくと、嫌な先客を見つけた。

「げ……」

イーサン・ダニエルだ。あわてて踵《きびす》を返そうとするが、目ざとく藍に気がついた男が手を上げる。イーサンにつられるように、スタッフも藍に手を上げた。

さすがにここで無視するのもわざとらしいと、藍はできるだけにこやかに見えるように表情をつくりながら、トラックに近づいていった。イーサンが声をかけてくる。

「調子はどうだ。ミスター・マミヤ」

「……どうも、それなりに」

挨拶くらいはするが、それ以上会話を膨らませるつもりはない。

「アメリカーノを、少し熱めでお願いします」

スタンドのスタッフと積極的にコミュニケーションを取るふりをして、イーサンとはそれ以上の会話を避ける。

イーサンはスタンドに肘《ひじ》をかけて、そんな藍をじっと観察している。

藍より文字どおり頭ひとつ分高く、嫌になるほど腰の位置が高い。全身が鍛え上げられた実用的な筋肉に包まれているのがわかる。二の腕なんて、藍の太股《ふともも》くらいありそうだ。

藍だって、モデルのようだと体格を褒められることもある。だが、この男性美の極致のような男と並べば、悲しいほど貧弱に見えるだろう。

なぜここまで、この男の存在に心をかき乱されるのだろう。おそらくこの男に対する苛立ちは、劣等感から来ているのだ。藍はそう無理やり、自分を納得させた。タイプが違う同性に劣等感を抱いてもロクなことはない。とくに個性を売る役者を生業《なりわい》とするならば。

やはり精神衛生上、なるべくこの男には近づかないことだと、藍は結論づけた。

チラと見れば、イーサンは左手に紙カップを二つ持っている。おそらく彼自身の分と、彼の雇い主であるフェレールの分だ。それなのに、なぜか立ち去らない。

「早く戻らなくていいんですか？　監督のコーヒーが冷めますよ」

「ホセはぬるめが好みだ」

悪びれもせずぬけぬけとそんなことを言ってのけるのだから、また無性にイライラする。

藍は手渡された熱々のコーヒーに早速口をつける。スタッフに短く礼を言うと、すぐに踵を返した。

当然のようにイーサンが横に並んで、一緒に歩き出す。

藍は溜息《ためいき》をついた。

（そうだ。しつこく見るなって、クレームを言うならいましかない）

「ミスター・ダニエル。僕に興味があるんですか」

「どうしてそう思う？」

「貴方がずっと、気持ちが悪いくらい執拗《しつよう》に俺を見るから」

これは牽制《けんせい》だ。男がかすかに笑ったのが気配でわかる。

「俺はここに演技をしに来たんです。役者としての将来がかかっている仕事に集中したいんだ。貴方にじろじろ見られていると気が散るんです」

「なるほど、大人しそうな見た目と違ってずいぶんとはっきり言うな」

「やめてほしいんです。貴方の気を引く何かが、俺にあると？　見た目ですか。あるいは、そういう趣味ですか」

藍がきわどく突っ込むと、イーサンはさらに口角を吊《つ》り上《あ》げた。

カップを持ったまま、イーサンは器用にサングラスを外す。現れた美貌に、藍は思わず見惚れた。

初対面のときも感動したが、信じられないほど美しい男だ。

完璧《かんぺき》な比率で彫刻のように整った美貌《びぼう》が、徐々に迫ってくる。イエローサファイアのごときウルフアイに、途方に暮れたような藍が映っている。

「少年にはまったく興味がないが、君自身に興味があるんだ。アイ・マミヤ」

藍はのけぞって、顔をそむけた。

「やめてください。からかっているのなら悪趣味だ」

「からかっているつもりはない」

これでは、まるきり口説かれているようではないか。

「俺を口説こうとしているのなら、ストーカーのような真似《まね》をしないで誠意を見せるべきだ」

すると、イーサンが首を傾げた。

「口説いているわけではない」

藍はその答えに唖然《あぜん》とした。もしかして、この男は天然なのだろうか。初対面に近い相手に「君に興味がある」と伝えることが、相手にどういう意味で受け止められるか、本当にわかっていないのか。

「なら、どうして俺をずっと観察しているのか教えてください。貴方の視線が不快なんです」

「誤解をしないでほしい。ただ……いや、いまは説明がむずかしい。君を混乱させるだけだろう」

そのあまりに意味深な物言いに、藍は瞬間的にカッとなった。

「あんたの思わせぶりな態度に、こっちはもう充分混乱しているよ！」

礼儀も忘れて怒鳴ってしまった。苛立ちに眦《まなじり》を吊り上げる藍を、イーサンが無表情で見下ろす。その態度にもまた怒りが募る。

藍とてこの業界に入って四年経《た》つ。見目よい若手俳優となれば、男女問わず色めいた視線を何度も送られたこともある。中には、かなり悪質で一方的な欲求をぶつけられそうになったこともあった。

しかし、この男のまなざしはそのどれとも違う。一目惚《ひとめぼ》れしたのでなければ、あるいは欲情でなければ、仕事場でたまに会うだけの藍を、なぜこれほど執拗に見つめるのか。

「俺達は、そもそも今回が初対面ですよね？」

「君に思い当たることがないのは当然だ。なぜなら……チッ、時間切れか」

イーサンは、何かに気づいたかのように顔を上げた。その視線の先に、あわただしく動きはじめたスタッフ達が見える。間もなく撮影が再開するのだろう。

「もう行きます」

あわてて歩き出そうとする藍の二の腕を、イーサンが掴《つか》んだ。掴まれたそこから、ピリピリと小さな電流が走る。

「……っ、放してください！」

「アイ・マミヤ。また君と話がしたい」

藍は息を呑《の》んだ。イーサンの表情が驚くほど真剣なものだったからだ。

「俺と話したいって、いったい何を……」

理性が、やめろ、これ以上この男に関わるな、と叫んでいる。二人は互いに息を止めて、無限にも思える時間を見つめ合った。息を詰めて答えを待っていると、遠くから藍を呼ぶ声が聞こえてくる。

イーサンがパッと手を放した。

「引き止めてしまったな。また」

そう言って、イーサンは立ち去った。

「はぁ……なに、なんだよ」

藍は詰めていた息を吐くと、その場にしゃがみこんだ。早く戻らなくてはいけないとわかっていたが、気持ちを落ち着かせるためにコーヒーを啜《すす》る。わざわざ「熱めに」とオーダーしたのに、コーヒーはすっかりぬるくなっていた。

イーサンが最後に見せた表情が、気になってしかたがない。あの執拗で意味深な視線には、なんらかの重要な意味があるのだ。

もう一度話したい、とイーサンに請われた。だが、これ以上あの男と関わり続ければ、きっと大変なことになる予感がする。

やはりあの男とは二度と二人きりになるまいと、藍は固く心に誓った。

＊＊＊

前半の撮影も、いよいよ終盤に差し掛かっていた。今日の撮影を終わらせたら、明日のフライトで日本に戻る予定だ。

マネージャーの水地は、複数のタレントを兼務している関係で、今朝一足早く帰国の途に就いた。

今日の撮影は午後からで、午前中はオフだ。わずか数時間の空き時間だが、せっかくなので祖母が住んでいたクイーンズにでも足を延ばしてみようかと藍が考えていると、ホテルのフロントからコールがかかった。

「ハロー」

『フロントですが、イーサン・ダニエルという方が、貴方あてに訪ねてこられています。部屋に伺ってもよいかと』

驚きのあまり、藍は一瞬言葉を失った。どういうことだ。フェレール監督のボディガードであるイーサンが、なぜ藍を訪ねて、わざわざホテルまで来たのか。

『ミスター？』

「か、彼には……部屋はだめです。ロビーで待っていてください、と」

電話を切ると、藍はあわててソファから立ち上がった。

（なんで、どうしてあの人がホテルまで？）

イーサンが自分を訪ねてくる理由がわからない。ボディガードの任務はどうしたのだ。

「どうしよう」

二度と関わり合いになりたくないと思ったばかりの男だ。とはいえ、相手はフェレールの関係者だ。訪ねてきた理由くらいは、きちんと聞かなくてはならない。招かれざる訪問者とはいえ、生真面目な藍に、男を無視できるふてぶてしさはなかった。

「……どうせ出かけるんだから、とりあえず準備しよう」

クロスボディバッグに必要なものを詰めこむ。スマホとパスポートとクレジットカードに、小物を入れたポーチと、最低限の持ち物だ。どうせ撮影前に一度ホテルに戻る。

バスルームの大きな鏡には、戸惑いを隠せない青年が映っていた。

素早く顔を洗った後、簡単にスキンケアをして日焼け止めを入念に塗る。色白の肌は、気をつけないとすぐに赤く日焼けしてしまう。天然のウェーブがついた髪は、スタイリストのカットが上手《うま》いおかげで、さっと手櫛《てぐし》を通すだけでスタイルが決まる。ここまでの準備に十分もかからない。

白シャツにグレーのスウェットを重ねて、下はシンプルに細身のブラックデニム。キャップを被《かぶ》り、伊《だ》達《て》メガネをかければ準備完了だ。

「ちょっと挨拶《あいさつ》して、来た理由を聞くだけだ。あとはフリータイムだから」

藍は自分に言い聞かせる。最後にもう一度、全身を鏡でチェックする。ジャケットを着たほうが大人っぽく見えるかもしれないと一瞬迷ったが、どうせ何を着たところで、藍がこの国で年相応に見られることはない。藍はバッグを掴んで、部屋を飛び出した。


イーサン・ダニエルは、ロビーのソファに悠然と足を組んで座っていた。

予想どおり、イーサンはひどく目立っていた。ロビーを行き交うゲスト達が、チラチラと男に視線を送っているのがわかる。他者を圧倒する体格とゴージャスな金髪。サングラスをかけていても、その美貌は隠せない。堂々とした風格は、まるでどこぞの王族のようだ。

藍に気がつくと、イーサンが手を上げた。待ち合わせの相手は誰なのかと、周囲がいっせいにこっちを見る。藍は内心で溜息をついた。本当に関わり合いになりたくない。

近づくのを躊躇《ためら》っていると、焦《じ》れたのか、イーサンのほうから近づいてくる。

立ち上がるとわかるが、やはり規格外の体格だ。それでいて完璧な骨格と頭身のバランスなのだから信じられない。

「ミスター・マミヤ」

イーサンがサングラスを外した。完璧に整いすぎてもはやCGのような美貌に、周囲が感嘆の声を上げる。

「ミスター・ダニエル。どうして、貴方がここに？　フェレール監督の警護はどうしたんですか」

「ホセのガードは、チームの別の者が担当している。君が現場に入るまで、今日は私が君のアテンド兼ボディガードを務める。監督の指示だ」

「そんな、嘘でしょう？」

フェレールの指示というのは本当だろうか。たしかに午前中にクイーンズに行くつもりだとゾーイには伝えたが、それがまさか監督にまで伝わってこうなったということか。

「お気持ちはありがたいのですが、プライベートの時間は契約で守られているはずです」

「撮影期間中はキャスト達を危険から守るように警護の手配をするのも、映画会社との契約に盛り込まれているはずだが」

「それは現場での話でしょう」

藍の必死の反論に、イーサンは首をすくめた。

「少年趣味の男に、レストランのレストルームで絡まれたのを忘れたのか」

初対面の夜のことを蒸し返されて、藍は羞恥《しゅうち》に眦を吊り上げた。

「ミスター・ダニエル。俺はれっきとした成人男性で、ニューヨークに土地勘がないわけじゃない。移動はすべてタクシーか配車サービスを使うし、今日はクイーンズに行ってランチをするくらいで、危険なところに寄るつもりもありません」

「ならば、私のことは運転手の代わりくらいに思っておけばいい」

「そうではなくて！　……今日はプライベートを守りたいんです。貴方の同行が迷惑なんです」

「これは私の雇い主、すなわち君の雇い主に影響力を持つホセ・フェレールからの指示だ」

はっきりと迷惑だと伝えたが、にべもなく一蹴《いっしゅう》される。そのとき、藍のスマートフォンが震えて、メッセージの着信を伝えた。それに気づいた男が、見ろと顎《あご》で促す。

「確認すればいい」

藍は失礼と断ってアプリを開く。ゾーイからのメッセージだ。さっと目を通して、藍は顔を歪《ゆが》めた。

『ハロー、アイ。ホセがゴージャスなボディガードを貸してくれたわよ。午後の撮影までイーサンとオフを楽しんで』だと。まったくもって余計なお世話だ。これでは断りたくとも断れないではないか。

反論の余地を失って、藍は唇を噛《か》む。イーサンが口角を吊り上げた。

「せっかくのホセの厚意だ。ありがたく受けておくといい」

「ちょっ……あっ」

まるでゾーイのメッセージを読んだかのように、イーサンはサングラスをかけ直すと、藍の手からバッグを素早く奪いとった。

「返してください！」

「早く来い。バレーに車を停めたままだ」

悠然と歩く男の背中を追いかける。これでは、どちらが主体的に行動しているのかわからない。結局藍は押し切られるようにして、男が開けた助手席に滑り込んだ。


イーサンの運転は手慣れていた。ナビを見ずとも、道を間違える様子もない。乱暴な運転をするドライバーも多い中、スマートな運転で助手席に乗っていてもストレスがなかった。

男がチラと助手席の藍を見る。

「そうふてくされるな」

「ふてくされていません。あまりに強引なやり方に文句を言いたいだけだ」

イーサンが静かに笑った。

「クイーンズで何をするつもりだ」

「祖父母が住んでいた街を少し散策して、ランチを摂るだけです」

「一人で行動するのは危険だと言っただろう。なぜ最初から誰かに付き添いを頼まなかった」

藍は眉を顰《ひそ》めた。ニューヨークの街をひとりで歩いている日本人だってそこら中にいるというのに、誰も彼も、藍が成人男性だということを忘れていないだろうか。

「俺はこう見えても、二十五歳の大人なんですが」

「年齢は関係ない。どれほど安全と言われる場所でも、突然銃声が響き、暴漢に襲われるのがアメリカだ。君が住んでいる安全な日本とは違う」

「わかっています。でも、万が一を恐れて行動することを躊躇《ちゅうちょ》していたら、結局何も得ることができない。だから自衛しながらも、アメリカでは誰もが自らの意志で行動する……違いますか？」

「違わない。君には勇気がある。だがそういう問題ではない」

イーサンがサングラス越しに、助手席の藍を一瞥《いちべつ》する。

「前回ニューヨークに来たのは、何年前だ」

「たしか、七年前でした」

「当時も一人で来たのか？　誰と一緒だった」

一人で行動することと、前回の渡米時の同行者にいったい何の関係があるのかと、藍は首を傾げる。

「両親とですが」

「こちらでも基本的にご両親と行動していたんだろう。ならば、わからないのも当然だ」

その馬鹿にした物言いに怒りがこみ上げる。

「俺がアメリカでの過ごし方も知らないと、馬鹿にしていますか？」

「そんなつもりはない。ただ、君の自己認識と、周囲のそれに差があるだけだ」

「どういう意味ですか？」

「やはり日本育ちだな。どれだけ君自身が主張しようが、君はこの国ではティーンにしか見えない。下手をするとローティーンに。つまり、いまだにスクールに送迎される年齢に見えるということだ」

ようやく男の言いたいことがわかって、藍はぐっと奥歯を噛みしめた。

「しかもその見た目だ。どう隠しても目立つ。美しく、身なりもよく、育ちもよさそう。昼間だろうが、車に連れ込まれれば、誘拐されるのは一瞬だぞ」

藍なんかよりもよっぽどか弱い日本人女性だって、一人で旅行しているではないか。そう喉《のど》まで出かかったが、イーサンの次の言葉を聞いて、藍は反論を飲み込んだ。

「保護者に見えるマネージャーが帰国したいま、ホセやミズ・チャスティンが特別に気をかけてくれることを、君はむしろありがたく思うべきだ」

そこまで言われれば、引き下がるしかない。藍は力なくシートにめり込んだ。

「ミスター・ダニエル。本当に、俺だけが特別扱いされているわけじゃないですよね」

「いい加減にイーサンと呼べばいい。私もアイと呼んでいいか。初対面のときに、言いにくいなら名前で呼べと言ったな」

「それは……いやです」

男がちらと視線を寄越《よこ》す。藍はツンと前を向いて無視した。

「アイ、安心するといい。君だけが特別扱いされているわけじゃない」

「……イーサン・ダニエル。貴方は意地が悪い」

フルネームで呼び捨てして、言外に不満を訴える。藍のささやかな抵抗に、イーサンが掠《かす》れた声で笑った。

「特別扱いではないと言ったが、私が無名の俳優に雇われることはまずない。私を正式に雇うとなると、おそらく三ヶ月で君の今回の契約金が吹き飛ぶだろう」

なんだよ自慢かよ、と藍は内心でイーサンをののしった。

「俺が望んだわけじゃない。押しかけてきたのはそっちだ」

　すると、意外にもイーサンはあっさりと頷《うなず》いた。

「そうだな。私から押しかけた。ホセの後押しはあったが、私の希望だ」

「……認めるんだ」

「君と話がしたいと言っただろう。君はまもなく帰国する。私には時間がない」

「だからって監督まで使って……こういうやり方は、はっきり言って嫌いです。あまりに強引だ」

　きっぱりと抗議する。イーサンに嫌われたところで、どうせこの作品の撮影のあいだしか関わることもない相手だ。

　それからは、無言で車窓を眺めた。車はマンハッタンの渋滞を抜けて、クイーンズボロ橋に差し掛かる。五月の晴空の下、橋からの眺めは絶景だ。藍は車窓から、なつかしいその景色を眺めていた。

「すぐに着く。まずはどこへ行くんだ」

　藍は開き直った。このままふてくされて、わずかなオフの時間を台無しにするほうが嫌だ。どうあがいてもこの男を振り切れないのならば受け入れるしかない。

「祖父母が住んでいたアパートを見たいんです」

　通りの名前を告げると、男は頷いて、車を加速させた。

　祖父母が住んでいたアパートは、変わらない佇《たたず》まいでそこにあった。藍はなつかしさを覚え、路上からしばらく四階のその部屋を眺めていた。

「このまま、もう少し通りを歩いていいですか」

振り返って尋ねると、イーサンが頷いた。

店は多少入れ替わっていたが、街の様子は七年前とほとんど変わっていなかった。

複数の男達が道の向こうから歩いてくると、藍はイーサンによって、さりげなく建物側に寄せられた。人とすれ違うとき、イーサンは必ず対向する人と藍のあいだにポジションを取る。

このあたりは比較的治安もよいのに、大げさだと思う。とはいえ、正直に言えばたしかに一人で街を歩くときよりは、ずっとリラックスしていた。セレブ達は、きっとこの安心感を高い金を出して買っているのだろう。

しばらく歩くと、藍は目的のレストランの前で足を止めた。隣のイーサンを見上げて尋ねる。

「あの……ランチ、一緒に食べますか」

ボディガードなど雇ったことがないから、こういうときにどう扱えばいいのかわからない。もしかしたら、勤務中は警護対象者と一緒に食事を摂ったりしないのかもしれない。先日のディナーのときも、イーサンは個室の外で待機していた。

それでも日本人としては気を遣って、いちおう声をかけずにいられなかった。

「私はいい。この店に入りたければ入ればいい。ただ、同じテーブルには着かせてもらおう」

「なら、飲み物だけでも」

イーサンが頷いた。やはり勤務中は飲食を控えるのだ。

店の奥まった席に通してもらう。厨房《ちゅうぼう》に出入りする通路に近い席を、イーサンがわざわざ指定したのだ。まさか、逃走経路を確保しているのだろうか。

「大げさな……俺は狙われたりしないよ。日本でも普段は電車に乗っているくらいなんだ」

藍は溜息をついた。

イーサンが途端に眉《まゆ》を顰《ひそ》めた。

「たとえ安全な日本でも、公共交通機関に迂《う》闊《かつ》に乗るべきじゃない。いつ拐《かどわ》かされるかわからないだろう。護衛も兼ねた専任のドライバーを付けるべきだ」

「冗談。こんなことを言うのは悔しいけど、俺は日本でもそれほど売れているわけじゃないんです」

「フェレールの映画に出れば変わる」

イーサンが断言する。藍は考え込んだ。たしかに世界的な監督の映画に出演すれば、日本でも多少は話題になるだろう。だが、結局悠斗の出演のほうが、世間的には大きなニュースになる。藍のことなど、ニュース記事で取り上げられてもおまけ程度だろう。

「注目されるほど、俺が出演するシーンは多くないですよ」

「演技については素人だが、君の演技は必ず評価されるだろう」

藍はぽかんと口を開けた。

「……もしかして、褒めてくれてますか？」

「言っただろう？　演技については素人だ。世辞を言うつもりはない」

イーサンが表情を変えずに頷くと、藍は目を瞬いた。

「ホセは狙ったとおりに役を演じてくれる君に、すっかり満足している様子だ」

先日のフェレールの指摘を思い出す。こちらが思ったとおりに演じてくれているが、もう少し個性を見せてほしいと。

「演技が透明すぎて、個性が足りないって言われたけど」

「その後、同じような指摘を受けたか？」

言われてみれば、その後はずっと撮影がスムーズに進んでいる気がする。

「君が献身的で努力家なのは、見ていれば誰でもわかる」

シンプルな褒め言葉だった。うれしくて頬が赤くなるのがわかる。藍はごまかすように、水をゴクゴクと飲み干した。

他愛ない話をポツリポツリとしていると、そのうちにギリシャ風のサラダと、揚げたてのカラマリフリットが運ばれてきた。サラダはアメリカサイズで、新鮮な野菜達がこれでもかと盛られている。薄い衣でカリッと揚げられたイカも美味《おい》しそうだ。

なつかしい匂いに、藍が思わず笑みを浮かべると、その様子を見ていたイーサンが目を細めた。

「本当に食べない？　美味しいですよ」

「ありがとう、でも結構だ」

イーサンにとって、やはりこの時間は仕事なのだ。そう考えると、藍はなぜか安堵《あんど》すると同時に、わずかな落胆を覚えた。せっかく少しだけ友好的な関係になれたのに、仕事と線引きされたのは残念だった。藍はブルブルと首を振った。押しかけボディガードに悩まされて、貴重なオフを無駄にしてはならない。

藍は覚悟を決めて、一人で食べることにした。

「じゃあ、遠慮なくいただきます」

「どうぞ。召し上がれ」

朝食を抜いたので腹が減っている。旺盛《おうせい》な食欲でサラダに手をつけはじめた藍を、イーサンは向かいの席で黙って見つめている。その視線は穏やかで、見られていてもあまり気にならなかった。

「この店を選んだのには、なにか理由があるのか。観光客が来るような店じゃないが」

藍はもぐもぐと口を動かしながら、無言で頷く。たしかに周囲を見渡しても、地元民っぽい客ばかりだ。

「日本からこっちに来るたびに、祖母に連れてきてもらった店なんです」

「なるほど。思い出の店というわけか」

「そう。だから、どうしてもここに来たかった」

男の視線がわずかに和らぐ。はたから見ればほとんど無表情だが、藍にはなんとなく男の表情の変化がわかった。

「祖父母殿との別れは、つらかったか」

ずいぶんと唐突な質問だ。少しだけ警戒しながらも、藍は素直に答えた。

「祖父は俺が子どもの頃、もうずいぶん前に亡くなって……祖母とは年に一回とか、多くて二回しか会えなかった。七年前、前の年のクリスマスに会って、年が明けてすぐにさっきのアパートで倒れているのが見つかった。ずっと、心臓が悪いのを隠してたんだ。どうして体調が悪いことに気づかなかったんだって、家族も、俺も、あのときはすごく後悔した」

会話が途切れ、それからしばらく藍は食事に集中した。

「私も、大切なものを失う苦悩を知っている。運命だとしても抗《あらが》いたくなるものだ」

イーサンが唐突に呟《つぶや》いた。藍はフォークを操る手を止めて、目の前の男を見た。表情は相変わらずだが、その声はわずかに哀愁を帯びている。

「君は家族のことが好きなんだな」

「俺は兄姉の中でもひとりだけ年が離れていて、こんな不安定な仕事をしているし、どちらかといえば不出来なほうだけど。それでも両親は兄や姉達とわけへだてなく愛してくれていると思う」

家から独立して数年経つ。最近は、時折メッセージアプリで連絡を取りあうのがせいぜいだ。それでも家族仲は良いほうだと思う。

男の目は、会話を続けながらも、時折油断なく外を見ている。

「……貴方は？」

イーサンがこちらを向いた。

「私の家族のことを聞いているのか」

「そう……俺だけ話すのもなんだから」

イーサン自身に興味を持ったわけではないと、藍は無意識に強調する。

「義両親は健在だが、実母と異父姉は病で亡くなって久しい。実父は生きているが、祖国で長らく投獄されている」

「祖国？　それに、と、投獄って……」

イーサンは、まったく予想もしなかった答えで藍を驚かせた。

「冤罪《えんざい》だ。私は父の無実を信じている。だが、父は国ではそれなりの立場だった。父が投獄されたせいで国は混乱に陥った。いまも我が国の民は、天災と飢餓に苦しんでいる」

藍は絶句した。真っ先に頭の中に浮かんだのは「なぜ」という疑問だ。

「そんなプライベートなことを……どうして俺に話したんですか？」

「どうしてだろうな。君なら話してもいいと思っただけだが」

知り合ったばかりの人間に話すには、あまりに凄惨《せいさん》な過去だ。

「故郷からはるか遠くこの地にいるが、ここでの目的を果たせば、私はいずれ祖国に戻る」

胸が痛む。それほど悲惨な国というのは、はたしてどこなのだろう。そして、イーサンが祖国を離れた理由はなんだろう。

もの問いたげな藍の視線に、イーサンは「君が知らない遠くの国だ」と、それ以上の追及を退けた。

「立ち入ったことを聞いて、ごめんなさい」

「かまわない。家族について先に尋ねたのは私のほうだ」

穏やかなまなざしに、ざわざわと波立った心が少しだけ落ち着く。いずれにしてもこれ以上は、出会ったばかりの藍が無遠慮に探るべきではない。

空気を変えようと、藍は当たり障りない質問をすることにした。

「フェレール監督のボディガードになったのはいつから？　アメリカでは映画監督もボディガードを

付けるのがあたりまえなの？」

「著名人がボディガードを雇うのはめずらしくないが、ホセの場合は、彼の三年前の作品が発端で、個人的に警護が必要となった」

「フェレール監督の三年前の作品……それって『フェイク・ザ・トゥルース』？」

イーサンが頷《うなず》く。アメリカのカルト宗教の実態を脱走した元信者が暴くという、これもまた実話を元にした作品だ。

「彼は、あの映画のモデルとなったカルトから、いまも命を狙われている」

「嘘だろ……本当に、そんなことが」

藍には想像もつかないような出来事だ。しかし、実際に映画の公開後に、題材となったカルト宗教がアメリカで社会的に大きな問題となったと、当時ネットの記事を目にしたことがある。

「実際に殺害予告めいた脅迫も何度も届いているし、二度ほど襲撃され、一度は入院している」

「じゃあ、ホセとは三年前から？」

イーサンは首を振った。

「いや、私が彼の担当になったのは五ヶ月前だ」

「そうなんだ」

あれほど警戒していた男と、こうして穏やかに会話ができているのが不思議だった。これまでより少しだけ、イーサンに対する警戒心が薄らいでいる。何よりも、家族について語り合ったことで心の琴線に触れた、そんな気がしたのだ。

クイーンズに滞在することわずか一時間半。イーサンの運転で、再びマンハッタンに戻る。

ニューヨークは街全体が緑と灰色で構成されている。まるで森の中にいる狼の群れのようなビル群。次に来たときは、クイーンズ側からマンハッタンの夜景を眺めたいなと思いながら、藍は車窓の景色を眺めていた。

マンハッタンに入れば、相変わらずの渋滞とクラクションの嵐だ。そんな中でも、車は迷いなく一方通行だらけの道を進んでいく。

「あと五分でホテルに着く。一時間後にまた迎えに来る」

藍は今日何度目かの溜息《ためいき》をついた。二人で過ごした時間でイーサンに対する警戒心は少し薄れたが、できればイーサンとは距離を置いて、落ち着いて色々と考えたかった。何より、この後に前半最後の撮影が待っている。

「この数時間、私と行動するのは怖かったか？」

藍は運転席の男を見つめた。まるで藍の思考を読んだような質問だ。

「別に、そんなことは」

「ならいいが。これまでは、ずいぶんと怯《おび》えていただろう」

この発言にはかなりむかついた。藍がずっと怯えていることをわかったうえで、あれほど執拗《しつよう》に視線で追いかけ回していたのならば、ずいぶんと悪趣味で意地が悪い。

「なぜ俺が、貴方に怯える必要があると？」

「事実怯えていただろう？　君の本能が正しく働いている証拠だ」

「どういう意味ですか」

「君が私を意識するように、私も君の存在に惹《ひ》かれている。君が私を怖がるのは当然だ」

際どい会話に、藍は唇を噛《か》んだ。

「……なぜいま、そんな話を？　この前は、俺を口説くつもりはないと言ってたくせに」

「セクシャルな意味ではないというだけだ。私達が惹かれあって反応するのは、君と私にとって、もっと重要な意味がある」

車内の空気が、ぐっと濃密になる。イーサンは再び、不気味で謎めいた言動を繰り返す男に戻ってしまった。やはり、二人きりになるべきではなかった。

藍は追いつめられた。クイーンズでのなごやかな時間は、結局ひとときの猶予を与えられたに過ぎなかったのだ。

「それが、俺に話したかったことですか？」

あと一ブロック、ホテルはもう目の前だ。

「最初は、私が長年探しているものを、君が持っていると思っていたんだ。だから、これまで君を観察していた」

「……え？」

「だが、今日一緒に過ごして確信した。私が探していたものは、君自身だ」

藍はイーサンの横顔を凝視した。

（イーサンが長いあいだ探していたものが、俺自身だった？）

「どういうことですか。意味不明な言動で俺を混乱させるのが、そんなに楽しいですか」

なぜクイーンズでその話をしなかったのだ。藍の演技を褒めてくれた。フェレールの話、そして家族の話をした。ほんのわずかでも、イーサンの内面に触れられたと思ったのに。

「さっきは、どうして……」

藍が口に手を当ててその先の言葉を飲み込むと、イーサンは激しく舌打ちした。

「……すまない。そうだな。君にとっては、私の言動はたしかにわけがわからないだろう」

それだけですませるのかと文句を言う前に、目的地に着いてしまった。

車がホテルの車寄せに滑り込むと、ベルスタッフがにこやかな笑顔で近づいてくる。しかし、ドアを開けてもらうのを待たずに、藍は自らドアロックを操作して助手席から飛び出した。

「アイ。『そのとき』が来ても、どうか私を恐れないでくれ」

苦渋に満ちた男の呟きに、藍は思わず振り返った。

「『そのとき』って……？」

発言の真意を探ろうと、サングラスの奥で鈍く光るイエローサファイア色の目を睨《にら》む。二人の視線が絡み合った。

「一時間後に迎えに来る」

先に目を逸らしたのは、イーサンのほうだった。拒まれたようで、なぜか胸がひどく痛んだ。

「来なくていい。もう二度と、俺に話しかけないでほしい」

＊＊＊

ホテルの部屋に戻ると、藍はぐったりとベッドに倒れ込んだ。

脳内で、イーサンとの会話を何度も反芻《はんすう》する。二十五年生きてきて、これほど神経を消耗させられる相手は初めてだ。どうすれば、あの男の不可解で意味深な言動に、心をかき乱されないでいられるのだろう。

スマホが振動する。画面をアンロックして確認すると、水地からのメッセージが届いていた。

『おつかれさまです。これから最後の撮影だよね。がんばってください』

日本は午前二時をとっくに回った頃だろう。水地の気遣いがありがたい。

「……そうだよな。あんな、わけのわからない相手のことで悩んでいる場合じゃない」

藍のキャリアにとって、今回の作品は最大の正念場だ。不気味なボディガードのことで悩んでいる時間はない。

（だからもう、あの男には絶対に関わらない）

すでに何度目かの決意だが、今度こそ、と藍は拳《こぶし》を握った。

配車サービスを手配して、一人で撮影現場に向かう。イーサンが再びホテルまで迎えに来たかどうかはわからない。

今日の撮影現場は、廃線となった地下鉄の使われていない駅だ。廃駅は本来の役目を失って、ずいぶんガランとしている。それでも今日ばかりは、撮影のためにあちこちで照明が焚かれ、スタッフの声が反響して、かつてのにぎわいを取り戻している。

「あ、藍さん！　会いたかったよ～」

悠斗だ。藍を見つけると、ニコニコと笑顔で駆け寄ってくる。藍は手を上げて応えた。

悠斗とは一度だけ、互いのマネージャーを交えて、四人で夕食を食べた。売れっ子だからと横柄な態度を取ることもなく、くったくない笑顔で懐いてくる悠斗に、藍はすっかり心を許していた。

「やあ、忙しそうだけど、体調はどう？」

超売れっ子の悠斗は、映画の撮影以外にも過密なスケジュールが組まれている。

「うちの事務所は人使いが荒いんで、色々仕事を詰めこまれてそれなりに疲れてるけど、なんとか」

これまで別日程で撮影をこなしていたが、今日はいよいよ二人一緒の撮影だ。

「ようやく一緒に撮れるね。そっちの撮影は順調？」

「はい。監督が細かくリテイク重ねてくるから、ちょっとしんどいですけど」

「そうだね。でも、それもだんだん慣れてくるよね」

すると悠斗がぷっと唇を尖《とが》らせた。

「でもさぁ、藍さんと撮影できるのはうれしいけど、今日の台詞もお互いに一言じゃん。ティエンがリアンの手を振り払って『僕の人生だ。あんたにはわからない』って言うでしょ？」

悠斗が英語で台詞を呟《つぶや》くと、藍がその後を引き取る。

「そして、リアンが『僕は君の人生を理解したいんだ。そのために僕にできることなら、なんでもするよ』……そう言って、ティエンに紙を渡す」

　すると、なぜか悠斗が目をキラキラさせた。

「藍さんの英語の発音、本当に完璧《かんぺき》だなぁ。俺の英語どうですか？」

「すごく綺麗《きれい》だと思うよ。ただ、役柄的にはもうちょっと訛《なま》りを感じさせたほうがいいのかな。訛りは指導されなかった？」

「されました。本番はもう一回教えてもらって、上手くやります」

　こうして話してみるとよくわかる。やはり悠斗は真面目で勉強家だ。アイドルとして成功しているのも、この陰の努力があってこそなのだろう。

「藍さんは、明日帰国するんですか？」

「うん。二ヶ月後にまた来るよ。後半の撮影は一緒のシーンが多いから楽しみだね」

「藍さん、日本に帰っても連絡していいですか」

「？　いいよ？　アプリのＩＤは交換したよね」

「やった！」

　悠斗は本気でうれしそうだ。

「東京に戻ったら遊びにいきましょうよ。一回、プライベートでごはんでも。あっ、あと、ライブのチケット送ります。観に来てください！」

　短期間でずいぶんと懐かれたものである。藍は笑って頷いた。

そのときだった。ズン！　と鈍い振動が地面を突き上げる。揺れは一瞬で収まった。

「……えっ？」

いまの強い揺れはなんだろうと、二人は顔を見合わせる。スタッフ達も、一瞬動きを止めて何事かと周囲を見回していた。

「なに？　電車？」

「いや、でもここ廃線だけど……ニューヨークで地震、ってことはないか」

二人はすぐに撮影の話題に夢中になった。


メイクを施され、衣装を身に着けて出番を待つ。

悠斗が先にカメラの前に立った。ドライを終えて悠斗がフェレールと話しこむ様子を、スタッフの邪魔にならないように、藍は一番後ろから眺めていた。

フェレールの熱のこもった演技指導に、悠斗は真剣な表情で頷いている。時折何かを質問しているので、あの調子なら問題なく英語でコミュニケーションは取れているようだ。

「アイ、話がある」

「えっ？」

いつの間にか、すぐ近くにイーサン・ダニエルが立っていた。二の腕を掴《つか》まれて、藍はビクリと震えた。ピリピリと電流が走る。

さきほど変な別れ方をしたせいで、どうにも気まずい。とくにいまは本番前で、一番気が散る相手と会話したくなかった。

「いまは無理です。演技に集中したいんだ」

イーサンがサングラスを外した。険しい表情だ。

「時間がない。思った以上に、早く動き出してしまった」

とっさにその場から逃げ出そうとするが、男が両手で素早く藍を拘束した。

「まもなく『そのとき』が来る。だが、そうなる前に君を説得したかった」

「説得って……何を」

「もうすぐ君の運命を変える出来事が起きる。それは、私の生まれた国に関係することだ」

藍は目を見開いた。

「それが、ずっと俺に話したかったこと？」

「そうだ」

「で、でも、貴方の国って……」

イーサンの父が冤罪《えんざい》で投獄され、いまは天災に見舞われ国民が飢餓に喘《あえ》いでいるという国。

「君にとっては理不尽なことだろう。だが、君はもうすぐ連れ戻される」

「連れ戻される、って……？」

どこの国なのかわからないが、日本人と米国人のミックスである藍には縁もゆかりもない国のはずだ。藍は政治を動かせる要人でも、飢餓を救える大富豪でもなんでもない。ただの俳優だ。

「その国と俺に、いったいなんの関係があるんだ！」

「いまは説明している時間がない」

逞《たくま》しい腕にぐっと引き寄せられる。必死で振り払おうとするが、ボディガードの腕力の前には、何をどうやっても無力だ。息がかかる距離に、恐ろしいほど整った美貌《びぼう》が近づいてくる。

「頼む。これから何があっても私の傍《そば》から離れないと、私を信じると約束してくれ」

「信じられるわけがない！　いったい、この前からなんなんだ！」

イーサンが藍の手首を握ったまま、なぜわからないのかと言わんばかりに睨む。藍も睨み返した。

「……放せよ」

「駄目だ」

イーサンにぐっと両の二の腕を掴まれ、無理やり視線を搦め捕られた。

「わかってくれ。人として生まれた君がその姿を歪《ゆが》められないように……あちらの世界でも、絶対に私が守り抜くから、どうか私を信じてくれ」

「俺が、歪められないように……？」

藍は混乱の極みにあった。イーサンが語ることが、何ひとつ理解できない。ただ、その異様な迫力のせいで、男から目を逸らせなかった。普段は使われていない廃駅の淀《よど》んだ空気が、いっそう重く感じる。息を吸い込もうと、藍は何度も酸素を求めて喘いだ。

藍とイーサンが揉《も》めていることに気がついた周囲がざわつきはじめる。藍は息を整え、なんとか冷静な表情を取り繕った。このままでは、藍とイーサンが揉めているとフェレールにまで気づかれてしまう。それだけはなんとしても避けたかった。

藍はなんとか穏便に、男の手を振り払おうと静かにもがく。

「もうすぐ撮影がはじまるから……とりあえず放してくれ」

突然、グイと背後から腕を引かれた。

「あんた、さっきから藍さんに何してるんだ」

「悠斗くん！」

悠斗が背後に立っていた。思わずすがりつくような目で悠斗を見つめる。藍の切羽詰まった表情を見た悠斗が、顔を強張らせた。日本語に切り替えて、話しかけてくる。

「藍さん、もしかしてこの男に絡まれてるの？」

「そう、ちょっと……悠斗くん、撮影は？」

「さっきのシーンは撮り終わったよ。藍さんを探したら、この男となんか揉めてるみたいだったから声をかけたんだ」

年下に情けない姿を見せたくなかったが、しかたなく藍は頷《うなず》く。悠斗はギッとイーサンを睨んだ。

「おっさん。いい加減、その手を放せよ」

「君には関係ない。これは、私とアイのあいだの問題だ」

イーサンが凄《すご》んだ。どこか余裕がなく、獰猛《どうもう》な表情だ。とうてい一般人に見せる顔ではない。しかし、一方の悠斗も、負けじとイーサンを睨み上げた。

「あんた、フェレール監督のボディガードだろ。なんで藍さんにちょっかいを……っ、うわっ」

ズン……とホームが揺れた。足元から何かが突き上げるようなその強い揺れに、構内にいた全員がハッと周囲を見渡した。

「な、なに？」

「さっきと同じだ……電車が来た？」

さらに、ドドドと、細かい振動が連続的に続いた。揺れがどんどん強くなる。

「違う、地震だ！」

悠斗が叫んだ次の瞬間、ドーンとひときわ激しい衝撃とともに、立っていられないほどの激しい揺れが藍達を襲った。

「デカい！」

「悠斗くん！　しゃがんで！」

藍と悠斗は互いにしがみつくと、次に頭を抱えるようにしてしゃがみこんだ。

「やばいってこれ！」

撮影機材が次々と倒れる。恐慌に陥ったスタッフ達の悲鳴が、構内のあちこちから聞こえてくる。

ニューヨークで、まさかこれほど大きな地震があるなんて。

藍は瞠目《どうもく》した。激しい揺れの中で、イーサンだけはゆるぎもせず立っていた。ひどく険しい表情で、なぜか虚空を睨《にら》んでいる。

「……来たか」

「イーサン！　しゃがんで！　立っていると危ない！」

次の瞬間、藍は息を呑《の》んだ。藍を見下ろすイーサンの目が、肌が、青い電気を纏《まと》いながら、ほのかに発光しはじめたのだ。

「イ、イーサン……？」

「アイ、ついに『そのとき』が来た」

激しい揺れと轟音《ごうおん》の中、掴まれたままだった二の腕が、強い力で引き寄せられた。しゃがんでいた藍は、強制的に半立ちにさせられる。

「いいか、これより先は絶対に私から離れるな」

「あっ」

次の瞬間、藍はイーサンの腕に抱き込まれた。悠斗が驚愕《きょうがく》と怒りの表情を浮かべて藍の腰にすがる。

「てめぇ！　こんなときに！」

揺れがますますひどくなる。ドンとひときわ激しい衝撃が走ると、ホームの床に亀裂が入りはじめた。藍と悠斗は青ざめた。天井が次々と崩落する。死ぬかもしれないという恐怖に、藍達は悲鳴を上げた。激しい火花が飛び散った後、ホームは暗闇に閉じ込められた。阿《あ》鼻叫喚《びきょうかん》が暗闇に響きわたる。

「うわぁぁぁ！」

足元が完全に崩れた。

「藍さん、落ちる！」

「悠斗くん！」

藍は暗闇の中で必死にもがいた。

「アイ！　私に掴まっていろ！」

イーサンの腕がさらに藍を引き寄せる。暗闇の中で、藍は必死に男にすがりつこうとした。しかし、次の瞬間、見えざる鉤爪《かぎづめ》に引っ掛けられるように、藍はイーサンから強引に引《ひ》き剥《は》がされ、空中にポーンと放り出された。

「アイ！」

「イーサン！」

藍は回転しながら落ちていく。視界は真っ黒で、自分の指先も見えない。

「アイ……！　アイ！　どこだ！　くそ、なぜだ！　誰の仕業だ！」

イーサンの獣じみた咆哮《ほうこう》が、はるか遠くに遠ざかっていく。

藍はいよいよ死を覚悟した。ああ、ここで二十五年の人生が終わるのだ。

《神よ。なぜ、私の＊＊＊＊＊＊を奪うのだ！》

誰かが絶叫している。そこで、藍の意識はプツリと途切れた。

見知らぬ世界のどこか

目が沁《し》みる。目を閉じているはずなのに、水気がまぶたの隙間から入り込んでくる。

水滴が顔のあちこちを不規則に弾《はじ》いては、コロコロと肌を伝い落ちていく。夢なのだろうか。それにしてはリアルだ。

耳の穴に水滴が流れ込んでくる。くすぐったさに身震いすると、途端に音が鮮明になった。バラバラと葉っぱを弾く雨の音が、やけにうるさい。

鼻の穴にまで、雨粒が流れ込んでくる。立ち込める雨の匂い。濡《ぬ》れた苔《こけ》と、堆積した落ち葉と土の匂い。

どうやら自分は地面に寝ころがって、全身で雨を浴びているようだ。でも、どうして？　さっきまで地下鉄のホームで撮影していたはずなのに。

頭の中で、危機感が警報を鳴らす。いますぐ目を覚ませ、と、必死に自分自身に覚醒《かくせい》を促す。

「ふ……あ」

ようやく目を開けることができた。滲《にじ》んだ視界に真っ先に飛び込んできたのは、頭上高くに鬱蒼《うつそう》と覆い茂る葉だった。藍は咳《せ》き込みながら、ゆっくりと上体を起こした。

「……どこだよ、ここ」

見たこともない森の中にいる。

どれくらい地面に寝そべっていたのかわからないが、全身がぐっしょりと濡れそぼっている。衣装のシャツもスラックスも泥だらけだ。

全身を少しずつ動かしてみる。どこも痛くない。どうやら怪我《けが》はしていないようだ。

あらためて周囲を見渡すと、映像の中でしか見たことがないような原生林だ。いったいどういうことなのか。

「っ、スマホ……！」

スマートフォンを尻《しり》ポケットに入れていたことを思い出して、あわてて取り出す。

画面をタップすると、問題なく待受が表示され、ほっと安堵の息を吐く。しかし、通信状況の表示を見て顔が強張った。

「圏外……待って、どこなんだよ」

海外でも使えるように設定されているスマートフォンだ。ロックを解除して、ＧＰＳの表示を確認する。設定はオンにしていたはずだ。だが、位置情報は表示されない。

「……嘘だろ」

何度も「嘘だ」と叫んでしまう。よく見れば時計の表示もおかしい。画面には午前8時28分と表示されているが、明らかに夕暮れが迫っている。

せめて誰かに連絡がつかないかと、半ば祈るように次々とメッセージアプリを開く。しかし、あらゆるアプリが『インターネットに接続してください』と表示されるばかりで、まったく使い物にならない。

バッテリーを少しでもセーブしようと、藍はいったん電源を落とした。いまは使えなくても、スマートフォンが命綱であることは間違いない。

「落ち着け、落ち着いて……何があった？」

必死に記憶を反芻《はんすう》する。さきほどまでロケをしていた。マンハッタンの地下鉄駅の廃駅構内にいたはずだ。監督以外に、大勢のスタッフもそこにいた。共演者の清岡悠斗も一緒だった。

「監督と悠斗くんが話していて、それで……それで？」

そこで、ふつりと記憶が途切れている。

おそらく意識を失っているあいだに、何者かによって撮影現場から連れ出されたのだ。そして、この森の中に放置された。でも、いったいなぜ？

「誰かいませんか！」

声を張りあげて呼びかけてみる。しかし雨音にかき消されてしまい、遠くまで声が届いた気がしない。

今度は英語で呼びかけた。何度も、何度も、藍は震える声で助けを呼び続けた。しかしどこにも応えてくれる者はいない。

「くそ……どういうことなんだ」

少しでも雨を避けようと、近くの大木の根元に身を寄せた。幹に寄りかかると、ようやくほっと息を吐いた。

「落ち着け、落ち着かないと」

周囲に人気はない。それだけがいまわかっている現実だ。もう一度スマートフォンを取り出して、祈るように電源を入れてみる。やはり圏外だった。がっくりと肩を落としたその瞬間、ガサッと何かが草叢《くさむら》をかき分ける音がした。

「なっ、なに……？」

ネズミか何かが駆け抜けた音か。成人男性として情けないが、わずかな物音にもビクビクと怯《おび》えてしまう。それもしかたがない。藍は東京の都会育ちで、山の中でサバイバルする訓練は受けていない。

（もし近くに誰もいなかったら……俺はこんな状況で、ひとりってことか）

藍はクシュッとくしゃみをした。すっかり身体が冷えきっている。

まったくの自然の中に、身ひとつで放り出されていることを自覚する。このまま雨に打たれ続ければ、もっと身体が冷えて動けなくなるだろう。せめて体力があるうちに、雨宿りができる場所を見つけなくては。

それに藍がこのような状況下にあるなら、直前まで近くにいた悠斗も同じような目にあっているかもしれない。

木に手をかけて立ち上がる。藍はその場を離れることを決めた。

どちらに向かうべきかと、周囲をぐるりと見回す。どの方向を見ても、延々と大木が立ち並んでいるだけだ。地面にも、人が踏んでできた散策路のようなものも見当たらない。森の中はわずか数メートル先も薄暗く、煙雨に霞《かす》んでさらに視界は不良だ。

この森はどこまで続いているのだろうか。藍は生まれて初めて遭難を心配した。富士の樹海と同じだ。このまま誰とも出会えず、救助も要請することができなかったら……その先に待っているのは「死」だ。実際に、このまま行動しなければ、遠い未来にその不安は現実になる。

もう一度地面をじっくり観察する。左手の方向に、わずかな傾斜がかかっている。

遭難したときは、高いところを目指すほうがよかったか、あるいは傾斜に沿って下るほうがよかったか。ネット記事で読んだような気もするが、よく覚えていない。

しばらく迷った結果、とりあえず低いほうを目指すことにした。下っていけば、いつか拓《ひら》けた場所に出られる可能性がある。生き残るためには、とにかく前に進むしかない。

「こんなところで、野垂れ死にしたくない」

己を奮い立たせ、藍は一歩を踏み出した。

「悠斗くん、ホセ監督！　誰か……誰かいませんか！」

降り続ける雨の中を、藍はあてもなく向かって歩き続けた。時折声を上げて周囲に人の気配がないかを探る。

シャツにジャケットという薄着だ。全身、下着までぐっしょりと湿っている。靴はインソールまでぐちゃぐちゃだ。

大木に手をついては、ぬかるむ地面に足を滑らせないように慎重に歩き続ける。

しばらくすると、雨音とは別に、ザザザと水の流れるような音が聞こえてきた。

「……川？」

川だとして、雨で増水していたら、近づくのはむしろ危険だ。しかし川があるならば、水が流れる方向に沿って歩けば、森の中を抜けることができるかもしれない。

「行こう」

藍は勇気を出して音がする方角に足を向ける。やがて樹々《きぎ》のあいだに、たしかに川が見えてきた。

次の瞬間、ある人物を発見して藍は目を見開いた。

「悠斗くん！」

川原に清岡悠斗が倒れていた。藍は安堵と恐怖を同時に覚えた。駆け寄って抱き起こす。

「悠斗くん、悠斗くん！　大丈夫か！」

悠斗の顔は真っ青だった。唇まで血の気が引いている。あわてて全身の状態を目でたしかめる。一見すると、大きな外傷も出血もなさそうだ。悠斗も藍と同様に、雨に打たれて全身がぐっしょりと濡れそぼっている。

気絶している悠斗を、このまま雨の中に放置しておくことはできない。

悔しいが、男性一人を横抱きにできるほどの腕力はない。藍は悠斗の頭を肩に凭《もた》せ掛けると、腰に手を回して、寝ている子どもを持ち上げる要領でえいやと抱えた。濡れて脱力した青年はひどく重い。

周囲を見渡して、避難できそうな場所を探す。

「あそこ……！」

生い茂る樹々の向こうに、そびえる崖《がけ》が見えた。雨宿りできそうな岩壁が見つかるかもしれない。川に沿って歩けばたどり着けそうだと当たりをつける。

藍は悠斗を抱えて、ヨロヨロと歩き出した。

体感で十五分くらい歩いて、藍はようやく崖下にたどり着いた。幸運なことに、地面に近いところが、スプーンで横向きに削られたようにくぼんでいる。かがまないと潜り込めないが、横たわることもできそうな広さがあり、充分雨風がしのげそうだ。

「やった……！　よかった」

藍は深々と安堵の溜息《ためいき》を漏らした。悠斗を抱えっぱなしの両腕は痺《しび》れきっているが、なんとか意地でここまで運んできた。

先に岩の窪《くぼ》みに潜り込むと、中腰で悠斗を引きずり込んだ。意識のない青年をできるかぎりそっと横たえたところで、藍の気力と体力が尽きた。悠斗の隣に倒れ込んで、荒い息を吐く。

「ハァ……ぐっ、う……つら」

手も足も重く、腰も首も痛い。

ようやく呼吸が落ち着いたところで、手を伸ばして悠斗の頬をペチペチと叩く。

「悠斗くん、目を覚まして」

青年の頬は青白く、雨に濡れたせいでひどく冷たい。ただ、呼吸は落ち着いている。

「大丈夫かな……ふぅ、くそ」

藍は腕を丸めて突っ伏した。

雨を避ける場所を見つけた。悠斗も見つけた。一歩前進である。しかし、最悪の状況であることには変わりがない。ここがいったいどこなのかもわからず、藍と悠斗は、身ひとつで森の中に放り出されている。

森には、危険な野生動物が潜んでいる可能性だってある。ライトもナイフも持っていない。このまま雨が降り続けて川が増水すれば、この場所だって危険かもしれない。凍死するほど気温が低くないのが不幸中の幸いだが、ここまで濡れていては、二人とも体調を崩すかもしれない。

スマートフォンを取り出して通信できるか試してみるが、やはり通じなかった。

もっと安全な場所を探さなくてはと、藍は肘《ひじ》をついて起き上がろうとした。だが、呻《うめ》いてもう一度悠斗の横に転がる。心身ともに疲労の限界だった。

「だめだ……こんなところで無防備に……」

目の前が急速に暗くなっていく。せめて悠斗を守ろうと、藍は必死で腕を伸ばして、青年の冷えた身体を腕の中に抱え込んだ。

意識が遠のく。半ば気絶に近い状態で、藍はそのまま夢の中に落ちていった。

＊＊＊

あたたかい場所にいる。藍は水中でぷかぷかと揺れる小さな細胞だった。

（これは夢だ）

変な夢だが、とても心地が良い。長いあいだ、藍は一定のリズムでふわふわと水の中を漂っていた。しばらくすると、ここにおいで、と、誰かの手に水の中からゆっくりと掬《すく》い上げられた。藍は素直にその手に収まった。すると、新しい水の中に再びゆっくりと沈められる。

そこはとても明るく眩《まぶ》しかった。光の奔流が、まるで魚の群れのように水中をグルグルと駆けめぐっている。楽しい。藍はクルクルと光とともに踊り続けた。

水底へ、水底へと、光が藍を導いていく。藍は踊りながらゆっくりと沈んでいった。光の奔流が徐々に渦を巻き、やがてキラキラと輝くゆりかごになった。

「実り給《たま》へ」と優しい声が、藍を手招く。藍は笑い声を上げて、その光のゆりかごに飛び込んだ。

祝詞は女性の声で幾重にも重なって聞こえる。小さな細胞である藍に言葉はわからなかった。

それでも、気が遠くなるほど長い時間を光のゆりかごの中で過ごしているうちに、祈歌の意味がわかってきた。まず聞き取れるようになったのは、この二節だ。

実り給へ　楽園の果実よ
実り給へ　英雄のためのアンブロシア

藍は光のゆりかごの中で、祈歌に耳を傾けながらウトウトと眠って過ごした。やがて祈句はよりはっきりと聞こえるようになり、すべての言葉が藍の中で意味を紡いでいく。

実り給へ　楽園の果実よ
実り給へ　英雄のためのアンブロシア
いざ給へかし　幽冥《ゆうめい》に眠る神子《みこ》ら
アンブロシアの香気は覚醒《かくせい》の鈴
いざ給へかし　国境の絶壁に立つ神子ら
千載一遇の喇叭《らっぱ》を合図に
天蓋《てんがい》の御許《おんもと》に疾《と》く来たれ
神子のうち最も勇なる者が英雄と成り
神庭の果実を戦果と成す

英雄よ　いざ給へかし
現《うつ》し世に別れを告げ
究竟《くきょう》天理を毀《こわ》すがそのさだめ
神を屠《ほふ》りし暁に　明《あか》き屑星《くずぼし》となり給へ

目覚めるのだ。そして実りのときを迎える。そのために、私はこの楽園に生まれたのだ。

小さな細胞だった藍に、初めて意志が宿った。しかし成熟するまでには、さらに気が遠くなるような時間がかかるのはわかっていた。それまでは眠り続けるしかないのだ。

藍は『そのとき』が来るまで、ひたすら眠り続けた。

そして、無限ともいえる時間が経過したある日、突然の嵐が楽園を襲った。

光のゆりかごが激しく揺れる。胚珠《はいしゅ》は目を覚ました。異変を感じ取ってプルプルと動き回る。ゆりかごの中であちこちぶつかっては、コロコロと転がった。

水底から見上げた空は一変していた。蒼天《そうてん》に、ポタリと黒い滲《し》みが落ちたように見えた。黒い滲みがじわじわと広がっていく。見渡すかぎりの空が、ついに黒く染まった。中心にぽっかりと空いた暗黒の穿孔《せんこう》が、次々と光を吸い込んでいく。

赤々と輝く瞳《ひとみ》が、水底を覗《のぞ》き込んでいる。藍は、光のゆりかごの中から掬い出された。こわかった。このまま握り潰《つぶ》されてしまうかもしれないと怯えた。

雷鳴が轟《とどろ》く。大切な胚珠が奪われたせいで、神が怒っている。赤い目の侵入者を罰するかのように、青い稲光が幾筋も地面に向かって走り、遅れて轟音《ごうおん》が楽園を揺らした。乙女達の悲鳴が聞こえる。

藍はただ震えて、救いの手を待つことしかできなかった。

赤い目をした何者かが、憎々しげに呟《つぶや》く。

『我が恨みを知るがいい。神殺しなど、二度と赦《ゆる》さぬ』

その言葉とともに、侵入者が空に浮かぶ黒い穴に向かって藍を放り投げた。烈風に攫《さら》われ、光をハラハラと振りこぼしながら、神の庭に宿った一粒の胚珠は、黒い渦の中心に吸い込まれていく。

藍は恐怖した。このままではどこに流されてしまうのかわからない。

救いを求めて手を伸ばす。だが、透明な膜に包まれた小さな胚珠である藍には、どうすることもできなかった。

か弱き存在である藍を傷つけてはならないと、天蓋の神が雷動を止めた。楽園から、徐々に遠ざかっていく。助けて、助けてと、藍は声なき声で悲鳴を上げ続けた。

そのとき、胚珠は誰かの声を聞いた。

『アンブロシア、せめて救いのときまで眠り続けよ』

あれは世界の理《ことわり》。天蓋の神の声だ。

神の声に従って、藍は固く目を閉じた。目覚めてはならない。天蓋の楽園に戻るまでは、けして成熟してはならない。

そのときだった。藍の目の前に、突然巨大な翼を持ったイエローサファイアの瞳を持つ狼が現れた。

(喰《く》われる。喰われてしまう)

怯《おび》える藍に、金色の狼が囁《ささや》いた――『ようやく会えた』と。

＊＊＊

「……っ！」

ビクッと激しく身震いして、藍は目覚めた。心臓がバクバクと躍っている。

夢が急激に遠ざかっていく。覚えているのは、無限とも思える幸せな時間から一転して恐怖のどん底に落ちたこと。そして、翼の生えた金色の狼。

胸元から聞こえる苦しそうな喘鳴《ぜんめい》に、今度こそ藍の意識ははっきりと覚醒した。がばりと起き上がる。夢よりももっと苛酷な現実が、そこに待っていた。

「悠斗くん！」

「藍さん……ごめ、なさい、俺……」

悠斗の身体がひどく熱い。いつの間にか雨は止《や》んでいた。青灰色に滲《にじ》んだ世界で、悠斗の苦しそうな表情がはっきりと見える。藍は青年の額に手を当てた。燃えるように熱い。

「俺、めいわくかけて……あいさん」

うわ言なのか、藍の名前を呼び何度も謝る。

「悠斗くん！　しっかりして」

「みず……」

藍はあわてて意味もなく周囲を見渡した。

「川……！」

崖下《がけした》から這《は》いずり出て、川に向かう。雲がかかった夜空に月は見えず、いまが何時ぐらいなのかもさっぱりわからない。

水面を覗き込むが、薄暗いせいで飲めそうかどうか判別できなかった。消毒されていない自然の水を飲んで腹を壊すことがあるという。

「くそっ」

そもそも水を飲ませるにしても、水を汲《く》む道具がない。

背後から苦しそうな呻き声が聞こえてくる。乾きかけているシャツの両袖《りょうそで》を川に浸《つ》けてびしょびしゃに濡《ぬ》らすと、藍は再び悠斗のもとに戻った。

「みず……」

青年の歯がガチガチと鳴っている。藍は己の無力さに歯噛《はが》みした。

「ごめんね……悠斗くん、何もできなくてごめん」

濡らした袖を、燃えるような熱さの額に当てて冷やす。同時に、寒い寒いとうわ言で訴える青年の身体に寄り添い、抱きしめた。

それからも、藍は一晩中、川に行って袖を濡らして戻っては、高熱に苦しむ悠斗の額や脇を冷やし、悠斗が寒いと震えれば寄り添うことを繰り返した。

藍に安らかな眠りは訪れなかった。

夜が明けた。悠斗を抱えたまま、いつの間にか気絶するように眠っていたようだ。

「あいさん……俺」

掠《かす》れた声に、藍はあわてて悠斗の顔を覗き込む。

「起きた？　悠斗くん、熱がすごく高いんだ」

額を触ると、まだかなり熱い。しかし、昨夜よりは少し意識がはっきりしているようだ。

「みずが、のみたい……」

「そうだよね」

藍は上体を起こした。全身が激しく痛い。藍自身も心身ともに限界だったが、奥歯を食いしばって平気な体を装った。情けない様子を見せて、高熱で苦しんでいる悠斗を不安がらせたくない。

「待ってて」

川に向かう。わずか数メートル先への移動がひどく億劫《おっくう》だ。川岸に立つと、藍は溜息《ためいき》をついた。やはり水は濁っていた。昨日の雨のせいで汚泥が混ざっている。昨夜悠斗に飲ませなくて正解だった。

藍自身も、ひどく喉《のど》が渇いている。飲める水を探しにいかなくてはならない。

「悠斗くん、俺、水を探してくるよ」

悠斗の真っ赤に充血した目から、一筋の涙が溢《あふ》れた。

「だめだ、あいさん……いかないで。俺、ひとりは、いやだ……」

「俺も君と離れるのがこわい。でも飲める水を探さないと、俺達は死んでしまう」

藍の目からも我知らず涙がこぼれた。二人はひしと手を握り合う。

「……頼りなくてごめん。三十分くらい探索したら、必ず一度戻ってくる。それを繰り返す。絶対に、遠くまでは行かないから」

ぜぇぜぇと荒い息を吐く悠斗は、脱水症状になりかけているのかもしれない。とにかくなんとしても綺麗《きれい》な水を見つけて、すぐに飲ませなくては。藍は気力を振り絞って立ち上がった。

「ここで待っててくれ」

苔《こけ》むした岩の亀裂から滲み出る清水を見つけたとき、藍は我慢できずに涙を滲ませた。

岩肌にまろび寄ると、苔を舐《な》めるように舌を水に這わせる。ひどく冷たい湧水の味、日本人には馴《な》染《じ》みの深い地下水のような味だ。

「うう……やった……よかった」

きっとこれなら飲んでも大丈夫だ。藍は泣きながら岩肌に口をつけた。皮膚の感覚がなくなるほどの冷たさも気にならなかった。カラカラに渇いていた喉が、あっという間に潤う。

三度目の挑戦で、ようやくこの湧水のスポットを見つけた。川原から歩いて二十分ほどの場所だった。

「どうやって水を運ぼう」

周囲を見渡しても、悠斗のところまで水を運ぶ道具になりそうなものはない。しかし、悩んだり道具を探したりしている暇はないのだ。

藍は痛む全身に鞭を打って悠斗のもとに戻ると、抱き起こして背におぶった。悠斗はぐったりとしている。

「悠斗くん、飲める水を見つけたんだ。すぐにそこに連れていくからね」

「ごめ、ごめんね……あいさん……めいわく、かけて」

「喋《しゃべ》らないで。あと少しがんばって、頼むから」

藍は悠斗を抱えたまま、何度か力尽きかけて地面に膝《ひざ》をついた。大木にすがりつくようにしてなんとか前進し、ようやく湧水のもとに悠斗を連れていく。

悠斗を近くの木に寄りかからせた。

「いますぐ飲ませてあげるから」

両手で湧水を掬《すく》い上げようとしたとき、藍は自分の両手が爪先にいたるまで汚れきっていることに気がついた。冷たい水で必死に手を洗うと、真っ赤になった両手をお椀《わん》の形にして、水がそこに溜《た》まるのを辛抱強く待つ。指先の感覚がなくなるほど冷たいが気にしていられない。ようやく溜まった水を、悠斗の口元に運んだ。

「悠斗くん、飲んで……お願いだから飲んで！」

最初は半ば強引に、悠斗の口内に水を垂らした。悠斗が気管に詰まらせて咳《せ》き込む。それでも青年が喜びに顔をほころばせたのを、藍は見逃さなかった。達成感に、目頭が熱くなる。

藍はその後も、一メートルほどの距離を何度も往復しては、悠斗の渇きが満たされるまで水を飲ませ続けた。

しばらくすると、悠斗がのろのろと片手を上げて顔の前にかざした。

「……ありがと、藍さん。もう、じゅうぶん」

その言葉に、藍は安堵《あんど》のあまりへなへなと崩れ落ちた。両手を額に当てて突っ伏す。その肩はブルブルと震えていた。

「よかった……水が見つかって、本当によかった」

これまでの人生で、誰かの生死を預かった経験などなかった。昨日からいまこの瞬間まで、藍はただ恐怖と混乱の中にいた。

周囲の木々を見渡し、なるべく座りやすい場所を見つけると、悠斗を抱えて移動する。藍がまず腰掛け、悠斗を抱えるようにして胸から腹に寄りかからせた。もはや泥と雨でドロドロだが、ブランケット代わりにと、ジャケットを脱いで悠斗にかけた。昨夜のように、濡らした袖口を額に当てて、青年の肉体を苛《さいな》む熱を逃がそうと試みる。

藍が献身的に世話をする様子を見て、悠斗が涙ぐむ。何かを言いたげに喘《あえ》いだ。

「大丈夫。喋らないで。ほら……ちゃんと俺に体重かけていいから」

悠斗は頷《うなず》いて、ぐったりと力を抜いた。藍もほっと力を抜く。その途端に、ズンと一気に身体が重くなった。やばい、と思いながらも、休息を求める肉体に引きずられて、再び意識が沈んでいく。

どうか獣が来ませんように。そう願いながら、藍は目を瞑《つぶ》った。

悠斗が身じろぎしたのをきっかけに、藍の意識が浮上した。周囲はすっかり薄暗くなっている。水を探して飲んだだけで、すでに一日が終わりかけている。

悠斗の額に手を当てて熱を測る。少し下がっている。朝より呼吸も落ち着いた様子だが、まだ自分の足で動ける状態ではなさそうだ。藍自身もかなり消耗している自覚はある。長時間悠斗を抱えて歩く体力はない。

　この状況に陥ってから、不安がじわじわと腹の底に溜まり続けている。

（これからどうすればいい。どうしたら、ふたりとも助かる？）

「……藍さん」

「起きた？」

悠斗が目を開けた。真っ赤に充血しているが、目つきはしっかりしている。意識もはっきりとしているようだ。

「熱は少し下がったみたいだけど、体調はどう？」

「ん……藍さんのおかげ、少しラクだよ」

藍は心底からほっとして、胸に抱えた青年をきゅっと抱きしめた。

「でも、俺……右足首を捻《ひね》ってるか、もしかしたらヒビ入ってるっぽい」

「ええっ、マジか」

悠斗は頷いて、不安そうなまなざしで自身の右足を見つめた。

「見せてもらってもいい？」

悠斗を木に寄りかからせて、足元に移動した。青年の右足をそっと持ち上げると、デニムの裾《すそ》を静かにまくりあげた。たしかに足首が倍以上の太さに腫《は》れ上《あ》がっていた。色も紫色だ。

「……ひどい怪我だね」

発熱はこの怪我のせいなのかもしれない。

「足首、動かせる？」

「ん……動かせそうだけど、あっ……ってえ」

「無理しないで。折れてないといいけど」

藍は無力な自分が本当に情けなかった。医者じゃないから当然だが、それでもこの危機的な状況で、藍には年下の悠斗を守る義務があるのに。

「藍さん……俺、もよおしちゃったんだけど……このままだとここで漏らしそう」

「わーマジか」

悠斗が顔を真っ赤に染めて助けを求めた。そう言われると、藍も尿意を催す。水を飲めば排泄《はいせつ》がしたくなるのは命の営みだ。藍は悠斗が遠慮せずに申し出てくれたことがうれしかった。

「えぇと、なるべく見ないようにするからね」

「うぅ、なさけな。すんません……」

熱と怪我のせいでフラフラの悠斗を支えて、木陰で排泄を介助する。その後少し距離を取って、藍も小水を排泄した。

二人はもう一度湧き水を飲んだ。藍に支えられながらも、悠斗も自ら岩の裂け目に顔を近づけて、自力で水を飲むことができた。

「川岸に一度戻ろうか。あそこなら休める。おんぶするから、背中に乗れる？　足に気をつけて」

悠斗は素直に従った。藍は再び青年を背中に乗せると、よたよたと立ち上がった。ゆっくりと足を進めるが、筋肉疲労で足がずっと震えている。わずかな起伏によろめいては、何度も膝をついた。

「はは、情けないところ見せてごめん」

「藍さん、ごめんね……本当にごめんなさい」

必死で自分を運ぼうとする藍を見て、悠斗は嗚咽し、その背中に涙を滲ませた。


二人は崖下に戻ると、倒れ込むようにして、寄り添い合って眠った。睡眠というよりは気絶だ。細身の二人にとってむきだしの岩の上に寝転がるのはひどくこたえるが、いまはこの森の中で、ここが二人の唯一の避難場所だ。

夜明け前、藍はひどい空腹で目を覚ました。腹が空《す》きすぎてみぞおちが痛む。藍が腹を押さえて身じろぎすると、悠斗も目を覚ました。

「……藍さん」

「……目が覚めた？」

二人ともひどく声が掠れている。藍は手を伸ばして悠斗の額に手を当てた。目元はまだ赤いが、熱はかなり下がったようだ。

「よかった。少し熱が下がってる」

「本当に、藍さんがいなかったら、俺マジで死んでたな……ありがとう、藍さん」

怠《だる》い身体を叱咤《しった》して起き上がると、後ろの岩肌に凭《もた》れた。痙攣《けいれん》する胃をかばうように、片足を引き寄せる。悠斗も不自由な足をかばいながら、のそのそと藍の隣に座った。

「つらかったら寄りかかっていいよ」

「うん、ありがとう」

悠斗がコテンと寄りかかる。二人はそのまま、無言で鈍色《にびいろ》の空を眺めていた。

しばらくして、悠斗がぼそりと呟《つぶや》く。

「……俺達、どうしてこんなことになってるんだろう」

藍もその答えを知りたかった。なぜ、どうしてこんなことになったのかと、ずっと考えている。

「本当に。ここはどこなんだろうね」

「俺達、ここに来る直前まで廃駅で撮影していたじゃないですか。監督もいてカメラも回ってて……そしたら、なんか揺れた？　電車が侵入してきたんでしたっけ？　そこまでしか記憶がなくて」

「俺もだ。悠斗くんの撮影を見守っているところまでは覚えてるけど、その先は覚えていない」

悠斗も藍と、ほぼ同じタイミングで記憶が途切れている。

「俺達があそこから誘拐されたとして、森に捨てていくってどういう状況だろうな」

「わかんない。恨みとか？　……でも、俺も藍さんも、日本でならともかくアメリカではほぼ無名なのに、そんなことして誰が得すんのかな？　それとも、事務所にいまごろ脅迫電話がかかってたりすんのかな」

「それならこんなところに放置しないで、ちゃんと監禁するはずだよね。ちゃんと監禁、ってのもおかしな話だけど」

「あぁ、くそ！　もうなんなんだよこれ！　なんなんだよ！」

悠斗が両手で顔を覆う。

「悠斗くん、怪我してるんだから暴れちゃ駄目だ」

藍は悠斗の肩をぎゅっと抱いて宥《なだ》めた。内心では、藍も一緒に叫びたいくらいだ。だが、ここで悠斗と二人でパニックになったら終わりだ。年長の藍が冷静でいなくてはならない。

「わけわかんねぇ……」

「わけわかんないよな。もしかしたら、どっかでカメラ回ってたりしてね。急にサバイバル要素が脚本に追加されたとかで」

藍が気分を明るく保とうと努力していることに、悠斗も気がついたのだろう。濡《ぬ》れた目をゴシゴシとこする。

「フェレール監督が書きそうもない脚本だね」

悠斗が乗ってくれたことに、藍は微笑んだ。

「藍さん……俺達、もしかしてフェレール監督の問題に巻き込まれちゃったのかな」

「映画に出ているアジア人二人が行方不明になって、後日森の中で死体で発見されて……となったら、しかもそのうちのひとりは、日本では超売れっ子のアイドル。むしろフェレール監督がテーマに選びそうな事件だけど、俺達が当事者になるのは笑えないよな」

「藍さんも有名人だから。でもさ、監督の前作がたしかアメリカの新興宗教がらみで、そのせいで命を狙われているって聞いた。だからあの超イケメンのボディガードを雇っていたって」

「そう、だね」

イーサンに話が及んだ途端に、ザワザワと不穏な感情が藍を襲う。

（そうだ。イーサンとクイーンズに行った後ホテルに戻って、撮影場所にひとりで移動して、その後でイーサンと……イーサンと、どこかで接触した？）

記憶がない。ただ、藍の名前を呼ぶイーサンの声が、なぜか頭の片隅にこびりついている。

「それともあれかな。俺達二人ともすでに死んじゃってて、異世界に転生してたりして」

すると、悠斗が突然奇妙なことを言い出した。

「なにそれ？」

藍は目を瞬く。

「あ、知らない？　異世界転生って、トラックがぶつかって衝撃で異世界に飛んで……って、ラノベとかでは、もはや鉄板を超えてこすられまくったネタなんだが」

「トラックがぶつかったら死ぬよね？」

「いやだから、死んで転生するんだって。異世界に」

藍が首を傾げると、悠斗が「ぜんぜんわかってなさそうでウケる」と笑った。

「でも普通に背格好もそのままだし、この場合はむしろ異世界転移ってやつかな。どっちかが勇者で、もうひとりは『じゃない方』系っていうか」

「じゃない方系……？」

昨今のマンガやラノベから発生したミームに、藍は壊滅的なほどうとかった。

「異世界転移とか知らないんだ。まぁ、藍さんってそんな感じなのちょっとわかる。俗世っぽくないっていうか。マンガとかアニメとかほとんど読まない人？」

「……悠斗くんは、もしやオタクな人？」

「いやあ？　これくらいは日本人として常識でしょ」

そんな常識がどこにあるのか。ちなみに藍は圧倒的に、社会派ドラマやノンフィクションが好きだ。くだらない会話だと思った。だが、時間だけはたっぷりある。もし、このくだらない会話で悠斗の心が落ち着くのなら、しばらく続けてもいいと思った。

「藍さん、そんな感じで、学校とかで友達との話題についていけなくなかった？」

「うーん。高校までインターだったし、友達にもマンガとかアニメとか好きな奴はいたけど、付かず離れずって感じだったよ」

「へぇ。俺はかなりちっさい頃から、兄貴と一緒にアニメとかにズブズブだったなあ。周りもそうだった。実写化されたら絶対に出たい大ファンのマンガとかあるよ」

藍は抱えた膝《ひざ》に頬杖《ほおづえ》をつきながら、悠斗の話を聞いていた。悠斗がへへ、と笑う。

「俺ばっかり話してるね。藍さんの家はどんな感じだった？」

「うち？　そうだなあ。俺と母親以外は全員アウトドア派だった。兄貴は少年アメフトクラブに入ってて、高校でもアメフトやって、大学は留学して……みたいな。双子の姉達もだいたいそんな感じで、兄弟でマンガ読んでゲームして、とか、そんな時間はあんまりなかったな」

「へぇ。同じ東京に生まれ育ったのに、ぜんぜん違うね、俺達」

そのとき、悠斗の腹がぐぅと鳴った。へにょりと眉《まゆ》を下げる青年が可愛くて、藍は掠《かす》れた声で笑った。

「腹減ったよね。わかる。俺もだよ」

「うぅ、なさけな……」

「さっきの要領で、また食べられそうなものを探してくるよ」

藍が立ち上がると、悠斗がすがるような目で追いかける。

「藍さん、俺なら我慢できるから」

藍は首を振った。

「いや。このままだと動けなくなる。俺達、もうかれこれ二日近く何も腹に入れてない」

すると、悠斗が泣き出しそうに顔を歪《ゆが》める。

「……俺が役立たずだから、藍さんに迷惑ばっかりかけてる」

悠斗が手を伸ばし、藍の手を握った。藍の手は汚れきっている。爪の先まで泥だらけだ。

「汚いよね。ごめん」

「違う。こんなに綺麗《きれい》な手なのに、俺のせいでごめんね」

悠斗は首を振って藍の手をさすった。手の大きさはさほど変わらない。

「俺は大丈夫だよ。全身かなりドロドロだけど。はは、俺達、ゾンビ映画のキャストみたいだな」

藍が軽口を叩《たた》くと、悠斗は洟《はな》を啜《すす》りあげてにっこりと笑った。

「ありがとう、藍さんが一緒で良かった」

「俺もそうだよ。悠斗くんが一緒でよかった」

嘘いつわりのない本心だ。悠斗が一緒だから、こんな状況でもなんとか冷静を保っていられるのだ。無事に生きて帰れるのか。助けは来るのか。藍は不安でしかたがなかった。

クロノキア主神殿

「……アイ！」

覚醒《かくせい》した瞬間、イーサンはひどい頭痛に苦悶《くもん》の呻《うめ》き声を上げた。頭が割れそうに痛い。

さきほどまでニューヨークにいた。摩天楼の大都市で、ＶＩＰ専用のボディガード、イーサン・ダニエルとして生きていた。

そしていま戻ってきた。ウラヌンティウム最下位の国クロノキアの神子にして王、ニキアス・クロノキアとして、本来の姿を取り戻した。

二つの人格の記憶が、脳内を容赦なく暴れまわっている。それでも己がなぜここにいるのか、どうしてこの世界に戻ってきたのかはわかっている。

なつかしい気配が近づいてくる。イーサンは肘《ひじ》をついて、気怠げに上体を持ち上げた。

「ニュクス、久しいな」

ニュクスと呼ばれた男は、その場に膝をついて頭《こうべ》を垂れた。

「ニキアス様、よくぞ無事にお戻りくださいました。我らがクロノキアの王、有翼の狼にして聖なる神子よ」

イーサンはブルッと頭を振った。『ニキアス』と呼ばれることが、まだしっくりこない。

ニュクスは、足首まである一枚布のキトンに、左肩から脇にかけて紫のヒマティオンを身に着けていた。艶《つや》やかな黒髪を金属の輪冠で留めている。首にはクロノキアの紋章のメダルを掛け、両手の甲から指先にかけて、黒々と刺青《いれずみ》が施されている。大神官の装束だ。

ニュクスの隣に、まだ若い青年神官が膝をついている。ニュクスと同じような装束だが、ヒマティオンの色は青。少年の頃の面影があった。

「ユーニスか、大きくなったな」

「ニキアス様！」

イーサンは聖壇から下りると、二人の拝礼を受け入れた証《あかし》に、順番に彼らの頭に右手を置いて起立を促した。

「よくぞ……よくぞお戻りになりました。我が王、聖なる神子よ」

ユーニスの声が歓喜に震えている。

「待たせたなニュクス、そしてユーニス。私が界渡りしてからどれくらいの時が経った」

ニュクスの端整な顔がわずかに沈む。

「およそ三百年ほどでございます」

「三百年……それほどの時間が。いま我が国はどうなっている」

ユーニスが答える。

「神子よ、国土の神力はさらに枯れ乾き、我が国の民の数はおよそ半数になりました。いまだに多くの民が消滅の恐怖に震えて過ごしております」

「私が界を渡ることを条件に、我が国に少しでも神力が注がれるはずではなかったのか」

イーサンの静かな怒りに、ユーニスが肩を震わせながら平伏する。

「ニュクス様はもちろんのこと、神殿も一丸となって神々に祈りましたが、それでも三百年が限界でした。もはや我が国の神力は途絶えかけております」

イーサンの目が翳《かげ》り、やがてギラギラと輝きはじめた。そこに渦巻いているのは、焦燥と怒りだ。

「やはりヘロスマキアで父神が断罪されたことが、そもそもの間違いだったのだ。真に裁かれるべき悪神は別にいたはずだ」

ニュクスが頷《うなず》いた。

「そのとおりです。天蓋《てんがい》の神がクロノキア神を消滅させなかったことこそが、無実の証」

イーサンは次々と服を脱ぎ捨てると全裸になった。ニュクスはユーニスが捧《ささ》げ持《も》つキトンを手に取ると、イーサンの裸身に着せつける。

「神子よ、本来のお姿を取り戻されよ」

ニュクスが祈りながら、イーサンの額を指でトンと突く。すると、輝かしい金髪が、まるでそれ自体が生き物のようにうねり、一気に腰まで伸びた。

『イーサン・ダニエル』としての自我を脱ぎ捨て、徐々に本来の姿に戻っていく。その肉体はさらに猛々《たけだけ》しく縦にも横にも大きくなり、皮膚は金属のような光沢を帯びて輝いた。

「我らがクロノキアの聖なる神子。変わらず猛々しく美しい」

ニュクスはイーサンの前に膝をつくと、神子が纏《まと》うキトンの裾《すそ》を手に取りうやうやしく口づけた。

「滅びに向かいつつある最下位の国の神子でもか」

イーサンが皮肉げに笑う。男の背中に本来あるべきものが欠けていることに気づいた神官達が蒼白《そうはく》になった。

「ニキアス様……お背中にあるべきものが……翼はどうされました」

「天蓋の誓約《オルコス》の代償として使い果たした。もはや大地に注ぐ神力は残っておらぬ」

神官達は苦悩に顔を歪めた。

「神子の献身に報いる術《すべ》がありませぬ」

「気にするな。祈りを寄せてくれれば、それが大地を通じて我が力となる。こちらで過ごして力を溜《た》めれば、そのうちもとに戻るだろう」

「それではあちらでの首尾は……オルコスは無事に果たされましたのか」

ニュクスの問いに、イーサン……いや、ニキアスは頷いた。本来の姿に戻ったことで、人格に混乱はない。もはや『イーサン・ダニエル』としての自我は脱ぎ捨てた。

「ああ、アンブロシアを見つけたぞ」

両手を祈るように組んだユーニスが、歓喜の表情を浮かべる。

「神の庭についに『英雄の果実』が戻るのですね。これでようやく、次のヘロスマキアで勝利した神子に英雄の力が授けられることになります」

　しかし、喜ぶ若い神官とは対照的に、ニキアスの表情は厳しいままだった。

「アンブロシアはあちらの世界で女の胎に流れ着き、人間の姿で結実していた」

「……なんと面妖《めんよう》な。そのような奇跡が」

　ニュクスとユーニスは目を見合わせた。

「私がアンブロシアを抱えて界を渡らんとする瞬間、何者かの邪魔が入った。アンブロシアは私の手からこぼれ落ち、無力な只人《ただびと》のまま、この世界のどこかに落ちている」

「まさか……！」

「おそらく、アンブロシアがあちらの世界に飛ばされる原因となった嵐を起こした神……あるいは半神の仕業だ」

　神官達の顔が蒼白になる。

「敵は私がこちらの世界に戻る瞬間を、虎視眈々《こしたんたん》と狙っていたんだろう」

　ユーニスがハッと顔を上げた。

「もし万が一、『英雄の果実』が他国の神子に奪われてしまったら、ニキアス様がオルコスを果たしたことになりませぬ」

「そのとおりだ」

　ニキアスが歩き出した。神官達はあわててその後を追いかける。

「ニキアス様、いずこへ！」

「すぐに旅立つ。セルジオスとシメオンはまだ生き残っているか」

「はい。お二方ともニキアス様のお戻りを、いまかいまかとお待ちしておりました」

「二人に早急に旅支度をさせろ。アンブロシアが落ちた場所はわかる。神子ならば、彼がすぐにアンブロシアだと気づく。奪われる前に手に入れる。時間との勝負だ」

ニュクスがその目に憂いを浮かべた。

「彼、ということは、人のかたちを取ったアンブロシアは男性なのですか」

「そうだ。ただし、まだ青く、完全に熟してはいない」

ニキアスは狼の顔つきで獰猛《どうもう》に呟《つぶや》いた。

「誰にも奪わせるものか。彼こそがクロノキアの未来だ」

＊＊＊

藍は大木に寄りかかって、がくりと肩を落とした。

食べられそうなものを、何ひとつ見つけることができない。薄々わかっていたのだ。水を探し求めて徘徊《はいかい》したときにも、木の実や果物のようなものはまったく見かけなかった。それでも、童話のように偶然に果実を見つけたりしないだろうかと、そんなひとすじの希望を抱いていたのだ。

これ以上探しても無駄だ。一度戻ろうと、藍は踵《きびす》を返した。

もしかしたら、川に入って魚を見つけるほうが早いかもしれない。そんなことを考えて、藍は自分自身の幼稚な思考に絶望した。素人の自分が、道具もなく素手でどうやって魚を捕まえるというのだ。それに、運良く魚が捕れたとして、それをどうする。火の起こし方さえまともに知らないというのに。ただ、川魚を生で食べたら危険なことだけは、知識として知っている。

「はは……詰んでるな」

こうして道具もなく自然の中に放り出されて初めて、いかに自分が無力かわかる。自然の脅威だけは無駄に聞きかじっているのに、実際に生き残るために必要な知識もスキルも、何ひとつ持っていない。

藍は落ち葉を踏みしめながら考え続ける。

どうすればいいのだろう。食べ物がなく水のみで、人間はいったいどれだけ生きることができるのだろう。いや、はたしてそこまで極限の状態に追い込まれるだろうか。きっと関係者達は、必死で二人を探してくれるはずだ。ならば、川に沿って少しでも移動したほうがいいのかもしれない。

己の腹が鳴る音で、藍は物思いから我に返った。空腹のせいか目眩《めまい》がする。ぼんやりと埒《らち》もないことばかり考えてしまうのは、血糖値が下がっているせいかもしれない。

足元を見れば靴はドロドロで、もはや見る影もない。ボトムも、シャツもそうだ。白いところを探すのがむずかしいほど汚れきっている。鏡がないからわからないが、きっと顔も髪も不潔極まりない状態になっているに違いない。

「うぅ……汚いな」

せめて顔を洗えば少しは気分も晴れるだろうと、藍は引き返した。

川原まであと百メートルといったところで、かすかに悲鳴が聞こえてくる。悠斗の声だ。藍はいまできる全速力で走った。

森が途切れ、視界が開けてくる。藍はそこで足を止めた。悠斗が休んでいる崖下《がけした》に、複数の人影がたむろしている。男達はなぜか全員が古代ローマ人のような服を身に着け、腰に剣のようなものまでぶらさげている。

（どういうことだ？　もしかして本当に、ずっと撮影が続いているのか？）

藍と悠斗の二人が知らされていないだけなのか。そう考えないと理解できないくらい、あまりにも非現実的な光景だ。

男の一人が、崖の窪《くぼ》みから悠斗を引きずり出して、無理やり抱え上げた。男達は大声でゲラゲラと笑っている。

「いやだっ、やめろぉぉぉ！　藍さん！」

演技なんかじゃない。悠斗の抵抗は本物だ。

「悠斗くん！」

藍は悠斗の悲鳴を聞いて森から飛び出そうとした。しかし次の瞬間、藍は背後からぬっと伸びてきた腕に拘束された。ものすごい腕力で胴体を抱え上げられ、両脚が宙に浮く。叫びかけたところを、大きな掌《てのひら》に口を塞《ふさ》がれた。

「んうぅっ！」

男達の仲間が、藍の背後にも潜んでいたに違いない。死にものぐるいで暴れるが、がっちりと巌《いわお》のような腕はまったくゆるむことなく、さらにきつく腹に食い込む。

背後の男が、耳慣れぬ言葉を鋭く発した。その声に、背筋がゾクゾクする。

すると、悠斗を連れ去ろうとしている男達の背後に、突如としてさらに二人の男が現れた。まるで天から降ってきたように、本当に忽然《こつぜん》と現れたのだ。

先にいた男達と同様に、時代がかった格好をしている。彼らはその手に抜き身の剣を握っていた。

黒っぽい服を着た男が、剣を横に薙《な》ぎ払《はら》う。次の瞬間、悠斗を捕まえていた男の頭が飛んだ。

「……っ！」

胴体から離れた頭部は、ボールのように弾んだ後、川原に転がった。頭を失った胴体が、糸が切れた操り人形のようにクタクタと崩れ落ちる。切断された頭と首の両方から、ブシャッと激しく血が噴き上がった。

殺された男の仲間とおぼしき男達も、もうひとりの男の剣で次々と首を飛ばされる。男達はビクビクと痙攣《けいれん》すると、やがて動かなくなった。

悠斗の絶叫が崖壁《がいへき》にこだまする。ギャアギャアと騒がしく鳴き声を上げて、鳥の群れが森から一斉に飛び立った。空が一気に暗くなる。

拘束されていることも忘れて、藍は目の前の光景を呆然《ぼうぜん》と見ていることしかできなかった。

（嘘……嘘だ。こんなことが現実に起こるはずがない）

撮影ならば聞こえるはずのカットの掛け声は、いつまで経っても聞こえてこない。信じがたいこの状況のすべてが現実なのだ。

首のない死体とともに川原に転がっていた悠斗に向かって、血に汚れた剣を握った男が手を伸ばした。悠斗が危ない。

「ん――――ん――――！」

悠斗が、人殺しに捕まってしまう。藍は身をよじった。しかし、背後から藍を拘束する腕は巌のように固く、どれほど藍がもがいてもびくともしない。背中から伝わってくる熱。フーとひとつ深い呼吸が、冷汗に濡《ぬ》れる藍のうなじにかかる。藍はくぐもった悲鳴を上げた。全力で爪を立てても、容赦なく脚をばたつかせても、肉体の檻《おり》から抜け出すことができなかった。

あまりに絶望的な状況に、藍の目からついに涙が溢《あふ》れる。口元を塞いでいた手が濡れると、藍を拘束している男は親指の腹で頬の涙を拭《ぬぐ》った。

「泣くな」

藍は瞠目《どうもく》した。男の言葉が理解できる。英語だ。

（この声……まさか）

ゆっくりと掌が外される。男の腕がゆるんで、地面に静かに下ろされた。解放された途端、藍はゲホゲホと咳《せ》き込んだ。膝《ひざ》がガクガクと震える。ふらついた藍を、背後から力強い腕が支えた。

「無事でよかった」

この声は、やはり。

「イーサン……？」

藍の震える声に、男が頷《うなず》く気配がする。しかし、藍が振り返ると、そこにはイーサンとよく似た別人が、静かな目で藍を見下ろしていた。

「あんた、誰だ……？」

男は、藍の知っているイーサン・ダニエルではなかった。輝かしい美貌《びぼう》はイーサンそのものだ。だが、筋肉を撚《よ》り合わせたような巨躯《きょく》は、イーサンよりもさらに二回りほども大きい。ゆるやかに波打つ金髪は、背中を覆うほどに長い。その腰に長大な剣をぶらさげている。白い肌は気味が悪いほど金属的な光沢を帯びている。あまりに神々しいその威容は、とうてい人間には見えない。

「その姿……イーサンなのか？」

「かつては」

かつては、とはどういう意味だ。では、いま目の前にいるのは誰だ。

「でも、でも、その目は」

イエローサファイアの瞳《ひとみ》が、惑乱の境地に達した藍をじっと見つめている。そのウルフアイは、間違いようがない。出会ってからずっと藍を追い詰め続けてきた男の瞳だ。

藍はがたがたと震えだした。いますぐ誰かに、この状況を説明してほしい。

「も、もういやだ」

精神的に限界が来て、藍はついに弱音を吐いた。もはや呼吸もままならず、藍の喉《のど》からひっひっと引《ひ》き攣《つ》れるような音が漏れる。目眩がひどく、ぐらぐらと揺れる視界に吐き気を覚えた。

「諦《あきら》めろ。そなたはもうもとの世界に戻れない」

藍はいやいやと首を振った。

さきほど剣を振るって人を殺した男達が近づいてくる。髪も肌も真っ白で優美な男と、浅黒い肌に黒髪の男。黒い男は、左肩に無造作に悠斗を担いでいた。どちらも血に汚れた剣を握っている。男達が近づくにつれて濃くなる血臭に、藍はいっそう吐き気を覚えた。

藍はぐらつく視界の中で、必死に悠斗に向かって手を伸ばした。

「たのむ……悠斗くんを、きずつけないで」

「わかっている。そなたの願いどおりに」

イーサンとよく似た男が、耳元で囁く。

『ニキアス様、周囲にあやつら以外のならず者はおりません』

『二人を襲ったのはどこ国の者だ』

『おそらくオパリオス国の民かと』

『神殿兵士か』

『いいえ。彼らの首に神殿兵士のしるしはありませんでした。おそらく、ただの無頼の民でしょう』

男達が何かを喋《しゃべ》っているが、藍には彼らが話す言葉がまったく理解できない。

黒髪の男が、イーサンの腕の中でぐったりとしている藍を、鋭い目つきで一瞥《いちべつ》する。

『その少年が、ニキアス様が異界から取り戻したアンブロシアなのですか。こちらの少年も妙なる芳香を漂わせていますが』

『それに付着しているのは残り香だ』

かつてイーサンだった見知らぬ男が、藍のうなじに鼻を寄せる。

「い、いやだ……なにする」

まるで子どもの指に摘《つま》まれた芋虫のように、藍はただみっともなく、じたばたと身をくねらせることしかできない。男の鼻先がうなじに触れた。背筋にピリピリと電流が走る。

（……やっぱり、この男は）

『私が間違えるはずがない。やはり、この者こそがアンブロシアだ』

いよいよ一人で立てなくなると、力を失った藍はイーサンによく似た男の逞《たくま》しい腕に抱き上げられた。

「アイ、しばし安息の眠りの中に」

イエローサファイアの瞳が、目前に迫る。

（ああ、夢で見た……狼）

狼がグワリと口を開けて、鋭い牙《きば》を閃《ひらめ》かせた。その背中には金色の翼が生えている。

いよいよ喰《く》われてしまうのだ。そう思ったとき、藍の視界は真っ黒に塗り潰《つぶ》された。

＊＊＊

ニキアスの腕の中で、藍はくたりと力を失った。神の果実の化身がもう二度とこの手からこぼれ落ちることのないように、ニキアスは藍を抱える腕に力を込めた。

「一刻も早くここを離れるぞ。セルジオス、おまえはその少年を守れ」

セルジオスと呼ばれた黒髪の男は、ならず者達から助け出した悠斗を成り行きで抱えている。

「我々の目的はアンブロシアを取り戻すこと。この少年が只人《ただびと》ならば、別にここに捨て置いてもよいのでは」

「駄目だ。アンブロシアはその少年を大切にしている。命じたとおりにせよ」

「御意」

セルジオスは、あらためてしっかりと悠斗を抱え直した。白髪の男シメオンは、ニキアスの腕に抱かれた藍にフラフラと近寄ると、うっとりとした表情を浮かべた。

「アイ、という名前なのですね。本当に人のかたちを取っている。奇跡だ。それに、ああ……たしかになんという素晴らしい芳香でしょうか」

その恍惚《こうこつ》とした表情に、ニキアスは苛立《いらだ》った。たしかにこの世界に来て再会してからの藍は、神や神の眷属《けんぞく》の血を引く者ならば、誰もが理性を失いそうになるほど芳《かぐわ》しい匂いを発している。こうして抱いていても、気を抜くと本能が沸騰しそうになるほどだ。

「神の庭に実る果実とは、これほど魅惑的なものなのですね」

「シメオン。それ以上近寄るな」

ニキアスの声音にひそむ苛立ちに、先に気がついたのはセルジオスだった。

「おい。シメオン、正気に戻れ」

セルジオスはそう言って、シメオンの肩を強く引くと、トンとそのうなじを叩《たた》いた。ハッと覚醒《かくせい》すると、シメオンはあわててニキアスから距離を取った。

「……申し訳ありませぬ。あまりの芳香に惑わされました。しかしセルジオス、そなたは狼のくせになぜこの匂いに惑わされないのだ」

「最低限の敵の匂いを嗅《か》げるくらいに、あらかじめ嗅覚《きゅうかく》を神術で遮断している。俺のほうが、おまえよりも理性が飛びやすいからな。いまおまえにも術をかけてやったぞ」

シメオンは礼を言った。

「ニキアス様、このままクロノキアに戻りますか」

ニキアスは天を見上げて、一瞬目を閉じた。

「いや、一度身を隠す。私がここに現れたことで、この地にアンブロシアが落果したということが他国に知られたかもしれぬ。オパリオスの神子が移動をはじめた。遠いが、ロドニティスの神子も動きはじめた気配も感じる」

黒と白の神殿兵士が、表情を一気に厳しくした。

「どれほどの距離ですか。時間は稼げますか」

「オパリオスの神子が、百二十スタディオンほどの距離にいる。ロドニティスの神子はさらに遠いところにいる。ただ、問題はあの二人ではない。イレクトロンの神子に気づかれたかどうかだ。あやつならば、このウラヌンティウムのどこにいても、すぐに飛んでくるだろう」

セルジオスが悔しげに拳《こぶし》を握った。

「イレクトロンの神子は、かつてニキアス様の友であった御方《おかた》でしたのに」

「過去のことだ。いまとなっては、警戒すべき相手でしかない」

すると、シメオンがニキアスに灰色のマントを差し出した。

「ニキアス様、こちらをニュクス様から預かってまいりました」

「これは……」

ニキアスが触れると、布の表面に複雑な模様がふわりと浮かび上がった。

「ニュクス様の封呪が編み込まれております」

ニキアスは神の血を引く半神だ。半神である神子は、他国の神子の居場所をおよそ把握することができる。つまりニキアスの居場所は、この世界に戻ったときからいまこの瞬間も、他国の神子に捕捉され続けているのだ。

「神気の強いニキアス様の居場所も、このマントで他国の神子からわからなくなります」

「最弱の神子が、一番見つけやすいとはなんとも皮肉なことだな。翼を失っていてよかった。でなければ、ニュクスの封印とて、私の存在を消すことはできなかった」

かつてニキアスの背中に生えていた巨大な翼を思い出して、シメオンは苦しげに白皙《はくせき》の顔を歪《ゆが》めた。

「いまの私は神力も限界まで削《そ》がれ、赤子も同然だ。イレクトロンの神子はおろか、三百年前に神子に選ばれたばかりのロドニティスの神子にも敵《かな》うまい」

セルジオスがギリギリと奥歯を噛《か》み締《し》めた。

「クロノキア神を貶《おとし》めた神を、天蓋《てんがい》の審判の前に引きずり出すのです。そのためにニキアス様は、翼を代償に異界にまで飛び、アンブロシアを手に入れたのですから」

シメオンも頷く。

「本来の輝かしいお姿に戻るまでの辛抱です」

「わかっている。汝《なんじ》達が私を信じてくれることが、我が力となる」

二人の神殿兵士は深々と頭を下げた。


ニキアスは腕の中で眠る藍を見つめた。目を離したわずか数日のあいだに、藍はすっかりやつれていた。小さな顔は血の気が引いて、顔色もひどく悪い。全身が泥だらけだ。森の中で悠斗を守りながら、必死で生き延びてきたのだ。食事もろくに摂《と》れず、大変な思いをしたのだろう。

翼があればすぐにも救い出せたのにと、ニキアスは己の無力さを噛み締めた。

ニキアスは、藍の汚れた額に、己の額を静かに当てた。間に合った。誰にも傷つけられることなく、この腕に取り戻すことができた。

どれだけ汚れていても、ニキアスの目に藍の存在は輝いて映る。

ニューヨークで出会った瞬間にわかった。この青年こそが、自分の運命を変える存在だと。

最初は、藍がどこかにアンブロシアを隠し持っているのだと思っていた。しかし、接触を重ねるにつれて、藍自身がアンブロシアなのだという確信を得た。

振り向くたびに、カメラの前で演技するたびに、藍は目眩《めまい》がするほど芳しい匂いを放った。光に誘われる蛾《が》のように、ニキアスは片時も藍から目が離せなかった。

芳醇《ほうじゅん》なガーデニアのような、鮮烈なヒヤシンスのような、あるいは熟しはじめたザクロのような、何ともたとえがたく、神の血を引く者達の本能を激しく揺さぶる芳香を放つ青年。ニキアスがこの地に連れ戻した神の果実、アンブロシアの化身だ。

さきほどのシメオンの恍惚とした顔を思い出すと、なぜかニキアスは無性に苛立ちを覚えた。これから先も、藍の匂いを嗅ぎつけては理性を失う者達が大勢出てくるだろう。

ニキアスは自身の頭から懐に抱いた藍まで、マントですっぽりと覆い隠した。ニキアスから放たれていた神気が消滅する。藍の芳香も消えた。

黒白の神殿兵士達は、わずかに肩の力を抜いた。強すぎる神気は、人の身には毒だ。神の眷属の血が流れている神殿兵士だからこそ、ニキアスの傍にいても耐えられる。

「アンブロシアの匂いは」

セルジオスが己にかけた術を解き、クンとあたりを嗅ぐ。

「ニキアス様の神気とともに、完全に封じられております」

ニキアスは安堵《あんど》した。これでひとまず藍の存在を隠すことができる。

「私はただの人間も同然だ。ここからは苦難の旅となるだろう。セルジオス、シメオン。アンブロシアを守れ」

ニキアスとアンブロシアは、クロノキア国の最後の希望だ。命を賭《と》しても守り抜かねばと、二人は固く拳を握った。

「いずこへまいりますか」

目深に被ったフードの奥から、ウルフアイが炯々《けいけい》と光る。

「ヘスペリデスへ。アンブロシアを乙女達のもとに戻す。そして、神と交渉する」

ヘスペリデス――神々の天蓋と地上を繋《つな》ぐ乙女達が住まう楽園。ウラヌンティウムにある十二の国のどこにも属さぬ中立の聖域である。

「ニキアス様、ヘスペリデスの乙女達は我々を受け入れてくれるでしょうか」

「我々の訪《おとな》いを乙女達が拒むわけがない。乙女達の宝であるアンブロシアを取り戻したのだ。それに忘れたのか。亡き我が母はヘスペリデスの乙女だった」

しかし、ヘスペリデスは遠い。ニキアスの神力を封印しての旅は、これから先あまたの苦難が待ち受けているだろう。

＊＊＊

男達の低い声。不思議な語感の言葉は耳をくすぐるだけで、まったく理解できなかった。

藍の意識が浮上した。柔らかな場所に寝かされている。床を踏み鳴らして、誰かが近づいてくる気配がした。

「目が覚めたか」

藍は目を瞑ったままノロノロと腕を上げると、顔を覆って視界を遮った。現実に向き合いたくない。

「私を見ろ、アイ」

藍はしかたなく目を開けた。そこには、かつてイーサン・ダニエルだったという謎の男が立っていた。神のごとき美貌《びぼう》はイーサンそっくりだが、さらに人間離れした威容の男だ。

「そうだ！　悠斗くんは……？」

「後ろだ」

あわてて背後を振り返る。悠斗は同じ寝台に転がされていた。慎重に悠斗の状態を観察する。呼吸が落ち着いていることに安堵した。どうやら眠っているか、気絶しているだけだ。

藍達は、それほど広くない部屋にいた。白っぽい石を積んだ壁に、いくつかの目の粗い織物がかかっている。壁に窓はなかったが、天井に小さな空気穴が空いている。

壁に吊《つ》り下《さ》げられているトーチの炎が時折ゆらめいて、部屋の隅に不気味な陰影を刻む。エキゾチックな香の匂いに混じって、部屋に獣脂の匂いが充満している。すべてが映画のセットのようだ。

「ここは、どこだ？」

カサカサに掠《かす》れきった声。まさか、こんな陳腐な台詞を吐く日が来るとは思わなかった。

「クロノキアとオパリオスの国境沿い。そなたが落果した森から三十スタディオンほどの距離にある村の神殿だ」

藍は小さく首を振った。ぼんやりとした状態では、何を言われてもちゃんと頭に入ってこない。

「もう理解しているだろうが、ここは、そなたがこれまで生きてきた世界ではない」

気絶する直前までの出来事が脳裏をよぎる。みぞおちがギュッとよじれたように痛み、吐き気を催した。胃のあたりを掴《つか》みながら、男を押しのけてゆっくりと身を起こす。

この男は、本当にイーサン・ダニエルなのだろうか。よく似ている。だが、すべてが違う。その美しさも、不気味さも、迫力も、さらに人間離れしている。

「……あんたのことを、なんて呼べばいい」

丁寧に喋《しゃべ》る気力もない。

「ニキアスと。あるいはイーサンとでも。そなたの呼びたい名で呼べばよい」

「なら、イーサン」

男の背後から視線を感じて、藍はそちらを見た。ニキアスの背後に、屈強そうな二人の男が座っている。かたや闇から生まれたような男だ。黒髪に浅黒い肌。獰猛《どうもう》な表情と厚い下唇が野性味に溢《あふ》れている。もう片方の男は、白髪に白い肌。優美な顔立ちで薄い唇を引き結んでいる。まったく対照的な外見の男達だが、どこか双子のように似通った雰囲気を纏《まと》っている。

「あの人達は、誰？」

「クロノキアの神殿に仕える兵士達だ。黒い男がセルジオス、白い男がシメオン。これから先、目的地までそなた達を守る護衛だ」

目的地とは、いったいどこのことだろう。

「本物の剣？　それで……あの人達は、さっき人を殺したのか」

「そなたとユウトと守るためだ」

ニキアスがあっさりと頷《うなず》く。ニキアスも剣を腰にぶらさげている。これから彼らと行動をともにしなくてはならないと思うと、恐怖しかない。

「暴漢達に、そなた達を攫《さら》われるわけにはいかなかった」

「あんなのは正当防衛でもなんでもない。あんな風に、首を斬るなんて……」

胴体から離れて首が転がった瞬間を思い出して、再び吐き気がこみ上げた。

「ぅぐ……」

みぞおちに大きな塊が詰まったみたいで、呼吸もままならない。腹を両腕で押さえて、暴れだしそうなその塊を必死で抑えていると、ニキアスが藍の前に膝《ひざ》をついた。

「あの世界で最後に起こったことを覚えているか？」

藍はわずかに考え込むと、力なく首を振った。

「何も覚えてない。廃駅のホームで撮影をしていて……なあ、イーサン。あのとき、俺達に何が起こったんだ」

ニキアスが苦渋の表情を浮かべる。

「私と最後に話したことは？」

クイーンズに行ったときのことだろうか。藍が曖昧に首を振ると、イーサンは何かを決意したように表情を引き締めた。

「この世界はウラヌンティウムという。私が、そなたをこの世界に連れてきた」

藍は絶句した。それでは、藍と悠斗を撮影現場から攫ったのはこの男だったのか。

「……どこの国だよそれ。ふざけるのもいい加減にしてくれよ」

「ふざけてなどいない。ウラヌンティウムは十二の柱神が支える天蓋と、柱神の神子が治める十二の国から構成される世界だ。そなたは私とともに界を渡り、この世界にやって来た」

――『むしろ異世界転移ってやつかな』

悠斗の他愛ない一言が、頭の中をぐちゃぐちゃにかき乱す。まさかそんなことが、現実に起きるはずがない。

「冗談にも……嘘だろ。トラックにぶつかるんじゃないのかよ」

藍は膝を抱えて額をそこに押しつけた。震えが止まらない。

「狙いは俺？　それとも、悠斗くん？」

「私が求めていたのはそなただ、アイ・マミヤ」

容赦ない男の答えに、藍は絶望した。ならば、藍狙いの誘拐に悠斗が巻き込まれたのだ。こんなに不条理な、こんなに簡単に命のやりとりが行われる野蛮な世界に、何の罪もない悠斗を連れてきてしまったのだ。

「……悠斗くんはどうなる？　たまたま巻き込んだだけだったら、彼だけでも帰せないのか？」

ニキアスは首を横に振った。

「私にもはや界渡りを起こす力はない」

「……どういう意味？」

「ユウトを戻すことは叶《かな》わない。あの少年がこれから生きるのはこの世界だ。そなたと同様に」

目の前が真っ白になった。次の瞬間、藍は男に殴りかかっていた。

「あんたが……！」

頬に当たった拳《こぶし》に、わずかに男が顔を傾ける。

『ニキアス様！』

『手を出すな。彼に私を傷つけることはできない。気が済むまでさせておけ』

背後の男達が何かを叫んだ。しかし、ニキアスが右手をかざして二人を制止する。

「戻せよ！　俺達を、戻してくれよ！　俺を！　悠斗くんを……！」

人の殴り方など知らない。ただ憤りと絶望のまま、力の入らない腕をがむしゃらに振り回して拳を男に当てまくった。藍など一瞬で拘束できそうな屈強な男は、無抵抗でその拳を受け続ける。殴り続けた拳が、むしろ激しく痛みはじめた。

「人の人生をなんだと思ってるんだ！　異世界だかなんだか知らないが、なんの……なんの権利があって……あ、あんたが俺達の人生を壊したんだよ！　あんたが……ひっぐ」

「これ以上は、そなたの拳が壊れる」

汚れきった頬を伝う雫《しずく》が、鼻水が口に入って激しく噎《む》せた。ついでに吐き気がこみ上げて、藍は拳で口を押さえた。

「うっぐ」

荒ぶる感情に耐えきれずに、身体を折って寝台の脇に嘔吐《おうと》する。数日のあいだ何も食べていない胃は完全に空っぽで、わずかな胃液が喉《のど》を強烈に焼くだけだ。結局唇から垂れたのは、酸っぱい涎《よだれ》だけだった。それでも痙攣《けいれん》し続ける胃は、腹に渦巻く絶望を必死で吐き出そうとする。

「げぇ、げほっ」

身体が強引に抱き起こされて、口元に素焼きの杯が押しつけられた。

「水を飲め」

顔をそむけようとしたが、抗えなかった。口元を湿らせた水に、突如として強烈な渇きを覚える。杯を持つ男の手に、震える両手がすがる。貪《むさぼ》るように水を飲み干した。

「ぐ……ぐえ」

しかし、すぐに吐き気が襲ってくる。藍はあわてて男を押しのけた。杯が寝台に転がる。再び上体を折って、飲んだばかりの水を思いきり嘔吐した。全身の震えが止まらない。

藍は喘《あえ》ぎながらえずき、みぞおちを押さえて啜《すす》り泣《な》いた。つらい。この現実と、どうやって折り合いをつければいいのかわからない。

『シメオン、部屋に二重に封印をかけろ。力を使う。アイに休息と回復の眠りを掛ける。このままでは体力がもたない』

ニキアスが背後を振り返り、白い男に向かって声をかける。白い男は頷くと、石壁に両手を押しつけ、目を閉じて呪文のようなものを唱えた。

バチバチと音がして、石壁の目地を通して青い稲妻が部屋中を走り抜けた。壁に掛けた布が、ホラー映画のワンシーンのようにバタバタと暴れる。藍は涙に霞《かす》む目で、その様子を呆然《ぼうぜん》と見つめていた。

青い稲妻が消えると、部屋は再びシンと静まりかえった。静寂の中、藍の苦しげな嗚咽《おえつ》だけがむなしく響いている。

『マントをお脱ぎいただいても大丈夫です』

ニキアスは頷くと、マントを脱いだ。一気に室内の空気が密度を増す。物理的な圧を感じて、藍は喉を押さえた。

「アイ、これからそなたを眠らせる。目覚めたときには、体調も回復しているだろう」

神々しい美貌を縁取る、黄金の炎のような髪。金属的に発光する白い肌、透明なイエローサファイアの瞳までもが、夜行性の動物のように光っている。すべてが非人間的だ。恐怖しかない。それなのに、藍はなぜか強烈に男の存在に魅了された。

「あんたは誰……？」

「私は有翼の狼ニキアス・クロノキア。クロノキア神と乙女アステロペの息子にして、滅びに向かう最下位の国を治める神子だ」

鼻の奥がツンとして、藍は唇を噛《か》んだ。

「イーサン・ダニエルなんて男は……最初から、どこにもいなかったんだな」

「そなたがそう感じるのならば、そうなのだろう」

これが夢なら良かった。あるいは、映画のような虚構の世界だったら。

「だが、あの世界で生きた三十年の人生は、たしかに私自身の記憶に刻まれている。ウラヌンティウムでは、たとえまばたきをするほどの時間だとしても」

この男にそれを言う資格があるのかと、藍は乾いた笑いを浮かべる。

「俺も、あそこに俺の人生のすべてがあるんだ。未来がそこに続いていると信じていた」

その声からは、もはや感情が失われていた。イーサンが、初めて苦しげに眉根《まゆね》を寄せる。

「どうして、俺をこの世界に連れてきたんだ」

「そなたは、もともとこの世界で生まれたんだ。ここが、本来そなたがあるべき場所だ」

「え……？」

藍の目が見開かれた。

「そなたはこの世界で生まれ、不運にもあちらの世界に流れ落ちた神の果実、アンブロシアの化身だ」

ああ、と、藍は小さな声を漏らした。

この世界に落ちてきた夜に見た夢の、おぼろげな記憶。水底から見上げた、水面《みなも》の光の輪。プクプクと浮上する水泡の煌《きら》めきに響いていた幾重にも重なって聞こえてきた祈り。

思い出した。夢の最後に現れた金狼《きんろう》は、この男だ。この男が、いつか藍を喰《く》らい尽くすのだ。

視界が暗くなる。額に伸びてきた指を、藍は拒まなかった。拒むほどの気力が残っていなかった。

「少し休むがいい」

男が呪文のようなものを呟《つぶや》くと、額がぽうっと熱くなった。泥のような疲労感と吐き気が、不思議と収まっていく。

「……俺と悠斗くんは、これからどうなる」

「安全な場所に連れていく。長い旅になるが、私達がそなた達を守る」

「長い、旅……」

視界がクルリと回り、強烈な眠気が襲ってきた。藍はニキアスの腕の中に崩れ落ちた。

「ねむりたく、ない」

「そなたには休息が必要だ」

イーサン・ダニエル……いや、ニキアス・クロノキア。いまはただ、この男が憎い。

この男が、藍をこれまでの人生のすべてから強引に引き離した。そして罪のない悠斗をこんな狂った出来事に巻き込んだ。初めて会ったときから、いつかこの男にすべてを奪われてしまうことがわかっていたのに。そういえば神の子と言っていた。なるほど、藍の人生を壊したのは神だったのか。ならば、神ごと恨むしかない。

「一生……あんたを許さない」

「私を恨んでかまわない。そなたの未来を奪ったのは私だ」

藍は必死で手を伸ばして、隣で眠っている悠斗の手を探した。指先が触れると、必死の力で青年の手を握りしめる。もはや悠斗の存在は、藍が正気でいるための寄る辺となっていた。

「……ゆうと、ごめんね」

こんな絶望に、巻き込んでごめん。こめかみに流れ落ちた雫を、指先で拭《ぬぐ》われる。拒もうとしたが、うまく振り払えたかどうかはわからなかった。

＊＊＊

眠りに落ちたのを見届けると、ニキアスは藍を慎重に抱き上げた。回復の眠りに深く落としたので、そう簡単に目覚めることはないだろう。

本来ならば、神の庭に宿り大切に守られるべき奇跡の果実だ。ヘスペリデスに送り届けるまで、毛筋ひとつも傷つけないように守り抜かねばならない。

腕の中の青年の細さは不安でしかない。かの世界ではそれなりに体格に恵まれていたのだろうが、ウラヌンティウムの基準では、人間の中でも小柄だ。

疲れて青ざめきった小さな顔は、いまだに雨と泥のせいでひどく汚れている。それでも美しい。秀でた額から伸びる細くまっすぐな鼻梁《びりょう》は、高すぎも低すぎもせず完璧《かんぺき》な輪郭を描いている。しみひとつない赤子のような肌。美しく削げた頬。男性的でありながら、花のように繊細だ。

いまはまぶたに隠れて見えないが、藍の瞳《ひとみ》はとくにエキゾチックで美しい。一見明るめのブラウンに見えるそれは、光を取り入れれば、アンバーとグリーンが複雑に入り混じっているのがわかる。藍も、ニキアスも、二度と戻ることはない地球の色だ。

藍と出会い、彼が発する香りによって天から授かった使命を思い出すまで、ニキアスはかの世界で人間の『イーサン・ダニエル』として生きていた。わずか三十年。数千年の寿命を持つ半神にとっては、一瞬のまばたきにも等しいほど短い時間だった。

本来の記憶を取り戻したいまとなっては、ニキアスにその人生を捨てる以外の選択肢はなかった。

しかし、藍は違う。この世界にさえ戻らなければ、そのまま普通の人間として生きて死んでいくことができただろうに。ニキアスが、未来のすべてを奪って連れ戻した。神から与えられた使命だとしても、それは言い訳にならない。

「ニキアス様、マントをおかけします」

ニキアスは頷《うなず》いた。かりそめの姿で過ごした場所に、いまさら郷愁を覚えている時間はない。すべては、自らが統べるクロノキアのためだ。

見ればセルジオスも、抱き上げた悠斗をマントの中にしまいこんでいる。

「出立するぞ。ヘスペリデスまでは、五つの国境を越えなくてはならぬ。まずは神殿都市グラディウムまで」

シメオンが頷いた。

「グラディウムは隣国オパリオスの近く。途中でオパリオスの神子が干渉してくるかもしれませぬ。道中くれぐれも警戒を怠りませぬように」

クロノキアの西、神殿都市グラディウム

馬に乗ったニキアス達は、休みを取ることなく自国クロノキアの領土を駆け抜けた。太陽はすでに遠くの岩山の向こうに沈み、夜の帳《とばり》が下りつつある。

「ニキアス様、背後から複数の気配が近づいてきます！」

先頭のニキアスに並んで、シメオンが叫んだ。

「振り切れそうか」

マントで神力を封印したニキアスには、背後の気配を感じとることができない。シメオンが耳を澄ますように目を閉じる。すぐに首を横に振った。

「馬で走るよりも、相手が近づいてくるほうが早そうです。このままでは追いつかれます。どこかに急ぎ身を隠さねばなりません」

「私だけならなんとでもなる。まずアイとユウトを隠す」

横に並んだセルジオスが答えた。

「二十スタディオンほど先に、神殿跡があります！」

三人は馬の腹を蹴《け》り、限界まで速度を上げた。人馬は一体となり、深い蹄《ひづめ》の跡を大地に刻みながら疾走する。

「……あそこです！」

視界の先に、屋根が崩壊していまや石柱だけが残る神殿跡が見えた。

ニキアスは眠る藍を抱えたまま馬から飛び下りると、神殿の中央の祭壇に駆け寄った。

「シメオン、アイを守れ！　この祭壇の下に地下通路がある！」

ニキアスはマントを脱ぎ、藍を包むとシメオンに手渡した。鋼の光を纏《まと》う半神の肉体が、夜闇にあらわになる。

「ニキアス様！　我々の居場所がばれてしまいます！」

「いたしかたない。このままではアイを危険にさらしてしまう」

ニキアスは祭壇の石蓋《いしぶた》に両手を掛けた。全身の筋肉にビキビキと筋が浮かび上がり、青い光がまとわりつく。半神の瞳が金色に輝いた。ニキアスが獣のような咆哮《ほうこう》を上げる。すると祭壇の巨大な石蓋が、ズズズと鈍い音を立てて動きはじめた。

ドゥと音を立てて、石蓋が地面に転がった。ニキアスの言うとおり、祭壇の内側に階段が現れた。

「グラディウムの中央神殿まで繋《つな》がっている。シメオン、セルジオス。おまえ達はアイとユウトをグラディウムまで運べ！」

セルジオスが叫んだ。

「ニキアス様お一人で、追手を迎え討つおつもりですか⁉」

「そなた達がいても、私の戦いの邪魔になるだけだ」

「追手がオパリオスの神子だったらどうするのですか！」

ニキアスは何かを嗅《か》ぎとるように、天空を仰いだ。封印を解いたニキアスには、他国の神子の位置がわかる。逆に言えば、オパリオスの神子もニキアスの位置を感じとっているということだ。

「たしかに、追手はオパリオスの神子だ。どうやら一人で飛び出してきたらしい」

セルジオスは唇を噛んだ。神の血を引く神子同士の闘いは壮絶だ。比喩《ひゆ》ではなく、大地が裂け、山が崩れるほどのぶつかり合いになる。彼らの闘いに干渉できるのは同じ神子か、あるいは天上の神々しかいない。

ニキアスはマントに包《くる》まれた藍の顔を覗《のぞ》き込んだ。清らかな寝顔。ニキアスはその頬に一瞬だけ指で触れた。もう一度、しっかりとマントでその身体を包み直す。

「シメオン、よいか。私が戻るまで、このマントから絶対にアイを出してはならぬ。部屋に二重に結界を施せ。アイの芳香は、神子どころか神々さえも引き寄せる。神を地上に降臨させることだけは、絶対に避けなくてはならない。わかるな」

シメオンは硬い表情で頷いた。その瞬間、空が赤く染まった。直後、ドンドンと爆発音が響く。

三人はハッと空を見上げた。

「オパリオスの炎だ。急げ！」

ニキアスは有無を言わさず、男達を地下階段に突っ込んだ。

「行け。アイを奪われてしまえば、我々の目論見《もくろみ》はすべて瓦解《がかい》する」

「ニキアス様……ご無事で！」

「我らの命に代えても、アンブロシアと少年を守り抜きます」

ニキアスは頷くと、再び筋肉に筋を立てて巨大な石蓋を持ち上げた。

「信じて待て。汝《なんじ》達の祈りがこの大地の糧となり、私の力となる」

神殿兵士達の表情に希望が灯る。

「ここはクロノキアの領土だ。どれほど衰えようが、新参者のオパリオスの神子などに負けはせぬ」

石蓋を閉じた。ズン……！　という地響きとともに、砂塵《さじん》が舞い上がる。

さびれた神殿跡地は、すぐに夜の静寂を取り戻す。しかしニキアスの優れた聴覚は、迫りくるオパリオスの神子タロスの足音を確実に捉《とら》えていた。

「愚か者が。私の神力がほとんど削がれていることを知って現れたのだろうが……夜は獣の時間。大地と獣の神の神子たる私を襲うなど、舐《な》められたものだ」

ニキアスはうずくまり、大地に両手を当てて目を閉じる。細く涸《か》れかけている地脈を感じた。まだ、この大地は完全に死んではいない。

ニキアスは鋭く伸びた牙《きば》で、左手首を強く噛んだ。喰《く》い破った血管から流れ出した真紅の雫《しずく》が、大地に滴る。それは大地と神への捧《ささ》げ物《もの》。ニキアスが唯一、祖国の大地に捧げられるものだ。

「大地よ、獣よ。クロノキアの神子にして王であるニキアス・クロノキアの呼びかけに応えよ」

半神の呼びかけに呼応した大地が、ズズズと地鳴りを起こす。やがて地脈を通じて集まった神力が、ニキアスの足裏から脳天までを突き抜けた。

「ウグオォォォォ！」

ニキアスの咆哮が、周囲の空気を揺らす。そして、半神がカッと目を開いたとき、黄金色の光柱が大地と天空を繋いだ。轟々《ごうごう》と流れる光の奔流の中、半神の肉体が本性を現しはじめる。人間の倍ほどのサイズに膨れ上がった肉体に、バチバチと青い稲妻がまとわりつく。牙が伸び、肌と鉤爪《かぎづめ》がアダマントの硬度に変化した。

《来い。オパリオスの神子——私は逃げも隠れもしない》

神霊の響きを纏う声が、遠くの岩山まで反響して、夜空の雲をパッと弾け散らした。

《このときを幾年も待ちわびていたぞ！》

オパリオスの神子が応えた。次の瞬間、ゴゥッという耳をつんざく轟音《ごうおん》とともに、巨大な火の玉がニキアスに襲いかかる。ニキアスが吼《ほ》えた。大地から這《は》い上《のぼ》ってきた電光が、オパリオスの神子が放った炎と衝突した。神殿の柱が砕け、四方に飛び散る。千々に散った火の玉が、爆音を立てて地面を抉《えぐ》った。
《ニキアス！　貴様と相見《あいまみ》えるのは三百年ぶりだな！》
煙のあいだから、ニキアスに負けず劣らずの巨躯《きょく》が飛び出した。側頭部に雄牛のような角が生えている。
《貴様がウラヌンティウムに戻ってきたということは、アンブロシアもこの世界に戻ったということだ！》
タロスが振りかざした拳《こぶし》を、紙一重のところで避ける。ニキアスの背後の柱が粉々に砕けた。お返しとばかりに、ニキアスが横殴りに鉤爪を振るった。稲妻がタロスの顔の獣毛を焦がす。しかしタロスもその鉤爪を間一髪で避けた。代わりにガガガガとタロスの背後の地面が裂ける。
《アンブロシアをどこに隠したぁ！》
タロスが蹴りを突き出した。ニキアスは両手を交差して、ガツッと顔の前でそれを受け止める。二人が直接ぶつかりあった衝撃で、周囲の岩が紙屑《かみくず》のように砕け散った。
タロスとニキアスは額をぶつけ合い、間近で睨《にら》み合った。ニキアスの纏う電光が肌の表面を嬲《なぶ》るが、タロスは気にした様子もない。タロスの浅黒い肌も、同様にアダマントの硬度に変化しているのだ。
《ニキアスよ、アンブロシアを渡せ。なんなら貴様と半分に分かちあってもかまわん》
《あれは英雄のための果実。そなたが手にする資格はない》
すると、タロスが天を仰いで大笑した。
《界渡りをして呆《ぼ》けたのか、ニキアス。普段は神の庭にしか実らぬ果実が、いま！　この地上にある

のだぞ！　戦わずして喰らうことができるのなら、それを欲さぬ神子がいるかぁ？》

　このやりとりでニキアスは確信した。アンブロシアがいまは人のかたちを取っていることを、タロスは知らない。ただの果実だと思っている。ということは、タロスの神オパリオスは、界渡りに介入した神ではないということだ。ならば、いまは力を温存して敵を退けるのみ。神子達が本気で戦わねばならないときは、やがて必ず来る。神々の御前、審判のコロッセウムでだ。

《タロス、潔く去れ》

《最下位の国の神子が戯言《たわごと》を抜かすな！　いまの序列は我が神のほうがはるかに上だぞ》

　タロスが嘲《あざけ》りの笑みを浮かべた。しかし、ニキアスが首を振った。

《たとえそうだとしても、この地でそなたは私に敵わない》

　ニキアスはタロスを押しのけると、右の拳を持ち上げ青い電光を纏わせる。

《ぐっ……》

　オパリオスの神子が、途端に顔を歪《ゆが》めた。ニキアスが腕を持ち上げるのに比例して、タロスが立つ地面が、押し潰《つぶ》されたパンのようにベコリとへこむ。頭上から見えざる拳を次々と打ち込まれ、タロスの巨躯がついに膝《ひざ》を折った。

《ぐっ……貴様……いまだ、これほどの力を……》

　タロスの変身が解け、人の姿に戻る。

《貴様の力ではまだ、私には敵わぬ》

　高々と突き上げられたニキアスの拳が、最後にズンと再び振り下ろされた。

ドゥン！　と轟音が響き、砂埃《すなぼこり》と石粒が周囲に舞い散る。タロスが立っていた場所に、巨大な穴がぽっかりと空いていた。ニキアスは再び拳を振り下ろすと、周囲に散らばっている岩や瓦礫《がれき》を次々と打ち込んで穴を塞《ふさ》ぐ。

ニキアスは、地底の奥底に閉じ込めたタロスに話しかけた。

《――タロス、オパリオスに戻れ。そこで大人しくそのときを待つがいい》

抜け出すのに時間はかかるだろうが、この程度のことで半神たる神子が死ぬことはない。

《ニキアスゥゥゥ！　貴様にアンブロシアを独占させぬぞぉ！》

神殿の跡地に、静寂が戻ってくる。

クロノキアの大地は、ニキアスの祈りに応えて、尽きかけた神力を自国の神子に捧げてくれた。周囲を見れば、見渡すかぎりの植物はすべて枯れ果てて、大地は無産の砂地と化していた。

神力が失われた国は衰退し、やがて消滅する。ニキアスが不在にしていたこの三百年で、さらに国は荒廃していた。

ニキアスは人間の姿に戻った。

「ぐっ……」

強烈な脱力感に喘《あえ》いで、ニキアスは地面に膝をついた。これが最下位に落ちた国の神子の力だと、ニキアスは不甲斐《ふがい》ない己の姿に失笑する。

（我が国でこの程度の力しか出せぬのならば……他国に入ればさらに無力だろう）

さきほど封印のマントを脱いで半神としての力を解放したせいで、ニキアスの居場所は神子達に知られてしまった。ここからは確実に藍の争奪戦がはじまる。かつての百分の一も神力が戻っていない状態で、はたして藍を無事にヘスペリデスまで送り届けられるのか。

太腿《ふともも》に爪を食い込ませて、ニキアスはよろめきながら立ち上がった。

(アイを、絶対に守り抜かねばならぬ……この命を賭《か》けても)

《ニキアスゥゥゥ！　必ず貴様を殺してやる！》

地中深くから、タロスの怨嗟《えんさ》の怒号が響く。それを聞いたニキアスは血の滲《にじ》む唇を歪め、青ざめた顔に壮絶な笑みを浮かべた。

「タロス。次に貴様と相見えるのはヘロスマキアだ。そのときこそ、互いの命を賭けて殺し合いだ」

＊＊＊

湿った布が肌を滑る感触に、藍はゆっくりと意識を浮上させた。目を開けると、ニキアスが藍の顔を濡《ぬ》らした布で拭《ぬぐ》っていた。

「起きたか」

藍は男の手を押しのけると、肘《ひじ》をついて上体を起こした。どうやら石造りの台に寝かされていたようだ。そのせいかわからないが、背中や腰がひどく痛む。

藍と悠斗は眠らされたまま、またどこかに運ばれたのだろう。

「ここはどこ？　俺達は、どれくらい眠らされていたんだ」

「クロノキアの神殿都市グラディウム。そなたは三日ほど眠っていた」

「悠斗くんは……？」

「そこにいる。ユウトはセルジオスが世話をしている」

藍は首を捻《ひね》って背後を見た。同じような石台に、悠斗が横たわっている。黒のセルジオスが、石台の端に腰掛けてその眠りを見守っていた。

「ユウトはまだ回復の眠りの中にいる」

「……そう」

湿った空気が頬を撫《な》でる。

天井まで石造りの薄暗い空間。中央に円形の石壇があり、そこに巨大な木製のたらいがドンと置かれている。たらいは成人男性が二人並んで入れそうなほど大きく、そこからもうもうと湯気が立ち昇っている。壁際には、子どもがすっぽり入りそうな大きさの瓶がいくつも並んでいた。

「もしかして、風呂《ふろ》？」

公衆浴場にしては狭く、個人宅の風呂にしては広い。

「そうだ。その汚れた服を脱いで、身を清めるといい」

藍は起き上がると、石台に座り直した。まだ目眩がする。

「入浴の前にこれを飲むといい」

素焼きの杯が差し出される。果物をすりおろしたものだろうか。ドロドロの液体だ。

「林檎《りんご》だ。弱った胃でも受けつけるであろう。シメオンが食事を用意している。それまで、これで少しでも腹を満たすがよい」

藍は小さく頷《うなず》き、素直に杯を傾けた。少し生ぬるかったが、林檎のすりおろしはしっかりと甘みと酸味があって、絶妙に美味しかった。藍は夢中で喉《のど》を鳴らし、あっという間に飲み干した。

「次は風呂だ」

空になった杯を受け取ると、ニキアスは軽々と藍を抱き上げた。背筋にピリピリと刺激が走る。

「自分で歩ける！」

あっという間に巨大なたらいの前に下ろされた。たらいには透明な湯が湛《たた》えられている。風呂の誘惑は凄《すさ》まじいものがあった。いまの藍は恥ずかしいほど不潔の極みである。

「さあ、脱げ」

脱ぐのはいい。しかし、なぜかニキアスが傍に立ったままだ。

「……人に見られながら風呂に入る趣味はないよ」

「そなた一人で、このたらいをまたぐことはできるか」

たしかに、たらいは藍のみぞおちの上くらいまで高さがある。

「この世界のものは、あちらの世界よりすべて寸法が大きい。世話を焼かれることを受け入れよ」

藍は百八十を超える長身で手足も長く、日本人の中では体格に恵まれていたほうだった。なのに、この世界ではこれからずっと物理的に小柄な人間として扱われ、子どものように世話をされなくては風呂にも入れないというのか。まったく、これからの生活を想像するだけで心が萎《な》えてしまう。

「俺がもともとこっちの世界の人間なら、あんたみたいにデカくなる可能性はないか」

ニキアスがわずかに片眉《かたまゆ》を上げた。

「そなたは本来こちらの世界で生まれたが、あちらの世界で人のかたちに結実した。ウラヌンティウムで受肉していないのならば、おそらくむずかしいだろう」

「そうか」

藍自身に自覚はなかったが、そのときすでに、藍は無意識にニキアスの言葉を受け入れていた。

「それで、入浴するのかしないのか」

「するよ。させてもらう」

やはり一人にしてくれる気はないらしい。羞恥《しゅうち》心《しん》はあるが、入浴の誘惑に負けた。とにかく全身が汚れきっている。こんなに不潔な人間を、よく何日も抱きかかえていたものだ。これまで人並み以上に清潔を心がけてきた藍にとって、それは恥ずかしく耐えがたいことだった。

「俺、かなり臭かっただろう」

ニキアスが不思議そうに首を傾げた。

「いいや。なぜそう思う」

「だって、何日も風呂に入ってなかったから」

「そなたからは、常に芳しい匂いしかしない。むしろさらに汚泥にまみれるくらいしないと、そなたの香気は天蓋《てんがい》におわす神々すら惑わし魅了する」

ニキアスが首元に顔を近づけてくる。首筋の匂いを嗅《か》がれた。

「まだ未熟な匂いだが、それでもこれほどの芳香を放っているのだ。成熟した暁には、アンブロシア……そなたを争って戦が起こるだろう」

「ちょ……や、な」

咄嗟《とっさ》にその胸に手を突っ張ったが、神子の巨躯はびくともしない。

「そなたは、本来ならば神の庭に実る果実。それがいまや地上に落果してきた。己が神に属するものなのだと、正しく自覚せよ」

「そんなこと言われても……はいそうですか、なんて言えるわけがない。どこからどう見ても、俺は人間だろう？」

「ああ。むしろ己が人であることを忘れるな。ただ、そなたは神の血を引く者達をいやおうなく惹《ひ》きつけるという事実を覚えておくだけでいい」

長い指が顎《あご》にかかる。フードの奥から冷たく見下ろす目を、藍は恐れ気もなく睨み返した。

「あんたを許したわけじゃない。俺に、必要以上に近寄らないでくれ」

「よかろう。ただし旅のあいだは私の指示に従ってもらう。それだけは譲れないぞ」

「湯が冷めるぞ。風呂に入れてやるから服を脱げ」

藍は頷くと、シャツの釦《ぼたん》に手をかけて、潔く脱ぎはじめた。見たければ見るがいい。そんな捨て鉢な気持ちになっていた。

この世界の人間にどう思われたっていい。見られて恥ずかしい身体をしているわけではない。ずっと人の目に全身を晒《さら》される仕事をしてきた。体型をキープするためのトレーニングも欠かさなかった。

だが、容姿を売り物のひとつにしていた人生は、もう終わった。

風呂の誘惑に負けた。いまはそれでいい。ほかのことは何も考えない。

「脱いだ……あ、待って」

尿意を覚えた藍は、キョロキョロと部屋の周囲を見渡す。室内にそれらしき設備は見当たらない。

「どうした。何を探している」

一度自覚すれば、生理的な欲求はますます切迫して藍を困らせた。

「いや、あの……トイレがどこか教えてくれないか」

情けなかった。何もかも勝手が違う世界では、本当に赤子のように無知で無力だ。

しかし、ニキアスはトイレの場所を教えてくれるどころか、なぜかセルジオスを呼んだ。

『セルジオス、アイの腹の中を綺麗《きれい》にしろ。ただし直接触れてはならない』

『かしこまりました』

セルジオスが近づいてくる。ニキアスが藍の二の腕をそっと掴《つか》んで拘束した。

「え？」

目の前に立ったセルジオスが、突然、藍の下腹の上に掌をかざす。ただし、藍の裸体から神妙に目を逸らしている。

「いや、なんだよ……や！　俺は、トイレの場所を教えてくれればそれで」

「セルジオスが術をかける。すぐに終わる」

シャツを羽織っただけでむきだしの下腹。ささやかな陰毛も、性器も、すべてが男達の目に隠しようもなく晒されている。必死で逃れようとするが、しょせんはかない抵抗だった。頭ふたつほど大きい屈強な男達の腕力に逆らえるわけもない。

「放せ！　嫌だって言ってるだろ！　なんでっ……あっ」

下腹にかざされた掌から、ぽぅと淡い光が放たれる。途端に尿意が消えた。心なしか腸まですっきりしたような気がする。

「……なんだよ、いまの」

「セルジオスに排泄物を取り除かせた」

藍はがくりとうなだれた。

『セルジオス、下がれ』

黒い男は、無言でもといた場所に戻っていく。一方、藍は怒りと羞恥に全身を震わせていた。

「くそが！　どれほど俺の意思を無視するんだ！」

藍は拳《こぶし》を振り上げて、ニキアスの頬を全力で殴った。しかし、ニキアスはそれを平然と受け止め、軽く首を横に振った。

「いって……もう本当に、最悪だ」

鉄板を殴ったみたいな衝撃だった。むしろ痛んだのは藍の拳だ。拳の骨がズキズキと痛む。ニキアスが藍の手を掴んで、慎重に拳の状態を確認する。

「そんなに柔らかな拳で本気で私を殴るなど、そなたは自傷癖でもあるのか」

「……どういうことだ」

「私は半神だと教えただろう。人間の拳でいくら殴られようが、虫が止まったようにしか感じぬ。ましてや、戦うことを知らぬこれほど柔《やわ》い拳で殴るなど、怪我をするのはそなたのほうだ」

藍は唇を噛《か》んでうつむいた。

「……イーサン。あんたが人間として生きてきたなら、俺の世界の常識を忘れないでほしい」

半神というのは、こうも人の心の機微がわからぬものなのか。あるいはこの男がそうだというだけなのか。いや、ニューヨークで出会ったときからそうだった。やはりこの男は、はなから人間らしい思考を持ち合わせてないに違いない。

「俺はあんたに無理やりこの世界に連れてこられた。望んで来たわけじゃない……心はまだ、あっちの世界から一歩も離れられないんだ」

藍の苦悩に満ちた訴えに、ニキアスが沈黙する。

「自分のことは自分で処理できる。いや、させてほしい」

「わかった」

「さっきの魔法みたいなものはたしかに便利だ。でも、俺は赤ん坊じゃない。下の世話までしてくれなんて言ってない！」

言い募るごとに、さきほど受けた屈辱に対する怒りが、ふつふつと湧き上がってくる。すると、ニキアスはおもむろに壁際の側溝を指差した。

「あそこの溝だ。神術を使えない只人《ただびと》は、通常はあそこで排泄《はいせつ》する」

パーティションもなければ便座もない。ただの溝がそこにあった。藍の表情が強張る。その様子をニキアスは無表情に観察している。

「壁も便座もないところで排泄するのは、そなたも嫌だろう。そう考えて、セルジオスに処置をさせた」

そんな気遣いが、言い訳になると思っているのだろうか。たしかにあのむきだしの場で排泄しろというのは、先進国で――しかも、ひときわ清潔な日本で生まれ育った藍には受け入れがたい慣習だ。

結局、ニキアスは先回りして気を利かせたつもりなのだろう。だが、それは余計なお世話だ。

「……あそこがトイレだと教えてくれるだけでよかった。あの黒い人が魔法で腹の中のものを処理できるがどうする……って、選択肢を提示してくれるだけでよかったんだ」

たとえ藍がこの世界でどれほど無力な存在だとしても、藍の意思を無視した気遣いはいらない。最後まで選ぶのは自分でありたい。

「ウラヌンティウムは神々が支配する世界だ。人間が選択の権利を持つことはむずかしい」

透んだウルフアイは、やはり人間味が薄い。伝わらないのかと、藍の心を暗い絶望が満たした。

「違う。たとえどんな世界でも、どんな人にも、自分の尊厳を守る権利はある……あんたにはそれが、わからないの？」

藍は悲しげに目を伏せると、再びニキアスに背を向けた。

「……風呂に入れてくれ」

背後から軽々と持ち上げられ、樽《たる》の中に入れられる。

中に立ってみればなお、たらいは深かった。湯が膝上《ひざうえ》まで溜《た》まっている。透明で清潔な湯の匂いがして、藍はほっとした。目を凝らしてみれば、樽の底に石の栓がある。汚れた水はその穴から排水するのだろう。基本的には、普通の風呂と原理は変わらない。

「座れ」

言われるままに膝を曲げて座ると、胸元まで湯に浸かった。湯を掬《すく》って、まず顔をバシャバシャと洗う。

指の隙間からこぼれ落ちていく湯が、あっという間に濁る。髪の毛を触ると、泥でカチカチに固まっていた。あまりの汚さにげんなりする。湯を手で掬っては濡《ぬ》らし固まった毛束をほぐしていくと、どんどん湯が茶色く濁った。

「はぁ……」

日本人としては、できれば洗い場で汚れた身体を徹底的に洗ってから、綺麗な湯に浸かりたかった。

「何か洗うもの……石鹸《せっけん》とかあるんだろうか」

上を向いて懇願すると、ニキアスが頷《うなず》いて消える。しばらくすると、セルジオスが、海綿とおぼしきものと一緒に小さな壺《つぼ》を差し出した。

海綿を湯につけると、手でぐにぐにと揉《も》む。すると固かった海綿はどんどん柔らかくなって、すぐに倍の大きさに膨らんだ。

「これが石鹸？」

壺を指差して尋ねると、ニキアスが頷く。

「そうだ。ただしボディソープのような泡立ちは期待するな」

小さな壺を海綿の上に傾けると、茶色い液体がドロリと滴り落ちてきた。海綿を揉むと、わずかに泡立ってくる。良い匂いがするわけでも、充分な泡立ちもないが、石鹸特有のぬめりがある。これで身体が洗えそうだ。

そのとき、藍はあることに気がついて、ニキアスを仰ぎ見た。

「さっきの……あの腹の中を綺麗にする魔法があれば、風呂《ふろ》に入る必要はないんじゃないか」

ニキアスが首を振る。

「身の裡《うち》から不浄を払う神術と、沐浴《もくよく》を一緒にするな。神術は神殿兵士の修行のための技。普通の人間には使えない。沐浴は、神から人間までが等しく行う神聖なものだ。こうして浴場で汚れを濯《すす》ぐことは、ウラヌンティウムでは喜びであり、誰もがすべき行為とされている」

では、おそらくどこにでもこの手の浴場があるのだろう。せめて衛生の概念が近くてよかったと安《あん》堵《ど》した。

「これで髪も洗えるのか」

ほんの少し泡立った海綿を見せると、ニキアスは頷いた。

髪がきしむかもしれないが、清潔には代えられない。藍は頭から爪の先まで、何往復も海綿を滑らせて、泥と垢《あか》を徹底的に落としていく。どれだけ汚れていたのか、湯は悲惨なほど濁ってしまった。

「下の栓を抜けば流れる」

藍は手探りで栓を抜いて排水する。泥と石鹸で濁った湯が、渦を巻いて穴に吸い込まれていく。

「……」

藍は膝を抱えたまま、水面を暗い目で見つめ続けた。この汚れた水は、いまの藍の心そのままだ。ニキアスを呪う気持ちと、行き場のない悲しみで濁りきっている。汚水はゴポゴポと音を立てて、やがて地下に流れていった。

こんな風に、すべてを忘れてしまえればいいのに。

空白が生まれると、なぜ、どうして、という感情が湧き上がってくる。いっそこちらの世界に拐《さら》われたときに、記憶も失ってしまえばよかったのだ。それならこんな風に誰かを憎むこともなく、きっとただの無力な何者かとして、この世界で生きて、そして死んでいくことができただろう。

視界が翳《かげ》る。藍は顔を上げた。いつ運んできたのか、ニキアスが大きな瓶を抱えている。

「……それは？」

「綺麗な湯に入れ替える」

神の子が、召使いのように自分の面倒を見ている。そう考えると、この状況はどこか滑稽《こっけい》だ。

「もう一度栓をしろ」

藍は頷いて、持っていた栓をきゅっと強く穴に挿し直した。

「頭からかけてほしいか」

頭から洗い流すことができるのはありがたい。藍は頷いて、従順に頭を下げた。

ゆっくりと瓶が傾けられる。充分な湯が頭から全身を伝い、汚れとぬめりを流していく。一度瓶の湯を注ぎきると、もう一度栓を抜いて湯を捨てた。ニキアスが再び瓶を抱えてくる。今度も頭から注いでくれた。そこから瓶二本分の湯を注いで、ようやくさきほどと同じくらいの湯量になる。

透明な湯を両手で掬い上げる。もう、ほとんど濁っていない。

「くそ……」

藍の目からポトリと雫《しずく》が落ちた。掬った湯をパシャッと顔にかける。藍は唇に拳を当てて嗚咽《おえつ》をこらえた。絶対に、泣いていることを気づかれたくなかった。


藍に用意されていたのは、男達が着ているものとは少し形状の違う服だった。

正方形に近い二枚の布が重ね合わされ、いくつかの箇所で縫い留められている。その隙間から頭や手足を出すようで、首元と裾口《すそぐち》とおぼしき端に細い飾り刺繍《ししゅう》がある。

「これを着るの？」

「こちらの服はそういうものだ。手伝おう」

手触りは少しごわごわしているが、おそらく新品だ。着てみると、肩の部分から二の腕にかけて肌がかなり露出する。最後にベルト代わりの幅広の革紐《かわひも》をウエストで締めてヒダを整えると、膝を隠すほどのワンピースになった。こんな衣装の古代ローマを舞台にした海外ドラマがあったな、と藍はぼんやり埒《らち》もないことを思い出す。

「靴を」

再び石台に座らされた。藍の前にニキアスが膝をつくと、セルジオスが大声で何かを喚《わめ》きはじめた。

ニキアスは視線ひとつで背後の黒い男を黙らせる。

まず右足が持ち上げられた。薄い足の甲を、男の親指がすっと撫《な》でた。

「……くすぐったい」

「小さな足だ。この世界を歩かせるのを躊躇《ためら》うほどに」

たしかにニキアスの掌に乗せられた足は、冗談のように小さく見えた。

「あんたの手がデカすぎるんだろう。俺、これでも足のサイズは十一インチあるんだけど」

「アメリカなら女性でもそれくらいのサイズはいる」

「は……なにそれ」

なぜ、もう二度と戻れない世界の話をするのだ。ニキアスの無神経さに喚き散らしそうになり、藍はぐっと奥歯を噛み締めた。しかし、どうしようもなく苦々しい感情が溢《あふ》れ出す。

「イーサン。俺と悠斗くんをあっちに戻してくれ」

「それはできない」

「どうして？　連れて来ることができたのなら、戻すこともできるだろう」

ニキアスが顔を上げた。二人の視線が絡み合う。

「簡単に行き来できるのなら苦労はせぬ」

「なら、神様にお願いしてくれないか。あんたは神子なんだろう？」

ニキアスの肩をギュッと掴《つか》んで、藍は掠《かす》れた声で懇願を繰り返した。

「せめて悠斗くんだけでも、あっちに戻してくれ。頼むから、なんでもするから」

無言の男の肩を必死で揺さぶる。ニキアスは立ち上がると、おもむろに藍を抱き寄せた。

「……っ、さわんな！」

思わず拳を振り上げると、大きな手が拳を包み込む。

「暴れるな。そなたが怪我をする」

いつの間にか、藍は滂沱《ぼうだ》の涙を流していた。

「なんでだよ……」

どうにもならないのか。このままこの男にどこかに連れていかれて、こうやって無知で無力な子どものように、運命に翻弄《ほんろう》されて一生を終えるのか。

「……っ、くそ……くそ」

男の胸に何度も小さく額を打ちつける。この世界に来て、すでに一生分の涙を流した気がした。

しばらくして藍が落ち着くと、ニキアスは再び藍の前に膝をついた。目尻《めじり》を拭《ぬぐ》われる。

「落ち着いたか」

藍はあわてて目をこすった。感情を爆発させたあげくに、藍をこんな状況に陥れた張本人にすがって泣くなど正気の沙汰《さた》ではない。だが、不思議と少しだけ心が晴れた。

なぜだろう。この世界に来てから、何かがおかしい。ニキアスと触れ合うことが苦痛などころか、むしろ、どこか安心できる自分がいる。藍は、己の心と肉体の感覚が一致しないことが怖くなった。

「必要なとき以外、触らないでくれ」

「いまが必要なときだ、アンブロシア」

互いのまだ名前のない感情を探り合うように、二人はじっと見つめ合った。

「俺をアンブロシアって呼ぶな」

「わかった——アイ。これでいいか」

藍は驚いた。ニキアスが笑ったのだ。ニキアスが求めているのは、アンブロシアのはずだ。それなのになぜ、藍が「アンブロシアと呼ぶな」と言ったら喜んだのだろうか。

「アイ、そなたの人生を壊したのは私だ。あの世界での未来も、家族も、すべて私が奪った」

「……だから？」

「私を恨んで怒り続けるがいい。いまは命を捧《ささ》げることはできないが、すべてが終わったら、そなたになら殺されてもかまわない」

藍は瞠目した。藍に殺されてもいいと、この男は本気で言っているのだろうか。

「……どうして、そんなことを」

「そなたは私に報復する権利がある」

感情が千々に乱れる。怒っていいのか、泣いていいのかもわからない。藍は何度も震える唇を開いては、言葉にならない想《おも》いを飲み込んだ。うつむいて、必死に感情を落ち着かせる。

「……靴、履かせてくれるんじゃないのか」

ニキアスは頷くと、藍の足底にぶ厚い革を当てた。シンプルなつくりの靴だ。革底に革紐が通され、やわらかい踵《かかと》当てがついている。いわゆるグラディエーターサンダルだ。この格好はますます古代ローマっぽい。

ニキアスの指が、足首から膝《ひざ》まで器用に革紐を巻き上げていく。たかが靴を履かされているだけなのに、人生の選択肢を一気に失ったような気分になるのはなぜだろう。

　これまで履いていた靴を見た。泥水にひどく汚れて、二度と履きたくないくらい汚れている。しかしあの汚れた靴こそが、失ってしまった二十五年の人生の象徴なのかもしれない。

「次から自分で履くよ」

　片足を履かせ終わると、ニキアスが顔を上げた。

「履き方など覚えなくともよい」

「どうして？」

「靴を与えれば、そなたがどこかに行ってしまう気がしてならぬ。靴など履かせたくないのだ。そなたをこの腕の中から出したくない」

　藍は目を見開いた。独占欲もあらわなニキアスの答えに狼狽《うろた》える。

「それは、俺がアンブロシアだから？」

「そうかもしれぬ。だが、それだけではない。そなたが許せば、ずっとこの腕に抱えていたい」

「……冗談だろ」

　熱烈な告白にも聞こえるが、言った男は照れるでもなく平然としている。ニキアスの発言は、単に逃したくないという意味なのだろうと、藍は無理やり自分を納得させた。

「子どもじゃないんだから、自分の足で歩くよ」

「ならば、これからも私が靴を履かせよう。そなたの前になら、何度膝をついてもかまわない」

藍は天を仰いだ。

ニキアスが作業を再開した。もう片方の足に、サンダルの革紐をスルスルと巻きつけていく。その様子を、さきほどから複雑な表情で見つめている男がいる。ニキアスが膝をついたときに、身を投げ出す勢いで止めようとしていたセルジオスである。その様子に、藍は溜飲《りゅういん》を下げた。

（ざまあみろ。あんた達の大切な神子様は、俺の前に跪《ひざまず》いてるぞ）

自分達と同じくらい、ニキアス達も苦しめばいい。そんな最低最悪な気持ちがずっと胸の中で渦巻いている。

負の感情は諸刃《もろは》の剣だ。誰かを苦しめたいという歪《ゆが》んだ感情のせいで、藍自身が、すでにひどく傷ついていた。

ニキアスと目が合う。胸が苦しくなって、藍は目を逸らした。

「気にすることはない。そなたの苦悩を背負うべきは私だ。奴隷だと思えばいい」

藍は唇を噛《か》んだ。人の心の機微がわからぬ半端な神のくせに、この男はなぜこんなときだけ、敏感に藍の苦悩を汲《く》み取るのだろう。

着ていた服を頼むから捨てないでほしいと、藍は懇願した。汚れきって悲惨な状態だが、汚れは洗濯すれば落ちる。たとえ二度ともとの世界に戻れなくても、絶対に捨てたくなかった。

「悠斗くんも綺麗《きれい》にしてあげたい。あの黒い人に、手伝ってほしいって言ってくれないか」

悠斗を寝台に寝かせたまま頭の位置を石台からずらすと、藍はセルジオスに支えてもらいながら、瓶の湯で髪を湿らせて、石鹸《せっけん》を溶かした水で丁寧に洗い濯いだ。さらに顔から首、手足の先まで、露出している部分を丁寧に清めていく。

汚れが拭われると、青ざめた、美しい悠斗の顔があらわになった。

「さあ、これで綺麗になったよ」

清潔に身なりを整えた藍は、再びニキアスに抱き上げられた。自分の足で歩きたいと訴えたが、あっさりと無視され、ニキアスが纏《まと》うマントにすっぽりと包まれた。藍が発している芳香を隠すには、どうやらこのマントに包まれるしか術がないらしい。

マントの隙間から外を覗《のぞ》き見《み》る。藍達はギリシャ神殿のようなものものしい建物の柱廊を歩いている。何人かの男達が向かい側から歩いてくる。皆一様に痩《や》せやつれて、顔色が悪い。

男達とすれ違った直後だった。背後から呻《うめ》き声とともにドサッと砂袋が落ちるような音が聞こえた。

振り返ったセルジオスが顔を歪める。

「イーサン……いま何があったんだ。いまの音、誰か倒れたの？」

突然、細かな粉雪のような何かが視界いっぱいに舞い散った。

「灰……？」

ニキアスが呟《つぶや》いた。

「これが、我が国に科せられた呪いだ」

＊＊＊

ニキアスとセルジオスはある小部屋の前で足を止めると、音もなく滑り込んだ。

『ニキアス様……！　ご無事で何よりでした』

部屋の中には、白い兵士シメオンの他にもう一人、見知らぬ年若い青年が待っていた。また新しい奴が現れたと、藍はマントの中から用心深く青年を観察する。

顎《あご》先でぱっつりと茶色の髪を切り揃《そろ》えたショートボブの青年は、丈の長いキトンに青色の布を肩から腰に巻きつけている。藍よりずいぶんと背が高いが、セルジオスやシメオンと違ってほっそりとした体格だ。

『ユーニス。部屋に術をかけろ』

青年は頷《うなず》くと、壁に手を当てて短く呪文を唱えた。

バチバチッと青い電光が石の狭間を伝い、布をはためかせながら部屋中を走り抜けた。一瞬ツンと耳が詰まった。不可視の透明な箱に閉じ込められた感覚がした。

『ニキアス様、マントをお脱ぎいただいても大丈夫です』

藍はマントから滑り出た。ウラヌンティウム風の衣装を身に着けた藍を見るなり、ショートボブの青年が目を見開く。

『この少年がアンブロシア……なんと小さく美しい』

青年は感嘆に堪えぬといった様子で、藍に向かって何かを熱っぽく語りかけてくる。

言葉がわからない藍は、隣に座る男をすがるように見上げた。しかし、ニキアスは彼が誰なのか、また何を話しているのかまったく説明する気がなさそうだ。

「あの人は誰？」

藍はしかたなく自らニキアスに尋ねる。

「クロノキア主神殿の神官ユーニスだ」

自分のことが話題になっていることがわかったのだろう。ユーニスは右手を胸に当てて、礼儀正しく頭を下げる。

『ユーニスと申します。人のかたちを取ったアンブロシアよ、お目にかかれて光栄です』

悠斗とそう変わらぬ年頃に見える神官は、藍を見つめてニコッと微笑んだ。

藍は久しぶりにまともな食事を摂った。まともな食事といっても、用意されたのは素焼きの碗《わん》に盛られた、どろどろとした灰色の粥《かゆ》だ。聞けば、庶民がよく食べる大麦の粥だという。

ほとんど味のないそれに、切り分けてもらった干し肉を入れて食べる。正直に言えば不味《まず》い。すべてが、なんというか素材そのものの味だ。

これから一生、こんな味気のない食事が続くのだろうか。そう考えると憂鬱《ゆううつ》でしかたがない。

しかし、この土地自体が貧しいせいもあるのかもしれない。ニキアスも言っていたではないか。祖国は飢餓と天災に喘《あえ》いでいると。そう思うと、不味いだなんだと、食事に対して文句を言うことは憚《はばか》られる。しかし、ニキアスは、そんな藍の葛藤《かっとう》をすぐさま見抜いた。

「口に合わないのだろう。食に恵まれた国で生まれ育ったそなたの口に、こちらの世界の食事が合わないことはわかっている」

「いや……食わせてもらえるだけでありがたいから」

藍の答えに、ニキアスが眦《まなじり》をゆるめた。

「そなたは心優しい性分なのだな」

「……そんなことない」

ニキアスは酒杯だけを傾け、食事を摂る様子はない。

「イーサンは食べないのか」

「食べるときもあるが、私の肉体は必ずしも食事を必要としているわけではない」

ドロドロとした粥をしかたなく食べ進めているうちに、からっぽの胃がようやく空腹を思い出したらしい。藍は碗いっぱいの粥を完食した。藍が粥を腹に収める様子を固唾《かたず》を呑《の》んで見守っていた男達は、ほっと息を吐いた。

「ごちそうさまでした」

藍は手を合わせた。ユーニスがニコニコと空になった碗を受け取る。

「このあと、仮眠を取ったらすぐにここを発《た》つ。ここからは馬で移動する」

藍は首を傾げた。

「こんな夜に移動するの？」

「夜は獣が活動するとき。我々にはむしろ都合がよい。それに夜の女神は、クロノキアの民の味方だ。我々の道中を見守ってくださるだろう」

　ニキアスは、はたして藍をどこに連れていこうとしているのだろう。

「俺……馬に乗れないけど」

「私の前に乗せる。いずれにせよ、このマントで私とそなたを隠さねばならぬ。そなたの香気をたどって、他国の神子が追ってくる可能性があるからな」

「他国の神子？　あんた以外にも神子がいるのか」

　ニキアスが頷く。

　藍は考え込んだ。神子達が藍の存在を求める理由はなんなのだろう。他の神子達と行動をともにすることと、このままニキアスとともに行動することに、いったいどれほどの違いがあるのだろう。

「誰であろうが、そなたには指一本触れさせるつもりはない」

　藍の思考を読んだのか、ニキアスの表情が険しくなる。

「他の神子を頼って逃げたりしないよ」

「そうではない」

　藍は首を振った。悠斗が目覚めるまでは、ニキアス達と絶対に離れられない。いずれにせよ、いまはニキアス達と行動をともにする以外に選択肢はないのだ。

「悠斗くんは、まだ起きないのかな」

　寝台に寝かされている青年ににじり寄って、顔を覗き込む。顔色は悪くないが、眠り続ける悠斗が心配だった。あちこち触れても、まったく目覚める様子がないのだ。

「問題ない。ユウトは足首の骨を折っている。回復の眠りに落ちているほうが、早く良くなる」

藍は後悔に唇を噛んだ。やはりそうだったか。あの腫《は》れ上《あ》がった足首は、骨折していたのだ。相当苦痛を感じていただろうに、悠斗は元気を装っていた。

ピクリとも動かない悠斗は、まるで精巧な人形のようだ。不条理な運命に巻き込んでしまった青年を、絶対に守らなくてはならないと、藍はあらためて決意した。

「あの黒い人に、悠斗くんを任せても大丈夫？」

「セルジオスはクロノキアの神殿を守る兵士の筆頭だ。私がユウトを守れと命じれば、命を賭《か》けても守り抜く」

そうだった。セルジオスは悠斗を拐かそうとしたならず者達の首を、ニキアスの命令で一瞬の躊躇《ちゅうちょ》もなく刎ねたのだ。そのときの光景を思い出して、藍は青ざめた。ニキアス達は、簡単に人の命を奪うことができる。結局どちらもならず者に違いない。

「アイ、彼奴《あやつ》らは私に忠誠を誓い、そなたらを命がけで守らんとする者。信頼を裏切ることはない」

一番信頼できない男にそんなことを言われても、素直に頷けるはずがない。

「別に、この人達のことをなんとも思ってないよ。ただ、簡単に人を殺《あや》めたりするのは、本当にやめてほしい」

ニキアスが瞠目《どうもく》した。

「暴力や殺人だけは、たとえどんなことがあっても、絶対に受け入れられない。どれだけあんた達に正義があっても……それだけは覚えておいて」

しばらく沈黙した後で、ニキアスは「わかった」と頷いた。

「彼が、悠斗くんを傷つけないと信じていい？」

「クロノキアの大地に誓って」

ニキアスがセルジオスに何事かを話しかける。するとセルジオスは、すぐさまその場に片膝《かたひざ》をついた。剣を置いて、藍に向かって恭順を示すように深々と頭を下げる。そのままの姿勢で固まって、微動だにしなくなった。

「え、な、なに？」

「そなたに忠誠を誓っているのだ」

「わかった。信じるよ……セルジオスさん」

名前を呼ばれたことがわかったのだろう。男が顔を上げる。ニキアスほど非人間的な印象はないが、それでもその獰猛《どうもう》な顔立ちは美しく、また野性味に溢《あふ》れている。艶々《つやつや》とした黒髪に浅黒いなめし革のような肌が、まるで黒豹《くろひょう》のようだ。

力が支配するこの野蛮な世界で、藍に悠斗を守り抜く力はない。言葉も通じない。こちらの常識もわからない。悔しいが、それが現実だ。どれほど男達が危険で凶暴でも、いまは彼らを頼る以外に、生き残る術はないのだ。

「これからも悠斗くんを守ってください。お願いします」

ニキアスが藍の言葉を伝えると、セルジオスはあからさまに狼狽《うろた》えた。

『アンブロシア。貴方に礼を言われる理由はありませぬ。我が神子の命令であれば、俺は命に代えても従うまで』

藍は曖昧に微笑んだ。かろうじて「アンブロシア」と呼びかけられたのは聞き取れたが、何を言っているのかわからない。

「セルジオスは信頼できる男だ。我が父の眷属《けんぞく》たる神狼が人間の乙女と交わって生まれた、狼と人間の血脈だ」

「……は？」

想像もつかないような話がいきなり飛び出して、藍は目を瞬いた。

「狼と人間が交わるって、どういうこと？　まさか獣姦《じゅうかん》？」

「この世界ではめずらしいことではない。神々やその眷属は気まぐれに人の姿に変化して人と交わり、ときに子を生《な》すこともある」

「セルジオスさんも半神なの？」

「いや。神の眷属と人との間に生まれた者は、人間とも異なる力を持つが、半神ではない。神と人とのあいだに生まれた子が半神。それが私だ」

奇妙すぎる話で、とうてい受け入れがたい。一方で、彼らの人間離れした体格はそういうことなのかと得心がいく。

「なら、シメオンさんはなんの種族なんだ？」

「シメオンは天馬の血脈だ。天馬も人に変化し、水浴びのときに乙女と交わることがある」

「天馬……ユニコーン？」

「ユニコーンか……いや。天馬にあのような角はないな。天馬は空を翔《か》ける有翼の馬だ」

狼と乙女の交わり。翼を持つ馬と乙女の交わり。本当に神話の世界そのものだ。

「クロノキア神は？　なんの神様なの」

「大地と獣を守護する神だ」

大地と獣を守護する神……それがニキアスの父親なのか。それではこの金色のウルファイは、獣の守護神である父神から受け継いだ瞳《ひとみ》なのか。

「クロノキアが最下位の国って……どういう意味なんだ」

「そのままの意味だ」

イーサンが家族について話したときのことを思い出す。

『実母と異父姉は病で亡くなって久しい。実父は生きているが、祖国で長らく投獄されている』

最下位の国クロノキア。神と人間のあいだに生まれた半神。冤罪《えんざい》で投獄されたクロノキア神の子。

「ここは神々が支配する世界。地球と同じ常識で理解しようとしても無駄だ」

ニキアスの言うとおりなのだろう。この世界で、これまでの常識は通用しないのだ。

＊＊＊

藍は悠斗の隣に転がると、すぐにぐっすりと眠り込んだ。男達は静かに旅の準備を進める。

ユーニスが、藍の美しく整った寝顔を惚《ほ》れ惚《ぼ》れと眺めている。

「綺麗《きれい》な少年です。まったく汚れを知らぬように無垢《むく》だ」

ニキアスがかすかに笑う。

「本人には言うなよ。あちらの世界では『少年』という年齢ではない。幼く見られることを、アイ自身はひどく嫌がっている」

ユーニスがきょとんとした。ウラヌンティウムの基準では、藍はどう見ても少年にしか見えない。

「彼らの容貌《ようぼう》は、少し我々とは異なりますね」

「二人が生まれ育った国は、あの世界でも極めて平和な国だった。人々は武器を持つ必要がなく、その国で、二人は神の物語を舞台で体現する覡《かんなぎ》、あるいは舞い手のごとき役目を与えられ、民衆に尊崇されていた」

「なんと。お二人は、あちらの世界の神に仕えていたのですか」

ユーニスの目がキラキラと輝いた。

「いや。あちらの世界は、人間を中心に構成されている。ウランヌンティウムとは違って数え切れぬほどの国があり、国ごとに固有の神々と信仰が無数に存在している。だが、神の力は通常は目に見えるものではなく、中には神を信じない者達も多く存在していた」

神官であるユーニスにとっては想像もつかない世界なのだろう、目を白黒させて話を聞いている。

「アイとユウトは、神ではなく、人の娯楽のために技芸を披露していたのだ」

ニキアスの説明に、シメオンとセルジオスが手を止めた。そのとき、ニキアスは自分の発言がいらぬ誤解を生じさせたことに気がついた。

「誤解するなよ。肉体で信者に奉仕する神殿娼妓《しょうぎ》のような生業ではない。純粋に技芸の才能が必要で、誰もがなれる立場ではなかった」

シメオンが胸を撫《な》で下《お》ろす。

「とくにユウトは多くの民に敬愛されていたそうだ」

「なんと……ユウト様のほうが、より尊いお立場だったと」

イーサンの記憶を以《もっ》てしても、日本の芸能事情やアイドルと俳優の人気の違いなど、興味の範囲外すぎてわからない。ゆえにニキアスはその問いに対する答えを持たなかった。

「尊い……とはまた違うのだろうが、説明をすることはむずかしい。だが、ユウトが民衆に尊崇されていたことはたしかだ。アイとユウトは同じ舞台に選ばれた」

すると、ユーニスがおそるおそるといった風情でニキアスに尋ねた。

「ニキアス様にとって、あちらの世界はどのようなものだったのですか」

その問いに、ニキアスはすぐに答えなかった。

短くも濃密だった『イーサン・ダニエル』としての人生。神と人が遠く離れた世界だった。神子としての特別な力も、神から与えられた使命も忘れて、只人《ただびと》として生きた。職業はボディガード。それなりに面白い人生だった。そこには滅びゆく祖国も、己が背負った運命も存在しなかった。

記憶がいまだに鮮明なことに、ニキアスは不思議な感覚を覚えた。そして、ニューヨークでの人生に、わずかに未練を残していることを自覚した。

「もう一人の私の人生は、私の意志で選べる道があるだけだった。そうだな……ただ、自由だった」

ユーニスとシメオンの表情が悲しみに曇る。これまでニキアスが、ひたすら祖国のためだけに生きてきたことを知っているからだ。だが、ニキアス自身は、未練はあっても後悔はない。すべての記憶を取り戻したいまとなっては、祖国が置かれた状況を忘れたまま、安寧の道を生きたいとは思わない。

それに、この運命のおかげで、藍に会えたのだ。

ニューヨークで藍と出会ったときに己の使命を思い出さなければ、どうなっていただろう。ただのイーサン・ダニエルと真宮藍として出会っても、それでも二人は互いの中に反発し、共鳴しあう何かを見出《みいだ》しただろうか。

役者と監督のボディガードとして出会い、撮影が終了すればあっさり関係が絶えていたかもしれない。あるいは、もっと違う特別な関係がはじまっていたかもしれない。すべては終わったことで、埒《らち》もない妄想だ。

（だが、選べるのなら、後者しかない）

ニキアスはマントに包まれて、眠り続ける藍を見つめた。

この青年に対する執着が、オルコスを果たすための使命感によるものか、あるいは本能に忠実な神としての性質によるものか、それとも、人間として特別な情愛を抱きはじめているからなのか、ニキアスにもわからなかった。

クロノキア国境

　この世界の馬は、規格外のサイズだった。藍は恐怖のあまり硬直していた。

「馬が、ミニバンくらいある」

　呆然《ぼうぜん》と呟《つぶや》くと、「ミニバン」という表現が面白かったのだろう、ニキアスがめずらしく笑みを浮かべた。

「これは神殿兵士達が乗る馬だ。通称『神殿馬』と呼ばれている」

　遠目には普通の馬だ。だが、蹄《ひづめ》が藍の頭くらいある。藍が跨《またが》ったら、絶対に鐙《あぶみ》まで足が届かない。

それほど巨体の馬だ。

「ここでは、これが普通サイズの馬？」

「いや。普通の馬はもう少し小さい。神殿兵士達はみな体格がよく、普通の馬を乗り潰《つぶ》してしまう。

彼らを乗せるために神殿で育てられている特別な馬だ」

　たしかにニキアスや黒白の二人を乗せたら、普通の馬は潰れてしまうだろう。

「どうやってこの馬達を手配したんだ？　まさか……盗んだのか？」

「神殿馬達は天馬の血を引いている。シメオンが呼べば来る。どこの神殿の馬でもだ。解放すれば勝手に神殿に戻る」

「へ、へぇ」

天馬が普通の馬と交配して生まれた神殿馬を、天馬と人間の子孫がタクシー代わりに呼び寄せたということか。もはやなんでもありの世界だ。

藍を一度地面に下ろすと、ニキアスがさっと馬に跨る。全身をマントで覆い隠している大きな男が巨大な馬に跨っている様子は、あまりに迫力がありすぎる。

久しぶりに自分の両足で地面を踏んだ。履き慣れない編み上げサンダルの革底に、石ころだらけの地面を感じる。

夜風は青い灰の匂いがした。丘の上から見下ろせば、岩山の狭間に都市がほんのりと浮かび上がっている。都市の中心に神殿が見える。さきほどまで藍達がいたところだ。壁に沿うように屋台が並び立っているのが見える。

篝火《かがりび》に照らされる古代の都市。ＣＧか、あるいはミニチュアのセットを見ているようだ。

生あたたかい風が頬をなぶる。風に誘われて空を見上げれば、見たこともないほど大量の星が夜空に散らばっていた。ニキアスも空を見上げた。

「天には、この世界を創造した神であるウラヌスが住んでいる」

「すごい……」

藍は感嘆の声を漏らした。

（本当に、これは夢じゃないのだろうか）

気がつけば、そんな自問自答を繰り返している。

「アイ、手を」

ニキアスが手を差し出す。藍も素直に手を伸ばした。

「……届かない」

ニキアスはかすかに笑うと、シメオンを呼び寄せて命じた。

『シメオン、藍を抱えて渡せ』

『はい』

シメオンが背後から近づいてくると、藍の腰を両手で挟んだ。

『アンブロシア、持ち上げます』

「え？　うわあっ」

藍はまるで子どものように、シメオンからニキアスに手渡された。ニキアスは藍の両脇に手を入れて、さらに高く持ち上げる。

「ちょっと！　高いって」

「脚を開け。私と同じように跨れるか」

藍はあわてて両脚を開いた。ニキアスがゆっくりと下ろす。馬の胴体で股《また》が割れた。

「どうだ」

「どうだもこうだも……この体勢で、長時間跨っているのは無理だ」

ほぼ百八十度近く開脚している状態になっている。身体は柔らかいほうだが、それにしても無茶な姿勢だった。とにかく神殿馬が巨大すぎるのだ。これでは腰や股関節《こかんせつ》をすぐに痛めてしまう。どうしたものかと藍が思案していると、ニキアスが再び藍の脇に手を差し入れて持ち上げ、ブンと斜めに振った。

「うわっ」

体操のあん馬の要領で、藍の両脚が揃《そろ》って宙に舞った。そのままストンと横座りにされる。

「……」

「この姿勢で私に掴《つか》まっていれば、落ちることはない」

もはや返事をする気力もないが、股関節が壊れそうな体勢よりはましだ。悠斗はセルジオスの背中に紐《ひも》でくくりつけられている。シメオンとユーニスはすでに馬に跨って、出発の合図を待っていた。すぐにニキアスのマントに包まれる。金属のように光るニキアスの素肌は、見た目に反してとても熱い。

「暑い……」

マントをかきわけて、藍はひょこりと顔を出した。ニキアスが渋面になる。

「マントの中に頭を引っ込めろ」

「いやだ。こんな状況で大人しくしてろって言うのなら、せめてまともに空気を吸わせてほしい」

子どもではないのだ。意識がある状態でずっとマントの中に閉じ込められているのはつらい。

すると、ニキアスが頭頂部に鼻を埋《うず》めてクンと鼻を鳴らした。

「ん……っ、嗅《か》ぐなって」

「こうして頭を出しているだけでも、そなたの香気が溢《あふ》れんばかりに周囲に広がる」

芳香を放っていると言われても困惑するしかない。藍は、腕をかざして自分の臭いを嗅いだ。体臭は濃いほうではないが、まあ普通の男の体臭だろう。

それ以上説明しても無駄だと思ったのだろう。ニキアスの太い腕が胴体に巻きついた。

「夜通し走る。掴まっていろ」


馬上で揺られているうちに、うつらうつらとしていたらしい。ハッと覚醒《かくせい》すれば、いつの間にかすっぽりと、頭から全身をマントに包まれていた。

「目が覚めたか」

「……また勝手に眠らせたんじゃないだろうな」

「いや。私はこのマントを着ているかぎり何もできない」

追及してもしかたがない。嘘をつかれたところで、藍にはわからないからだ。

「それより、どこに向かっているんだ」

「ルキニアとの国境を越える」

「ルキニア……それが隣国の名前？　そこにも神子はいるのか」

マントの隙間から見上げると、ニキアスは意外だという表情を浮かべて、藍を見下ろしていた。

「冷静だな。ウラヌンティウムに興味を持ったか」

「これからここで生きていかなきゃならないのなら、最低限の知識は持っておきたいだけだ」

「そなたがこの世界を受け入れるまで、もう少し時間が必要だと思っていたが」

藍は違う、と首を振った。

「一人で悶々《もんもん》とするよりマシなだけだよ」

冷静なわけでも、この世界を受け入れたわけでもない。思考に無駄な空白ができると、すぐに絶望に飲み込まれそうになる。常に何かを考えているほうが気が紛れるのだ。

「ウランヌンティウムには十二の国があると言ってたな」

「そうだ。十二の柱神とその神子の国。ルキニアは柱神の一人、生と愛を司《つかさど》る女神だ」

生と愛を司る女神の国ルキニア。そのとき藍は、クロノキアが最下位の国だというニキアスの言葉を思い出した。

「なぁ、最下位ってもっと詳しく……」

そのとき、先頭を走っていたセルジオスが、突然馬を止めた。

『どうした』

セルジオスが自身の胴体にくくりつけた悠斗を指差す。

『ニキアス様……少年がまもなく目を覚ますかもしれません。回復の眠りが解けそうです』

『それでは、どこか休める場所を確保せねば』

ユーニスがそう言うと、全員が周囲を見渡した。言葉がわからない藍は、不安げにニキアスとセルジオスを見つめることしかできない。

進路の右斜め前をニキアスが指差した。その先に何があるのだろうかと目を凝らすが、藍には何も見えなかった。

『四スタディオンほど先に小さな小屋がある。そこに身を寄せよう』

セルジオスの腕の中で、悠斗がわずかに身じろぎした。藍は思わずマントから顔を出した。

「ニキアス……悠斗くんが動いた！」

「ああ。そう遠くないうちにユウトが目覚める」

藍の顔が希望にほころぶ。一方、ニキアスの表情は厳しいままだ。

「駆けるぞ。しっかり掴まっていろ」

＊＊＊

石造りの小さな小屋が見えてきた。近隣に家もなく、ポツンと一軒のみ。

複数の馬の蹄の音で目を覚ましたのだろう。老夫婦が孫とおぼしき少女を抱えて、小屋から飛び出してきた。ボロボロの服を身に纏《まと》い、ひどく痩《や》せている。

『なんと……神殿の皆様が、こんな辺鄙《へんぴ》な場所にいかなる御用で……』

ユーニスが馬を降り、代表して老夫婦に頭を下げた。

『お休みのところを申し訳ないが、一日だけ部屋をお借りできないだろうか』

老夫婦はすまなそうに眉《まゆ》を下げる。

『寝台がひとつしかありませぬので……』

ユーニスがわかっていると頷《うなず》いた。

『我々は外で控えさせていただきます。こちらの三人だけでいいのです。寝台は必要ありません。部屋の隅をお借りしたい』

　自分が姿を見せたほうが早いだろうと、ニキアスは馬上からユーニスに声をかけた。

『ユーニス、主人に断って家に結界を張れ』

『は……ご老人方、失礼いたします』

　ユーニスは馬上の人物に深々と頭を下げると、土を固めただけの壁に両手を当てて祈る。キンと音がして、小屋全体が青い光に包まれた。

　ニキアスは藍を抱えたまま、馬から飛び降りた。状況がわからず不安でしかないだろうに、藍は不満も言わず大人しくしてくれている。

　扉代わりの布をかきわけて、小屋の中に押し入った。老夫婦があわててニキアスを追いかけてくる。天井が低い。頭が梁《はり》にぶつかりそうだ。ニキアスはフードを下ろした。

『汝《なんじ》達の安眠を邪魔してすまない』

『まさか……神子様！』

　老夫婦は驚愕《きょうがく》に目を見開くと、ヘナヘナと腰を抜かした。少女も一緒に倒れ、小さな声を上げて老女にしがみついた。

『なぜ神子様が、このようなあばら家へ』

　老夫婦はニキアスの足元にまろび寄ると、マントの裾《すそ》に次々と口づけた。ニキアスの姿を仰ぎ、二人は恍惚《こうこつ》の表情を浮かべた。

『汝達に祝福を』

すると老夫婦は揃って首を振った。その代わりに、地面に転がっていた少女を抱えて差し出す。

『いいえ、神子様。儂等《わしら》にはもう、残されたときがありませぬ』

『娘夫婦は、すでに灰になりました。我らも今日にも明日にも灰となる身です』

老女が震えながら、孫娘をニキアスの前に押し出した。

『最期の心残りはこの孫のことなのです。我らが大地に還《かえ》れば、この子は天涯孤独となります……どうか、どうか』

少女は泣き出しそうな顔でニキアスを見上げていた。

ニキアスは老夫婦に頷いて、少女の額に手をかざす。

『……っ』

神力を注いでも、命が満ちる手ごたえがない。それでわかった。この少女も、もはや灰になりかけている。

ニキアスの顔がわずかに歪《ゆが》んだ。その表情で老夫婦は察したのだろう。痩せ枯れた腕で、少女を抱きしめた。

『無力な神子ですまない』

『いいえ、いいえ……！』

老夫婦は、皺《しわ》だらけの頬に涙を伝わせて首を振った。

『これまで神子様がどれほど我が国の血肉を削り、この地に神力を注いでくださったか。そのことを知らぬ民はおりませぬ』

神や半神の悠久の生と、刹那《せつな》のごとく生まれては死ぬ人間の一生は、あまりに違う。半神のニキアスにとっての百年は、彼らの十年だ。ましてや不死の神にとって、人間の一生などまばたきほどの時間でしかない。

そうだ。神がまばたきする一瞬に、クロノキアには数多《あまた》の民の死が積み重なっていく。

『神が定めたことならば、滅びこそがこの国の運命なのでしょう』

ニキアスは、すがるように伸ばされた老女の手を握った。まもなく灰となり消滅する者特有の、ありえないほどの存在の軽さ。

ニキアスがどれほど国のために血を流しても、運命は次々と無秩序かつ無慈悲にその標的を定め、生者をあっという間に灰に変える。いずれ国土そのものが灰に埋もれて、クロノキアは完全なる滅びを迎えるだろう。これが、神々の摂理から外されてしまったクロノキア国の末路だ。

人間しか存在しない世界に生きていたイーサン・ダニエルとしての思考が、神々に支配される世界の不条理を訴える。何が神の摂理だ。なぜ罪のない民が、無慈悲に命を奪われなくてはならないのか。

ニキアスの荒ぶる心が咆哮《ほうこう》する。この国を、一刻も早く救わねばならない。それには、神と交渉するしかない。そして、ヘロスマキアを始める権利を得るしかないのだ。

神々の代理戦争。その戦で勝利した神子だけが神の果実アンブロシアを与えられ、英雄となる権利を得る。つまり藍は、本来ならばニキアスが触れることも許されない宝石なのだ。

その宝石を、ニキアスはいま手中にしている。アンブロシアを喰《く》えば、きっと消えゆく民の命を救うことができる。

ヤワラカク、アマイ、カミノカジツ。口の中に生唾《なまつば》が浮かんだ。ニキアスの神子としての本性が、いますぐこの果実を喰え、祖国のために力を手に入れろと訴える。

「イーサン……？」

腕の中で、藍が小さく身じろぎする。その瞬間、ニキアスは理性を取り戻した。

＊＊＊

「イーサン、出たい」

ニキアスは無言でマントの前を寛《くつろ》げると、片腕に抱いていた藍を下ろした。足元にうずくまる老夫婦を蹴《け》らないように、マントから滑り出る。

「あの……おじゃまします」

言葉が通じないことはわかっているが、そう言うしかない。老夫婦は藍を見て呆然《ぼうぜん》と口を開けている。老夫婦はあまりにひどく痩せていて、藍はその悲惨な様子に狼狽《ろうばい》した。

藍の胸が、不安ではち切れそうになる。前の町で見かけた人達もそうだ。なぜ誰も彼もが、こうも痩せてやつれているのか。

老女にすがりつく少女の手足もガリガリで、髪は長いあいだ櫛《くし》を通していないのだろう。もつれ絡まっている。痩せた顔で目立つ大きな瞳は、美しい緑色だ。子どもらしく健康的な丸い頬をしていれば、さぞかし可愛い子だろう。

「こんにちは」

異国の言葉で話しかけられた少女は、あわてて老女の背中に隠れた。

『まもなく夜が明ける。この青年と、もう一人の少年をここに匿ってほしい。邪魔はしない』

老夫婦はニキアスの頼みに、何度もコクコクと頷いた。

「この人達になんて言ったんだ？」

「ユウトが目を覚ますまで、この小屋を借りると」

「そうなんだ……あの、ありがとうございます」

藍は老夫婦に感謝の気持ちで頭を下げた。謝意が伝わったのか、老夫婦が表情をゆるめる。

ニキアスが合図をすると、セルジオスが悠斗を抱いて入ってきた。老夫婦が木の板に布を重ねただけの寝台を指差す。

「あ、でもそこは」

夜明け前に叩《たた》き起《お》こしたあげくに、彼らの寝床を奪うなどとんでもない。だが、老夫婦は必死で手招きする。セルジオスが頷いて、悠斗を寝台に寝かせた。

「悠斗くん、目を覚まして」

耳元で声をかけるとわずかに反応するが、いまだに目を開けない。藍はすがるように、セルジオスを見上げた。

『アンブロシア、いま少年は、眠りを行きつ戻りつしております。辛抱強くお待ちください』

「なんて？　セルジオスさんはなんて言ってるんだ？」

言葉が理解できないのがもどかしい。藍はニキアスに通訳を頼んだ。

「回復の眠りから目覚めるまで、もう少し時間がかかると」

悠斗の薄いまぶたが、ピクピクと痙攣《けいれん》する。藍は祈る思いで、悠斗の寝顔を見つめ続けた。しかし、悠斗は、その後もしばらく目覚めることはなかった。


藍は枕元に座りこんで、悠斗の目覚めを待っていた。ニキアス達は全員外に出ている。小屋はあまりに狭く、全員入ることができないからだ。

老夫婦と少女はこちらを気にかけながらも、部屋の隅に疲れたように座り込んでいる。

三人とも、体調が悪そうだ。まだ夜明け前なのに寝床を奪っていることが、本当に心苦しい。

「あの……迎え入れてくれて、ありがとうございます」

伝わらないだろうと思いながらも、藍は三人に声をかける。御礼の気持ちは態度で伝わるだろうかと、藍は胸に手を当てて頭を下げた。すると、老夫婦はビクリと飛び上がり、こそこそと何かを相談しはじめる。老女が少女に話しかけて背中を叩く。少女が立ち上がった。

何をするのだろうかとじっと見つめていると、少女は部屋の隅にあった瓶に近づいて、その中に手を突っ込んだ。引き続き見守っていると、少女は両手に何かを捧《ささ》げ持《も》ち、危なっかしい足取りで近づいてきた。そして、悠斗の前に跪《ひざまず》く。

「えっ、待って。なんでそんなことをするの？」

藍はおろおろと、少女を立たせようと試みる。すると、少女がおずおずと藍に杯を差し出した。

「え……？」

いびつな素焼きの杯に、透明な液体が湛《たた》えられている。水だ。少女が、たどたどしくつっかえながら、藍を見つめて何事かを呟《つぶや》いた。きっと「水をどうぞ」と伝えているのだ。

藍は泣きそうな思いで、少女に向かって微笑んだ。

「ありがとう。お水、俺にくれるの？」

感謝の気持ちで差し出されたそれを受け取ると、少女の痩せた顔が、パァと喜びにほころんだ。藍が杯を眼前に掲げて謝意を示すと、少女を見守っていた老夫婦も表情を明るくした。

見渡しても、小屋の中に、食料っぽいものは見当たらない。ただかまどの横に、さきほど少女が汲《く》んだ水瓶がひとつあるだけだ。

そしてわかった。不味い、味気ないと思って無理やり飲み込んだ大麦の粥《かゆ》が、固いと内心で文句を言いながら噛《か》みしめた干し肉が、この国ではどれほど贅沢《ぜいたく》な品だったのか。

藍は胸を詰まらせながら、差し出された杯に口をつける。カビ臭い水が、優しく藍の喉《のど》を潤した。この後で腹を壊そうがかまわない。与えられた厚意を受け止めることが、感謝の気持ちを示すことだ。

少女を脅かさないように、藍は飲み干した杯をそっと差し出す。

「ありがとう。本当に美味しかった」

嘘ではない。この世界に来て飲んだ、一番美味しい水だった。少女の頭をそっと撫《な》でる。少女は一瞬ビクリと身を引いたが、すぐに子猫のようにすりっと頭をすりつけた。

「ありがとうね……優しくしてくれて、ありがとう」

少女はふにゃふにゃと笑うと、棒切れのような手を上げて、藍に撫でられた頭を押さえ、小さな歓声を上げて老女のもとに駆け戻っていった。

その光景を、藍は胸を詰まらせながら言葉もなく見つめていた。


窓の外が少しずつ明るくなる。まもなく夜明けだ。

老女が要求したのか、少女は再び杯を手に取ると、壁際の水瓶に杯を差し込んだ。汲み水がほとんどないのか、がんばっているが、水瓶の底に手が届かないようだ。

「手が届かないの？　俺が手伝ってあげるよ」

藍が立ち上がると、少女は振り返って飛び上がった。藍はなるべく友好的に見えるように微笑む。

「大丈夫、手伝うだけだから……その杯を貸して？」

脅かさないようにゆっくりと近寄って、水を掬《すく》う動作で助けたいと伝える。少女は逡巡《しゅんじゅん》していたが、しばらくして、おずおずと杯を藍に差し出した。藍は微笑んだ。

「ありがとう。これで水を汲めばいいんだね」

底に数センチ溜まったわずかな水を、こそげ取るようにして杯で掬う。

「はい、これをおばあちゃんに飲ませてあげ……」

藍が振り返って杯を差し出そうとしたそのとき、小屋の中に少女の絶叫が響き渡った。

『イャアアアア！』

悲鳴を聞いたニキアス達が、小屋の中に駆け込んでくる。朝日が目に飛び込んできた。眩《まぶ》しくて一瞬目を閉じる。

　そして次に目を開けたとき、藍の目の前には絶望が広がっていた。

　老女が灰になっていく。老い枯れた枝のような足の爪先からホロホロと砕け、灰になっていく。

　藍の手から、杯が転がり落ちた。

『おばあちゃぁぁん、おばあちゃあああん、だめぇ……いかないでぇぇぇ』

　少女が泣きながら老女の首にすがっている。老人も背中にすがりついていた。

『逝《い》かせるものか……！　大地よ！』

　ニキアスがマントを脱ぎ、天を仰いで咆哮した。藍は見えない圧に、ドンと壁際まで弾き飛ばされた。

「……うぐっ！」

　ニキアスの身体が、天井を突き破らんばかりに膨れ上がっていく。その様子を、藍は転がった状態で呆然と眺めていた。

『グルアアアアア！』

　吼《ほ》えたニキアスの口に、狼のような牙《きば》が見えた。ニキアスは己の手首を口に突っ込んで、その牙で食い破る。鮮血が一気に噴き出した。

「……！」

《大地よ、我が血を捧げる》

　ニキアスが発する声は、もはや人のものではなかった。ウァンウァンと何重にも反響する音だ。天井が、壁が、梁《はり》が、ビリビリと揺れる。異様な光景に、藍は呼吸を忘れて見入っていた。

『ニキアス様、なりませぬ！』

背後から飛びついたユーニスが、牙の下に己の手を突っ込んで、無理やり口を開けさせた。ユーニスの手からも血が噴き出す。

《グウァッ……ユーニス……！　ジャマだ！》

ニキアスがブンと首を振る。まさに猛獣そのものの仕草だ。ユーニスが藍の足元に投げ飛ばされた。

藍は必死で飛び出して、ユーニスを抱き留める。

「ユーニスさん……！」

ユーニスの手首から鮮血が滲《にじ》みでている。藍は止血しようと手首を押さえた。あっという間に両手の指が血で染まる。藍はニキアスに向かって叫んだ。

「イーサン……！　イーサン！　正気に戻れよ！」

次の瞬間、藍は目を見開いた。ニキアスの肉体が、さらにボコボコと不気味に蠢《うごめ》きはじめたのだ。

「なに……？」

セルジオスとシメオンがニキアスに飛びかかった。

『ニキアス様……なりませぬ！　天井が吹き飛んで封印が破れます！　ここで力を解放しては、すべてが水泡に帰すことになります！』

『あの者達は大地に還る定め！　もう手遅れです！』

しかし、異形の何かに変身しつつあるニキアスが軽く身震いするだけで、屈強な二人でさえもあっけなく吹き飛ばされてしまう。

《マダだ……まだ、マニアウ》

「イーサン……やめろ！」

藍の呼びかけにも反応はない。バチバチと青い電光を纏《まと》いながら、さらに膨張をはじめる。

《ウグルァァ……》

「イーサン……ニキアス！　こっちを見ろ、ニキアス！」

藍は、必死に半神の名を呼んだ。その瞬間、金色に輝く狼の目が藍をひた、と見つめてくる。目を逸らせない。

「ニキアス……ニキアス」

藍は名前を呼びながら、一歩近づいた。ただ、どうにかしなくてはという思いでひたすらニキアスの名前を呼び続け、さらに近づいていく。

『……アイ様、なにを！』

『近づいてはなりませぬ！』

後ろでセルジオス達が何か喚いている。

藍は怯《おび》えながらも、ニキアスから目を逸らさず、一歩ずつ近寄った。あと少し、指を伸ばせば届く距離まで近づいた。鉤爪《かぎづめ》が伸びた手が襲いかかってくる。

「……っ、ニキアス！」

肩に食い込む鋭い鉤爪。骨が砕けそうな激痛に、藍はこらえきれず悲鳴を上げた。すると獣がピタりと動きを止める。

《アイ……、ナニユエに……アイ》

ニキアスの目に理性が戻ったのがわかる。激痛に喘《あえ》ぎながらも、藍はほっと息を吐いた。

そのときだった。

小鳥のようにか細い悲鳴が、ひとつ。直後、小屋の中にフワフワと灰が舞った。

（ああ……）

藍は目を閉じた。老女が逝ってしまった。完全に灰になって砕け散ってしまったのだ。

目を開けると、少女が嗚咽《おえつ》しながら、かつて祖母だった灰を、小さな手で必死にかきあつめている。

しかし、灰はかき集めるたびにさらに粉々になり、少女の細い指の隙間からこぼれ落ちていく。老人はその様子を見て、滂沱《ぼうだ》の涙を流していた。

ニキアスが、天を仰いで吼えた。


人の姿を取り戻したニキアスが、少女の前に片膝《かたひざ》をつきうなだれている。

ユーニスは涙を流しながらニキアスの足元に這《は》い寄《よ》ると、頭を擦《こす》りつけた。

『お許しください……神子よ、申し訳ありませぬ』

セルジオスとシメオンも起き上がり、背中を丸めてニキアスの足元に額《ぬか》ずいた。男達の背中が震えている。

神殿の柱廊で舞った灰。おそらくあのときすれ違った男達も、老女のように灰と化したのだろう。

国境の際に近づくにつれて緑が消え、岩盤が露出した大地。棒切れのような手足の少女。灰となった老女。その灰を泣きながら掬い続ける少女と老人。

クロノキアは滅びかけている。ニキアスはそんな滅びゆく国の神子なのだ。血に染まった頬に残る、白い筋。

これ以上、見ていられなかった。藍は膝に突っ伏して顔を隠した。涙が溢《あふ》れて止まらなかった。

ユーニスの傷はシメオンが治癒した。傷は塞《ふさ》がったとはいえ、大量の血を失ったユーニスの顔は蒼《そう》白《はく》だ。

かつて老女だった灰の前で、ユーニスが何かを呟く。灰はみるみる白くなり、やがて大地に混ざりあうようにして消えた。老人は泣きながら大地に伏せて、ユーニスに感謝した。

藍は祖母を失った少女を膝に乗せて、抱きしめていた。長いこと風呂《ふろ》に入っていないのだろう、かなり臭い。しかしその垢《あか》じみた臭いこそが、少女が生きている証だ。

「ニキアス……」

冷静さを取り戻したニキアスを見上げて、藍は声を詰まらせた。手首から、まだ血が滴り落ちている。顎《あご》にも、服にも、血がこびりついている。

この世界の事情も何もわからない。そもそもなぜ人が一瞬で灰になってしまうのか。だが、ニキアスの苦悩だけはわかる。

どれほどの歳月、この男は自国の民が灰になる様を見続けてきたのだろう。理性を失い、異形の何かに変わりかけた半神。民を助けようと、これまでどれほど血を流し、あんな風に咆哮《ほうこう》しながら、運命に抗おうともがき続けてきたのだろうか。

藍は拳《こぶし》を口に当てて、言葉にならない感情を押し殺した。

「おじいさんとこの子は、どうなるんだ」

「老人も長くない。そう遠くないうちに大地に還るだろう」

「わかるの？」

「私には」

藍は懇願するようにニキアスを見つめた。

「この子は……？　この子は大丈夫なんだろう？　大変かもしれないけど、連れていこうよ」

「それはできぬ」

「どうして？　俺と悠斗くんは役立たずかもしれないけど、それでも、俺達も入れれば大人が六人もいるんだ。こんな小さい子一人ぐらい大丈夫だろう？　俺が抱いていくから」

ニキアスの顔が、はっきりと苦悩に歪《ゆが》んだ。

「その娘の命も、長くない。すでに灰になりかけているのだ」

藍は少女の手を持ち上げた。細くて棒切れのようでも、いまもちゃんとあたたかい。

「でも……まだ血が通ってる。生きてるよ」

この小さな身体で、いまも精一杯「生」の匂いを発している。それなのに、この少女もそう遠くないうちに灰になるというのか。

「これが最下位の国の呪い？　……こんな風に、どんどん人が灰になって死んでいくのか」

ニキアスは答えなかった。それこそが答えだ。藍は絶望し、少女をぎゅっと抱きしめた。

老人が少女の名を呼び、手招きする。少女はおずおずと藍の膝の上から立ち上がると、フラフラと老人に近づいていった。

老人は泣きながら少女を抱きしめ、大切そうに膝に抱えてゆらゆらと揺らす。老人はユーニスに向かって深々と頭を垂れた。ユーニスは頷《うなず》くと、重苦しい表情で老人の頭に手をかざす。

嫌な予感がする。藍は立ち上がった。

「待って……何をするつもりだ」

少女達に駆け寄ろうとする藍を、ニキアスの腕が制止した。

ユーニスが何かを唱え続けている。藍は目を見開いた。老人の足が、少しずつ灰になっていく。

「まさか……そんなの！　そんな、そんなことあってたまるか！」

少女の小さな裸足《はだし》の爪先が、藍の目の前で、ホロリと砕けた。

「待って！　……待てよ！　待て！　ユーニスさん、やめろ！」

ユーニスに飛びかかろうとする藍を、ニキアスが抱き留めた。

「止めるな。二人を一緒に大地に還す。老人が望んだ救済だ」

「嘘だ！　あんただって、さっきは全力で彼らを救おうとしてたじゃないか！」

崩れていく。固く抱き合った少女と老人が、音もなく灰になっていく。

「やめろ！　なんでだ、やめろよ！」

藍はもがいた。手足の力を振り絞って全力で暴れた。半神の腕に力が籠《こ》もる。その痛みと絶望に、藍は口角に泡を吹きながら絶叫した。

「やめろぉぉぉ！」

灰が舞った。少女の灰は白かった。朝日を反射してきらめくそれは、まるで粉雪のようで、空中でさらに細かくホロホロと砕けていくと、やがて大気に溶け消えた。

＊＊＊

住人を失った小屋に、ユーニスの祈りの文句が響く。三人の家族が灰となって眠る大地に、ニキアスは片膝をついた。大地に血を滴らせる。

『クロノキアの大地よ。ニキアス・クロノキアの血を捧《ささ》げる。彼らが安らかに冥府にたどり着けるように、その旅路を見守り給え』

大地が祈りに応えるように、青く光った。ユーニスが懐から銀貨を取り出して地面に埋める。死出の旅の守り手に捧げる運び賃だ。これで灰となった死者達は、ニキアスの血の筋に導かれ、冥府へと無事にたどり着くことができるだろう。

『――ニキアス様、アンブロシアの様子が』

セルジオスが藍を指差した。藍は悠斗の眠る傍で、膝を抱えてうつむいている。さきほどから微動だにしない。ニキアスは藍の前に膝をついた。

「アイ」

藍の反応は鈍かった。ニキアスからすればずいぶんと細く小さな手を、怖がらせないようにそっと握る。

「アイ、こちらを見よ」

藍は顔を上げた。しかし充血した目はあちこち彷徨《さまよ》って、なかなか焦点を結ぼうとしない。ここではないどこかに気を飛ばして、現実逃避をしている。それまで生きていた人が、突然灰になる。そんな異様な死に様を実際に見たことが、かなりショックだったのだろう。

「そなたが苦しむ必要はない」

藍が力なく首を振る。立て続けに起こる異常な事態に、心が消耗しきっている。あまりに弱々しく頼りない様子に、ニキアスの心に嵐のような衝動が吹き荒れた。

「アイ、どうか」

青年の心に届けと、ニキアスは声をかけ続ける。さきほど、藍がニキアスの理性を取り戻してくれたときのように、何度も忍耐強く。

ニキアスは、藍の顔をそっと両手で包んで持ち上げた。小鳥のようにどこもかしこも小さい。さきほどはニキアスも理性を失い、容赦なくこの華奢《きやしや》な肩を握りしめてしまった。すんでのところで正気に戻らなかったら、確実にこの肩を砕いていた。さぞや痛かっただろう。

ニキアスはユーニスを呼んで、藍の肩を治癒させた。肩の怪我が治ると同時に、藍の目に正気の色が戻ってくる。ユーニスが、もう大丈夫です、と囁《ささや》いた。

「アイ……顔を上げてくれ」

藍が顔を上げた。しかし、美しいアースアイは、いまだにどんよりと翳《かげ》っている。

「……ごめん。もう、大丈夫だ。少しショックを受けたけど」

藍は深く長く、息を吐いた。祈るように、口の前で両手を合わせる。

「彼らを助けたいと、ニキアスも思っていたんだろう？」

もちろんだ、とニキアスが頷いた。

「だが、あそこで私が力を解放していたら、小屋の結界を吹き飛ばしていた。私とそなたの居場所が、この世界のすべての神子達に明らかになるところだった。ユーニス達が私を止めたのは、そのためだ」

藍の顔がくしゃりと歪む。

「俺がここにいるせいで、あんたは助けられなかったのか」

「違う。彼らの肉体は、とっくに冥府《めいふ》の道に向かっていた。時間の問題だったのだ」

藍は再びがっくりとうなだれた。

「……あの状態になった人は、たとえ半神でも助けられないのか？」

「ああ。冥府に向かう日を遅らせるだけだ。あのとき力を解放しそうになったのは、民の死を諦《あきら》められない私の未練だ」

「この世界では、あんな風に人は死んでいくんだな」

「いや、神との繋がりを失ったクロノキアだけだ。他の国ならば、人間は普通の営みを続ける」

　藍が顔を上げた。愕然《がくぜん》としている。

「この世界も、基本的にはそなたが生まれ育った世界と同じだ。人間は自然と老いて、病や怪我で、あるいは天命を全うして死ぬ。亡骸《なきがら》は家族のもとに残り葬られる」

「……なんだよそれ。なんでクロノキアの人達だけが……伝染病みたいなものなのか？　なら、みんなで国外に逃げれば……」

　ニキアスは首を振った。

「どこに隠れようが、クロノキアの民は滅びの宿命から逃れることはできぬ」

　藍はどんよりと沈み、しばらくしてポツリと呟《つぶや》いた。

「あんたも、お母さんとお姉さんを亡くしたって……クイーンズで」

「母は神に仕える乙女だった。異父姉は、父神と母が出会う前に、母と天馬の眷属《けんぞく》のあいだに生まれた。この国が父神を失ってしばらくして、まず母が、次に異父姉が灰になった。人間と結ばれていた姉の腹には、そのとき子が宿っていた」

　まさか、と藍の唇がわなわなと震えた。

「そうだ。姉は灰となったが、産み月も程遠い胎児だった子は、かろうじて人のかたちをした状態で灰にまみれてこの世界に生まれ落ち、すぐに息絶えた」

　藍は呻《うめ》き、両目を押さえた。

「そのときだ。私が神々の決定を、真に残酷で理不尽だと感じたのは」

「そんなの神様がすることじゃない！　誰に、何の罪があって……！」

藍はぐっと唇を噛《か》むと、片肘《かたひじ》に顔を埋めた。

「そなたは、クロノキアの運命を嘆いてくれるのか」

返事はなかった。ただ、細い肩が嗚咽《おえつ》に震えている。それを見たニキアスの心中に、再び嵐が吹き荒れた。

藍を抱きしめたい。その身体を抱き上げて、己の腕の中で思う存分に慰めたい。

それがいかに身勝手な衝動なのか、ニキアスとて自覚している。藍を最も傷つけているのはニキアスだ。だが、そもそも神は本能に忠実だ。神の血を引くニキアスも例外ではない。

ニキアスは固く拳を握り、己の荒ぶる本能を、人間の理性で抑えつけた。


しばらくして、藍は再び顔を上げた。まぶたが真っ赤に腫《は》れている。

すると、藍がニキアスの腕を指差した。

「その腕……さっき思いきり自分で噛んでたけど、大丈夫なのか？」

ニキアスは血濡《ぬ》れた己の腕を見る。傷はすでに塞がり、血が乾いている。

「ああ、神子の肉体は、傷ついてもすぐに治る」

「本当に？　……見せて」

ニキアスは素直に腕を見せた。藍はニキアスの手首を手に取ると、表に裏に返し、傷が塞がっていることをたしかめる。

「……本当だ。もう塞がってる」

「言っただろう。案ずることはない」

しかし、藍は苦しげな表情で、ニキアスを見上げた。

「でも、傷ついたときは、人間と同じで痛みを感じるんだろう？」

ニキアスは一瞬、返す言葉を失った。それを見た藍が、悲しそうに唇を歪める。

「ほら、やっぱり痛いんじゃないか」

「だが、私は神子だ。傷つくことを恐れてはいない」

藍がニキアスの手首を、そっと指先でこすった。乾いて固まった血がパラパラと落ちる。

「アイ、私は……」

「あんたは、ずっとあんな風に自分で自分を傷つけて、血を流して、この国を助けようとしてきたのか？　何十年も……下手したらもっと長く」

先のヘロスマキアの後にクロノキアの神子になり、界渡りを決意するまでの三百年以上だ。そのあいだずっと、ニキアスは己の神力が含まれた血を大地に注ぎ続けてきた。

藍がニキアスを見つめた。その目に宿っているのは、怒りでも恨みでもなかった。

「クロノキアの民が可哀想《かわいそう》だ……だけど、ニキアス。あんたも可哀想だ。ずっとあんな風に一人で、ひたすら血を流して。痛かっただろうに」

今度こそ、ニキアスは言葉を失った。次に、ブルブルと激しい震えがニキアスの全身を襲う。

「あんたはこの国を救いたかった。そのために俺を探しに来て……この世界に連れ戻した。違う？」

ニキアスは呆然《ぼうぜん》としたまま頷いた。そうだ。アンブロシアの化身を連れ戻すことで、ニキアスは神と交渉する権利を得ようとしているのだ。

「俺がこの世界にいれば、あんたの願いは叶うの？」

その真摯《しんし》なまなざしに、ニキアスは胸をわし掴《づか》みにされた。

藍はニキアスの行動の動機を、必死で理解しようとしている。ニキアスにはそういう選択をせざるを得ない事情があったのだと、自分を納得させようとしている。藍自身、おそらく気がついていないのだろう。その瞳《ひとみ》からは、すでにニキアスに対する憎しみが消えかけている。いまも残酷な運命に引きずり込んだニキアスに、無意識に手を差し伸べた。

ニキアスはそこで、藍のある変化に気がついた。

「……そなた、さきほどから私を『ニキアス』と呼んでいる」

藍は首を傾げた。しばらくして、あ、と口を開けた。どうやら無意識に呼んでいたらしい。

「さっき、あんたが『イーサン』って呼びかけても応えなくて……ニキアスって呼んだら応えてくれたからかな」

「あのとき……そなたの声はたしかに届いた。肩も痛かっただろう」

藍は乾いた笑みを浮かべた。

「骨が砕けるかと思った。痛かったよ。でも、あんたのほうが、きっとずっと痛かったんだと思ったら、しかたないなぁって」

ニキアスはぶるりと震えた。真宮藍という人間は、おそらく人として、心底から優しく情け深い性質なのだ。

腹の奥底から、強烈な渇望、そして独占欲がむくむくと湧き上がる。

欲しい。この青年が欲しい。もはや、アンブロシアであろうがなかろうが、ニキアスにとってはどうでもよかった。

結局、ニューヨークで初めて手を握ったときから、ずっと藍が欲しかったのだ。

自覚すれば、一瞬だった。真宮藍という人間と契りを結び、つがいにしたい。その強烈な衝動が、ニキアスの全細胞を一気に塗り替えていく。

神子となってから六百年、これまでクロノキアを救うためにすべてを犠牲にしてきた。しかし、つがいにしたい唯一の者を見つけた喜びに、いまやニキアスの獣神の本性が、轟々《ごうごう》と濁流のように荒ぶっている。

「ニキアス……あんたは、俺をどうしたいんだ？　俺をこの世界に連れ戻して、何かしようとしているんだろう？」

藍がもう一度尋ねる。

「そなたに何を求めているのか、もはやわからない」

途方に暮れたようなニキアスの呟きに、藍が首を傾げる。

「いや、理性ではわかっている。そなたは本来、神の庭に戻すべき奇跡の果実だ。神の御許《おんもと》にそなたを戻すことで、私は神との誓約を果たし、それによって正当な対価を得るつもりだった。だが、私はそなたを手放したくない」

「はは、なんだよそれ……自分勝手すぎる」

ニキアスの親指が、藍の涙の跡に汚れた頬を撫《な》でる。

「そうだ。だが、そなたの前で己の心を偽ることは、もはやできぬ」

目の前の半神が自覚したばかりの恋情に翻弄《ほんろう》されていることなど、藍は知るよしもないだろう。

頬に添えられたニキアスの手に、藍がそっと手を重ねる。

「悔しいよ。一生許さないと思ってたのに……俺もわからなくなった。こんなところまで連れてきて、俺を何かに利用するつもりだったくせに……いまは、あんたが可哀想でしかたがない」

藍は疲れきった顔で笑うと、ニキアスの肩にポトンと額を預けた。

「……俺はこれからどうやって、あんたを憎み続ければいいんだ」

ニキアスは衝動的に藍の後頭部を抱き寄せて、その小さな頭に顔を埋めた。

＊＊＊

日が暮れていく。藍は悠斗の傍で膝《ひざ》を抱えたまま、ひたすらその目覚めを待っていた。小屋の中には、藍と悠斗のほかにニキアスがいる。藍と距離を置いて、壁に寄りかかって地面に座っている。深々とフードを被っているせいで、その表情はまったく見えない。

悠斗の寝息に耳を澄ませながらも、藍はニキアスのことを考え続けていた。

老夫婦と少女の衝撃的な死を目撃した。そこでニキアスの慟哭《どうこく》を目の当たりにした。そして、ニキアスが背負っている凄絶《せいぜつ》な運命を知った。

ニキアスは、「そなたを失いたくない」と、途方に暮れたような声で囁いた。

（やっぱり馬鹿だ、俺は……）

まったく自分自身の心の動きが理解できない。ニキアスの運命をともに背負えたらと、一瞬でも思ってしまうなんて。

「バカバカしい……」

誘拐犯の事情に同情して憎めなくなるなんて、ストックホルム症候群にもほどがある。だが、己の心に芽吹いた感情はごまかせない。

「目を覚まして、悠斗くん」

そう囁いて、眠る悠斗を覗《のぞ》き込んだときだった。青年のまぶたがぴくぴくと痙攣《けいれん》した。

「悠斗くん！」

藍は声をかけ続けた。しばらくすると、悠斗があくびをしながら目を覚ました。

「…………あい、さん？」

悠斗はまだボンヤリとしている。

「おれ……どう、したんだっけ」

藍は目覚めたばかりの悠斗を驚かさないように、声をひそめて話しかける。

「後で説明する。ゆっくりでいいからね……身体を動かせる？」

「う、ん……うん」

悠斗はブルブルと首を振った。上体を起こそうとするので、藍はすかさず介助する。

「たぁ……俺、すごく寝てましたか？　身体のあちこちが痛いや」

小さくあくびをする悠斗を慎重に観察する。いかにも寝起きという感じで、体調は良さそうだ。

すると、悠斗の目覚めに気がついたのだろう。セルジオスとシメオン、そしてユーニスが次々と小屋に入ってくる。ただでさえ狭い小屋がいっそう狭くなった。

悠斗は突然現れた男達に目を見開いて、呆然と彼らを見上げている。

「このでっかい人達、誰ですか？　……っていうか、どんな状況？」

藍はハッと息を呑《の》んだ。悠斗に目覚めてほしい一心で、目覚めた後のことに思いが至らなかった。

これから悠斗に、ここが異世界であること……さらには、悠斗は巻き添えでこの世界に連れてこられて、もう二度と、もとの世界に戻れないことを説明しなくてはならないのだ。

言いたくない。悠斗に嫌われたくない。とっさにそう思ってしまった自分の弱さに、藍は唇を噛んだ。

「ニキアス……みんなに出ていってもらうように伝えてくれないか。悠斗くんと二人で話したい」

日本語で、悠斗に完璧《かんぺき》に伝わる言葉で話したかった。

最奥に座っていたニキアスが立ち上がる。フードを目深に被った得体のしれない巨漢に怯《おび》えた悠斗は、とっさに藍の背中に身体を寄せた。

「アイ、何かあれば呼べ」

藍は頷《うなず》いた。男達は次々に小屋を出ていき、最後にニキアスがバサリと扉代わりの布を下ろした。

悠斗と二人きりになる。

「さっき、あのでっかいマントの人と英語で喋《しゃべ》ってた？　それに藍さん……その格好なに？　なんかヒラヒラの古代の衣装みたいな」

悠斗の黒々とした瞳が、不安そうに揺れている。何度か唾《つば》を飲み込んだ後、藍は覚悟を決めた。

「悠斗くん、気を失う前のことを、どこまで覚えてる？」

「え、あの……変な森で目が覚めて、藍さんが俺を見つけてくれて、俺は足首を怪我して……藍さんがいないときにきったないおっさん達にいきなり取り囲まれて、そっから……あれ？　そういえば俺の足首治ってる？」

悠斗は怪我していた方の足首を動かして首を捻《ひね》った。あの川原で暴漢に襲われたところまで、すべてをきっちりと記憶しているようだ。

「悠斗くん、君に謝らなきゃいけないことがある」

藍はごめん、と地面に頭を擦りつけた。悠斗が狼狽《うろた》える。

「え、え？　なに？　藍さんやめてよ。そんなことより説明して。あの人達は誰なんだ？」

どれだけ謝っても足りない。藍は血が滲《にじ》むほど唇を噛み締めた。

「こんな状況になったのは、俺のせいなんだ」

「藍さん……？」

顔を上げた青年の目に滲む涙を、悠斗は呆然と見つめている。

「俺達はもう、日本には帰れないんだ」

「は？」

「ここはアメリカでも、日本でもない。地球でさえない。古代の神話みたいな世界に連れてこられたんだ、俺達」

悠斗がわずかに苛立《いらだ》ったように眦《まなじり》を吊《つ》り上《あ》げた。

「藍さん、それ俺が教えた異世界に転移するネタ？　土下座までかまして、いまそれを言う？」

よくあるラノベのネタ。本当にネタだったらどんなによかったか。

藍は言葉を続けられなかった。尋常ではない藍の悲痛な表情に、悠斗がじわじわと狼狽える。

「はは、なにこの状況？　ねえ、もっとちゃんと状況を説明してよ！　ここどこ？　撮影も中断してるし、スケジュール詰まりまくってるんだよ？」

「冗談でも、ネタでもない。ごめん」

「は？　マジで何言ってんの？　ここまできてふざけるのやめてよ」

悠斗の指が、藍の肩に食い込んだ。

「ねえ、藍さん。なんか言って」

悠斗の拳《こぶし》が、藍の肩を叩《たた》く。徐々に強くなるそれに、藍の上体がグラグラと揺れた。

「藍さん！」

次の瞬間、悠斗は目を見開いた。藍が泣いていたのだ。

「本当にもう、二度と日本には戻れないんだ」

「えー……うそ、うそうそうそ。いやぁ、嘘だろ」

藍はぐぃと涙を拭《ぬぐ》って、悠斗に向き直る。

「君が起きるまでのあいだに知ったことを、説明させてほしい」

　これまでのことを説明し終えて、藍が震える息を吐いたときだった。右頬に激しい衝撃が走った。

「あんたのせいかよ！」

　ドンと胸を蹴《け》り倒され、藍は後ろに倒れた。悠斗がのしかかってくる。がむしゃらに振るわれる拳から、藍は頭をかばった。悠斗は藍を殴りながら、滂沱《ぼうだ》の涙をこぼしていた。

「ふざけんな！　あんたの道連れでこんなところに……っ」

「ごめん……ごめん」

　悠斗の絶叫が外にも聞こえたのだろう。ニキアス達は、目覚めたばかりの少年に殴りかかられている藍を見るなり、顔色を変えて小屋に飛び込んできた。

『セルジオス！　そやつを引き離せ！』

　ニキアスの鋭い命令に、セルジオスは即座に悠斗を拘束した。

「触るなよ、野蛮人どもが！　くそが！　くそ、くそくそ！　放せ！」

　セルジオスは激しく暴れる悠斗が怪我しないように抱え上げた。悠斗は涙をこぼしながら手足を振り回す。

「どこだよここ！　とっとと帰してくれよ！」

　藍は、殴られた顔を両腕で隠したまま肩を震わせた。

　清岡悠斗。ドームツアーも控えていた日本の超人気アイドルグループのメンバーで、役者として世界デビューも目前だった。華やかで、キラキラして、才能に溢《あふ》れ、それなのに陰の努力を惜しむことなくさらなる高みを目指す、天性のアイドルだった。

そんな多くの人に愛され、世界に求められていた青年を、こんなところにまで連れてきてしまった。たまたま界渡りの瞬間に、藍達の近くにいたせいで。ただ、それだけのことで。

「ファンも、メンバーもスタッフも待ってるんだよ！　俺がアメリカに撮影に行ってくるって言ったら、そのあいだリハをやって待ってるからって……！　みんな待ってくれてんだよ、俺を！」

日本語の悲痛な訴えは、藍以外にはわからない。この世界では、悠斗の叫びは誰にも通じない。二十年の人生のすべてを込めた絶叫も、この世界ではどこにも届かない。

「帰してくれよぉぉぉ！」

＊＊＊

地面に転がったまま動かない藍を、ニキアスはそっと抱き起こした。

「アイ」

震える両手を掴《つか》み、そっと顔の前から外す。右の頬が真っ赤に腫《は》れて、唇には血が滲んでいた。藍に対する執着を自覚したばかりの、ニキアスの怒りが沸騰した。

「二人きりにした私が愚かだった」

金色の髪が怒気にうねうねと逆立ち、青い電光を纏う。藍は濡《ぬ》れたまなざしで、キッとニキアスを睨《にら》みつけた。

「やめてくれ。悠斗くんに何かしたら、絶対にあんたを許さない」

「そなたを傷つける者は赦さぬ」

「いいんだ。悠斗くんは悪くない」

ニキアスはぶるりと身震いすると、己の身の裡で荒れ狂う衝動を抑えた。

「ひどい……ひどいよ。なんでだよぉ……」

セルジオスに拘束されている悠斗は、いまは頭を抱えて啜《すす》り泣《な》いていた。藍はその様子を見て、また唇を噛《か》み締める。白い小さな前歯が、切れた唇に食い込んだ。あらたにぷつりと滲んだ血に、ニキアスの怒りが再燃する。

ニキアスの怒気を感じ取った藍は、力なく首を振った。

「このくらい当然だ。俺のせいで、悠斗くんの人生が台無しになったんだから」

その自責の言葉に、ニキアスは胸を突かれた。なぜ藍が自身を責める必要があるのだ。

「そなたを無理やり連れ戻したのは私だ。そしてあの瞬間、界渡りに介入した何者かが、必要以上に大きな嵐を起こした。ユウトはその巻き添えになっただけだ。ユウトが怒りを向けるのなら、私にすべきだろう」

藍はうつろに笑って首を振った。

「あんた相手に、悠斗くんが何をできるんだ……いいんだよ。すべては、俺がそのアンブロシアってやつだったせいで起こったことなんだから」

藍はニキアスの腕を押しのけた。悠斗の前にいざり寄って、再び地面に額をすりつける。

「悠斗くん……ごめん。君の大切な人生を奪ってごめんなさい」

男達は絶句した。それは、ウラヌンティウムでは死罪の者の首を刎《は》ねるときに取らせる屈辱極まりない姿勢だ。その姿勢を自ら取った藍の姿は、ニキアス達にとってあまりに衝撃的だった。

土下座する藍を目の当たりにして、悠斗は暴れるのをぴたりと止めた。

「藍さん……藍さん、俺、帰りたいよ……日本に戻りたい」

悠斗が何を願っているのか、この世界では藍以外の誰にも伝わらない。藍は肩を震わせながら、地面に爪を立てている。

ユーニスが震える声で呟《つぶや》いた。

『ニキアス様。我々は、アンブロシアとあの少年の人生を……我々は、なんという罪深いことを』

シメオンが唇を噛んでうつむく。悠斗を抱きしめていたセルジオスも、苦悩の表情を浮かべ少年の頭に手を置いた。

男達は皆、理解していなかったのだ。アンブロシアの化身として認識していた青年は、感情を持つ人間だった。アンブロシアとともに界を渡ってきた少年も、クロノキアの民と同様に守るべき、未来のあるひとりの人間だったのだ。

クロノキアを救うための彼らの行動が、二人の人生を取り返しのつかないほど狂わせてしまったということを、彼らはようやく自覚したのだった。

『我々は、彼らが払った犠牲に報いる術がありませぬ』

シメオンの言葉に、ニキアスは頷いた。

『そうだ。たとえ私が死んで詫《わ》びたとしても、約束されていた未来と幸福をあの二人から奪った罪を贖《あがな》う術はない』

ユーニスは悲痛な表情で信奉する神子の顔を見上げた。

ニキアスは藍に近寄ると、腕を伸ばして抱き上げる。藍はもがいて抵抗する。

「……やめろ。悠斗くんに謝らなきゃならないんだ」

美しい小さな顔は、死の灰に汚れていた。ニキアスは藍の額に指を押し当てる。藍は目を閉じて、やがて完全に脱力した。ニキアスが強制的に眠らせたのだ。

『セルジオス』

主《あるじ》の呼びかけに頷くと、セルジオスは悠斗の目を掌で覆い小さく呪文を唱えた。藍と同様に、悠斗もすぐに男の腕の中で力を失った。

ニキアスは藍を抱き上げると、マントですっぽりと覆い隠した。

『ルキニアへ向かうぞ』

＊＊＊

小屋を出発する直前、ユーニス、セルジオス、シメオンの三人は、神殿の作法にしたがって死者のために祈った。ニキアスはその様子を馬上で見守っていた。

その後、四人は無言で国境まで馬を疾走させた。ニキアスとセルジオスは、腕の中に守るべき存在を抱えての全速だった。一様に沈鬱《ちんうつ》な表情を浮かべていた。

クロノキアと隣国ルキニアの国境に差し掛かる。

「祖国を離れても、クロノキア神の加護を」

ユーニスが小さく祈り、四人は国境を越えた。明確な国境線が引かれているわけではない。だが、半神であるニキアスや、神殿に仕える三人にはわかる。魂の根源が力の源とブツッと断絶する感覚。これが、大地の加護を得られなくなった証だ。

ユーニスがニキアスの隣に並んだ。

「ニキアス様、どうかルキニア神殿をお訪ねください」

「ルキニア神の神殿にアイを連れていくわけにはいかぬ」

「もちろんです。どこか安全な場所に、アンブロシアとあの少年を匿った後でのことです」

ニキアスは眉間《みけん》に皺《しわ》を寄せた。

「なぜだ」

「ニュクス様からご託宣を預かっております。ルキニア国に入りましたらば、女神との対話の機会を作るようにと」

ニュクスはユーニスが仕えるクロノキア主神殿の大神官で、『天蓋《てんがい》』と呼ばれる神々の座から発される神託を預かる巫覡《ふげき》である。

「ユーニス。ニュクスはおまえに何を言付けた」

「ルキニア神と、対の神であるスマラグドゥス神からのご神託を受けよと」

「もしや、先のヘロスマキアの裁定についての神託が授かれるということか」

ユーニスは頷《うなず》いた。

「はい。先のヘロスマキアでクロノキア神は断罪され、冥府《めいふ》の涯《は》てヴァーナ山にて鎖を打たれました。しかし、我々地上の者には、我が神がなぜ断罪されたのか、その理由は明かされませんでした」

「ルキニア神がその手がかりを授けてくださるのならば、時間を割く価値はある。だが、はたして神殿が私を受け入れてくれるか」

「明日は二十八夜。ルキニアの神殿があまねく民草に開放される日です」

ルキニア国の二十八夜——生と愛を司る女神の国では、町中いたるところに快楽を得るための香が焚《た》かれ、人々が性愛の享楽に耽《ふけ》ってもよいとされる日である。

「二十八夜か……まさかこの日にあたるとは」

先駆けを務めていたシメオンが速度を落とし、馬体を寄せてきた。

「ニキアス様、むしろ僥倖《ぎょうこう》と申せましょう。ルキニア国の二十八夜は、人々はことさら奔放かつ開放的になると聞き及んでおります。異国の旅人にも神殿が開放される日。我々も潜入しやすい」

そのとおりだと、ユーニスも何度も首を縦に振った。

「ニキアス様は、御力を隠したそのお姿のままで、ルキニア神殿に入り込むことができるかと。何卒《なにとぞ》……どうかニュクス様の託宣をお受け取りくださいませ」

ニキアスは頷いた。

「わかった。ニュクスの託宣を受け取ろう。シメオン。二人を安全に匿える場所を探せ」

「承知しました。アイ様と少年の安全はおまかせください」

「セルジオスが抱えている少年はユウトだ。アイと同様に、名前を呼んで世話をしてやれ。言葉は通じずとも、誠意は伝わるだろう」

二人は了承のしるしに胸に手を当て、頭を下げた。


女神ルキニアの国は、クロノキアとは比べものにならないほど豊かで、国土のすみずみまで緑が溢れ、人々は活気づいていた。

国境際の神殿都市でさえ、まぶしいほど栄えている。

街路の隅まで煌々《こうこう》と照らす篝火《かがりび》。炎のゆらめきに透ける袖《そで》をはためかせて、街のそこかしこで遊興に耽る民。どこからともなく流れる旋律に揺れる人の波。

まるで昼間のように明るい表通りを避け、建物の上から角から溢れる光を頼りに、ニキアス達一行は気配を殺して道を進む。

神殿馬は都に入る手前で解き放った。賢く強い馬は、自らクロノキアの神殿まで戻ることだろう。

「ニキアス様、こちらです」

先に潜入していたシメオンが屋敷へと誘う。窓も木の扉もあるしっかりした石造りの二階建ての建物だ。

館の主はどうしたと、あえて尋ねる者はいない。シメオンがどのような手を使って、この屋敷を潜伏先として選んだのかを知る必要はない。ユーニスが結界を施すと、一同はようやく息を吐いた。

藍と悠斗を二階の部屋の寝台に寝かせる。藍の傷には、すでにユーニスが治癒を施していた。

セルジオスは思い詰めた表情を浮かべている。

「ニキアス様。アイ様とユウト様の諍《いさか》いに決着が着かぬまま、眠りに誘《いざな》ったことはよかったのでしょうか。目覚めたときが心配でなりません」

「他に選択肢はなかった。どちらも、そう簡単に割り切れることではない。だからといって、我らの旅を遅らせるわけにはいかぬ」

シメオンとユーニスも心配げに立って待っていた。

「アイ様とユウト様のご様子は」

「ほどなく目を覚ますだろう。私はこれからルキニアの神殿に向かう。私の戻りが間に合わず二人が起きたときは……そして万が一にも、ユウトが再びアイに拳《こぶし》を上げるようならば引き離せ。くれぐれも傷つけるなよ」

その言葉で、男達は頷いていた藍の姿を思い出し、再び悲痛な表情を浮かべた。

「アイをこの世界に連れ戻そうとしたとき、傍にいたユウトをも界渡りに巻き込んでしまった。あの小屋で、アイはユウトをあちらに戻せないことを詫びていた」

ニキアスの説明に、二人は藍の一連の行動の理由をようやく理解したのだろう。

「私はこれまで、アンブロシアは人ならざる存在だと、ゆえにある種、感情がないもののように扱っていたように思います。まさかアイ様が、そしてユウト様が、この世界にお連れしたことであれほど傷つき苦しんでおられたとは……」

悄然《しょうぜん》とするユーニスに、シメオンは「私もです」と同情する。

「人の姿を取っていること、すなわち人の心を持っているということなのですね。ようやく理解しました。深く反省しております」

「豊かな国からいらしたアイ様とユウト様に、少しでもウラヌンティウムで快くお過ごしいただけるように、誠心誠意お世話を務めます」

ニキアスは頷いた。

「どちらもこの世界では赤子同然。生まれたての雛《ひな》よりも丁重に扱わねばならぬ」

ニキアスは藍の頬に手を添えて、もの憂げにその寝顔を見つめている。そのとき、藍がうぅと呻《うめ》いた。一同はハッとする。藍がひと足早く目覚めようとしていた。

「出発まで、私達だけにしてくれ」

＊＊＊

強制的に落とされた眠りからの覚醒《かくせい》は、海の底から浮上する感覚に似ている。

水が全身にまとわりつく。泡を立てながらもがくように水を掻《か》きわけ、両足をバタつかせて、水底に引きずり込もうとする重力を退ける。

かつて水中を揺蕩《たゆた》っていたときとは違う。光を纏《まと》った気泡に愛され、守られていたときは、あんなに軽やかに光と戯れていたのに。

でも、もう光のゆりかごに戻りたいとは思わない。この足掻《あが》き。これが肉体の――『人間の存在』の重さなのだから。

もがいて、もがいて、藍はようやく眠りから浮上した。

心地よい目覚めではなかった。藍はゆっくりと上体を起こすと、頭をブルブルと振って靄《もや》を払う。

記憶がふっつりと途切れている。どうやらまたニキアスに眠らされたのだろう。

のそり、と、陰から男が現れた。

「……ニキアス」

「アイ」

二人は互いに名を呼び合い、そのまましばし見つめ合った。藍は溜息をつくと、「来て」とニキアスを手招いた。

「あらためて言っておくけど、さっきのことは、俺と悠斗くんとで解決させてほしい」

「たとえユウトとはいえ、次にそなたを傷つけたら、私は赦さない」

なぜそれほど過保護なのだと、藍は苛立《いらだ》った。強引にこの世界に連れて来て、ほとんど事情を説明もせずに勝手にあちこち連れ回し、そのくせ、常に藍を宝物のように抱え、気遣い、傅《かしず》く男。その真意がどこにあるのか、まったくわからない。

「それは、俺がアンブロシアだから……あんたにとって失《な》くしちゃいけない大切なものだからだろ」

それが理由だったら、これほどニキアスの言動に惑わされなくてすむのに。

「そのとおりだ。だが、違う」

「……え？」

「そなたが私にとって『失くしてはいけない大切なもの』だというのは正しい。だが、それはそなたがアンブロシアだからではない」

ニキアスが藍の前に片膝《かたひざ》をついた。イエローサファイアの瞳《ひとみ》が、暗がりのなかでも煌々と光っている。藍は陶然と見入った。まるで二つの月がそこに浮かんでいるようだ。

「私がそなたに求めているものが、ようやくわかった」

「なに……？」

「そなたが誰にも傷つけられることなく、心も、身体も健やかでいることだ」

暗闇に溶け込む、低い半神の声。

「あの小屋で、そなたの優しさが私の魂を救った。そして同時に、そなたは私の魂の根幹を壊した。国を救うという使命よりも、そなたを選べと、いまも私の本能が暴れ出しそうなのだ」

ニキアスの突然の告白に、藍は呼吸することも忘れた。

「失いたくないのは、そなたがアンブロシアだからではない……アイ・マミヤ、私の唯一無二。そなたの涙ひとつ、流れる血の一滴まで、私はそなたの存在を我がものとしたい」

ニキアスは「出かけてくる」と言って、階下に消えた。藍は半ば放心状態で、さきほどのニキアスの告白めいた言葉を何度も反芻《はんすう》しては、その意味を考えていた。

隣の寝台から呻く声が聞こえる。藍はハッと顔を上げた。

「……藍さん」

悠斗が覚醒した。横たわったまま、首だけを横に向けてこちらを見ている。

「藍さん、俺、俺は……」

ヨロヨロと上体を起こして寝台に腰掛けた悠斗は、思い詰めた目で藍を見つめる。何かを言いかけては、唇を震わせてうつむくことを繰り返した。藍は向かいの寝台で、片膝に頬を預けたまま、悠斗が口を開くまで静かに見守っていた。

「さっき、殴ってごめん……藍さん、痛かっただろ」

藍は首を振った。すると、悠斗が立ち上がって近づいてくる。

「藍さんもむしろ被害者なのに、俺、たくさん責めて……顔まで殴っちゃった」

悠斗はおずおずと手を伸ばすと、藍の頬に手を添えた。その手に、藍も手を重ねる。

「気のすむまで殴っていいよ」

「できないよ。こんなに綺麗《きれい》な顔なのに。あんなの勢いだから……もうできない」

藍が手を引いて促すと、悠斗は大人しく藍の隣に座った。その肩に、藍は腕を回す。

二人は寄り添ったまま、しばらく互いの呼吸だけを聞いていた。不思議と、建物の外の音はいっさい聞こえない。

「俺ね、まだ夢を見てるんじゃないかと思ってる。なんか撮影中に事故があって頭とか打って、病院で昏睡《こんすい》して、ずっと夢を見てるんじゃないかって」

藍も同じ気持ちだった。本当に夢ならばどれほどいいか。人間が一瞬で灰になって死んでしまう世界。悠斗はまだ、あの残酷な瞬間を知らない。

「戻れなかったとしてもさ、せめて大切な人に別れを言う時間があったらよかったんだけどな」

悠斗の肩を抱く腕に、藍はいっそう力を込めた。

「本当に戻れないのかって……まだ諦《あきら》められない。藍さんは？」

「俺もだよ」

悠斗が洟《はな》を啜《すす》る。

「俺達の、初のドームツアーが決まってたんだ」

「……うん。マネージャーから聞いてた」

「俺がいなくなったら、絶対に事件になるでしょ。たぶん、ツアーも中止になる」

「うん」

「今年の秋に、福岡からはじまって……プロデューサーとメンバーで、セトリとか衣装とか相談したりしてた。それなのに、俺のせいで中止なんて……あいつら絶対に悔しいと思う」

「悠斗くんがいなくなったことが、何よりつらいよ。きっと」

悠斗が腕に顔を埋め、肩を震わせた。

「あっちではきっと撮影中に失踪《しっそう》したことになって、俺達は行方不明者扱いだよね。しばらくは騒がれて探してくれるかもしれないけど、ネットでは毎日新しいニュースが出て、たぶんあっという間に俺の失踪は過去の話題になって、忘れ去られていくんだ」

そうだ。二度と戻ることができないのなら、あちらの世界で、二人は死んだにも等しい。それは、時が過ぎゆくにつれ、人々の記憶から、少しずつ藍と悠斗の存在が消えていくということなのだ。

「ここまで藍さんも俺も、お互いがんばってきたのにね。悔しいなぁ」

その言葉に、藍は胸を引き絞られた。悠斗が溜息《ためいき》をつく。

「藍さん。俺、また耐えられなくなって、癇癪《かんしゃく》を起こしたらごめん」

「そんなのあたりまえだよ」

「うん。でも、そのときは一人にして。放っておいてほしい」

目覚めてから初めて、悠斗がまっすぐな目で藍を見つめた。

「もう、藍さんに八つ当たりしたり、恨んだりしたくない」

「どれだけ当たりちらしてくれてもかまわないのに……そんなに無理に達観しなくていいよ」

「いや。やっぱり俺は、そのほうがつらくなるから、もうしたくない。カッとなって藍さんを殴ったこと、いまとなってはめちゃくちゃ後悔してる」

藍さん、と、悠斗は再び藍の目を見つめた。

「本当はキレたときもわかってたんだ。藍さんも被害者なのにって。でも、俺のこのどうしようもない怒りを晴らすために、土下座して、悪者になって、黙って殴られてくれたんだろ」

「……」

「そういう藍さんの姿を見てたら、俺、たまんなくなった。俺、何やってんだって……いや、本当にしんどくて、いまもメンタルやばいんだけどさ。それでも、そういうことしちゃいかんだろって」

　藍はたまらず、悠斗の肩に顔を埋めた。涙をこらえて歪《ゆが》む顔を見せたくなかった。

「まだここで生きていく方法もわかんないし、もしかしたら、命の危険もある世界なのかもしんないけど……そうだ。落ち着いてここの言葉を覚えたら、二人でステージにでも立つ？　こっちにも芸能界って存在するかな」

　まさかの悠斗の提案に、藍は涙が滲《にじ》んだ目を瞬いた。

「ふ、冗談？」

「いや、マジで。俺、小学校の高学年からアイドル目指して、ぶっちゃけそれしかやってきてないし……藍さんは習ったのは演技だけ？　踊れる？　歌は上手《うま》いほう？」

「……ふぐっ、ははっ……は」

　細い肩に顔を埋めたまま、藍は泣き笑った。すると悠斗がほっと息を吐いた。

「藍さん。俺ね……まだここで生きていく覚悟とかできてないし、正直いまも泣きたい」

「うん」

「でも。藍さんに笑っててほしい。だから、もう少しだけ俺に時間をちょうだい。多分いまが一番、メンタル含めてふんばりどきなんだ」

　どんなときでも揺るがない悠斗の強さ、そして優しさに、涙をこらえようとしても無理だった。

　この残酷な世界に、一人きりで放り出されたわけじゃない。藍にとって、それがどれだけありがたいことか。

「悠斗くん……悠斗くん、ごめんな」

うつむいて涙を隠す藍の背中を、悠斗の手がポンポンと叩《たた》いた。

藍と悠斗が階下に下りると、はっとユーニスが振り向いた。階下にはユーニス以外誰もいなかった。

ユーニスが胸に手を当てて、軽く頭を下げた。

『アンブロシア……いえ、アイ様。そして、ユウト様。お目覚めになりましたか』

ユーニスが、悠斗の名前を呼んでくれた。無性にうれしくなって、藍は笑みを浮かべる。

「悠斗くん、こちらはユーニスさん。クロノキアの国の神官だって」

名前を呼ばれたのがわかったのだろう、ユーニスは再び胸に手を当てた。どうやらその仕草が、あちらでいうところのお辞儀のような挨拶《あいさつ》なのだろう。

悠斗は藍の後ろで腕組みをして、いまだに警戒した様子でユーニスを観察している。

言葉が通じないのはわかっているが、とりあえず意思疎通を図ろうと、藍は英語で話しかけてみた。

「あの、お水をいただけますか？　えぇと、水と食事を悠斗くんに」

ユーニスが焦って何か答えるが、やはり言葉はまったく通じないようだ。こうなればと、藍は喉《のど》に手を当てて、杯を呷《あお》る仕草をする。ついでに腹を押さえて撫《な》でてみた。

「飲み物が、ホシイデス。それと、えー、悠斗くんに食べるものがホシイデス」

どうせ通じないとわかっているのに、カタコトで喋《しゃべ》れば伝わる気がするのはなぜなのか。

「藍さん、それなんのジェスチャーゲーム？」

「……俳優人生を賭《か》けてるんだから、少し黙っててくれ」

悠斗を指差し、もう一度同じジェスチャーを繰り返す。すると、眉《まゆ》を顰《ひそ》めて藍の奇妙な動きをじっと観察していたユーニスが、突然あぁと破顔して、奥の部屋に引っ込んだ。

「通じた？　あれ、理解してくれたと思う？」

必死な藍の様子に、悠斗もくすりと笑って緊張を解く。するとユーニスが奥の部屋から頭を覗《のぞ》かせて二人を手招きした。

部屋の中央に木製の台が設置されて、壁際に大小の瓶が置かれている。おそらく厨《くりや》なのだろう。窓の外には、中庭とおぼしき石壁に囲まれた空間が見える。空には無数の星と巨大な月が煌々《こうこう》と輝いていた。

ユーニスが二人に素焼きの杯を差し出した。

『水は汲《く》み置《お》きのものでしたが、問題なく飲めます』

藍と悠斗は目を見合わせた。

「通じてるっぽいよ……これからは基本的にジェスチャーで意思疎通する感じになりそう？」

「そうだね」

どうぞ、どうぞと差し出す様子を見て、藍がまず杯を手に取った。臭いを嗅《か》ぐと、わずかに土臭いが透明だ。

「水だ。悠斗くん、ちゃんと飲めるやつだ」

二人が杯を取りごくごくと水を飲み干すと、ユーニスはほっとしたように笑みを浮かべた。今度は山盛りのぶどうが載っている器を指差す。ユーニスは一粒もぎ取って、自ら口に入れ咀嚼《そしゃく》してみせる。

食べられますよと言わんばかりに微笑んで、器を二人の前に差し出した。

悠斗の腹がギュルギュルと豪快な音を立てて鳴る。

「やば、はず……」

『どんどん食べてください！』

ユーニスがニコニコと笑って、ぶどうの器をさらにグイと差し出す。

「ユーニスさんが遠慮なく食べてって言ってるよ、たぶん」

「うん。普通のぶどうだよね、これ。遠慮なくいただきます」

藍も一粒つまんでみると、つるりと皮が張ったライトグリーンのぶどうはほどよい歯ごたえで、とても甘くみずみずしかった。悠斗は空腹を思い出したのだろう。次々に口に含んでは、あっという間に一房食べきった。

「うっま。完全にシャインマスカットでしょこれ。まさかの異世界で高級フルーツが食えた」

『お口に合いましたでしょうか？』

「美味しかったです。ありがとうございます」

なんとなくコミュニケーションが成立している気がする。悠斗が藍の耳元にこそこそと囁《ささや》く。

「藍さん、完全に通じてそうじゃない？　俺、希望を持てそう」

「そうだね」

すると、悠斗はユーニスに向かってぺこりと頭を下げた。

「俺は清岡悠斗。ユウト・キヨオカです」

藍は思わず笑みを浮かべた。礼儀正しく、人懐こい悠斗の生来の気質が、先の見えない不安を一気に払拭《ふっしょく》してくれる。なんとかなる、そう思わせる明るさと眩《まばゆ》さが悠斗にはある。同時に、天性のスター性を備えた少年を巻き込んでしまった罪悪感が、再び藍の心に重くのしかかった。

「英語だったらまだ伝わんのかなぁ。アイムユウト。ユウト・キヨオカ」

　ユーニスは目を輝かせると、なぜか突然その場に両膝《りょうひざ》をついた。

「ええっ、ちょっと、なに？　どうした？」

「ユーニスさん、立ってください！」

『もしや私はいま、ユウト様からご挨拶をいただいたのでしょうか……！』

　興奮した様子のユーニスは、目をキラキラさせて喋り続ける。

『ユウト・キヨーカ……それが貴方の名前なのですね。かの世界では、巧みな技芸で民の尊崇を集めていたという……いとけなき姿なのになんと健気《けなげ》な』

「え、あの、ごめんなさい。マジでなに言われてるかわかんないんだけど」

　悠斗はおろおろと狼狽《うろた》えた。

　言葉が通じないのは幸いだった。ユーニスに「いとけなき姿」などと称されていると知ったら、悠斗は絶対に憤慨しただろう。実際のところ、この世界において悠斗と藍の二人は、本人達が知れば絶望するほど少年のように見えている。

『アイ様、ユウト様。あらためて挨拶を。私はクロニキア主神殿に仕えるユーニス・アポストロス。アポストロスは神殿のもとで働く神官のことを意味します。クロノキア神の神子であり王であるニキアス様の忠実なるしもべ。どうぞお見知りおきください。旅のあいだ、お二人に誠心誠意お仕えさせていただきます』

悠斗はあわてて藍を振り返った。

「藍さん……この人がなに喋ってるのか、ちょびっとでも理解できる？」

「ごめん、まったくわからない。ニキアスがいてくれたら通訳してもらえるんだけど」

するとユーニスは、『ニキアス』という名前に反応した。

『ニキアス様ですか。ニキアス様はセルジオスを連れて、二十八夜の喧騒《けんそう》に乗じてルキニア神殿を訪れております。おそらく女神との対話を試みておられる頃でしょう。月が頭上に上がる頃にはお戻りになります。心細いでしょうが、しばしのご辛抱です。シメオンもまもなく戻ってまいります』

「……俺達、この人の変なスイッチ押した？　なんか喋りだしたら止まらないんだけど」

これは前途多難である。

藍の耳でも「**ニキアス？　****ニキアス***セルジオス******シメオン*****」といった具合で、かろうじて「ニキアス」と「セルジオス」、そして「シメオン」という名前だけは聞き取ることができたが、それ以外の単語はまったく理解できない。

わかったのは、この世界に、ニキアス以外に会話が成立する相手がいないこと。そして、ユーニスはおそらくかなりお喋りだということだ。

藍がストップという仕草で両手を前に出すと、ユーニスはピタリと口を閉じて、次の質問を待つように首を傾げた。悠斗も首を傾げる。

「……なんか、微妙にこっちのニュアンスは通じてんだよね」

藍はニキアスの前に片膝をついた。

「ユーニスさん、俺達は、貴方の言葉がわからないんです」

『アイ様が何をおっしゃっているのかわかりません。もう一度お願いします』

「うーん……ユーニスさん、貴方はさきほどニキアスとセルジオスさんがここにいない理由を教えてくれたんだと思うんですが……あ、シメオンさんのことも言ってましたか？」

ユーニスは目を輝かせた。

『おお、シメオンのことをお尋ねですか』

もうひとりの神殿兵士の名前を耳にすると、ユーニスは再び怒涛《どとう》の勢いで喋りはじめる。

『シメオンは山越えの準備を整えています。本格的な食料などは、シメオンが調達してくることでしょう。彼は戦闘に振り切ったセルジオスと違い、そういったことに長《た》けているのです。ぶどうだけでは腹も膨れませんでしょうが、もう少しのご辛抱です』

「藍さん。俺、心が折れそう」

悠斗ががっくりと肩を落とす。

「……俺も」

困り果てた藍と悠斗は、これからどうすべきかと目を見合わせた。

ルキニア神殿

ウラヌンティウムは主神と十二の柱神で構成されている。神は皆、宇宙に存在する原始の神アトラスとエオスの子であり、それぞれ固有の役割を与えられている。

零位のウラヌスは「天空と精霊」を司る男神。天蓋を司る主神だ。

そこから柱神十二神が並ぶ。

一位のイレクトロンは「時」を司る女神。

二位のアイラは「海と人」を司る男神。

三位のロドニティスは「太陽」を司る男神。

四位のマブロスは「戦」を司る女神。

五位のオパリオスは「不和」を司る男神。

六位のルキニアは「生と愛」を司る女神。

七位のアズリティクは「繁栄」を司る女神。

八位のイルニキアは「秩序」を司る女神。

九位のスマラグドゥスは「死」を司る男神。

十位のヴァリテスは「夜と眠り」を司る女神。

十一位のエレクティオンは「混乱」を司る女神。

そして最下位の神が「大地と獣」を司る男神クロノキアである。

この序列が決まったのがおよそ六百年前のヘロスマキアだ。そもそも序列は固定ではない。ヘロスマキアによって定められる。

それまで大地と獣の神クロノキアは、天空と精霊の神ウラヌス、海と人の神アイラとともに、アトラスとエオスが最初に生みだした神として崇《あが》められていた。天と海と地。精霊と人と獣。ウラヌンティウムを構成する最も重要な三柱の神。

しかし、クロノキア神は先のヘロスマキアで弾劾され、いまは天蓋の涯てヴァーナで、炎の山に鎖で繋《つな》がれている。不思議なのは、クロノキア神がいまだに柱神の序列に残っていることだ。弾劾された神は序列外となり、その神子が治めている国も一瞬にして滅びる。そしてあらたに柱神として選ばれた神の国が興る。それが本来の天の摂理だ。

無限とも思えるウラヌンティウムの歴史において、ヘロスマキアで弾劾されながらも序列外とならなかったのはクロノキア神が初めてだった。しかしそのせいで、この世界に地獄が顕現した。

一瞬で消滅する代わりに、クロノキア国は神の加護を失い、ゆるやかな滅びを迎えることになったのだ。

クロノキア神がいかなる罪を犯して弾劾されたのか、神子であるニキアスでさえ知らない。

セルジオスとニキアスは表通りを避け、裏道を迂回《うかい》しながら神殿へと向かっていた。封呪が施されたマントを着て神子が纏《まと》う神気を隠したところで、図抜けた長身はひどく目立つ。

セルジオスはニキアスの護衛として付いてきた。そのことについて、ニキアスから苛《いら》立《だ》ちのオーラが漂っている。

「ニキアス様、ご心配なく。ユーニスとシメオンが二重にかけた結界を破れる者などおりませぬ。内側から開けぬかぎり、彼らは安全です」

「いずれにしても長時間アイから目を離すことはできない。先を急ぐぞ」

「はい」

二人はルキニア神殿に着いた。国境際の小さな都市でありながら、女神を祀《まつ》った神殿は壮麗だった。女神の像が両端にそそり立ち、柱に掲げられたいくつもの松明《たいまつ》が、神殿に神秘的な陰影を刻む。足の踏み場もないほど花や果物が捧《ささ》げられ、神殿の内部から、気を抜けば酩酊《めいてい》しそうなほど官能的で濃密な香の匂いが放たれている。

露出した女の胸をまさぐる商人。濃密な口づけを交わし合う男達。花冠を被った女に複数の男が群がっている。群衆は、己の欲望が命じるまま浮かれ騒ぎ、絡まり合っている。長身のニキアスが人波をかき分けても、人々はまったく気にする様子もない。神殿の香で忘我の境地に至っているのだ。

「なるほど。これがルキニアの二十八夜か」

とくに嫌悪はない。人間の欲望が解放され性愛に耽溺《たんでき》する日だ。その日を女神が設けたということは、それがウラヌンティウムの均衡を維持する天の摂理だということだ。

快楽という名の一瞬の「死」と復活を繰り返すことで、人は生の実感を感じると同時に、死に向けて未練を昇華する。そして、ルキニアの対の神である、「死」を司る男神スマラグドゥスの支配する冥府《めいふ》へと旅立つのだ。

ニキアスはふと、人間として受肉したが神の果実でもある藍の本性は、いったいどのような性質なのだろうかと考えた。彼の本性は果実だ。ならばもちろん、人間の性的な情動とは無縁だろう。だが、あくまでその肉体が人間であるのならば——そこまで考えたとき、ニキアスの腹の底で情動がゾロリと起き上がる。ルキニアの香に当てられたのかもしれない。

藍の傍を離れていることに、ニキアスは一抹の不安を覚えた。

だが、藍はユーニスとシメオンが二重に術をかけた安全な場所にしまい込まれている。何も問題はない。


次々としなだれかかる人々を払い除《の》け進路を確保するセルジオスが、わずかに首を振った。

「セルジオス、術をかけて鼻を殺し、口を塞《ふさ》げ。いかに優秀な神殿兵士だろうが、狼の気質を持つおまえがこの香に耐えることはむずかしい」

セルジオスは狼としての獣性が強い。つまり鼻が利き、性欲も強いということだ。セルジオスは頷《うなず》いて、香を必要以上に吸い込まないように口元を布で覆った。

「人の流れに乗って、このまま神殿奥の聖壇までまいりましょう」

神殿の中心部に向かう人々。下手に悪目立ちせぬように二人は人波に身を任せた。徐々に中央に近づいていく。

ひときわ大きな篝火《かがりび》が焚《た》かれた中央には、巨大な女神の像が据えられている。民衆は次々と捧げ物を女神像の足元に置くと、身の丈ほどある石像の足の指に接吻《せっぷん》し祈りを捧げる。女神像の額の部分から、乳房から、光の粒が雨雫《あめしずく》のごとく降り注ぐ。人々は法悦の表情で手を伸ばし、その光の粒を受け止めると、身をくねらせて全身にこすりつける。

ニキアスは女神像の前に額ずいた。心のなかで語りかける。

《女神ルキニアよ。神託を授かりに来た》

いらえはない。ニキアスは立ち上がると、人波から外れて、女神像の脇に据えられている巨大な水盤に近づいた。もう一度振り返って、はるか頭上の女神像を見上げる。

フードの下で牙《きば》を伸ばし、手首にブツリと食い込ませる。水盤に手を浸した。手首から溢《あふ》れる一筋の真紅が、透明な水を薄赤く濁らせていく。

《女神よ。クロノキアの神子ニキアス・クロノキアの血を捧げる。我に神託を授け給え》

水盤が一瞬青い光を放射する。ブォンと神殿が揺れた。香に酩酊した状態で祈りを捧げる人々が、一瞬だけ正気づく。しかし、揺れが一瞬で収まると、群衆は再び恍惚《こうこつ》とした表情を浮かべて欲望に沈んでいった。

水から手を引き抜いた瞬間、ツンと耳が詰まる。時間が止まった。

ニキアスの手首から滴り落ちる赤い水滴が、永遠にも思える時間をかけて、ゆっくりと水面に向かって落下していく。人が生まれ、育ち、老い、死を迎える。その営みが幾度も繰り返されるほどの時間が、捧げられた血の一滴が落ちる瞬間に凝縮した。

肉体が鉄に変わる。動けない。ぴちょん、と水盤に赤の一滴が波紋を描く直前、ニキアスはいよいよだと歯を食いしばった。

来る。

《ニーキ――ア―――ス―――》

クロノキアの神子の呼びかけに、ついに女神ルキニアが応えた。膨大な光が、滝のようにニキアスの全身に降り注ぐ。

「うぐ……っ」

ニキアスは両脚をふんばり、暴力的なまでの光の奔流に潰《つぶ》されないように耐える。

《ニキアス・クロノキア》

フツッと光の奔流が途絶える。次の瞬間、ニキアスの目と耳は女神のものとなった。

無量の宇宙空間に放り出される。時間が無限に引き延ばされ、かと思えば、千年がまばたきのように過ぎていく。

創世の瞬間からはるか先の未来まで、ものすごい勢いで流れていく神の世界の中に、ニキアスはいくつかのヴィジョンを見つけた。必死の思いでそれを掴《つか》む。流れが速い。腕が引きちぎられそうだったが、ニキアスは耐えた。

一瞬でも気を抜けば、自我が女神に飲み込まれて消滅してしまう。このままではいけないと、ニキアスは再び歯を食いしばった。甲斐《かい》のない抵抗を、女神が嘲笑《ちょうしょう》しているのがわかる。

《翼を失った狼よ。妾《わらわ》と伴侶《はんりょ》からの褒美だ》

黄金と漆黒の矢が、それぞれニキアスの両目を貫いた。ニキアスは凄絶な痛みに、ついに声なき絶叫を上げた。

＊＊＊

ニキアスがよろめいて、ガクリと水盤の前で膝《ひざ》をつく。セルジオスは正気づくと、あわてて主の身体を支えた。

強靭《きょうじん》な肉体を持つはずの半神が、両目を押さえて激しく肩で息をしている。何が起こったのか、セルジオスには理解できない。ニキアスが自身の手首に牙を食い込ませて水盤に浸した直後、気がつけば目の前の光景が広がっていたのだ。

激しく消耗しているその様子でわかる。ニキアスは無事に女神の神託を受けたのだ。

「ニキアス様、やり遂げられたのですね」

神殿の神官が託宣を預かるのとはまったく違うかたちで、半神は神託を得る。神の世界の刹那《せつな》にして永遠の時間をさまよいヴィジョンを得る。神々の世界に介入するのだ。

立ち上がろうとして、再び逞《たくま》しい巨体がよろめく。セルジオスは息を呑《の》んだ。神子の両目が血に染まっていた。いまもドクドクと溢れ続ける血が頬を汚している。

「なんてことだ！　ニキアス様！」

「案ずるな。神託の代償だ。すぐに癒える」

ニキアス自身は気にした様子もない。血に染まったウルファアイは爛々《らんらん》と輝いていた。視力が失われていないことにセルジオスは安堵《あんど》する。

「戻るぞ。時間がない」

ニキアスの目には、焦燥と憤怒の炎が宿っている。はたして神子はいかなる神託を授かったのか、セルジオスの胸がざわめいた。

「ニキアス様、どうかご説明を」

だが、ニキアスはセルジオスの問いに答えることなく、どんどん先を急ぐ。

ニキアスは自ら先頭に立つと、神殿の中央に向かう人の群れを逆行して、神殿の外を目指した。力を封印されていても、ニキアスの身体能力は、はるかに通常の人間を超えている。どれほどの群衆が迫って来ても、ニキアスにとっては足元の木の葉を払うに等しい。

二人はさきほどとは比べものにならない速度で神殿を抜け出した。階段を駆け下り、すぐに参道を外れて裏道に入る。

セルジオスはニキアスの後を必死で追いかけた。このままでは追いつけないと、セルジオスはわずかに狼の本能を解放した。爪が伸び、顔が獣性を帯びる。その代わりに一気に身体能力が上がった。ようやく隣に並び、神子を仰ぎ見る。

「ニキアス様、神殿でどんなヴィジョンを捉《とら》えられたのか、どうか教えてください」

「詳しく説明している時間はない。ニュクスの託宣どおり、必要なヴィジョンは得たぞ。同時にアイとユウトと守っている結界が破れる光景を捉えた」

ニキアスの答えに、セルジオスは一気に青ざめた。

今宵はルキニアの二十八夜。誰もが性愛に奔放になる夜。無力な藍と悠斗が、結界の外に出るようなことがあれば、何が起こってもおかしくない。

「……許さぬぞ」

ニキアスが低い声で呟く。アンブロシアが万が一にも誰かに傷つけられるようなことがあれば、ニキアスは絶対に許すはずがない。ニキアスにそのヴィジョンを見せたのは、ルキニア神の悪戯《いたずら》か、あるいは善意によるものか。気まぐれな女神め。いや、神というのは常に気まぐれで残酷だ。

劣情を催す香が漂う夜の町を、二人は疾走した。

＊＊＊

シメオンが食事を調達して戻ってきた。

香ばしく焼かれた肉は固く冷えていたが、きちんと塩で味付けされている。玉ねぎのような野菜と豆と干しタラを戻したような煮込み。そして平たいパン。生の果実にドライフルーツ。チーズのような酸味が効いた塊もあった。

藍と悠斗は、厨房《ちゅうぼう》に置かれた食事を見て歓喜した。

ありがたくいただく。悠斗にとっては、味よりも腹が膨れるほうが大事だったらしい。それなりにいける、と笑いながら威勢よく食べていた。虚勢かもしれないが、ちゃんと食欲があり食べてくれることに、藍はホッとしていた。

こちらの世界に来てから、なぜかあまり肉を受けつけなくなった藍は、煮込みを少しだけもらうとあとはひたすらパンと干しいちじくを齧《かじ》った。

満足したのか、悠斗はパンッと両手を合わせて「ごちそうさま」と頭を下げた。ユーニスとシメオンが不安そうに首を傾げる。

「え～『ごちそうさま』は、お腹《なか》いっぱい、ありがとうの意味です」

悠斗は二人に向かって、お腹をポンポンと叩《たた》き笑みを浮かべると、もう一度両手を合わせて小さくお辞儀する。同じ動作を繰り返すと、あぁ、と得心がいったようにユーニスとシメオンが笑みを浮かべた。感謝の気持ちを表現しているとわかったのだろう。

藍も同じように「ごちそうさま」と二人に手を合わせると、二人はうれしそうに真似をして両手を合わせた。

「うん、日本に来た外国人のリアクションだ」

悠斗が笑う。

「ねぇねぇ、藍さん。この世界の食事、料理されてないっていうか、素材感ありすぎるね」

「不満を言ってもしかたがないけどね……フライパンがあったら、自分で料理したいな」

「藍さん料理できるの？」

「大学を卒業してから一人暮らしだったからね。簡単なものしか作れないけど、それなりに」

悠斗がキラリと目を輝かせる。

「そしたら道中で、鍋《なべ》とか見つけて料理しようよ。俺も手伝う。異世界転移した主人公が料理で無双するラノベもたくさんあるから」

「異世界でアイドルする前に？」

「そう。その前哨戦《ぜんしょうせん》で、異世界を料理で制覇する」

楽しそうにやりとりする藍と悠斗を、ユーニスとシメオンは安堵した様子で見つめている。

「悠斗くん、こっちに来てから、基本ラノベからの知識でやり過ごそうとしてるだろう」

「うん。異世界で生き延びるために大切なことは、すべてラノベから教わりました」

藍はたまらずくすくすと笑う。それを見た悠斗は、どこかホッとした表情を浮かべていた。

厨房の隣の部屋に移動した。藍と悠斗の二人きりだ。シメオンとユーニスは、玄関に通じる部屋で待機している。

することもなく、壁際の椅子に並び合って腰掛けると、悠斗がコツンと藍の肩に頭を凭《もた》せ掛けた。

外の音は何ひとつ聞こえてこない。シンと、耳が痛くなるほど静かだ。

二人はそのまま、中庭に向けて開いた窓から、赤々と輝く月をぼんやりと眺めていた。しばらくして、悠斗がぽつりと呟《つぶや》いた。

「月は普通にひとつなんだなあ」

「どういう意味？」

藍が尋ねると、悠斗が乾いた声で笑う。

「異世界転移するとね、月がいくつもある世界だったりするんだ。色も赤かったり、青かったり」

「それはもはや月とは別物なんじゃないか？」

「はは、そう言えばそうかも」

藍はぼんやりと、二つの月のように光っていたニキアスの瞳《ひとみ》を思い出した。藍の前に膝をついて、突然藍に対する激しい想いを告白した男。

「星の数がすごいね」

藍は頷いた。

「小山田衛二《おやまだえいじ》さんが主演の映画に出たことがあって、北アルプスで撮影したんだけど、そのときに山の上で見た夜空もあんな感じだったよ」

「あぁ、小山田さんが山岳警備隊の役で主演したやつだ。たしかに藍さんも出てたね」

「そう。あの映画も観てくれたの？」

デビューして一年目くらいのときに出演した映画で、まだ藍がいまよりもずっと無名だった頃の出演作だ。テーマも硬派で地味な映画だったが、業界の評価は高かった。

「うん。小山田さんのファンでさ。ガチで鍛えてて、めちゃくちゃ格好良かった。藍さんは、たしかあれでしょ。遭難した高校山岳部の学生の一人で、滑落した部員を引き上げて、山中で助けを待つ役をやってたよね」

小さな役でも認知してもらっていたのかと、藍はうれしくなった。すると、悠斗がクスッと笑う。

「こっちに来たときも同じで、藍さん、あの役の子みたいに必死だったよね。怪我して熱出してウンウン呻《うめ》いている俺の面倒を、ずっと見てくれた。優しいよね」

「そんなことないよ」

「あるよ。フラフラになりながら背負ってくれて、水場まで連れていって飲ませてくれてさ……心底優しい人だなって思った」

藍は首を振った。

「あのとき、俺はむしろ自分の無力を痛感していたんだよ」

「無力って？　どうして」

「火の起こし方もわからない。目の前に生えている草が食べられるかどうかもわからない。道具がないと何もできなかった。サバイバルの知識が皆無で絶望した」

「そんなこと言ったら、俺はもう藍さんを頼りっぱなしで、それ以前の問題だったんだが」

二人は笑って、小さく肩をぶつけあった。

「まぁ、俺らみたいな都会育ちに、こんな野蛮なところにすぐに馴染《なじ》めってのは無理だよ」

漫画やアニメのように、簡単に異世界の生活に順応できるわけもない。当然だ。

「そうだね。この世界で生きるための知識が必要だな」

ようやく、悠斗に対して少しだけ前向きな言葉をかけることができた。

巻き添えにしてすまないと謝り続けたところで、悠斗の苦しみを軽くすることはできない。ならば、藍を赦し、前に進むと決めた悠斗の気持ちにきちんと報いたかった。

「まずは生き残ることを目標にしよう。この世界は、人が簡単に殺されるから」

悠斗が頷《うなず》く。

「それと、ユーニスさんとの会話で痛感した。何よりも言葉をまず覚えないと」

まだ、この世界について知らないことが多すぎる。ニキアスとのことについてもそうだ。告白めいた想いを告げられて、藍は戸惑いと同時に、心のどこかが潤んだのを感じた。

心を潤ませたものの正体はなんだろう。もはや、「憎む」というほどニキアスを憎めなくなっている。あの男の境遇に対する同情もあるが、何より幸福を望む気持ちが強くなっているからだ。

「ニキアスが帰ってきたら、今度こそちゃんと、この世界についての話を聞くことにする」

それと同時に、自分のこのもやもやした気持ちも整理したい。

「うん……あれ？」

悠斗が何かに気がついたように、中庭を指差した。

「あそこ見て。中庭に女の子がいる」

狭い中庭に、ポツンと一人の少女が立っていた。

「さっきまで誰もいなかったのに……あ、あそこから入ってきたのかな」

中庭に通じる木の扉が開いている。

「この家の子なのかな」

眠った状態で運び込まれたせいで、少女がこの家の住人かどうかわからない。クロノキアの国境近くの小屋で灰になった少女を思い出して息が詰まった。

少女は突っ立ったまま微動だにしない。

「あんな小さな子が、夜中に一人でウロウロしてていいの？」

「そんなわけはない」

藍は眉《まゆ》を顰《ひそ》めた。この世界の常識はわからない。だがどんな世界でだって、子どもが夜に一人で放置されていいはずがない。

「どうしよう、藍さん。声かけてみようか」

悠斗が中庭に面する窓に近づく。すると、少女が顔を上げた。ニコッとうれしそうに微笑む。美少女だ。年の頃は十二、三歳くらいだろうか。

「えぇと、どうしたの？　君はこの家の子？」

悠斗がジェスチャーで部屋の中を指差す。少女はわからないと小首を傾げた。

「悠斗くん、俺、ユーニスさんを呼んでくるよ」

藍は立ち上がった。悠斗がわかったと頷く。そのとき、大きな窓の向こうで、少女がこちらに向かって手を伸ばした。窓は当然のことながらガラスなどは嵌《はま》っていない。

「え？　なになに？」

悠斗がその小さな手に誘われるように、自らも少女に向かって手を伸ばす。少女がにこりと笑った。

悠斗の指先が窓を越えた。その瞬間、バンッと風船が割れるような音がした。

「え……？」

突然、空気が変わった。どこからともなく異国情緒溢れる音楽が聞こえてきた。むんわりと湿った夜の空気とともに、甘く濃い香の匂いが室内に吹き込んでくる。

直前まで虫の声ひとつ聞こえず静まりかえっていた部屋に、いきなり生々しい夜の気配が満ちてくる。その瞬間、あることに気がついて、藍の表情が一気に青ざめた。

　室内に入るときに、必ず壁に手を当てて呪文を唱えるユーニス達。壁を走る青い電光。

(まさか、あの結界みたいなやつが破れた……?)

『こんばんは?』

「え……?」

　悠斗の頭上に影が落ちた。いつの間にか、少女が窓枠に乗り上げて微笑んでいる。

『せっかく楽しい夜なのに、ルキニア様がここに行けとお示しになるから、いったい何があるのかと思ったら。なんだか面白いものを見つけちゃった』

　少女の唇の端が、にぃと吊《つ》り上《あ》がった。何を言っているのかわからない。少女の謎の威圧感を前にして、二人は声を出せなくなっていた。

『あんた達二人とも、ずいぶんいい匂いだなぁ。ルキニア国の二十八夜に、ルキニア様の香よりも私をクラクラさせちゃうなんてね』

　つややかな赤毛が光り輝いている。瞳はオレンジ色だ。逆光なのに色がわかるのは、瞳そのものが発光しているからだ。光る目。金属的な光沢を放つ肌。人間ではありえない輝きを目の当たりにして、ある予感に藍の足が震えた。

　ニキアスと同じ……つまり、この少女はどこかの国の神子だ。

　ニキアスは「他国の神子に藍を奪わせない」と言っていた。ということは、この神子の狙いは、アンブロシアの化身、すなわち藍だ。

「……悠斗くん、そのまま、その子を刺激しないように。少しずつ後ろに下がって」

「藍さん、え？　どうして、なに？」

「いいから」

悠斗がじりじりと後退する。藍はさりげなく前に出て、悠斗を後ろにかばった。

『アイ様、ユウト様！　すぐに二階へ！　結界がなぜか破れて……っ、ルキニアの神子！』

ユーニスとシメオンが部屋に飛び込んできた。窓に腰掛ける少女を見つけて顔色を変える。少女は二人の登場に、大人びた表情でニヤリと笑った。

『おまえ達のその匂い……クロノキアの神殿兵士と神官だね。んー？　……ということは？　ということはぁ？　この子達の匂いはあれかぁ』

窓から吹き込む夜風は、下腹をズクリと疼《うず》かせるような不思議な香りを孕《はら》んでいる。鼻の奥をくすぐるその匂いを吸い込んでいるうちに、全身が汗ばんでくる。

『ふふ……本当にいい匂い。ルキニア様の香と混ざって、へへ……私も濡《ぬ》れちゃいそう』

少女が再び高らかに笑う。何を喋《しゃべ》っているのかわからないが、無邪気な声に潜む凶悪さに鳥肌が立った。

『あんた達、クロノキアのニキアスが異界からもぎとってきたアンブロシアを運んでるんだね』

シメオンの顔がさっと青ざめる。少女は唇を吊り上げた。

『やっぱり。ニキアスはどこ？　なんでこの小さな人間達に運ばせているのかわからないけど、面白いことになってきたね』

少女がヒラヒラと手を振る。月明かりが翳《かげ》った。

「……っ」

いかにも兵士という格好の男達が突如として現れる。最も早く反応したのはシメオンだった。白い影が一瞬で藍に迫る。

『アイ様、失礼します！』

「……っ、なっ」

シメオンは藍を抱き上げると、入口に向かって走った。途中で二人の兵士を蹴《け》り倒す。

『愚か者が。逃さないよ』

少女が信じられない速さでシメオンと藍に迫る。たんっと跳躍すると、小さな拳《こぶし》を振り上げて、シメオンのこめかみを横殴りに殴った。

『うぐあぁっ』

シメオンは藍を抱えたまま吹っ飛んで、壁に激突した。

「っぐ……シメオンさん！」

壁伝いにズルズルと崩れ落ちる瞬間にも、シメオンは藍を潰さないように、とっさに身を返して自分が下敷きになった。

「シメオンさん、しっかりしてください！」

藍は衝撃をなんとかやり過ごして、頭から血を流すシメオンを支える。

『アイ様、ユウト様、我々にかまわずお逃げください！　……っぐうっ』

次に拘束されたのは、ユーニスだった。逞《たくま》しい兵士が、ユーニスの首を背後から絞め上げる。

「ユーニスさん！」

さらに、背後から悲鳴が上がる。悠斗が別の兵士に捕まっていた。背後から悠斗を拘束している兵士は、なぜか恍惚《こうこつ》とした表情で悠斗の匂いを嗅《か》いでいる。

「触るなっ、キモいんだよ！　やめろ！」

「悠斗くん！」

飛びかかろうとした瞬間、藍も別の兵士に捕まった。

「放せっ……やめろっ！」

もがいても振り払えない。兵士の手に全身をまさぐられ、藍は気持ち悪さに悲鳴を上げた。見れば悠斗も全身をまさぐられて必死で抵抗している。

『どう？　この子達、果実を持ってない？　と言っても、アンブロシアがどんなかたちなのかもわからないけれど』

少女の問いかけに、兵士達は首を振る。少女は首を傾げた。

『ルキニア様の香と混ざってるけど、こんなに濃くていい匂いするんだもん。絶対に近くにあるはずだ。おまえ達、ちゃんと探しな』

少女の呼びかけに、兵士達はその部屋はおろか、隣の厨房《ちゅうぼう》まで家捜ししはじめた。瓶や棚の中を漁《あさ》っては乱暴にひっくり返す。しかし、しばらくしても、兵士達は何も見つけられなかった。

『ないの？　なのに、こんないい匂いがプンプンするのはどうして？』

少女が近づいてくる。くいと藍の顎《あご》を持ち上げた。

『クロノキアの獣くささとはぜんぜん違うもの。でも、半神でも、眷属《けんぞく》でもない。ただの人間よね？』

藍は目眩《めまい》を覚えた。間近に迫った少女から、なぜか頭の奥が痺れる香りがする。顔をそむけようとすると、容赦なく顎を押さえられた。

「……っぐ」

およそ少女のものとは思えない指の力。逆らえば、間違いなく顎の骨が砕かれるだろう。

少女の姿をした神子から発せられる、無慈悲で容赦ない暴力の匂いに、藍は恐怖を覚えた。

大切に藍を胸の中に抱え込み、いたわるように足を捧《ささ》げ持《も》ったニキアスとは明らかに違う。

『不思議な顔立ちだけど、本当に綺麗《きれい》な子。それにいい匂い……あぁ、なんだかたまんない……はは、我慢できないや』

藍は驚愕《きょうがく》した。少女が急激に成長して、大人の姿へと変化しはじめたのだ。藍の顎を掴《つか》んでいる手がみるみる大きくなる。

細身だが、逞しく張った肩。優美でしなやかな手足。切れ長のオレンジの瞳《ひとみ》。官能的な唇。ニキアスの男性美とは種類が異なる、妖艶《ようえん》な美しさを持つ神子だった。

神子はおもむろに股《また》に己の手を突っ込んで、卑猥《ひわい》な仕草でうごめかした。

『はは、こんなにいい匂いの人間、めったにいないわ。私の神力を腹の中にぶちまけてやろうか』

低い声。藍は目を見開いた。ルキニアの神子は、男の神子だ。

「藍さん！」

息を荒くした兵士が、悠斗の服をはだけて胸元や股間《こかん》をまさぐりはじめていた。

「悠斗くんに何を……！　くそ！　放せっ！」

手足の力を振り絞って暴れる。すると、恍惚とした表情を浮かべていた神子が、パン！　と平手で藍を殴った。

「あぐうっ！」

首がもげたような衝撃と同時に、藍は壁際まで吹っ飛んだ。悠斗が絶叫した。

「藍さん……！」

『アイ様！』

顔の左半分が熱い。胸元に、ぽたりぽたりと赤黒いものが滴る。鼻血だ。口の中が血の味でいっぱいになる。

『軽く撫《な》でただけなのに、人間はもろいねえ』

「う……」

『もう、せっかく楽しもうとしていたのに。にしても、血まで美味しそうな香り。ゾクゾクするね』

顔の下半分が鼻血で真っ赤に染まった藍の顔を、神子が指でグリグリと血を塗りつけ、さらに汚した。痛みに呻《うめ》いて、藍は腫《は》れあがった顔を必死の思いでそむける。

『強情なの。そうだ、おまえ達に《神官の指》を特別に飲ませてあげるよ。今日は二十八夜だから、ルキニアの神子エロクアが特別に尋問してあげようね』

床に引き倒されているユーニスが抗議する。

『ルキニアの神子よ、おやめください！　人間に《神官の指》を飲ませるなど！』

『あっは。ただちょっと色狂いになっちゃうけど、ルキニア神殿に召し上げてあげるから』

『彼らはクロノキアの神殿に仕える私が庇護《ひご》する人間達です！　隣国のルキニアの神子である貴方が、他国の神殿に仕える者に危害を加えるのですか！　ただの一夜の快楽のために！』

神子の言葉を聞いたユーニスが、猛然と暴れはじめた。しかし、しょせんは神官。拘束している兵士が、軽々とユーニスの抵抗を封じる。

『よく喋る神官だなぁ』

神子はつかつかとユーニスに近寄ると、その頭を床に叩《たた》きつけた。

「ユーニスさん……！」

神子によるユーニスに対する容赦ない暴力が続く。

「やめろ！　ユーニスさんが死んでしまう！」

『なにを言ってるのかわかんないなぁ。これは罰。最下位の国の神官ごときが、ルキニア様の神子である私に逆らうからだよ』

何度も床に額を打ちつけられたユーニスが、ついに動かなくなる。もしや死んでしまったのかと、藍は絶望に呻いた。

『こんなに綺麗な子達なんだもん。私達が楽しんだ後は、ルキニア神殿の公娼《こうしょう》にしたげる。人間には名誉なことよ。それでいいでしょ』

神子は藍のもとに戻ってくると、腫れていないほうの頬をペチペチと叩いた。

『じゃあ、まずあんたからね。二十八夜なのに、発散できなくてもう限界』

神子の指が前歯をこじあけて侵入してくる。必死で閉じようとするが、前歯が折れそうな力を込められて、口を開いた。

「やぇ……っぐ」

無理やり開けられた隙間に、小さな芋虫のような、あるいは小さな葉巻のような筒状の何かが差し込まれた。神子の指で、ブチュリと喉《のど》の手前で潰《つぶ》される。

「……っ？」

トロリと粘性のある液体が舌に滴り落ちる。直後に感じる、強烈な刺激と甘み。

（なにを飲まされた……？　毒？）

「つぐ……うげっ」

『はぁい、ちゃんと飲んで。光栄に思いなさいよ。これからおまえは私好みの色狂いになるの』

吐く寸前で、神子が藍の口を塞《ふさ》いだ。

「んーっ、んうっ」

『搾りとってあげるねぇ。アンブロシアをどこに隠しているのか、じっくり教えてもらうから』

神子が高い声で笑う。どろりとしたそれが、喉を伝い、食道を滴り落ちていく。

絶望までは、わずか数秒だった。

「つが……はっ」

胸と腹がカーッと熱くなり、全身が一気に汗ばむ。ハァハァと犬のように舌を出して、藍は悶《もだ》えはじめた。己の吐く息で気管が灼《や》ける。股間が一気に熱を持った。

痒《かゆ》い。全身が熱くて、痒くてたまらない。

(なんだ……なに、なにこれ)

「……っひあああああ！」

藍は大声で叫び、全身をのけぞらせた。全身の毛穴という毛穴から、一気に何かが噴き出したような気がした。

「やああああああ、う、がああっ……」

「藍さん！」

悠斗が何かを叫んでいる。しかし、藍は衝撃に応えることができない。

『きもちよくなってきた？　最後はルキニア様にお捧げしてあげるからね』

下腹のさらに奥が、ズクリズクリと疼《うず》きはじめる。

「ひぁあっ……あぐ、あ、が」

藍はたまらず、喉が切れるような叫びを上げた。

神子の小さな手が藍の服を軽々と引き裂く。汗ばんだ白い肌があらわになった瞬間、暴力的なまでの香気が、そこにいる全員の鼻腔《びこう》を突き抜けた。ルキニアの香の効力を押しのけ、一気に全員の脳髄を痺《しび》れさせた。

『なにこれ、なにこれぇぇぇぇぇぇ』

赤毛の神子の興奮が、一気に最高潮に達した。兵士達も咆哮《ほうこう》する。室内は狂乱の坩堝《るつぼ》に陥った。兵士達は次々と己の服を引き裂き、裸身を晒《さら》すと、猛《たけ》り立った股間のものをこすりはじめる。

『あぁ……ああ、すごぃぃぃぃ！』

神子も涎《よだれ》を垂らしながら、藍の薄桃色の胸の尖《とが》りにむしゃぶりついた。オレンジの目は恍惚に染まり、忘我の境地に陥っている。

背後から藍を拘束する兵士も、藍の耳を涎で汚しながら、荒い息を吐いて昂《たかぶ》りきった剛直をゴシゴシとこすりつける。藍はあまりの刺激と、全身をミミズが這《は》い回るような感触に悲鳴を上げた。それなのに、股間が痛いほど硬くなり、いまにも弾ける寸前だ。嫌悪感はいやますばかりなのに、どんどん肉体は沸騰して、神子と背後の兵士から与えられる刺激を喜ぶ。

「……ぃやだ、や……やめ、や、ニキアス……！」

藍は、無意識にニキアスに助けを求めていた。

そのときだった。背後から藍を拘束していた兵士が、がくりと崩れ落ちた。

『アイ様に……触れるな』

こめかみから血を流したシメオンが、兵士に剣を突き立てていた。シメオンの血だらけの顔も、ギラギラと興奮している。シメオンは兵士を押しのけて藍を抱えこむと、全身でかばうように覆いかぶさった。

「シメオンさん……！　あ、あ、うぁあああ」

互いの血と体液にぬめる肉体が、擦れあう。藍はその刺激にも悶えて涙を散らした。

「あうっ……あ、あ」

しかし、頭ひとつぶん以上大きな男に全身でのしかかられれば、胸が圧迫されて呼吸ができない。息苦しさで、藍はわずかに正気を取り戻す。必死で息を吸った。

『どけよ！　その子をちょうだい』

ルキニア神子が叫んだ。藍に覆いかぶさっているシメオンの肉体が、何度も跳ねる。神子が男の脇腹を蹴《け》り上げているのだ。ゴキ、バキと、およそ肉体から聞こえてくるはずのない音が聞こえる。

「だめ……シメオンさん、どいて」

守ってくれているのだ。この場から藍を逃がすことができない代わりに、己の命を賭《と》して、敵うはずのない他国の神子の弄虐から、全身で藍をかばってくれているのだ。

鼻孔を突く血の匂い。シメオンの白い服は、すでにあちこちが鮮血に染まっている。藍自身も朦朧《もうろう》とする意識の中で、必死でシメオンに声をかけ続けた。

「シメオンさ……あう、あ、どいて、けが、怪我が……」

『アイ様……なにとぞご辛抱を……もう少しで……っ』

ついに、シメオンが呼びかけにも反応しなくなった。恐怖と興奮に沸騰した頭では、もはや何も考えられなくなりつつある。

（助けて……ニキアス、みんなを助けてくれ）

藍は、恐怖と混乱に煮えたぎる頭でひたすらニキアスの名前を呼び続けた。

＊＊＊

ルキニアの神子が顔を上げた。わずかに正気が戻った顔だ。

『んもぉ、狼の匂いが近づいてくる。誰か追っ払ってこいよ』

しかし、ルキニアの神殿兵士達が神子の呼びかけに応えることはなかった。全員が呆《ほう》けた顔で藍と悠斗に群がり、己の欲望を果たそうとしている。

『おまえ達！　ほら、入ってきちゃったじゃないか！』

扉から黒い男が飛び込んでくる。セルジオスだ。口元を布で覆った男が、呆けた兵士達に次々と襲いかかる。

ルキニアの神子が怒りに目を光らせて、セルジオスに飛びかかろうとした。しかし、背後から迫ったニキアスが瞬速でルキニアの神子を拘束すると、マントの中に引きずり込んだ。

『んなっ……貴様は！』

『エロクア・ルキニア。貴様、ここで何をしている』

ニキアスは、エロクアの首に指を回して、ぐっと力を込めた。

『んっぐ……ニキアス・クロノキアァ、貴様よくも……』

神力を封じるマントの中に連れ込んでしまえば、あとは純粋な力の勝負になる。そうなれば、細身のエロクアが、筋骨隆々としたニキアスに敵うはずもない。

ニキアスはもう片方の手で、エロクアの右手を背後にねじり上げた。

『放せ！　最下位の神子のくせに！』

神子さえ抑えてしまえば、多勢に無勢でも恐れるに足らない。セルジオスは、たった一人でルキニアの神殿兵士達をあっという間に昏倒《こんとう》させた。アンブロシアの香気に呆けた生と愛の国の兵士達など、十二国最強の獣の国の神殿兵士に敵うわけもなかった。

部屋の中を見渡せば、手前にシメオンが、最奥にユーニスが倒れている。兵士達に囲まれていた悠斗も、ぐったりとしている。室内には血と暴力と、アンブロシアの香気が充満していた。

『セルジオス、アイはシメオンが抱えている』

セルジオスは頷《うなず》いて、うつ伏せで倒れているシメオンに駆け寄った。藍を抱えたまま意識を失っている。白い全身に刻まれた激しい暴力の痕跡《こんせき》に、セルジオスは唇を噛《か》んだ。

『シメオンが……アイ様をかばって、このような』

『わかっている。シメオンの息は』

『あります』

セルジオスはシメオンをそっと押しのけて横に寝かし、腕の中にかばわれていた藍を掬《すく》い上《あ》げる。

藍の全身があらわになった瞬間、その惨状にニキアスとセルジオスは息を呑《の》んだ。

繊細に美しい顔の左半分が、見るも無残に赤黒く腫れあがっている。鼻血のせいで、口周りから顎《あご》までどす黒く汚れていた。唇は切れてズタズタだ。左目のまぶたも腫れて塞がりつつある。

服は破かれ、あちこちが血と汗と誰のものともわからぬ体液で汚れていた。

「アイ！」

呼吸がひどく荒い。ときおり全身を波立たせては、低く呻いて煩悶《はんもん》している。

「アイ！　目を開けろ！」

藍がうっすらと目を開ける。意識があることに、ニキアスは安堵《あんど》した。うつろな視線がしばらく虚空をさまよい、やがてマントを着たニキアスの姿を認めると、わずかに輝いた。

「ニキ……きてくれ、た」

壊れてしまいそうなほどかぼそい声。藍はわずかに手を上げ、ニキアスに向かって伸ばした。震える唇が、うわ言のように「みんなしぬ、たすけて」と繰り返し訴える。

「アイ……！」

ニキアスの獣神の血が沸騰した。

『なに？　あの子は貴様のなんな……んぎゃああ！』

ゴキリと、肩の骨が外れる音が響き渡る。エロクアの唇から絶叫が放たれた。ニキアスが背後で拘束していた神子の腕を、ありえない角度までさらにねじ上げたのだ。

『エロクア！　貴様！　殺してやる！』

『ニキアス様！　なりませぬ！』

瞬間的にマントを剥《は》ごうとしたところを、セルジオスが藍を抱えたまま鋭く制止する。

マントを脱げば、エロクアの神力も解放されてしまう。すぐさま神子同士の壮絶な死闘がはじまるだろう。

ニキアスは、己の中で暴れ狂う破壊衝動を必死で抑えこんだ。いまは藍を取り戻し、匿うのが最優先だ。

　藍を傷つけたエロクアが殺したいほど憎い。しかし、ニキアスが何よりも赦しがたいのは、油断した自分自身だ。ほんのわずかな時間、目を離したせいで、この世界で何よりも大切な存在が、取り返しのつかないほど傷つけられてしまった。

　ニキアスが憤怒に青く燃えた。

『っ、ニキアス……貴様ぁ』

『これは正当な復讐《ふくしゅう》。そして罰だ』

　このくらいでは、復讐にもならない。エロクアはくぐもった声で言い訳をはじめた。

『私は、ルキニア様の神託でここに連れてこられたのよ！　そしたら結界が張られていて、中を覗《のぞ》いたら、すごくいい匂いがしたから……いやぁあああ』

　ニキアスの指が、エロクアの首にめりこむ。ギリギリと絞め上げる容赦ない力に、エロクアはニキアスの本気をようやく理解した。

　セルジオスが藍をそっと抱え上げた。藍は意味不明な呻《うめ》き声を上げて、全身をぶるぶると震わせている。その様子がなんとも憐《あわ》れだ。

　ニキアスが、目に映るすべてを呪い殺しそうな目で、藍を食い入るように見つめている。

　それを見たセルジオスの顔から血の気が引いた。まだ、ニキアスは理性を取り戻しきっていない。マントの中には、いまだに噴火寸前の火山が潜んでいた。

『殴る以外に、あの子に何をした』

エロクアはバツの悪そうな表情で首をすくめた。

『あの子の匂いが美味しそうだったから、《神官の指》を飲ませたんだよ……ぎゃああああ！』

ニキアスの理性がついに焼き切れた。エロクアの首に獣の爪がめり込み、そのまま引き裂いた。

『私を殺すつもりか！　神子同士が平時に殺し合うなど、神々の怒りを買うぞ！』

『殺すつもりはなかった……いま、この瞬間までは』

その一言に込められたニキアスの本気の怒りに、ルキニアの神子は怯《おび》えた。

『ぜ、絶対に後悔するぞ！』

『後悔？　後悔などするものか。神々の怒りがどうした。貴様に命を以て償わせるだけだ』

『いだあいぃぃ！　やめろぉ、ニキアス・クロノキアァ！』

ニキアスがめり込ませた指にさらに力を込める。エロクアが絶叫する。

『ニキアス様！　ご寛恕《かんじょ》を！』

いまにもエロクアの首をねじ切らんとしたときだった。セルジオスが必死の思いで懇願する。

『なぜだ』

『我らには《神官の指》の解毒方法がわかりませぬ。アイ様が助かりませぬ！』

藍が飲まされた媚薬《びやく》――《神官の指》は、「生」の神ルキニアと「死」の神スマラグドゥスが生み出した神薬だ。生贄《いけにえ》となる人間に痛みを感じさせず、死の瞬間の苦痛を最高の法悦に変える、いわば神の慈悲である。しかしそれは、あらゆる刺激を快楽の極みに変える劇薬でもあった。

《神官の指》の名は、秘薬を誤って飲んだ神官が己を慰めることを止められず、ついには色情に蝕《むしば》まれて命を落としたことに由来する。

　ニキアスとエロクア、それぞれが激しく荒い息を吐いた。

『ニキアス・クロノキア……なぜこの町に』

　エロクアは激痛をこらえながら、悔しげに唇を噛んだ。

『ルキニア神のヴィジョンを授かるために。それが、我が国の大神官の託宣だった』

　エロクアが息を呑む。自由奔放で無慈悲な神子も、母神には絶対服従なのだ。

『ルキニア様から何を……おまえ、その目は』

　マントの隙間から見上げれば、ニキアスの両頬が血涙の痕《あと》で汚れている。

『ルキニア様から直接ヴィジョンを授かってきたのね』

『貴様には関係がない』

『ルキニア様に関することに、神子の私が関係ないと言うのか！』

『罪なき人間を遊び半分で嬲《なぶ》った貴様に、生を司るルキニア神の神子を名乗る資格があるのか』

　ルキニアの神子は呻いた。さすがにやりすぎたと思ったのだろう。

『……悪かったわよ』

『《神官の指》の解毒方法を教えろ。さもなければ、ここで、死んで詫《わ》びるがいい』

　冷静な声で告げる。ニキアスの殺意は消えていなかった。いつでも力を込められるように、ルキニアの神子の首には、いまだにニキアスの指が絡みついている。

　エロクアは掠《かす》れた声で懇願した。

『《神官の指》の効力を消す方法を教える。あの子とともに、おまえの神官と兵士も治してやろう。約束する……だから私を殺さないで』

セルジオスも、ひたすら主の理性に向かって声をかけ続ける。

『ニキアス様！　なにとぞこらえてください……ルキニアの神子を害してはなりませぬ。すべてはアイ様のためです！』

ニキアスがグッと指に力を込めた。

『……誓えるか』

『んぐっ、ルキニア様に誓う。約定を違《たが》えることはない』

『ならば、私達がこの国を出るまで、いっさいの手出しをしないと誓え。私達もこの国で騒ぎを起こすつもりはない』

『わかったわよ。おまえ達を追いかけることはしない！』

ルキニアの神子が悔しげに顔を歪《ゆが》めた。

『私が運んでいるものにこれ以上興味を持つな。あれは英雄のための果実で、神との約定に従って私が運んでいる。いいな』

『くそっ、こんなにいい匂いなのに、どこにアンブロシアを隠してんのよ……ぎゃああ！』

ニキアスの鋭い爪が、エロクアの顔の左半分を爪で容赦なく切り裂いた。

『誓え』

『……ルキニア神に誓って。これでいい？』

ニキアスは頷くと、ようやくエロクアを放り出した。血まみれの神子が、マントからまろび出る。顔の左側、額から首にかけて、獣の爪で引き裂かれた痕が深々と刻まれていた。外された右肩を押さえながら、エロクアは憎々しげに吐き捨てる。

『これだから、獣は野蛮でいやなのよ！』

ニキアスは無視した。半神にとってこの程度の怪我ならば、放っておいてもすぐ治る。案の定、マントから出た瞬間から、エロクアの傷はあっという間に塞《ふさ》がっていく。

ニキアスは膝《ひざ》をつき、セルジオスから渡された青年の身体を抱き上げた。

「……アイ」

ようやく腕の中に、藍が戻った。痛みを感じさせないように、できるかぎりそっと触れる。

「あぅ、ひっ、ひ」

しかしそんな些細《ささい》な刺激すら、いまの藍にとっては苦痛なのだろう。掠れきった悲鳴を上げてのけぞった。苦痛をこらえる涙が、赤黒く腫《は》れた頬を伝う。繊細なつくりの顔は、もはや見る影もない。

「アイ……アイ、すまない」

ニキアスは激しい後悔に苛《さいな》まれた。他国の神殿に連れていくほうが危険だと判断した。それが裏目に出た。片時も目を離すべきではなかったのに。

『エロクア、貴様に神子を名乗る資格はない』

ニキアスはマントの下から、再び射殺しそうなまなざしでルキニアの神子を睨《にら》んだ。

エロクアは美しい顔を歪めた。

『ここまで理性を失ったのは、アンブロシアの香りのせいよ……でも』

たしかにやりすぎたと反省している。二十八夜の興奮に加えて、脳髄が溺《おぼ》れて恍惚《こうこつ》となるほどの芳香に、完全に理性を失ったのだ。

これ以上ニキアスを刺激してはならないと、エロクアはあわてて藍の顔の傷を治癒した。

さすがは生を司るルキニア神の神子だ。藍の肉体の傷は即座に癒えた。繊細に整った美貌《びぼう》がもとどおりになる。だが、苦しげな呼吸はいまだに変わらない。

『早く《神官の指》を解毒しろ！』

エロクアは肩をすくめた。

『ヘスペリデスの泉に沈めてやるといい。浄化の泉に浸ければ、《神官の指》も抜けるわ。でも急いでね。その子が完全な色狂いで頭がおかしくなっちゃう前に』

『……なんだと？』

ヘスペリデス——神々の天蓋《てんがい》と地上を繋《つな》ぐ楽園。はからずもニキアス達の目的地だ。だが、そこにたどり着くまでにはかなりの時間がかかる。

『さきほど解毒方法を教えると誓ったではないか！』

ニキアスが再び怒気を纏《まと》う。エロクアは背後にさっと避けて、ニキアスに捕まらないように距離を取った。

『それ以外に解毒方法はないの！　飲ませちゃったら、私にだってもうどうしようもないんだってば。神に捧《ささ》げられた生贄への、せめてもの快楽のはなむけ。それが《神官の指》なんだから』

人間のために神が作った、究極の媚薬。それが、アンブロシアを本性とする藍に、はたしてどのように作用するのか。藍の肉体が完全に人間なのか、あるいは神の果実として精霊的な性質を持っているのか、いまだにわからないのだ。

もしただの人間だったら……このまま何もしなければ、藍に待っているのは、過ぎた快楽に侵されて死に至る悲惨な未来だ。

どれだけ急いでも、ヘスペリデスにたどり着くまでに相当の時間がかかる。オルコスの代償に自分の翼を失ったことを、ニキアスはいまほど後悔したことはなかった。天高く翔《と》べる翼さえあれば、すぐに癒してやれたのに。

しかし、それは叶《かな》わない願いだ。

『ニキアス・クロノキア、その子に時間の猶予をあげる。その代わり、ルキニア様のヴィジョンを、私にもちょうだい』

『わかった。来い』

エロクアが近づく。ニキアスは膝をついて、少女の前に血痕《けっこん》に汚れた顔を晒《さら》した。

『クロノキアの神子ニキアス・クロノキア。我に賜《た》び給え』

『許す』

ニキアスの金色の瞳《ひとみ》に、ルキニアの神子の両の親指が当てられる。ぐっとその指が眼球にめり込んだ。ニキアスが激痛に呻く。同時に、エロクアも首をのけぞらせて絶叫した。

しばらくすると、眼球に食い込んでいたルキニアの神子の指が、ずるりと抜けた。二人は同時にガクリと脱力し、肩で息をする。

ニキアスは固く目を瞑《つぶ》ると、首を振って目を開けた。

『だが、これでルキニア神が、私にこれらのヴィジョンを授けた意図がわかっただろう』

『ルキニア様がまさか……よくこんなものをおまえに託したわね』

エロクアの目も、いまや真っ赤に充血している。

『あのヴィジョンが本当なら……』

『エロクア。先にすべきことがあるだろう』

ニキアスは超然としたまなざしでエロクアに要求する。

藍が呻いて、うっすらと目を開ける。緑、大地、空。その瞳には、ニキアスが焦がれるすべてが存在している。

「アイ……すぐ楽にしてやるぞ」

藍はほぅと息を吐いた。そして、ゆうと、ゆーにすが……と声なき声で、傷ついている仲間達の名前を呟《つぶや》く。

「大丈夫だ。悠斗は無事だ。ユーニスも、シメオンもだ。案ずることはないぞ」

藍は安堵《あんど》の息を吐くと、うつろな目にかすかな光を宿して、ニキアスに指を伸ばす。必死で神殿兵士と神子の暴力に抗ったのだろう。その指先は血で汚れていた。ニキアスは奥歯を噛んで、破壊的な怒りの衝動をこらえた。ニキアスのこめかみに、ぶるぶると震える指が触れる。

「目が、ニキアス……血が……どうしたんだ」

その瞬間、ニキアスの世界が崩壊した。

「私の心配などしなくていい！」

思わずその手を取り、唇を押し当てる。

「こんなに傷ついて……すまなかった。そなたが健やかであればよいと、そう願ったのに……」

藍はようやく安心したように目を閉じ、動かなくなった。気絶したのだ。

抱き上げると、汗に濡れた藍は目眩《めまい》がするほど芳わしい。アンブロシアの香気は、どんなときであれ神子の理性を強烈に揺さぶる。これにエロクアもやられたのだ。二十八夜のためのルキニア神の特別な香が町中に焚かれていなければ、藍こそがアンブロシアだと気づかれていたかもしれない。

『不思議な言語を話すのね』

エロクアが首をひねる。ニキアスと藍が異なる世界で出会った証だ。

『ずいぶん大事にしているようだけど、あんたにとって、その人間はなんなの？』

その単純な問いに、ニキアスは答えを持たない。

『その子にアンブロシアを運ばせているんでしょ。違うの？』

神子や神殿兵士達の理性を奪う、神の果実の芳香。人間はその香気を感じとることができない。ゆえに我を忘れることもない。だから人間に運び役をやらせているのだろうと、エロクアは推測していた。ニキアスは答えない。アンブロシアは果実——この思い込みが、これからも藍を守るからだ。

『ちっ、つまんないの。その子に触るわよ』

そう言って、藍の腹部に手を置いた。ぽぅと光が生まれ、藍の腹に吸い込まれる。

『肉体の成長をしばらく止めた。これで発情の頻度も抑えられるはずよ』

『どのくらいの猶予がある』

『せいぜい十日程度。《神官の指》が暴れないように、あんたが絶え間なく神力を注いでやんなさいよ……へへ、本当は私がやってやりたかったんだけど』

最後の言葉に、ニキアスがビキリと青筋を立てる。怒気に触れたエロクアが、あわてて後ろに飛び去る。

『私は約定を守った。おまえも私にヴィジョンを共有した。これでおあいこよ』

『次に貴様と相見えるときは、ヘロスマキアだ』

すると、エロクアは首を振った。

『ルキニア様の命《めい》がないかぎり、おまえと戦う理由はないわ。だからヘロスマキアでも、私はおまえの敵にはならない』

『我らを獣と蔑《さげす》むくせに』

『それはそれ。命は命よ。おまえに授けたそのヴィジョン……ルキニア様が、今夜私をここに導いた理由がそれなら、クロノキアの民の命が理不尽に消えるのを、私も許しはしないわ』

セルジオスの表情が輝く。エロクアは、シメオンとユーニスを治癒した。二人は一瞬で回復して立ち上がる。状況が読めない二人は、目の前のエロクアに怯《おび》えた。しかしその直後のエロクアの言葉に、二人は息を呑《の》んだ。

『ルキニアは、クロノキアの味方につくわよ。ニキアス』

神子達は互いに睨みあう。

『あのわずかなヴィジョンだけで、貴様の立場を決めてよいのか』

『ええ。ルキニア様のヴィジョンだもの。私にはわかる。ルキニア様は、クロノキア神の断罪を不服としておられる。だったら私は、女神の意向に従うまで』

天上の神々は、常に気まぐれにして奔放。自由にして平等。慈悲深いが残酷。しかし、天蓋が定めた理に従い、精霊と人と獣の世界の均衡を維持し続ける役割を持つ。それが柱神だ。

ルキニアの神子は再び少女の姿に戻ると、ふん、と鼻を鳴らし腕を組んだ。神に近しい資質を持つ神子は、生を守る女神の愛《いと》し子でもある。

『クロノキア神の罪など、そもそも存在しなかったのね』

神の山

ルキニアの町を出て馬を走らせ、一行は山の麓《ふもと》にたどり着いた。当初は山沿いに次の国に向かう予定だったが、藍に《神官の指》を使われたことで猶予がなくなった。

切り立つ岩と崖《がけ》で構成され、頂上に万年の雪が積もる厳しい山だ。行けるところまでは馬で登る。

一行は終始無言で馬を進めた。明け方まで二刻、ようやく夜露をしのぐことができそうな洞穴を見つけた。ニキアスは馬を止める。

藍はすでに目覚めていたが、ぐったりとニキアスの腕に収まっている。

「アイ、今日はここで過ごす」

「……うん」

洞穴は枯れ葉が堆積《たいせき》しておらず、一夜を過ごすのに最適な場所だった。

三メートルほどの深さがある洞穴の最奥に、抱き上げられたまま運ばれた。ユーニスとシメオンが大判の布を運び込んだ。寝具にもなるぶ厚い布だ。ニキアスは藍を抱いたまま腰を下ろす。二人は一様に悲痛な表情で藍を見つめていた。

ユーニスとシメオンは水の入った革袋を置いて、なぜかその場から去っていく。藍はぼんやりとその背中を見つめていた。

入口付近で青い電光が走った。新幹線がトンネルに突入したときのような空気の圧を感じる。まったく外の音が聞こえなくなった。静寂の中、ニキアスと二人きりだ。

「みんなは……？」

「今夜は見張りも兼ねて外で過ごす」

なぜ二人きりになる必要があるのだろうか。不安が高まる。

言葉が理解できない藍には、ルキニアで自分に何が起こったのか正確に理解できていない。ただ、この異常な気怠さと疼《うず》きが、おそらく飲まされた何かの後遺症なのだろうとはわかっていた。

「悠斗くんは？　悠斗くんを外に寝かせるなんて」

「アイ」

頬に手を添えられて上向かされる。

「ユウトはセルジオス達が守っている。だからいまは、自分のことだけを考えるのだ」

なぜだと藍が目で問いかけると、ニキアスの目が翳《かげ》りを帯びた。

「これからまた、そなたにとってつらい時間が来る」

そう言うと、ニキアスは膝《ひざ》の上に横抱きにして頭が肩に凭《もた》れかかるように姿勢を整えてくれた。藍は溜息《ためいき》をついた。いい大人がまるで子どものようにケアされているが、自分でも驚くほど身体が思いどおりにならないのだ。

つらい時間。それは薬を飲まされた直後の、あの強烈な感覚に再び襲われるということだろうか。全身の皮膚が溶けて神経がむきだしになったような、下腹の奥底から全身の血が沸騰したような、あの感覚に。

「……いつ？」

「わからぬ。ただ、熱がある。汗もかいている」

額に当てられた手が冷たくて気持ちがよい。普段は、藍のほうがニキアスよりも体温が低い。ということは、自覚はないが薬の影響がまたぶり返しているのだろう。ニキアス達の前で、あのときのような正気を保てない状態に陥るのかと思うと恐怖しかない。

「俺は、あの神子に何を飲まされた？　セックスドラッグ？」

「あやつはルキニアの神子。見た目どおりの年齢ではない」

ニキアスの金属的な光を発する目が、じっと藍を見下ろす。

「ちゃんと教えてくれ。あのとき、身体の中で爆弾が爆発したみたいで、死ぬほど苦しかったんだ」

ニキアスが頷《うなず》いた。

「媚薬《びやく》だ。それも強力な。いまは治まっているが、一度摂取すればこれから何度も熱がぶりかえす」

それではこれから先ずっと、熱を孕《はら》んだ肉体を持て余すことになるのか。あんな、頭がおかしくなりそうなほど強烈な発情熱に襲われて、これからどうやってこの世界で生きていけばいいのか。

藍はニキアスの腕から逃れようとした。いますぐ男から離れて、どこかで一人になりたかった。

「放して」

拘束する腕は、びくともしない。

「くそ……いったい、俺が何をしたんだ」

藍は唇を噛んで屈辱をこらえた。すると、ニキアスの親指がこめかみを撫《な》でる。

「そなたは何もしていない。私のせいだ。そなたと離れるべきではなかった」

後悔にまみれたニキアスの瞳。どうしてこの男に人間的な感情が欠けていると、一時でも思ったのだろう。

「これから山を越える。この山はとても険しいが、他国を通過せずにヘスペリデスまで行く最短の経路だ」

「ヘスペリデス……？　それが旅の目的地？」

ニキアスが頷く。

「そこなら、そなたの薬を抜くことができる。神の効能を持つ泉がある。そこで必ず薬は抜ける」

藍は力なく頷いた。さきほどの苦しみを思い出すだけで、不安に襲われて叫びそうになる。だが、この半神は絶対に嘘はつかない。無事にヘスペリデスまでたどり着ければ、そこで薬の後遺症は必ず治せるということだ。

　藍はようやく落ち着きを取り戻すと、今度はニキアスのことが気になった。

「顔に血がついてるぞ」

　目を怪我したのかと思ったが、ウルフアイは綺麗《きれい》に澄んでいる。

　金属的な輝きを帯びる頬にこびりついた血の痕《あと》を指の腹でコシコシとこすっていると、ニキアスの大きな手にぎゅっと指を握られた。

「あんた、また怪我したんだな」

「ああ。だが問題ない。神から神託を授かった代償を払っただけだ。半神はどれだけ傷ついても死ぬことはない。殺せるのは同じ半神か、あるいは神だけだ」

　藍は首を振った。

「たとえすぐ治るとしても、痛みを感じないわけじゃないくせに」

「私のことなどどうでもよい」

　わずか一時間ほど離れていただけなのに、二人とも傷ついている。肉体だけではない、きっと心も。

　その証に、ニキアスの金色の瞳は苦悩に翳っている。

「守ると誓ったのに、あのような目にあわせるなど……後悔などという言葉では足りない」

　藍もつらかった。こんな過酷な運命を自分に押しつけたニキアスを、単純に憎めないことがつらかった。いつの間にか男のぬくもりをすっかり頼りにしている、自分の心の弱さがつらかった。

「アイ、私が間違っていたんだ」

男の口調が変わった。その話し方に、ニキアスが脱ぎ捨てたはずのイーサン・ダニエルの面影を感じる。

ニキアスの顔が苦悩に歪《ゆが》む。

「傷ついている君を見たとき、私の世界は完全に壊れた」

藍はぎゅっと胸元を掴《つか》んで、痛烈な胸の痛みをこらえた。ニキアスが小さな頭をそっと抱き寄せて、頭頂部に顔を埋める。

「君をもとの世界に戻す」

藍は息を呑んだ。この男には果たすべき本懐があるはずだ。滅びゆく祖国のために、藍をこちらの世界に連れてきたはずだ。

「どうやって？　……クロノキアは？」

「私はもはや神子の資格を失った。君と国を天秤《てんびん》にかけて、心はすでに君を選んだ」

その決意を素直に喜ぶことはできない。これまでどれほどこの男が祖国の復興を願い、民の命を助けたいのかを目の当たりにしてきたのだから。

二人はしばし、無言で見つめあった。藍の心は千々に乱れていた。

「俺のせいで、あんたがクロノキアのことをあきらめるなんて、そんなの俺がいやだよ」

「もとの世界に戻れば、すぐに忘れる。私達の国がどうなろうと、本来なら君には関係ないことだ」

歯がゆさに藍は唇を噛《か》んだ。

「関係なくないだろう？　だから俺を連れてきたんだろう？」

大声で男をなじりたい気持ちをぐっと我慢する。ニキアスによって、無理やりこの世界に連れてこられたのは事実だ。そのことでニキアスを恨んでいた。悠斗を巻き込んだことも許せない。

ただ、ルキニアの神子や神殿兵士が異常な興奮状態に陥ったのは、藍が無自覚に放っているというアンブロシアの香りのせいだ。あの出来事で、藍はようやく自覚したのだ。自分がたしかに神子達に影響を与える存在なのだと。

ニキアスはそれまで藍を守ろうとしてくれた。神気を抑えるマントに藍を包んで、おそらくニキアス自身の衝動からも、藍を守ってくれていたのだ。

「神様に俺を連れ戻すと約束したんだろう？」

「神との誓約は果たさなくていい。君の身体から媚薬を抜くためにヘスペリデスまで連れていく。だが、君を神々に渡すことはしない」

「そんなことをしたら、あんたはどうなるんだ」

「ウラヌンティウムでなければ、君がアンブロシアであることに意味はなくなる」

ニキアスは答えをはぐらかした。

「あんたはそれでいいのか？」

ニキアスが淡々と頷く。

「あちらの世界に戻れば、君はただの人間だ。ここでのすべてを忘れて、俳優として成功を収め、世界に愛されて生きていくことができる」

「すべてを忘れて、生きていく……ニキアスのことも？」

「そうだ」

それでいいのかもしれない。この世界に未練を持つほど、長い期間を過ごしたわけでもない。

すべてを忘れて、真宮藍としての人生を取り戻す。そんなことが可能ならば、藍はもとより悠斗にとっても最高の結末だ。だがその未来には、狼の目を持つ半神は存在しない。

「あんたが神子の資格を失うのなら、一緒に戻るのは？　イーサン・ダニエルとしての人生があっちの世界にあるんだから、あんたも」

「それはできない」

躊躇《ちゅうちょ》も見せずに即答する男に、藍は思わず呆《あき》れて笑ってしまう。

「はは……嘘でも『一緒に戻りたい』くらい言えばいいのに」

神子の資格を失ったと言いながら、ニキアスはきっと、最期まで神子として生きることを止《や》めるつもりはないのだろう。そんな男に未練を感じているのは藍のほうだ。

あれほど感じた憎しみはどこにいったのかと、ニキアスに対する急激な心の傾きがいっそう悔しくなる。

すると、ニキアスがうつむく藍の顎《あご》をグイと持ち上げた。目が合った瞬間、藍は息を呑《の》んだ。狼の目が怒りと渇望にギラギラと光っている。

「……私が君と離れて平気だとでも？」

藍は唇を噛んだ。ぐっと目の奥が熱くなる。

「ニキアス、放してくれ」

　もがいて、半神の腕の中から逃れようとする。

「アイ、逃げるな」

「放せよ。これ以上、あんたに気持ちを揺さぶられたくないんだ！」

　ニキアスが瞠目《どうもく》した。そして、藍をかき抱く腕の力をさらに強める。痛いほどの抱擁に、藍は呻《うめ》いた。

「私がどれだけ君といたいと願っても不可能なんだ。おそらく私の神力のすべてを注がなくては、界渡りは起こせない。本当に成功するかどうかも、まだ約束できない」

　いまなんと言ったのかと、藍は目を瞬いた。

「どういうこと？」

「前回は翼を代償に捧《ささ》げた。そこに神々の力添えもあって、界は繋《つな》がった。だが、神々との誓約を果たさなかった私に、もはや神々の助力は望めない。だが、代償として我が肉体に宿る神力のすべてを注げば、あるいは」

　ニキアスの目が炯々《けいけい》と光る。

「待って……待ってくれ！　だからできないって……一緒に戻れないって、まさか、あんたの命を代償にするってことか？」

　ニキアスは頷いた。

「国と、神との約定を裏切った男だ。君のいない世界に生きる意味などない」

「俺のために死ぬって、本気で言ってるのか？」

「愛する者のために、代償を払うのはあたりまえのことだ」

藍は目を見開いた。

「愛するって……」

「そうだ。私はそなたを愛している。言っただろう。私の唯一無二だと」

ニキアスの表情に、悲愴《ひそう》さはまったく窺《うかが》えない。

「ふ……はは、なんだその告白」

藍を愛していると告白したそばから、藍のために死ぬという。この男の愛は壊れている。

「俺に心も身体も健やかに生きてほしいって言ったのに？　あんたは俺のために死ぬって？」

「ああ、そなたの命には価値がある」

「でもあんたの命に価値はないって？　あれだけクロノキアのために血を流しておきながら？　馬鹿を言えよ！」

藍は男の胸をドンドンと殴った。なんと命を軽く扱う世界だ。この世界では、きっと誰も彼もが、いまのニキアスのように、己の命の価値を安く見積もるのだろう。

藍はうつむいて肩を震わせた。

「アイ？」

顎を無理やり持ち上げられる。不思議そうな狼の目。

「なぜ泣いている」

いつの間にか、藍は唇を震わせて嗚咽《おえつ》していた。

神々の力が目に見える世界だ。神が創ったルールに従う人生があることもわかる。だが、それにしても自己犠牲が過ぎる。目の前に愛する者がいるにもかかわらず、自分の幸せのために生きようとどうして思えないのか。

「アイ、私には、そなたがなぜ泣いているのかわからない」

なぜ泣いているのか、だと？　本当に心の機微がわからないにもほどがある。この男の愛し方があまりに愚かで破滅的で、それが悔しくて泣いているのだ。それ以上にニキアスを失いたくなくて泣いているのだ。

ためらいがちに目尻《めじり》を拭《ぬぐ》う指。藍は思わずその指をぎゅっと掴んで、腹の底からこみ上げる衝動をこらえた。

「……俺のために、死ぬなんて二度と言うな」

ニキアスが驚いたように指を引いた。

「アイ？　どうしたのだ」

藍はうんざりとした表情で、いま思っていることを素直に語った。

「俺だって、あんたに生きて幸せになってほしいって思うんだ」

するとニキアスはめずらしく、藍に向かって苛立《いらだ》った表情を浮かべた。

「だから、私の命を代償として捧げなければ界渡りを起こせないと何度言えば……っ」

藍がむぎゅ、と両手でニキアスの唇を塞《ふさ》いだ。

「俺のことを愛しているのなら、なんで一緒にいてくれって言わないんだよ」

『私の唯一無二。そなたの涙ひとつ、流れる血の一滴まで、私は我がものとしたい』と、ニキアスは告白した。これほどの想いをぶつけられて、どうしてこの男を見捨てることができるだろう。

ニキアスの命が失われるくらいなら、もとの世界での未来を捨ててもいい。たとえ悠斗を巻き添えにしても。そんなエゴイスティックな思考が、さきほどからフツフツと生まれては消えて、いい加減自分自身に嫌気が差しているというのに。

「……本気で願ってもよいのか」

「……あんたが死ぬよりマシだよ」

ニキアスの瞳に熱が宿る。

「私の心を知っていながら、無自覚に煽《あお》るなど性の悪いことだ」

「いや、俺だってこれがいまいちどういう感情なんだか……ふ、あ」

半神のあたたかな唇が降ってきた。ピリリと小さな電流が走る。それが官能の引き金になった。すぐに離れた唇が、小さく囁《ささや》く。

「これが、私と一緒にいるということだぞ」

藍は目を瞑《つぶ》って観念した。男の胸に顔を埋める。逞《たくま》しい胸の奥に、力強い鼓動が感じられる。

「あーもう……もう駄目かもしれない」

身体のほうが、先に答えを知っている気がする。

これまで藍の性的指向は異性に向いていた。それなのに、この男の太い腕に抱かれて、腕が回らないほど厚い胸板にぴったりとくっついている状態が、いつの間にか、藍の中ではあたりまえになっている。

「私とこうするのは嫌だったか。怖かったか」

藍は少し考え、そして首を横に振った。なぜ、少しも嫌だと思わないのだろう。

「ならば、口を開け。入れてくれ。私を、君の中に」

藍は優しい命令に屈服して、うっすらと唇を開けた。

唇から半神の熱が遠ざかる。互いに熱い溜息《ためいき》をついて、最後にもう一度ゆっくりと唇を重ねた。

「疲れただろう。目を瞑って眠るといい」

「ええ……子どもみたいに抱っこされて、この姿勢で寝ろって？」

「いいから目を瞑るんだ。いまのうちに休め」

何を言っても無駄なのだろう。当然ニキアスは藍を膝《ひざ》から下ろすつもりはない。藍は諦《あきら》めて脱力すると、もぞもぞと男の膝の上で居心地のいい姿勢を探った。少々硬いのが難だが、それでも不思議としっくりくる。金属的な光沢を帯びた肌が、見た目に反してあたたかいことにはいまだに慣れない。

スポッと脇あたりに頭を収めるとちょうどよい。我ながら本当に子どもみたいだなと苦笑する。蕩《とろ》けるようなまなざしで見守っている半神を、藍はじっと見上げた。頬が親指の腹で撫《な》でられる。

まだ、自分自身の気持ちに、はっきりと確信が持てない。実際に心の中にはいまでも様々な感情が渦巻いていて、答えは混沌《こんとん》の中にあるが、それでも。

「愛している」

心を捧げる簡潔な言葉。この世界の神にも、誰にも、絶対に気づかれない魔法の呪文。

「……うん」

藍はいつしか、ニキアスの想いを素直に受け入れていた。

＊＊＊

目を瞑っているあいだに、いつの間にかうとうとしていた。

ドクン！　と、心臓が激しく鼓動する。その衝撃に藍は全身を震わせ、カッと目を見開いた。

「あっ……あ、あ」

自分に何が起こっているのか、藍にもすぐにわかった。ニキアスは媚薬《びやく》の症状が何度もぶり返すと言った。おそらくそれだ。

肉体の奥底からグツグツとマグマが溢《あふ》れてくる。内臓が燃えるように熱くて、藍は両手で腹を押さえた。

「っ……ニキアス、おろして」

「だめだ。固い岩の上にそなたを寝かせるなど」

また堅苦しい口調に戻っている。が、それを指摘することはできなかった。自分の吐く息がひどく熱い。まるで犬のように喘《あえ》いでいるのが自分でもわかる。

「い、いわのうえでいい……おねがい」

冷たく固い岩肌ならば大歓迎だ。熱く硬い肉体と密着しているほうがむしろきついのだと、どうやったら伝わるのかわからない。

下腹がずくずくと重怠く疼《うず》き、全身の皮膚が服にこすれてつらい。セックスドラッグを使ったことはなかったが、強制的に発情されられるのがこれほど苦しいものだとは思わなかった。

「たのむ……あ、ふ、はだが、ふれてるところが、つらい」

恥をしのんで正直に告げる。痒《かゆ》い。熱い。苦しい。

「アイ」

ニキアスの目が怒りと苦悩で色を失っている。

「あぅ、あ……やめ、さわらないで！」

二の腕に回された腕に力が籠《こ》められた瞬間、藍は熱い息を吐いて喉《のど》を反らせた。

「つらい……ニキアス、つらいんだ……ダメ」

「少しの我慢だ。いますぐ楽にしてやる」

「だめ！　さわるな！」

ニキアスがつらそうに顔を歪《ゆが》めるのがわかる。ニキアスはいったん藍を膝の上から下ろした。藍はそのあいだも煩悶《はんもん》し、芋虫のようにのたうちまわった。

シメオン達が置いていった毛織布を広げると、その上にさらにマントを広げる。即席の寝床に、ニキアスは藍をそっと横たえた。

「やああっ」

それだけで藍は悲鳴を上げて悶《もだ》えた。背筋を思いきり反らせると、いつの間にか硬くなって雫《しずく》をこぼしているペニスが男の腕にこすれる。

「ひぅっ……ひ、あ、あぁぁぁぁっ」

そんなわずかな刺激だけで、藍は蜜《みつ》を放っていた。全身の痙攣《けいれん》が止まらない。ビクッビクッと魚のように身を捩《よじ》った。だが、生贄《いけにえ》のための秘薬の効果がそれで終わるはずがない。放埒《ほうらつ》の余韻に浸ったのは一瞬だった。濡《ぬ》れた花茎がすぐに再び勃《た》ちあがる。

「や、だめ……だめ、あ、あ」

つらすぎて、刺激が欲しくて、服の上から濡れたそこを自ら淫猥《いんわい》にいじった。ニキアスに見られていることがわかっているが、我慢ができなかった。あっという間に二度目の逐情を果たした。

だが、そこはまったく萎《な》える様子を見せない。

「あぅ、あ、あ……なんで、どうして……？」

藍は喘ぎながら頭を振った。こめかみを伝う涙さえピリピリと刺激になる。

「放つだけでは熱は収まらない。脱がせるぞ」

ニキアスが服に手をかけた。

「いや、だめ、ぬがすな……つらい、こすれて……あっ、あっ」

二人きりの薄暗い洞穴に、藍の乱れきった吐息と喘ぎが満ちる。美しい青年の淫《みだ》らなダンスが、衣擦れの音とともに、岩壁に輪郭のあいまいな影を様々に映し出していく。

グルルルと、獰猛《どうもう》な獣の呻きが洞穴に響き渡った。

「アイ……私に触れさせてくれ」

必死で声がしたほうに顔を向けると、藍は目を見開いた。長く伸びた牙《きば》を隠そうと、口元を手で覆い隠す獣がいた。激しく肩を上下させている。隆々とした胸筋が、ふいごのように膨れては萎《しぼ》んだ。

「……ニキアス？」

「このままでは、私がもたぬ。そなたの香気が、グルゥ……どんどん熟れて」

藍は一瞬正気に戻った。そうだ。藍の匂いが神子の理性を奪うのだ。

イエローサファイアの瞳《ひとみ》はいまや金色に輝き、完全に捕食対象として藍を狙っていた。藍は小さな悲鳴を上げて、自由にならない身体で逃げようともがく。

このままでは、文字どおり喰《く》われる。

「どこに行く」

「あうっ！」

ものすごい速さで伸びてきた腕に、ぐっと引き寄せられる。鉤爪が、あっけなく藍の服を引き裂いた。鋭い爪がかすかに肌をかすめる。その刺激さえこらえきれず、藍は大きな悲鳴を上げた。

見せる目的のために適度に鍛えられた美しい筋肉、細く引き締まった胴体が空気に晒《さら》される。白い肌は発情の汗とぬめりを帯びてあやしく輝いていた。ささやかな薄桃色の胸の先も、痛々しいほどツンと尖《とが》りきっている。

熟れきった獲物を完全に組み敷いて、獣は満足そうに口角を上げた。ズルリと舌舐《したな》めずりする。

「……私のものだ」

「ひっ、い、やめ」

ひと回り以上膨れ上がった獣の肉体がのしかかってきた。フーッフーッと、獣の熱い息がかかる。

藍は力の出ない拳《こぶし》で、必死にニキアスの胸を押した。びくともしない。その腕を取られると、獣が指を唇に含んだ。震える指先にねっとりと絡む舌。おぞましくも心地よい感覚に、藍はあえかな悲鳴を上げた。

「ひぅあっ」

味見をするように、ベロリと頬を舐《な》められる。官能の電光が脊髄《せきずい》を走り抜けて、四肢を痺《しび》れさせる。沸騰した頭と身体では、何も考えられない。

こわい。くわれる。きもちいい。こわい、とける、あつい…あつい……

いやいやと首を振るが、獣はおかまいなしに首筋に鼻を突っ込んできた。匂いを嗅《か》いでは、興奮の度合いを増し、さらに荒々しく息を乱す。

「いやだ……にきあす、もういや」

理性を失う一歩手前の獣の吐く息に、藍の鼓膜が犯される。

獣の牙が、ひたりと頸動脈《けいどうみゃく》に触れた。その瞬間、ついに藍の混乱と恐怖、そして官能が決壊した。こらえきれずにポロポロと涙が溢れる。

こんなことで泣きたくない。だが、つらすぎる。全身の神経が灼《や》けてバラバラになりそうな発情が怖い。神子達が藍の匂いで理性を失い、暴力的な興奮を見せることが怖い。それなのに、獣の牙が、舌が、指が、そして吐息がもたらす刺激のすべてが気持ちがいい。それが怖い。

「ニキアス……こわい、ごめん……おれ、あんたがこわい」

自分の涙で、まぶたとこめかみが灼ける。すると、藍の涙を見た半神の顔が歪んだ。

「……そなたを守りたいのに」

獣の本能を持つ半神は、ヒクヒクと嗚咽《おえつ》する獲物の喉の柔らかさに極限まで興奮していた。必死で首を振って理性を取り戻そうとしている。

「だが、本能に抗えない。アイ……そなたを喰らいたい衝動を止められない」

藍は霞《かす》む目で必死にニキアスと視線を合わせた。回らない舌で必死に訴える。

「きらいたくないんだ……たのむから」

このままでは自覚したばかりの恋心が、凶暴な嵐でバラバラに砕けてしまう。

「ウグルァアァッ！」

ニキアスが突如咆哮《ほうこう》を上げた。ガバリと上体を起こすと同時に、ニキアスは鋭く伸びた牙で己の手の甲を容赦なく噛《か》んだ。

「グルルゥゥ」

「ニキアス……？」

藍は呆然《ぼうぜん》とその様子を見上げていた。

「ハ、ウゥ……すまなかった」

藍はクシャリと顔を歪めた。獣の瞳に理性が戻っている。届いた。ニキアスは壊れかけた理性を取り戻して、藍の願いを聞き届けてくれたのだ。

「怖がらせたな……すまない」

血濡れた指が頬に触れる。互いに震えていた。触れた瞬間に、二人はさらにビクビクと震える。

「んっ」

「グゥル……たのむ、そなたに触れることを許してくれ」

「にき、にきあす……でも俺」

男と寝た経験はないが知識はある。男性同士のセックスには入念な準備がいることも、コンドームなしの挿入行為には様々なリスクがあることも知っている。

「絶対にそなたを傷つけない。だから愛させてくれ」

「でも、おれ、お、男とセックスしたことがない」

その瞬間、藍は獰猛に唸ったニキアスの腕に抱き込まれていた。熱く硬い半神の肉体。神経を灼きつくすような強烈な刺激に、藍は悲鳴を上げた。

「あっ……あ、あ」

「頼む……これが最後だ。私の理性が焼き尽くされる前に……許しを」

耳元にかかる荒い息が、嵐のように藍の心を乱す。

「ニキアス……俺は、俺、もう……」

早く、早くと肉体は暴走しかかっているのに、沸騰した頭の中に次々と浮かんでくる不安。しかしその不安も掴《つか》みどころがないまま、肉体の内側から湧き出てくる欲望のマグマに溶けていく。

もう何も考えられない。

潤んだ目で見上げると、ニキアスは興奮に白くなった目を冷たく光らせ、「時間切れだ」と呟《つぶや》いた。

時間切れ。もはや藍に選択肢はない。しかしニキアスは、藍を追いつめながらも、理性の手綱を最後まで放すことなく、藍の許しを待っている。

互いの興奮は最高潮に達している。痛いほど張りつめた互いの昂《たかぶ》りが触れ合う。喉奥を突き上げる興奮に抗えなかった。藍は男に向かって手を伸ばすと、逞《たくま》しい首にすがりついた。


敏感になった全身の肌を、あますところなく指と唇でたどられる。

「なんという柔らかな肌だ」

あらゆる箇所の匂いを嗅いでは恍惚《こうこつ》として舐める。時折牙を立てては、肌の柔らかさを堪能して舌舐めずりする。獣だ。あるいは捧《ささ》げられた獲物を堪能する神。

ニキアスはひととおり藍を味わって理性を取り戻したのだろう。ぶるりと一度胴ぶるいすると、服を脱いだ。金属の光沢を纏《まと》う白い肌があらわになる。恐るべき筋肉の隆起。フレアのごとく輝く金髪。半神の肉体はあまりに雄々しく、神々しかった。

体重をかけないように、慎重にのしかかってくる。藍はゴツゴツと割れた腹筋に下腹を押しつけた。興奮しすぎて腫《は》れたそこがつらい。

「んっ、んっ」

硬い腹に刺激されて気持ちがいい。それなのに上手くイケない。そう訴えると、ニキアスがおもむろに下腹まで顔を下げて、トロトロに濡れたそこを口に含んだ。

「なっ……！」

生あたたかい感触にぬるりと包まれて、藍は悲鳴を上げた。金色の髪を掴んで引き剥《は》がそうとするが、両手首をまとめてニキアスの親指と人差し指で握られれば、ぴくりとも動かせなくなる。

「はなせっ……いや、はなせって！」

「抵抗するな。怪我をする」

藍はついに、泣きながら再び達した。吐き出された蜜をすべて口で受け止めると、甘露のごとく飲み干す。次の瞬間、なぜかニキアスは目を見開いてガバリと身を起こした。

「……ぐ、これは」

ニキアスが突っ伏してひどく悶え苦しみはじめた。

「にきあす……？」

大丈夫かと声をかけたつもりが、ひどく掠《かす》れた声しか出せない。藍はジタジタと悶えた。

半神の肉体の輪郭がユラユラとぼやけはじめた。ニキアスの全身から、まるで太陽のフレアのごとく神気が噴き出している。

「……グゥッ」

「にきあす、にきあす……！」

藍は霞む目を必死に凝らして、うずくまる半神の様子を探る。

（ニキアスの背中……？　なに？）

肩甲骨のあたりに金色の粒子が集まりはじめている。不明瞭《ふめいりょう》な靄《もや》状のそれは渦を巻きながら、徐々に放射状に広がっていく。

「……これがアンブロシアの力か」

ニキアスが顔を上げた。虹彩《こうさい》が真っ白だ。

「にき、あ、な……に？」

ニキアスが再び藍にのしかかってくる。フーッフーッと、獣そのものの荒い息が鼓膜を叩《たた》く。ガブリと首筋に噛みつかれた。鋭い牙がギリギリまで食い込んで痛い。

藍が喘ぐと、今度は唇を捉《とら》えられた。大きな舌が、口腔《こうこう》内のすみずみまで蹂躙《じゅうりん》してくる。

「んっ、ん、ん」

苦しい。気持ちいい。怖い。

口内にどんどん蜜《みつ》が溢《あふ》れてくると、獣は喜んでそれを舐め啜《すす》った。

「失われた神力が戻ってくる。そなたの唾液《だえき》が……蜜が」

次に藍を押さえつけて拓くと、全身を長く大きな舌で舐めはじめた。

「甘い」

胸の小さな尖りも、へその窪《くぼ》みも、様々な体液で濡《ぬ》れた下腹も余すところなく。これは俺の獲物だと言わんばかりに、執拗《しつよう》に舐められ、全身に執着の証を刻まれる。

「そなたはどこまで甘くなるんだ」

「にきあすっ……もうつらい、ほんとうに、つらいから」

鳴いて、泣いて、それでも解放されなかった。

もう何度、熱を吐き出したのかわからない。それなのに藍の雄茎は、いまも可哀想なほど膨れている。ドロドロとした熱も溜《た》まる一方で、一向に発散されない。媚薬《びやく》のせいで興奮が収まらないのだ。

散々藍の熱を貪《むさぼ》っていたニキアスが上体を起こす。その背後に、二筋の白い靄がブワリと広がっているのが見える。ニキアスと藍を覆うそれには、よく見ると葉脈のような筋が見える。透明なそこを光の粒が次々と流れていく。

美しい光の奔流に見惚《みと》れていると、ニキアスが気怠げに微笑んだ。

「私の翼が見えるか」

見える。まるで宗教画の天使だ。

「これがそなたの力だ。神の果実であるそなたを貪るほどに、私の中に力が漲《みなぎ》ってくる」

ニキアスに本来の力が戻る。それは、藍と悠斗があちらの世界に戻る可能性に一歩近づいたということだ。藍はせつなくて顔を歪《ゆが》めた。

「まだ熱が収まらないな」

男の指が、藍の汗ばんだ膚《はだ》をなぞる。

「んっ」

「アイ、これからそなたを抱く」

何をいまさらと、藍はパサパサと首を振った。

「いままでだって……セックス、だろ」

ニキアスが目を細める。

「そうだな。だが、このままでは永遠に苦しむだけだ」

藍の前が再び健気に勃ちあがると、獣は喜々としてそれに喰らいついた。

「あう、や！　そ、そこはいやだ！」

濃厚なフェラチオに頭も性器も限界まで溶かされていると、後ろに男の指が一本、ヌクリと挿入された。媚薬によって神のための供物として仕上げられた肉体は、容易に暴かれる。

「小さくて狭い。処女の証だ。だが濡れて、柔らかく蕩《とろ》けている」

「ばっ……処女って」

ニキアスが指をゆるゆると動かすと、藍は子犬のように甘く鳴いた。前からも白く濁った蜜がトプリと溢れる。半神は愛《いと》おしげにその茎を撫《な》でて、先端を舌であやす。

「ん……んっ、あっあっ」

あっという間に指を増やされた。未通の入口が裂けそうで怖いが、一方で熱い内部を宥《なだ》めるような指の動きが気持ちよくてしかたがない。んくっ、んくっと息を呑《の》んで必死に呼吸を整えようとしても次々と新しい刺激を与えられてしまう。藍は舌を出して、ハァハァと犬のように喘《あえ》いだ。

「い、んっ、やだ、もうつらい……どうにかしてくれ……あっ」

藍はいとも簡単にコロッとひっくり返された。大きな手がドロドロに濡れた下腹に当てられ、くいと持ち上げられる。尻《しり》を突き出すようにされて、背後からぐいと尻朶《しりたぶ》を開かれた。さんざん指にいじめられてほころんだ蕾《つぼみ》が、半神の目前に晒《さら》される。

色の薄い肌だ。普段なら秘められたそこも清純な色をしている。しかしいまは散々男の指で弄《いじ》られたせいで、可哀想なくらい充血していた。ニキアスの息が濡れたそこにかかる。

「ひっ……」

おもむろに、長い舌が太腿《ふともも》から尻までをベロリと舐《な》めた。右、左。そして、尾てい骨の上にキスを落とされた。シビビと鋭い快感が脳髄まで駆け上がる。

「そんなとこっ……うそ、うそ、まっ……あっ、あ、やめろ！」

最後に会陰から蕾までをねっとりと舐め上げられた。

「尻からも蜜が溢れているのがわかるか」

「いや、やめろ！　いやだ！」

逃げようとすると、腰を捕まえて固定された。細い腰は半神が両手で作った輪にすっぽりと収まってしまう。

「私の精を受け止めねば鎮まらない」

「だめ、そんなのむりだよ」

これほど激しいセックスを経験したことがない。女性相手のそれとは比べようもないほど、刺激が強すぎる。抵抗しようにも、半神の巨躯《きょく》に押さえ込まれれば、指一本分とて退《しりぞ》けることができない。

「ひあああっ」

指が挿入され、舌に犯される。藍は憐《あわ》れなほど悲痛な悲鳴を上げた。

またもやいとも簡単にひっくり返されて、藍は仰向《あおむ》けにされた。口づけであやされているうちに、ほころびかけた蕾に硬く熱い何かが押しつけられる。

それがなんなのかわかっているが、怖すぎて直視できない。いや、いやだと必死で首を振った。

「そなたのここはあまりに小さい。まだ完全に奪うことはしない。中に出すだけだ」

グッと脆《もろ》いそこに力がかかる。

「ん――――っ」

「あと少しの我慢だ。アイ……耐えろ」

ニキアスがぐっと眉《まゆ》を寄せる。次の瞬間、わずかに拓かれた狭く細い肉筒に熱い奔流が叩きつけられた。藍は目を見開いて涙を散らした。

強烈な絶頂に押し上げられて、藍はそのまま気を失った。

＊＊＊

ニキアスが洞穴の封印を解いた。すでに太陽は空の頂きを越えて傾きはじめている。

ユーニスとシメオンはあわてて神子の足元に膝《ひざ》をついた。神子の表情はフードの陰になって窺いしれない。

「此度《こたび》の不始末、申し訳のしようもございません」

留守を任されていながら、藍と悠斗を守ることができなかった。しかも人間にとっては劇薬の《神官の指》まで藍に使われてしまったのだ。

「ニキアス様……アイ様はご無事でしょうか」

「私の精を受けたことで、《神官の指》の浸透は、いまは止まっている」

二人は胸を撫で下ろした。エロクアの言葉を聞いていたので、ニキアスが藍を抱くだろうと予想はできた。いまは藍の状態は落ち着いているのだろう。

「だが、あくまで一時的なものにすぎない。一刻でも早くヘスペリデスの泉に浸して解毒せねば、やがて快楽に狂うことになる」

ユーニスは沈鬱《ちんうつ》な表情でうつむいた。

「ユーニス、ニュクスはこれ以上そなたに神託を預けてはいないだろうな」

「はい。ニュクス様からは、ニキアス様にルキニア神とスマラグドゥス神の神託を得ていただくようにと。後はニキアス様にお仕えしてヘスペリデスまで向かうよう言われております」

「誓ってそれだけだな」

「はい」

シメオンが雲に隠れた山頂を指差した。

「ニキアス様。かくなる上は、ヘスペリデスへ向けて、このまま山を越えましょう。アズリティクとヴァリテス、そしてイレクトロンの三国を一気に通過するにはその選択しかありませぬ」

ニキアスが頷《うなず》く。一方、シメオンの提案に焦ったのはユーニスだ。

「シメオン。急ぐのはわかります。ですが、この山を越えるのは並大抵のことではありません。はたして只人《ただびと》であるアイ様とユウト様の体力がもつか」

「時間がない。アイは私が、ユウトはセルジオスが抱えていく」

ニキアスの決意はゆらがない。ユーニスは不安げに山頂を見上げた。晴れていても山頂付近だけは雲に覆われている。時折稲光が走る様子がはるか遠くに見える。

「ニキアス様、どうか私にアイ様のご様子を診させてくださいませ」

ユーニスが洞穴に入ろうとすると、ニキアスが制した。

「入るな」

「ですが……アイ様のご体調が心配です。私に診させていただけないでしょうか」

「駄目だ。許さぬ」

ユーニスは目を瞬いた。背後のシメオンにさっと視線を送る。シメオンも眉を顰《ひそ》めていた。

「ところで、ユウトとセルジオスの姿が見えないが」

「いまはセルジオスが気分転換に連れ出しております」

「ユウトに怪我はなかったか」

ユーニスは頷いた。

「ひどいお怪我はございませんでした。お眠りになっているあいだに治癒もすませております。目覚めてからは、ひどく不安がっておられました。アイ様に会いたがっておられるのだと思います」

ニキアスがわかったと頷いた。

「夕方までは洞穴には誰も入るな。ユウトもだ」

ユーニスとシメオンは再び素早く視線を交わした。ニキアスの様子に二人とも違和感を感じていた。

「それでは、水と食事をご用意いたします」

シメオンが干し肉とパン、そしてブドウの房を用意して手渡す。ニキアスはそれらを受け取ると、再び洞穴に結界を張るように命じて閉じこもった。


「ニキアス様のあのご様子……シメオンはどう思いますか」

「わからぬ。わからぬが、獣の神としての本能が常になく荒ぶっておられるように感じる」

「シメオン……もしやニキアス様は、アイ様を生涯の伴侶《はんりょ》と思い定められたのではないでしょうか」

ニキアスがあの細く芳しい異国の青年を抱いたのは明白だ。神も半神も気に入った人間と交わることなどよくある。そんなことは、通常の半神ならばたいした問題ではない。ほとんどの神とその神子は多情で多産だ。

しかし、クロノキア神だけは違う。大地と獣の神。狼を化身とする神は、そのときどきでつがいと定めた相手を唯一無二として愛する。ニキアスはそのクロノキア神の息子だ。

本能がむきだしになったようなあの振る舞い。神官のユーニスでさえ敵と認識して、己の『雌』に傍に近寄ることを拒んでいた。つがいを誰にも見せたくないと巣穴にしまいこむ狼そのものだ。

ユーニスは沈鬱な表情を浮かべた。

「アイ様は、いずれ必ず神々の庭に……あるべき場所にお返ししなくてはならない方です」

「そのとおりだ。ニキアス様もわかっておられるだろうに」

ほどなくして、セルジオスがユウトを抱えて戻ってきた。

ユウトは暗い表情でうつむいている。セルジオスも苦々しい表情を浮かべている。それでもセルジオスは、この上もなく丁寧にユウトを下ろした。ユウトはさっとセルジオスから距離を取った。

「ユウト様をどこへお連れしていたんですか」

「用足しをしたそうだったからな。その後で川に連れていったら、手や顔を洗っていたぞ」

「ユウト様の言葉がわかるのですか？」

わかるわけがないだろうと、セルジオスはあっさりと首を振る。

「まったく。この人間が可愛らしいのは、見た目だけだ」

言葉も通じない二人だ。おそらく何らかの衝突があったのだろう。

「だから二人で遠方へ？　無用心だぞ。しかも用足しなど、神殿兵士ならば神術で処置して差し上げられるだろうに」

シメオンが注意をすると、セルジオスは肩をすくめた。

「そうもいかん。以前、ニキアス様に命じられてアイ様に説明なく術を施したところ、アイ様がかなり動揺されて、激しくお怒りになられたことがある」

「なぜだ？」

「かの世界には、我々のような神術は存在しないそうだ。ただでさえあんな目にあった後だ。いまはアイ様もいない。言葉が通じない我々が、これ以上、この子の感情を刺激すれば信頼を失う」

セルジオスの言うとおりだ。悠斗に敵だと思われて、衝動的に逃走されては困る。

狼の血族である神殿兵士は神子に命じられたとおりに、悠斗を気にかけている。いまもシメオン達と会話しながらも、悠斗を目の端で常に追いかけて、さりげなく手を伸ばせる距離を保っている。

言葉が通じないことを覚悟して、ユーニスは悠斗に近づいた。悠斗の目にははっきりと警戒の色が浮かぶ。ユーニスは努めて笑みを浮かべた。

「ユウト様、少しでも食事をいたしましょう」

そう言ってお腹を押さえて、両手を合わせる。ルキニアで食事後に藍と悠斗が見せた仕草だ。

『なに？　ありがとうってこと？　どういう意味？』

「何をおっしゃっているのかわかりません。シメオン、申し訳ないが、ブドウはまだあるでしょうか」

シメオンが頷いて、布に包んでいたブドウとパンを持ってきて悠斗に見せる。

「お腹は空《す》いておりませんか？　ブドウですよ」

ユーニスはもう一度、腹を押さえ、その後で両手を合わせた。悠斗が困ったように眉を下げる。

『ああ、俺達が「ごちそうさま」ってやったから、その仕草……あんた、いい人だよね』

しかし、悠斗は拒絶するように片手を突き出して振った。ユーニス達の眉が曇る。

悠斗の表情は暗い。いまは、彼の言葉がわかる藍もニキアスも洞穴に閉じこもっているのだ。どう彼の気鬱《きうつ》を晴らしてよいのかが、ユーニス達にはわからなかった。

『食欲がないからいいよ。ごめんなさい。それより俺、藍さんに会いたいんだ。藍さんはあそこの洞《どう》窟《くつ》にいるの？　藍さん、わかる？　どこ？』

「アイ」という音を聞きとがめて、ユーニスが緊張の表情を浮かべ、ちらりと洞穴を見た。

悠斗はそれでわかったとばかりに、藍とニキアスが籠《こ》もっている洞穴に向かう。シメオンがあわてて悠斗の前に立《た》ち塞《ふさ》がった。

「ユウト様、いまはアイ様にはお会いできません」

『ごめん……何を言ってるかわかんない。あんな目にあった後で、藍さんが無事なのか、ただたしかめたいんだって』

悠斗がシメオンを押しのけようとする。シメオンはあわてた。常人ならざる膂力《りょりょく》を誇る神殿兵士のシメオンにとって、藍より小柄な悠斗は迂闊《うかつ》に手を出せない。

『そこを通せよ』

悠斗がぐっと拳《こぶし》を握る。と、セルジオスがその拳を握り込んで、背後から拘束した。

「ユウト様、いまは無理だ」

『さわるな！　俺達はあの男達にレイプまがいの暴力を受けて、藍さんなんか殴られて、変な薬を飲まされたんだぞ！　無事くらいたしかめさせろ！』

悠斗が激しく暴れるが、セルジオスは器用に抵抗を封じこめた。シメオンがホッと胸を撫《な》で下ろす。

「セルジオス、助かった」

「いや。だが、アイ様とニキアス様はいまだに洞穴から出てこないのか」

シメオンとユーニスの表情が曇る。セルジオスは頷いた。

「あとで説明しろ……なあ、ユウト様。頼むから落ち着いてくれ」

セルジオスはさらに悠斗を抱き込んで、耳元で語りかける。

「大丈夫だ。アイ様は無事だ。いまはニキアス様に守られている。大丈夫……大丈夫だ」

言葉が通じなくても思いは伝わるだろうと、セルジオスは何度も「大丈夫」と繰り返す。悠斗は全力でもがいていたが、どうやってもセルジオスの拘束から逃れられないことがわかると、やがて脱力し、唇を噛《か》んでうつむいた。

すかさずユーニスが悠斗の前に膝をついて、両手を祈りのかたちに組んだ。

「ユウト様、ご辛抱を。夕方にはお二人が出てくるはずです」

笑顔で洞穴を指差し、両手を合わせては再び笑顔をつくる。悠斗は息を吐いた。

『わかんね……藍さんは大丈夫ってこと？』

悠斗が完全に脱力したと判断して、セルジオスが拘束を解く。不安げなまなざしで見上げてくる悠斗に、セルジオスは大丈夫だと頷く。

『……わかった。ここで自棄《やけ》になって迷惑かけるほど子どもじゃない。大人しくしてるよ』

そこから、悠斗は再び殻に閉じこもった。


すっかり気鬱に陥った悠斗を慰めようと、ユーニスがつきっきりで世話を焼いた。地面にぶ厚い布を敷いたそこに誘導すると、向かいに座って食事を差し出す。

そのうちに、悠斗があれこれと指を差して首を傾げる。しばらくして、悠斗がものの名前を質問しているのだと理解したユーニスが、喜んで言葉を教えはじめた。

二人の様子を横目にしながら、シメオンがさきほどのニキアスの様子をセルジオスに説明する。ひととおり聞いた後で、セルジオスはその獰猛《どうもう》な顔をさらに猛々しく歪《ゆが》めた。

「ニキアス様につがいができるのは重畳だが、よりにもよってアンブロシアの化身とは」

「閨《ねや》をともにした後であの様子ならば、おそらく。狼であるおまえならば、私以上にニキアス様の心情を理解できるだろう」

セルジオスも青灰色の狼の目を持つ。

「もしニキアス様が、本当にアイ様をつがいとして見定められたのならば、クロノキアのさだめはどう転がっていくんだろうな」

セルジオスの呟《つぶや》きに、シメオンは答えなかった。不安を覚えているのはみな一緒だ。

「セルジオス、このままニキアス様がヘロスマキアを起こせば、はたしてどうなると思う」

「なんだ、急に。それこそがニキアス様と我らの悲願ではないか」

ヘロスマキアの場であれば、神子は神々に直接訴えを起こすことができる。神々は真実をそこで明かす必要がある。それこそが狙いだ。

しかし、シメオンの表情には、いまやはっきりと憂いが浮かんでいる。

「我々にとってはな」

「どういう意味だ、シメオン。まだるっこしい会話は好かん。はっきりと言え」

「私は天馬の一族だ。ヘスペリデスの乙女達が歌う祝詞を聞いたことがある。英雄とアンブロシアを讃《たた》える歌だ」

想定外の答えに、セルジオスが目を見開く。

「その一節に《神子のうち最も勇なる者が英雄と成り、神庭の果実を戦果と成す》という詞がある……わかるか？　本来、アンブロシアは英雄のための果実なんだ」

セルジオスはついにシメオンが言いたいことを理解した。

「ヘロスマキアを起こしたところで、万が一にも他国の神子が勝利した暁には、アイ様はその英雄となった神子のものになるさだめということか」

「そうだ」

神の果実アンブロシアは、英雄のための果実。その果実を不可抗力とはいえニキアスは抱き、そして愛するようになった。万が一ヘロスマキアでニキアスが敗北すれば、ニキアスはつがいと定めた唯一無二を、目の前で他の神子に奪われるということだ。

「勝てる見込みなどない。いまやクロノキアの大地の力は涸《か》れ、ニキアス様の神力もいまだに回復してないんだぞ！」

「そうだ。ニキアス様は本来の力を失って久しい。さらにオルコスの代償で翼も失った。とうてい上位の国の神子らには敵うまい……それ以前に、今回のことでアンブロシアを汚したと神々の怒りを買う可能性さえある」

「はぁ、なんだと？　アイ様の熱を鎮めたことでか？　アイ様は《神官の指》を使われたんだぞ！」

セルジオスは激昂《げきこう》した。

「《神官の指》を飲んだ人間を放置すれば、確実に死ぬ。アイ様を救うためには、絶対に必要な奉仕ではないか！」

「無論だ。だが、神々がそう判断してくださるかはわからない。なにせ人の姿を取った果実など、ウラヌンティウムでも前代未聞の出来事だ。英雄のための果実を、資格のない者が貪《むさぼ》ったことになるやもしれぬ」

二人は同時に洞穴を見た。藍とニキアスが出てくる気配はない。

「たとえ神々から罰せられたとしても、アイ様がニキアス様の想いを受け止めてくだされば、ニキアス様はそれだけで報われる」

セルジオスが呟くと、シメオンが眉《まゆ》を顰《ひそ》めた。

「そんな単純な問題ではないだろう」

「そうだな。だが、相愛のつがいに命を賭《か》けることができれば、少なくとも悔いは残らぬ」

「その先に待つのが、ニキアス様ご自身の……そして、我が国の滅びの道だとしてもか」

セルジオスが頷《うなず》く。

「それが狼の愛だ」

＊＊＊

薄暗い洞窟の最奥で、藍はままならない自身の肉体を持て余していた。信じられないほど全身が重怠い。

ニキアスが戻ってきた。洞穴の天井に頭が届きそうだ。マントを脱ぐと、洞穴の中を光の粒が舞った。金属の光沢を帯びた肌。太陽のフレアのごとき黄金の髪。光り輝く半神を前にして、藍は目を眇《すが》める。

その肌がひどく熱かったことを思い出して、藍はカッと頬を染めた。

「体調はどうだ」

なぜニキアスは平然としているのだろう。こちらはどういう顔をしていいのか、さっぱりわからないというのに。なるべく平静を装うしかないと、藍はぎこちない表情のまま男を見上げた。

「……あちこちが痛いし、怠い」

結果、ムスッとした顔でニキアスを睨《にら》む。

「その様子ならば、媚薬《びやく》の効果は治まっているな」

ニキアスはかまわず藍の両脇に手を入れて抱き起こした。藍は苦痛に呻《うめ》いた。傷を負ったわけではないが、激しい情交のせいか、とにかく全身のあらゆる箇所が悲鳴を上げている。ひどい筋肉痛の症状に近い。

「素直に寄りかかるといい」

うぅぅと呻く藍を、ニキアスは背後から抱き込むようにして、胸に凭《もた》れさせてくれる。どこもかしこも力が入らないせいで、されるままになるしかない。情けないが、完全に介護状態だ。

水の入った革袋が口元に押し当てられる。水の匂いを嗅《か》ぎとった途端に、強烈な喉《のど》の渇きを覚えた。

「ほら、喉が渇いているだろう」

「ん」

ぶすくれた顔のままだが、水はありがたく受け入れた。藍が満足するまで、ニキアスは辛抱強く水袋を傾けてくれる。

「もう充分……ありがとう」

「アイ、さきほどからなぜそんなに不機嫌なのだ」

藍はうっと声を詰まらせた。

「不機嫌なわけじゃない」

「なら、私の目を見ろ」

クイと背後から顎《あご》を持ち上げられた。金色のウルフアイに捉《とら》われる。

「美しい瞳《ひとみ》だ。緑の森、豊かな大地、そして空が見える。なんとも形容しがたい地球の色だな」

藍はたまらず目を逸らした。やはり自分は日本人なのだ。セックスした翌日に、その相手に歯の浮くような賛辞を送られるのは、ひどく気恥ずかしい。だが、シャイな日本人の気質など、半神はまったく考慮しない。

「そなたの最奥を無理やり拓いたことを、怒っているのか」

「ひらっ……言い方！」

「ではなんと言えばいいのだ。そなたは男とセックスするのも初めてならば、アナルセックスも初めてだったのだろう。ヴァージンの蕾《つぼみ》を拓いて私の精を注いだのだ。そなたが混乱するのも無理は」

「やめてくれ！　それ以上、生々しいことを言うな！」

あまりにあけすけな発言に藍は叫んだ。

「さっきのことは……俺が薬のせいでぶっ飛んでいたから、あれは治療なんだろう？」

「たしかに治療が必要だった。あの劇薬を鎮めるためには、男の精をその身体に注ぐ必要があった」

最悪だ。『治療』であれだけ翻弄《ほんろう》されたのかと、藍は今朝のことを思い出して顔を歪める。自分で言い出しておきながら、『治療』と断言されるのも、なんとなくむかついた。

「だったら……っ」

ニキアスが微笑んで藍の頬を愛おしげに撫でる。狼の目に魅入られ、藍はその先の言葉を失った。

「愛するそなたが乱れる姿に、私の理性が飛んだ」

藍は目を覆った。たった一日で、どうしてここまで甘い関係になってしまったのだろう。一生恨むと、あれほど憎んでいた相手なのに。

「最後まで何をされるかわかっていなかっただろう。怖がっていたな」

「怖がってたって……何をされるかくらいはわかってたよ」

藍の頬が羞恥《しゅうち》と屈辱に歪む。二十五歳の男として、初心《うぶ》な処女のように扱われるのが、とにかくいたたまれないのだ。

「たしかに、あんたも理性がぶっ飛んでいたけど、でも、最後は俺の意思を確認してくれたし」

ニキアスが昨夜のことを無理やりだと思っているのなら、それだけは否定しなくてはいけない。すると、ニキアスが小さく喉を鳴らした。

「あれは合意の上だったと言いたいのか？」

再びムッツリとしながらも、藍は素直に認めて頷いた。完全に「合意」だったかと言われるとそうではないかもしれない。誰彼かまわず、すぐに関係を持つような軽い人間だと思われたくない。だが、ニキアスと、そうなってもいいと思ったことも事実だ。媚薬に侵されてめちゃくちゃになっていた頭でも、ちゃんと自分で選んだ結果だと断言できる。

「そなたも、私と交わることを求めてくれていたと？」

「だからその言い方……そうだよ」

認めながらも、羞恥に耐えかねて藍は目を逸らした。首筋まで真っ赤に染まっているのが、自分でもわかる。色素の薄い肌は、感情の変化を隠せない。

一方のニキアスは、無表情だが喜んでいるのがわかる。

半神のわずかな心情の揺らぎが格段に読みとれるようになったのだから、やはり情を交わす効果があるのだろう。舌を絡め、汗と体液を潤滑油にしながら、敏感な肌をゼロ距離まで近づける、そんな濃密な交わりのおかげで、心よりも先に肉体が、ニキアスの発する感情をキャッチするようになってしまった。

「アイ？」

熱を持った頬を、ニキアスの太い親指が撫《な》でる。そこからピリピリと小さな刺激が走る。そういえば、出会ったときからずっと、この男に感電していた。

ニキアスが囁《ささや》く。

「そなたの肌が、どれほど芳しく甘かったことか。そなたの蜜《みつ》は、何度飲んでもいっそう渇きを覚えるほどの甘露だ」

「甘露……の、飲んで……って、なにを」

古風で典雅な口調のくせに、発言の内容は、さっきから生々しくあけすけだ。

「そなたの処女地に種を蒔《ま》く権利を得たことを、私がどれほどうれしく思ったかわかるか。そこは狭いが熱く潤んで」

「も、もうストップ！　っ……いって」

生々しい言葉に耐えられずに身を捩《よじ》った途端に、全身を貫く痛みに呻く。ニキアスがクイと、背後から顎を持ち上げた。完璧《かんぺき》な美貌《びぼう》が間近に迫る。

「な？　ニ、ニキアス？」

「口を開け」

顎を押さえる指が、先に割った。無防備に拓いたそこを、すぐさま唇で覆われる。

「え？　あ、んぅ！」

ニキアスの大きな舌が侵入してくる。ドクン！　と、藍の心臓が激しく鼓動した。ニキアスが笑ったのがわかった。

「んっ……あ、あ」

どちらのものかわからない唾液《だえき》が口内にどんどん溜《た》まっていく。このままでは溺《おぼ》れてしまう。

藍はしかたなく、コクリと溜まった蜜を飲んだ。男の唾液を飲んでも、まったく嫌悪感が湧かない。

そのことに、藍は内心で衝撃を受けていた。ニキアスがまた含み笑うのがむかつく。

しばらくして、ニキアスが唇をほどく。

「あっ……はぁ、う、けほっ」

藍は必死で空気を貪った。飲み込めなくて溢《あふ》れた蜜を、ニキアスが舐《な》めとる。動物のグルーミングのようなその仕草が恥ずかしくて、藍はあわてて押しのけると、手の甲で口元を隠した。

「な、なんでいきなりキスするんだ！」

「どうだ。まだ苦しいか」

「え？」

くしゃくしゃに寝乱れた髪を撫でる手が、首筋を愛撫《あいぶ》する。藍はあることに気がついて、ハッとニキアスの顔を見上げた。

「何かした？　もしかして……治してくれたのか？」

「ああ。あまり治癒は得意ではないが、回復したのならよかった」

「得意じゃないどころか」

指一本動かすのもつらかったのに、怠さと痛みが一瞬で消えた。

「神子の治癒の力は、人間には強すぎるのだ。本来ならば神官の仕事だ。神殿兵士も多少は使える」

「ああ、だから、ユーニスさんが」

そう言えばユーニスがこれまで呪文を唱えて、あれこれ魔法じみたことをしていたことを思い出す。

「ユーニスがそなたを治癒すると申し出たが、断った」

「どうして？」

ニキアスが片目を細める。

「どうして？　私の腕の中で散々乱れた後の、しどけないそなたの姿を他の男に見せて、なぜ私が平静でいられると思うんだ」

藍の頬が赤らむ。羞恥のあまりニキアスの腕をはねのけようとするが、もちろん腕力では敵わない。

「そういうリップサービスは、別にいらないって」

「リップサービス？　どういう意味だ」

「だから……ピロートークみたいな」

「ピロートークか、そうか」

ニキアスはくっくと笑った。

「そなたはどこまでも、私を人間として扱うのだな」

藍は首を傾げた。実際のところ、獣の神を父に持つ半神のつがいに対する執着がどれほどのものなのか、藍はまったくわかっていなかった。

「アイ、そなたがいまどんな顔をしているのかわかっているか」

藍は再びむっつりと眉を顰めた。

「顔も洗ってないし、髪もぐしゃぐしゃだろ。ひどいツラをしているのはわかってるよ」

「魅惑的な蕩《とろ》けた顔をしているという意味だ。自分が美しいことは自覚しているだろう？」

「嫌味か？　あんたみたいな男を前にして、俺ごときが？」

出会ったときに衝撃を受けた、ニキアスの完璧な男性美。まさに神のごとき美しさを体現するニキアスを前にして、藍の芸能人としてのささやかな自信はすでに木っ端みじんだ。

それなりに容姿が整っていることは自覚している。高い身長と伸びやかな骨格はモデルのようだと、記事やSNSで賞賛されることもあった。

一方で、男性的な魅力に乏しいことも自覚している。それが役柄の幅が出ない原因で、最近の悩みの根源だったからだ。

ニキアスは再び「愚かな」と、藍の無自覚を鼻で笑った。

「神子や神殿兵士達を、これでもかと惑わせているのに」

藍は眦《まなじり》を吊《つ》り上《あ》げた。それではまるで、藍が意識的に神子達を誘惑しているようではないか。

「怒るな。そなたが自覚しようがしまいが、そなたは神と半神、そして眷属《けんぞく》達にとって、たまらぬ魅力を備えているのだから」

藍は真顔になった。

「あんた達を惹《ひ》きつける特別な魅力っていうのは、やっぱり、俺がアンブロシアだから？」

「そうだ。私達は無自覚ながら、自然とその神力を求めてしまうのだ。そなたの体液には、膨大な神力が備わっている。明け方にそなたの蜜を啜《すす》ったときに、私の翼の片鱗《へんりん》が復活したことを覚えているか」

もちろん覚えている。ニキアスの背中から、放射状に伸びた光の羽。膨大な光の粒が、輪郭のあいまいな羽の先端からキラキラと空気に溶け、黄金の雨となって藍の上に降り注いだ。

あれが、藍の体液を摂取した効果なのだとしたら。

「自覚しているか？　ここに来てから、そなたは大人びて、さらに美しくなった。そなたはおそらく、かの世界で成熟を止めていた。本来あるべき世界に戻ったせいで、熟れはじめている」

藍は目を見開いた。年齢のわりに異様なほどの少年っぽさが抜けなかったのは、もしかしたらそのせいなのかもしれない。何より意識が前と変わった。藍と世界を隔絶する透明な膜が、いつの間にかすっかり取り払われたような気がする。

「香気もさらに芳しくなった。いまもそなたを抱きしめているだけで、私の下腹は疼《うず》いてやまない。ほら、私の昂《たかぶ》りがわかるか」

そう言って、ニキアスは兆した欲望を押しつけてきた。

「え、あっ……え、うそだろ」

記憶があいまいだが、惑乱のうちにチラ見したニキアスの陰茎は、かつて見たことがないサイズだった。大きな熱源が、尻《しり》の谷間に熱く押し当てられている。藍はその生々しさに身悶《みもだ》えした。

「そんなもんを押しつけるな！」

こんなことが、自分の人生で起こるとは思っていなかった。異性愛者だった自分が、男の股間《こかん》の昂りを押しつけられて、嫌悪を抱かないどころか、むしろ興奮を覚えるなんて。

「アンブロシアとして、神の血脈を惹きつける性質と、人としての性質が合わさって、そなたはまさに唯一無二の存在なのだ」

ニキアスは鼻先で、藍のうなじをくすぐる。

「そなたが私のつがいだ。アイ……愛している」

「つがい……？　ひあっ」

服の狭間からもぐりこんできた指が、きゅっと小さな乳首を摘む。いつの間に、と、藍は目を見開いた。

「な、あっ、うそだろ、うそ」

もう片方の手も、胸をまさぐりはじめる。健気に主張する尖《とが》りをクリクリと弄る。突然の性的な刺激に、藍は身悶えした。触れるそばから、静電気がピリピリと性感を炙《あぶ》る。

「な、んでいきなり発情して……さっき、あんなにやったのに」

「美しい瞳はいまだ欲望に蕩けて、どこもかしこもなめらかな肌が、こうして……薄赤く染まり、洞穴の中にはいまだに私を酩酊《めいてい》させる芳香が充満している」

ニキアスが耳朶《みみたぶ》を甘く噛《か》んだ。藍は後頭部を半神の胸に押しつけて衝撃をこらえる。

「ニキアス……やめ……あうっ」

どれほどもがいても逃げられない。無理だ。昨夜からの展開が早すぎて、心はいまだにまったく追いつけていないのに。繊細で複雑な人間の心情に少しも配慮することなく、神子は欲望のままに愛しい人間の肉体を貪《むさぼ》りはじめる。

「どうしてこんな……」

もともと半神は多淫で多情だ。三日三晩性交を続けられる無尽蔵の体力を持つ。とはいえ、他の神子に比べれば禁欲的な獣の神の神子の欲望の箍《たが》が、たったいま外れた。しかし、この世界の常識を知る由もない藍に、それがわかるはずもなかった。

「神々がそなたを取り戻したかった理由がわかる。まさに禁忌の果実だ」

ゆっくりとぶ厚い布の上に寝かされる。覆いかぶさってくる逞《たくま》しい肉体に、藍は震えた。狼のイエローサファイアの虹彩《こうさい》が、ほぼ真っ白になっている。

半神の男の手によって、白く引き締まった太腿《ふともも》が押し広げられる。そこに半神がのっそりとのしかかってきた。

「媚薬《びやく》に侵されていないそなたを、再び私のものにしたい……アイ、許しを」

喰《く》われる恐怖に、藍の心臓が激しく鼓動する。同時に、官能の予感に身体の奥底で、何かがとろりと蕩けるのがわかった。藍の目が期待にぬるりと潤む。

全身からブワリと湧き立つ芳香が、藍の理性を先に裏切る。藍自身は気づいていない。だが、ニキアスは過《あやま》たずそのサインを受け取った。

「いい子だ。匂いで雄を誘うとは、健気なことだ」

「いい子って……あんた、いったい俺をいくつだと思って」

「二十五歳だったか。私とそう年は変わらないだろうと嘯《うそぶ》いたな」

藍は顔を赤らめる。出会ったその日のことだ。いつも若く見られることがいやでいやで、初対面のイーサンにまで少年扱いされたことが悔しくて。三十歳も二十五歳もそう年齢差はないと主張した。

結局、年の差はおよそ何歳なのか。

藍の考えていることがわかったのだろう。

「私からすれば、そなたも幼子もさほど変わりない」

「だからって……イーサンだったあんたとはそれほど……っ、あ、あ、うそ」

男の指が一本、ゆっくりと後ろの蕾《つぼみ》に潜り込んでくる。くちゅりと濡《ぬ》れた音が響いて、ニキアスが笑う。藍は顔を真っ赤に染めた。あまりにも正直な肉体の反応がいたたまれない。

ニキアスの指は一本でも充分に太く、長い。存在感がありすぎるそれを食《は》まされて、男の指に穿《ほじく》られているのだと、恥ずかしいほど実感する。

「あんたは、あ、あっ、おさなごに、こ、んなことをするのか！」

「私とそう年は変わらないのだろう？」

「詭弁《きべん》……んああっ」

近づいてくる双眸《そうぼう》の輝きに見入られる。太陽のフレアのような金髪が逞しい肩からこぼれ落ちた。

光の滝が、藍を世界のすべてから隔離した。

「アイ……私のつがい。私の半身」

飛ばされる。生まれた場所からはるか遠いこの世界からも、さらに遠くへと。

藍はなす術もなく、再び半神に貪り尽くされた。

＊＊＊

もうやめてほしいと、涙を流して訴えるまで、半神にさんざん貪られた。

その後は丁重に肌を清められ、再び治癒を施された。おかげで傷どころかセックスの疲労もすっかり回復している。ただし、メンタルだけは羞恥《しゅうち》と困惑に疲れきっていたが。

挿入こそなくても、さきほどのそれは完全にセックスだった。きっかけは薬のせいとはいえ、こんなにあっけなく同性と二度目の経験をするなんて。愛情に満ちた濃密な愛撫を受けて、抵抗せず気持ちよくなってしまった自分に、藍の心はさらに混乱気味だ。

水を飲まされた後で、用意された粥《かゆ》を少しだけ啜り、果物を摘んで空腹を満たす。

「これから山越えだ」

「……そうだった」

藍は己の全身を見下ろした。こんな薄着で、山越えなんてできるのだろうか。

膝丈《ひざたけ》のチュニックのような服は、あちこち肌がむきだしで、かなり無防備だ。足元にいたっては防寒能力ゼロのサンダルである。

これから登る山がどれほど険しいのかわからないが、どう考えても登山には相応《ふさわ》しくない格好だ。

「問題ない。私が抱えて歩く。そなたが自ら歩くことはないのだから」

それを聞いて、藍はまたかと肩を落とした。

これまでずっとニキアスに抱えられている。アンブロシアの香気のせいで居場所がバレないように、マントに包まれていなくてはいけないという事情もわかるのだが、成人男性としてあまりに情けない状況が続いているのだ。

「このままだと足が萎《な》える。同じようなマントは、どこかで手に入らない？」

「すぐには無理だ。このマントにかかっている神力を封じる封呪は、我が国の大神官ニュクスが寿命を削って施したものだ。同じものをすぐに用意しろと言うのは、彼に死ねと命じるに等しい」

「……わかった。もういい」

無邪気に質問したら、とんでもなく重い答えが返ってきた。誰かの命を削ってまで自力で歩きたいとは思わない。

　つまらない自尊心は捨てて開き直ろうと、藍は主張を引っ込めた。


　洞穴の出口で、すがるような目でこちらを見つめる悠斗を見つけた。

「悠斗くん！」

「藍さん！　うわーん！　元気そうでよかったよぉ！」

　大声を上げて、互いに即座にかけよろうとしたところを、藍はニキアスに、悠斗はセルジオスに捕まえられる。

「放してくれ！」

「駄目だ。マントもなしに外に出るなど。それに、他の男を必要以上に近づけるな」

「他の男って……悠斗くんだぞ？　正気か？」

　ニキアスがはるか頭上から不機嫌そうに睨みつけくる。

「ユウトはそなたに好意を持っている」

「……は？」

　藍は唖然《あぜん》とした。まさか、嫉妬《しっと》なのだろうか。それにしても悠斗を近づけるなというのは、理不尽が過ぎる。

「そういう意味での好意じゃないってことは、見ていたらわかるだろう」

「そなたは私のつがいとなった」

「つがい……」

そういえば、さっきなしくずし的に二度目がはじまったときにも、「私のつがい」と言われた記憶がある。

「つがいって、具体的にどういう意味？」

ニキアスは無表情だが、静かに怒っている。

「私は獣の神の神子。獣の神子の伴侶《はんりょ》は生涯ただ一人。つまりそなただ」

「伴侶……は？　伴侶!?」

藍は、自分の意思でニキアスと関係を持った。己の心に従ったのだ。しかしこの関係に適切な名前をつけることは、おそらく一生できないと思っていた。

ニキアスはおそらく数百歳を超える半神で、藍自身に自覚はないが、自分は神の果実の化身だという。設定が特殊すぎるし、藍のほうにはいまだに心情的にわだかまりもある。少なくとも、「恋人」という甘い関係には絶対にならないだろうと思っていた。

ところがセックスしたその日に、ニキアスの中で藍はまさかの「伴侶」となっていた。あらゆる段階を一気に飛び越えすぎだ。

すると、不機嫌なオーラを纏《まと》うニキアスに抱き上げられる。

「うわっ、ちょ、みんなの前で、何を」

「アイ、私のつがいとなることに不満があるのか？」

藍は必死で肩に手を突っ張りながら、背後を振り返った。全員が何事かと目を丸くしてこちらを見ている。いたたまれない。

「ニキアス、とにかくいまは下ろしてくれ。また落ち着いたらちゃんと話し合おう」

「駄目だ。いま答えろ。わかっていなければ、もう一度そなたに思い知らせねばならない」

「思い知らせる」その不穏な発言に、藍は青ざめた。さきほどさんざん思い知らされたばかりだ。

ニキアスは藍を抱き上げたまま、いまにも洞穴の奥に引き返そうとしている。

「わかった！　わかったから、頼むから落ち着いてくれ」

「私は落ち着いている」

どこがだよばかやろう！　と藍は内心で喚いたが、ここはどちらかが折れるしかない。藍は腹をくくった。

「ニキアス。前も言ったよな。この世界の常識が俺にはわからないって。あんたが俺のことを、生涯唯一のつがいと思ってくれるのなら、それは、うれしいような気もする」

「ならばいいだろう」

「そんなに簡単なことじゃない。たった一日で生涯の伴侶を決めるあんたの感覚が、正直に言えば、俺にはよくわからないんだ」

ニキアスが不思議そうに首を傾げた。なぜわからないのかと言わんばかりだ。それはまさに獣の仕草で、ああ、やはりこの半神は人間とは違う生き物なのだと、前途多難な恋に藍は溜息《ためいき》をついた。

「あんたのことは嫌いじゃない。でも、まだ俺の中にはあんたを恨んでいる気持ちも、あちらの世界の未練もたっぷりある。この世界に対する不安も……それはわかってくれるだろう？」

「……」

「この関係に名前をつけるのは、俺にとっては簡単なことじゃない。だから二人の関係も、お互いに妥協できるペースで進めたい。いまは、あんたに心が傾きかけている……それじゃあだめか？」

獣が喉《のど》奥で獰猛《どうもう》に呻《うめ》いた。藍がびくりと怯《おび》えると、ニキアスは即座に威嚇を解いた。

「ならば、せめてキスを」

「は？　え、い、いま？」

藍は再び背後をチロリと振り返った。まだ全員がニキアスと藍を見ている。ニキアスが顎《あご》に手を添えて、藍の顔をぐいと引き戻した。すぐさま、視線が黄水晶のウルフアイに搦め捕られる。

「これは妥協だ」

「ここでキスするのが？　いや待てよ。あんたより俺のほうが、どう考えても妥協しているだろう」

なんとか逃れる術はないかと必死で抵抗を試みるが、狼のまなざしは一瞬も離されることはない。

結局、後頭部を掴《つか》まれ、引き寄せられると、藍の唇はニキアスに奪われた。

背後から悠斗の絶叫が聞こえてくる。なぜか同時に、他の者達の安堵《あんど》の溜息も。

（ああ……もう。悠斗くんにどう説明したらいいんだ）

目眩《めまい》がしてきた。抵抗しようにも、ビクリとも動けない。我が物顔で侵入してくる舌に、藍はせめてもの抵抗で思いきり噛《か》みついた。

＊＊＊

藍はニキアスとともに再び馬上の人となった。山越えがはじまった。

「藍さん、説明！　さっきのどういう状況なんだよ？」

「……できれば聞かないでほしい」

先頭を行くセルジオスに抱かれて、同じく馬上にいる悠斗が、日本語で喚く。藍はニキアスの腕を叩《たた》き、悠斗と会話できる近さに馬を並べてほしいと頼んだ。

何度か無視されたので腹が立って手首に噛みつくと、ようやく歩みをゆるめて、セルジオスの馬と半馬身くらいに並んでくれた。これで会話できる。それぞれ別の男に寄りかかって馬に揺られている状態は、もう甘んじて受け入れるしかない。

藍はちらりとマントを開いて、顔を覗《のぞ》かせた。悠斗が目を丸くしてこちらを見ている。

「ええと、ちょっと待って。これまで、ずっとそんな二人羽織みたいな状態で運ばれてたの？　突っ込みどころ満載なんだが」

そういえば、こうして意識がある状態で馬に乗って移動するのは、悠斗にとって初めてのことだ。

「これは俺がアンブロシアってやつだから、特定できる匂いを封じこめるためらしくて……」

「藍さんはたしかにいい匂いっちゃいい匂いだけど、大げさすぎるだろ」

悠斗を見れば、やはり完全に呆《あき》れ返《かえ》っている。大の大人が、終始ニキアスに抱き上げられて、子どものようにマントの中に隠されているのだ。年上の威厳など、もはや塵《ちり》となってどこかに消えてしまったに違いない。

「俺もわからないんだけど、神子とかだけにわかる匂いを出しているらしい。この前みたいに、他国の神子に居場所を気づかれると、安全に旅ができなくなるからって」

言えば言うほど、自意識過剰な感じがして恥ずかしい。悠斗が胡乱《うろん》なまなざしをニキアスに向けた。

「そのでっかい変態の誘拐犯が、自分に都合よく嘘ついてるだけじゃないか？　たんに藍さんのことを傍に置いて抱っこしてたいだけだろ」

「でっかい変態……そんなことは、ない、と思うけど」

日本語で会話しているせいか、言いたい放題だ。悠斗はすっかりニキアスに対して敵愾心《てきがいしん》を抱いている。これがきっと、あたりまえの反応なのだろう。悠斗にとって、事実ニキアスは憎むべき誘拐犯なのだから。

「藍さんもたいしていやがってなかったけど……もしかして、藍さんは同性もＯＫの人？」

「いや、俺はもともと女性にしか興味がなかったし、男と付き合ったこともなかったけど……」

「なかった、けど？　いまは違うってこと？」

悠斗の追及には、いっさい容赦がない。しかし、ごまかすわけにもいかなかった。こんなところまで巻き込んでしまった悠斗に、嘘はつけない。

藍は誤解されないように、最初から説明しようと決めた。

「昨日助けられた後で、ここに連れてこられて……そのときに、ニキアスが、どうにかして俺達をもとの世界に戻すって言ってくれたんだ」

「え、うそ、まじで？」

悠斗の顔が喜色に輝く。当然の反応だ。しかし、藍はそのときのやりとりを思い出して、複雑な気持ちになった。

「そう。界を繋《つな》ぐ代償として、ニキアスの命を捧《ささ》げれば可能性があるからって、あっさりとね」

「……は？」

悠斗が目を見開いた。

「俺をこれ以上傷つけないように、安全な世界に戻すって、そのために、自分の命を代償として捧げるって。神子としての資格を失っても、俺を選ぶ……そう告白された」

悠斗には、ニキアスがなぜ藍達をこの世界に連れてきたのか、彼の抱えている事情も、またクロノキアが置かれている窮状も、すでにひととおり説明している。

「それは告白？　いや、わかんねえ。そんな簡単に、死ぬとか代償に命を捧げるとかって」

「だろう？　それこそ、常識がまったく通じないんだよ。簡単に死ぬって、俺なんかのために」

悠斗はしばらく黙り込んだ。やがて顔を上げて、それで？　と続きを促す。

「そのとき俺は、命を捧げてもらってまでもとの世界に戻らなくていいって思った。悠斗くんを戻す方法は探すけど、自分はもう戻らなくていいって」

藍は衝動的に、馬の手綱を持つニキアスの腕にそっと手を乗せた。ニキアスがちらりと藍を見下ろした。

夕暮れの翳《かげ》りに沈む岩山の傾斜のきつい道を、馬達は一歩一歩進んでいく。藍と悠斗以外に、会話する者はいない。二人がゆっくり会話できるように、おそらく速度も調整してくれているのだろう。

藍は覚悟を決めて、再び悠斗に向き直った。

「ごめん。いまのは綺麗《きれい》事だ。本音はちがう。ニキアスの命を引き換えにするくらいなら、悠斗くんにも、戻るのを諦《あきら》めてもらおうって思ったよ」

悠斗は複雑な表情を浮かべた。それはそうだろう。もとより好意的な反応など期待していない。ニキアスのことを好きになった時点で、悠斗を裏切っているからだ。

「ニキアスに死んでほしくない。そうと思ったら……なんかね。そういうことなのかなって、自分の気持ちを自覚した」

「あっちに戻れるかもしれないのに、簡単に諦めるんだ……俺を巻き込んだのに、自分勝手すぎない？」

その痛烈な皮肉に傷つく権利はないのだと、藍はマントの中で拳《こぶし》を握った。

「そうだね。俺のエゴだ。こんなことになるなんて、ストックホルム症候群もいいとこなんだけど、ごめん」

二人はしばらく沈黙した。坂道から少しなだらかな道に変わって、馬が速度を上げたのだ。

しばらくしてまた坂道に差し掛かると、馬は再び速度をゆるめて歩きはじめる。悠斗が口を開いた。

「さっきのキスは、そういうこと？　二人はもう、その、そういう関係ってこと？」

「……まぁ、そうだね。あのルキニアって国の神子に飲まされた媚薬《びやく》の影響で、結局、あの後に……その、熱を発散してもらわなきゃいけなくて」

悠斗はまるで自分が傷ついたように、苦しげな表情を浮かべた。あのときのことを思い出しているのだろう。

「俺が望んだのかと言われれば違うけど、全身がアホみたいに沸騰してつらかったから……それで」

「それでその男にヤラれて、ほだされたの？　そんなの事故じゃん」

「ヤラれ……って、最後までは……いや、ニキアスにならいいかなと思って、俺も腹をくくって身体を預けたから、そういうことじゃないよ」

ここまであけすけに吐露すべきだろうかとも思ったが、悠斗には正直に告白したほうがよいと感じていた。嫌われようが、憎まれようが、嘘をついたりごまかしたりしたくない。

「こんなこと聞かされても、困るだろうけど」

「藍さんのいまの気持ちって、性欲に引っ張られたわけじゃないの」

「たぶん違う。できることなら、まだセックスなんてしたくなかった。覚悟も決まってなかった。だから気持ちが先にある。ただ、絶対にニキアスを死なせたくないんだ」

悠斗が息を呑《の》んだ。

「この旅の目的地に着いたら、ニキアスは俺の薬を抜く治療をして、それから俺達をあちらの世界に戻す方法を見つけて命を賭《か》けるつもりでいる。でも、ニキアスの命を代償にあちらの世界に戻って、何事もなかったように生きるなんて、俺にはできない。ニキアスには生きて、神子としての使命を叶《かな》えてほしい」

悠斗の目を見つめて、藍はいまの気持ちを正直に伝えた。

「でも、悠斗くんをあちらに戻すことも叶えたい」

「……どうやって？」

「まだ具体的にはわからない。ただ、俺はどうやら神々の果実ってやつで、俺を喰《く》えば神子も膨大な神力を得られるってことがわかったから」

「は？　藍さんを食う？」

「神子達にとって、どうやら俺はバッテリーみたいな存在らしい。悠斗くんをあちらに戻すのに必要な力の供給源に、俺がなれるかもしれない。だから、俺を喰ってもらえればどうにかならないかなと」

悠斗が大声を上げて、途中で話を遮った。

「藍さん！　ナニ言ってんの？　食うって、どこを食わすんだよ！」

そこで藍はハッとした。肉体の一部を物理的に食わせるという意味ではないのだ。たしかに発言が不穏すぎた。

「いや、生々しい話で悪いけど、『喰う』というのは比喩《ひゆ》で、どうやら俺の唾液《だえき》とか血とかでもいいみたいで」

「え？　あ、……喰うって、つまりそういう」

察したのだろう。悠斗が顔を赤らめた。藍も同時に頬を染める。周囲の男達が日本語を理解できなくてよかったと、これほど感じたことはなかった。

「ああ、もう！」

あーと悠斗が天を仰ぐ。静かな岩肌に、その声は存外大きく響いた。背後で抱き支えていたセルジオスが口を塞《ふさ》ぐと、悠斗は「ごめん」というようにその手を叩き、はずさせた。

「なんか一気に力が抜けた。真剣な話じゃなかったの？　ここでまさかのエロトークって」

「……ごめん。俺もまじめに話しているつもりだったんだけど」

「いいよ、根掘り葉掘り聞いたのは俺のほうだし……でも」

そう言って、悠斗はしばらく押し黙った。悠斗が再び話し出すのを、藍は忍耐強く待つことしかできない。

「でも、俺は、藍さんがその男を選ぼうとしていることが……正直に言えば、イヤだ」

厳しい言葉だった。

「俺達を無理やりこの世界に連れてきた奴を、そんなに簡単に赦すの？」

「……それ、は」

藍は答えに詰まった。

藍に赦したという自覚はない。恨みも恐怖も、依然として藍の心の中に存在し、いまも熾《おき》火《び》のようにくすぶっている。ただニキアスを死なせたくない、傍にいたい、という想いのほうが強いだけだ。

それとも、負の感情が消えないまま、ニキアスへの好意を認めたこと自体が、間違っているのだろうか。それはもう、「赦した」ことになるのだろうか。

すると、悠斗が真剣な面持ちで訴える。

「藍さんって、異常なくらい人に優しいし、その男に同情してるだけなんじゃないの？」

あながち的外れでもないその指摘に、藍はさらにショックを受けた。

この傍にいたいという想いは、ただニキアスの境遇に同情しているだけなのだろうか。悠斗に何を言われてもきっぱりと否定できないことに、藍はさらに落ち込んだ。

「俺はやっぱり戻りたいんだ。だからと言って、そこの変態が死んでもいいとは思わないんだけど、戻れるチャンスがあるなら試したい。大切にしているメンバーとか、ファンとか、家族が待っている。たくさん仕事も受けてるし、責任がある。もう遅いかもしれないけど、それを捨てられない」

悠斗のまなざしは強く、ブレない。その瞬間、あることに気がついて鳥肌が立った。

もとの世界に対する未練が、少しずつ消えつつあるのだ。絶対に戻りたいという強い思いが、藍の中にもはや存在していなかった。

どうしてこんなことになっているのか。藍が、もともとこの世界に生まれた存在だからなのか。

自分が、「真宮藍」ではない何者かに変容しつつある。芽生えた不安と恐怖をかき消すように、藍はあわてて答えた。

「悠斗くんをもとの世界に戻すことだけは、最後まで諦めたくない。俺にできることがあるなら、なんでもする」

「俺も戻る、って言わないんだね」

「……」

悠斗がどこか傷ついたような顔で、藍を見つめた。

「ねぇ、藍さん。もしそこの変態が死なずにすんで、二人一緒にあっちに戻れる方法が見つかったとしても……その男のために、この世界に残ることを選ぶの？」

藍は答えられなかった。暴力的なまでの愛を捧げてくる半神と、いまは離れたくないという想いのほうが強い。だが、この世界に残って生涯を添い遂げる覚悟も定まっていない。この感情が一過性のものではないと、自分でも確信が持てないからだ。

ニキアスは「愛しいつがい」と、藍を呼び、生涯唯一無二の伴侶《はんりょ》と定めたという。しかしその確信は、只《ただ》の人間である藍には持てないものだ。

どの道を選べばいいのかわからない。

周囲に意識を向ける。フッフッという、坂道を登坂する神殿馬の荒い呼吸音。砂利を踏む蹄《ひづめ》の音。マントの中の、心地よいぬくもり。馬体の揺れに自然に身をまかせることができるのは、ニキアスの腕にゆるぎなく支えてもらっているからだ。

日が暮れた。世界は夜の気配を帯びて、ゆっくりと群青色のモノトーンに沈んでいく。

藍は力なく、逞《たくま》しい胸に頭を寄りかからせた。すっかりとけあった左肩の体温。腰に回された腕が、ぐっと一瞬だけ強く、藍を抱きしめた。

なんだか、とても疲れた。肉体的には、疲労も怪我もすっかり癒えたはずなのに。

ニキアスを生かすためじゃない。ニキアスと生きるために、この世界に残ることを選べるのか。

「藍さん？」

「自覚したばかりだから……ごめん。まだ自分でも、答えがわからない」

藍はうつむいて、正直に答えた。悠斗の声が焦りを帯びる。

「ごめん。追い詰めたいわけじゃないんだ……でも、聞いて。顔を上げて、藍さん」

求められるままに顔を上げると、即座に悠斗の真剣なまなざしに捉《とら》われた。

「俺は、藍さんと一緒にあっちの世界に戻りたい。また藍さんがあんなふうに血まみれになって、殺される寸前までなぶられる様子なんて……俺は絶対に見たくない」

「悠斗くん……でも」

藍がとっさに反論しかけると、悠斗が手を上げて遮った。

「最後まで俺の話を聞いて。そいつがいても、藍さんは傷つけられた。だからそいつも、命を賭けてでも、藍さんをあっちの世界に戻そうとしてるんだろ？」

返す言葉がなかった。すべて悠斗の言うとおりだ。

「この世界は、俺達が生きてきた世界とは違いすぎる。恋愛なんて一過性だ……だから藍さん。迷ったら相談して。絶対に一人で、結論を早まらないで」

＊＊＊

道は徐々に狭くなり、傾斜も厳しくなった。一行は黙々とひたすら前進した。

延々と馬に揺さぶられ、ずいぶんと高いところまで登って、ようやく拓けた場所に出る。頭上にはすでに眩《まぶ》しいほどの星々が瞬いている。

「今晩はここで野営だ」

ようやく、馬から解放された。案の定、馬から降りても、藍はニキアスに放してもらえなかった。

神殿の者達は、慣れた様子で手早く野営の準備を整えていく。

藍は不安を覚えた。いままではなんとか雨露をしのげる場所で、結界を施してもらうことで、その範囲で自由に行動できた。だが、野営となれば勝手が違う。マントに包まれたまま、ニキアスとずっと引っついていなくてはならないということだ。

「ニキアス、俺……」

藍は羞恥《しゅうち》をこらえて、尿意を訴える。すると、ニキアスがシメオンを呼んだ。

「シメオンに術をかけさせる。アイ、許しを」

頷くしかない。シメオンは命ぜられるままにマントをかきわけると、藍の下腹に手を置いて何事かを呟《つぶや》く。内臓がざわりと蠢《うごめ》く、かすかな不快感。藍は唇を噛《か》んで、その屈辱に耐えた。

その様子を、悠斗が食い入るように見つめている。

「藍さん……それ、いま何されてんの？」

藍はなるべくあっさりと聞こえるように、神殿兵士の清浄の術について説明する。悠斗はまたもや複雑な顔をした。

「そこの誘拐犯に、俺にもその術をかけろって言ってくれない？」

英語を話せるくせに、直接話しかけることはない。悠斗はニキアスとの会話を拒んでいるのだ。

藍はなんとなく悲しくなりながらも、ニキアスにそのことを伝える。すると、ニキアスがセルジオスに命じた。セルジオスが悠斗の下腹に手を当て、さきほどのシメオンと同じように短く呟く。すると、悠斗が一瞬顔を歪《ゆが》めて、そのあとハッとこちらを見た。

「すご……本当に、腹がすっきりした」

　許しが出たと思ったのだろう。セルジオスがもう一度、少しだけ違うトーンで何かを呟いた。すると、悠斗はパチパチと目を瞬いて、自分の髪や顔をぺたぺたと触る。

「なんか、全身がキレイになったよ」

　あれはなんの術なのかと、藍はニキアスを見上げて問う。

「あれも清浄の術だ——シメオン」

　シメオンが微笑んで、藍にも同じ術をかけてくれる。たしかに、どこかベタついていた肌がすっきりと清潔になった気がした。

　火を焚《た》いて、その周りを囲んで座る。巨大な神殿馬達が、それとなく人間の周囲を囲んでくれている。かしこい馬である。

　セルジオスが馬に話しかけながら、なぜか神殿馬の口の中にズボッと腕を突っ込んだ。シメオンも同様だ。馬達は機嫌よく尻尾《しっぽ》を振り、二人の腕を肘までよだれまみれにしながら舐《な》め吸っている。

　藍も悠斗も、唖然《あぜん》としてその様子を眺めていた。先に正気に戻った藍が、おそるおそるニキアスに尋ねる。

「アレ……二人は、何をしているんだ」

「気を喰わせている」

聞けば、神殿馬は普通の馬のように飼い葉も食べるが、神子や神殿兵士の気を分け与えさえすれば、餌なしでもしばらく活動できるらしい。

夕食は、また干し肉と、麦を水で溶いた粥《かゆ》のようなもの。それに、わずかな木の実と果実だった。食事の喜びを失って久しい。藍と悠斗は、揃《そろ》って小さく溜息《ためいき》をついた。

悠斗が寒さに震えている。かなりの高所だ。夜は冷えるに決まっている。

「ニキアス、悠斗くんが寒がってるんだけど、毛布かなにかを」

ニキアスに命じられるより前に、セルジオスが悠斗の様子に気づいた。

「うわっ」

ぶ厚い布を広げて、背後から悠斗をぐるぐる巻きにする。悠斗はあわててもがく。

「なっ、なに？」

「悠斗くん、たぶん防寒のために包んでくれているんだと思う」

セルジオスの意図を察すると悠斗は大人しくなった。実際に暖かくなったのだろう。悠斗はセルジオスに向かって、ぺこりと頭を下げた。

「藍さん……この黒いお兄さん、なんて名前だっけ？」

「セルジオスさん、かな」

名前を呼ばれた男が、顔を上げる。

「セルジオス、さん。その……なんやかんや、ありがとう」

悠斗がセルジオスに向かって礼を言うと、ニキアスが通訳した。悠斗が喋《しゃべ》ったのは日本語だったが、『アリガトウ』くらいは理解できるのだろう。

するとセルジオスは、なぜか苦虫《にがむし》を噛み潰《つぶ》したような顔で、「どういたしまして」というように、悠斗の頭をポンと叩《たた》いた。

ささやかな夕食が終われば、すぐに炎は消される。

どうやら、寝ずの見張り番はシメオンが担うらしい。悠斗は「藍さんと寝る！」と激しく抵抗していたが、強引なセルジオスに抱き込まれたまま、強制的に横になる。

ずっと文句を言っていたが、やがて大人しくなった。セルジオスが術を使ったのかもしれない。

一方の藍も、当然のようにニキアスに抱かれて横になり、マントに包まれる。旅の仲間達からもその存在を隠すように、ニキアスは岩壁と自分とのあいだに藍を押し込め、抱き込んだ。

半神は夜目が利くらしい。沈鬱《ちんうつ》な表情の藍の顔を見つめて、眉《まゆ》を顰《ひそ》める。

「ユウトと話をしたときから、何を憂えているのだ」

「別に憂えているわけじゃない」

そう言ったまま押し黙った藍の様子を、ニキアスが注意深く観察しているのがわかる。吐息がかかる距離で、表情はごまかしようがない。

「もとの世界に戻りたいのだろう」

違う、と、藍は頭を振った。「戻りたい」という想いが消えつつあることは、まだ言えない。

「そうじゃない。ただ、どうしてこうなったのかなって」

「こう、とは？」

上手く説明できる自信がなかった。違和感を感じているのは、自分自身の肉体の反応だ。

「おかしいのは、俺なんだ」

ニキアスへのどうしようもなく強烈な感情を自覚したばかりだ。しかし、二十五歳のれっきとした成人男性が、ずっと同性の男にくっついているのに、違和感も苦痛も感じないのは、いかに好意があろうとも、あきらかにおかしい。

これまでは、それなりに自立して生きてきた。かつての恋人達とも、これほどのスキンシップをしたこともなければ、そんな欲求も感じたことはなかった。

ではなぜ？

「アイ、そなたの言うとおりだ。私には、人の心がよくわからぬ」

藍色の闇の中で、金色の目が光を放つ。ニキアスの髪も、肌も、すべてがぼんやりと発光している。ホクロひとつ、毛穴ひとつ見当たらない美貌《びぼう》。まさに神の造形そのものの、完璧《かんぺき》な肉体。

人でありながら、神。神でありながら、人。数百年という、想像を絶する時間を生きる男。

「だから、言葉にして教えてほしいのだ。そなたの心が何に悩み、かくも揺れ動いているのかを」

「ニキアス……俺」

そして、唇が降ってくる。藍は素直に口を開いた。狭い口内のすみずみまで蹂躙《じゅうりん》され、男に比べれば小さな舌を、痺《しび》れるほどに吸われる。ひとすじの気も逃すまいとする半神に、荒い呼吸も、溢《あふ》れた蜜《みつ》も、すべてが奪われる。藍は恍惚《こうこつ》として、その侵略を受け止めた。

「んあ……あぁ」

半神の肉体が震え、むくりと膨れ上がる。藍の体液を啜《すす》り、神力をその肉体に満たしていくニキアス。

(ああ、喰《く》われている)

それは、アンブロシアと神子の甘美な儀式だった。

「だめ……だめだ、ニキアス……んっ」

「なにが駄目なのか、言葉で教えてくれ」

これまでの人生で築いてきた価値観がゆらぐ。神子に喰われることが、藍にとって自然なことになりつつある。それは明らかに異常なことだった。

ほのかに兆した下腹に、ニキアスが手を伸ばしてくる。

「っ、あ……あ、だめ」

寝息が聞こえる距離で、悠斗がそこに寝ているのに、官能が理性を上回りそうになる。藍はその手を掴《つか》んで、必死で首を振った。震える声で訴える。

「ニキアス……これ以上は、だめだ」

『喰われたい』という欲求を、理性がギリギリのところで押し止《とど》めた。

「言葉にしてみよ」

ニキアスはあっさりと手を引っ込めて、こめかみに唇を押し当てた。藍はいよいよ観念する。

「不思議な感覚なんだ」

「どんな風に」

「あんたとずっとくっついて移動していても、なんでこんなに抵抗がないのか……それが不思議で」

ニキアスの腕が、藍を抱き寄せる。逞しくあたたかい胸に閉じ込められた。ピリピリと甘い戦慄《せんりつ》。

このまま、肌という肌の境界を溶かしてしまいたい。

「これまでの俺だったら、男に抱えられて移動するなんて、絶対に拒否していた。いまもこんな風にくっついて……とんでもないって、これまでだったら思ってたはずなんだ」

「私にとっては僥倖《ぎょうこう》だが。なるほど」

いいのだろうか。これは自然な反応なのだろうか。

「私が、こうやって片時もそなたを放さない状況を、肉体が受け入れても、心が受けつけぬと。そういうことだな」

藍はしかたなく頷《うなず》いた。実際はもっと複雑な感情だが、ざっくりまとめるとそのとおりだ。

これまでの藍の価値観からすれば、これほどの濃密な接触を……しかも同性との接触を甘受する、自身の反応そのものが恐怖だ。受け身のセックスを覚えさせられたことで、思考までが受け身になったのだろうかと不安でしかたがない。

「それは、おそらくそなたの性《さが》だ」

「……俺の、さが？」

ニキアスは藍を抱えて転がった。己の胸に子どものように藍を寝そべらせて、その上からマントを被せる。薄暗い中で、藍はニキアスを見下ろすかたちになった。ニキアス自身がほんのりと発光しているおかげで、薄暗くともその表情はよく見える。

「ニキアスはまぶしいな」

便利だなと、藍はどうでもいいことに感心する。

「神子とはそういうものだ。神となればもっとまばゆい」

「そうなのか」

「ああ。神もほんのたまに戯れで地上に顕現するが、常人なら直視することはできぬ」

ニキアスはゆっくりと藍の背を撫《な》でている。さきほどの不埒《ふらち》な手つきとは裏腹に、精神を落ち着かせ、宥《なだ》めるようなその仕草に、藍は脱力した。

「さきほどの話だが、そなたはアンブロシアとして熟しつつある。顕現しはじめたその性に、引きずられているのかもしれぬ」

「どういうこと？」

「英雄候補である神子の一部になることを、神の果実としての本能が求めるのだろう」

「それって……それじゃあ、俺は」

ニキアスでなくても、神子なら誰に対しても、このような感覚になるということか。

「これは本能なのか？　俺は、ニキアス……でも俺は、あんたのことを」

この溶け合いたいと思う気持ちが、ただ本性に引きずられただけのことだったら。

「俺のこの感情はなに？　あんたの傍にいたいって、この気持ちも……ぜんぶ本性？」

　藍は震えた。すると、ニキアスがふっと目を細めた。

「私とて、獣神の性が抑えきれぬときがある。父神の血だ。他の神子よりも、私はとくに闘争本能が強い。敵にも己にも容易に牙《きば》を剥《む》き爪で引き裂いて、血を流すことを厭《いと》わぬ」

　言われてみれば、ニキアスがたやすく理性を手放し、神子の本能を暴走させるときがあった。セルジオスやユーニスが、必死でニキアスを止めていたことを思い出す。

「私の本性をいつか目の当たりにすることがあれば、おそらくそなたは私に恐怖する。いや、それどころか嫌悪するだろう」

「そんなことないと思うけど」

　首を振る藍を、ニキアスは黙って見つめている。

「本性がむきだしになったら、暴力的になるってこと？」

　ニキアスは答えない。

「せめて、どんな風に変わるのか教えてくれよ」

「ただ、獣に変わるだけだ」

「獣に変わる」というのは、物理的な意味だろうか。あるいは凶暴性の発露を意味しているのか。いまのニキアスは、サイズや肌の質感こそ規格外だが人と同じ姿かたちをしている。

　でも、大事なポイントはそこじゃない。本性に乗っ取られてしまうのか、ということだ。

「いまのニキアスはかりそめの姿？　本性は獣？」

「これも私だ。理性はある。わずかながら人としての情も。獣神の性と、人の性。どちらも私だ」

なるほど、と安堵《あんど》しながらも、藍は「わずかな情」という自嘲《じちょう》めいた言葉に引っかかった。

「ニキアスの情は、わずかなんかじゃないだろう」

国の不幸を呪い、母と異父姉の死を嘆き、クロノキアを救おうと異界に渡るために、己の翼をもいだ男。そんな男の情が「わずか」なはずがない。

「最初は人でなしだと思ってた。その後は、人の心の機微がわからない奴だって」

ニキアスが首をかしげた。

「でもいまは、ニキアスの心を感じるよ。ちゃんとここにあるって」

そう言って胸をつつくと、ニキアスは目を細めた。

「ありがとう」

狼の瞳《ひとみ》の奥底には、常に諦観《ていかん》が沈んでいる。無情の神々に支配されたウラヌンティウムでは、むしろ『心』があるからこそ、生はよりいっそう苦艱《くげん》の道をたどるのかもしれない。

「ニキアスも、俺も、本性に従って生きるべきなのか」

ニキアスは首を振る。

「心を信じるがいい。たとえアンブロシアとしての本性が発露したとしても、そなたは人だ」

宥めるように、額に、頬に口づけられる。触れられた箇所から、チリッと走る刺激がむず痒《がゆ》い。

「神の果実は情を持ち得ない。だが、私は何度もそなたの優しさに触れた。だからこそ、これほどそなたを愛おしく思うのだろう」

ニキアスの唇は熱く、強張った心を溶かしていく。藍は目を閉じて、ほぅと溜息《ためいき》をついた。

「もう目を瞑《つぶ》れ」

藍は頷いた。この体勢もなんだかなぁと思いながらも、素直に男の胸に顔を埋める。

「明日はさらに厳しい移動になる」

藍はくぐもった声で反論する。

「どれだけ険しくったって、どうせあんたが俺を抱えて登るんだろう？」

「そうだ」

ニキアスの即答に、藍は忍び笑った。

胸に頬をつけると、力強い鼓動が耳を打つ。半神でも肉体のつくりは人間と同じだ。その規則正しい音に促されて、藍は目を閉じた。眠りの神がゆっくりと手招きする。

シンと冷えきった岩山の夜。虫の鳴き声さえ、この男の腕の中には届かない。

意識が遠のく寸前、再びニキアスの唇の感触を額に感じた。

「……信じよ。そなたの心に触れたことで、私の世界は壊れはじめたのだから」

神々の御座

ルキニアの夜から三日が過ぎた。山越えの道はいっそう険しさを増し、神殿馬が一頭ずつ通るのがやっとの道を、一行は一列で黙々と先を急ぐ。

藍はあいかわらず、ニキアスに抱えられて運ばれている。魔法がかかっているのか、マントは外界と完全に切り離されていて、気温の変化をほとんど感じない。

しかし、山頂に近づくにつれて、確実に気温は下がり続けている。悠斗は頭から爪先までをぶ厚い布にしっかりとくるまれ、風を避けるようにしてセルジオスに抱えられている。精神的な疲労も大きいのだろう。ユーニスが回復の術を定期的にかけているが、悠斗はすっかり口数が少なくなっていた。

山頂が近づくにつれて、ぶ厚い灰色の雲が頭上に迫ってくる。ゴゴゴという雷鳴から一瞬遅れて、雲の中で稲光が青く走った。藍はマントの隙間から心細げに空を見上げた。

「不安か」

藍は素直に頷いた。幼い頃から、とにかく雷が苦手なのだ。

「岩の下に避難したほうがよくないか。落雷とか」

「案ずるな。罪なき者に神の雷が落ちることはない」

「そ、そういうもの……？　うわっ」

ピカッと稲光が跳ねて、藍はマントの下に隠れた。ニキアスが小さく笑う。

狭い道の両側には、背丈の三倍のほどの大きさの巨石が林立している。ここで休むと、藍は馬から降ろされた。巨大な岩が倒れ、折り重なっている箇所がある。その下の空洞が休憩所だ。

「なんだか巨人がドミノ倒しの途中で失敗したみたいな感じだな」

冗談のつもりで藍がそう言うと、ニキアスは「よくわかったな」と頷いた。

「え、本当にそうなの？」

「そうだ。伝承によれば、この山には巨人族が住んでいたと言われている。岩を適当に弾いて遊んでいたのだろう」

藍は首を捻《ひね》る。

「巨人って、どれくらいデカかったんだ？」

「神殿ほどの大きさの巨人から、この山ほどの大きさの巨人が存在していたと伝えられている」

そんなのがいまも存在していたら、藍など蟻のように踏《ふ》み潰《つぶ》されてしまう。

「巨人族はどこに行ったんだ」

「太古の時代に、神々が滅ぼした」

すると、ニキアスは不意に藍をマントから解放した。途端に強烈な寒さが襲ってくる。

「さむっ……あっ、俺、マントの中から出ていいのか？」

「山の神域に入った。ここならば、誰もそなたの匂いをたどることはできない」

若干の心細さを感じながらも、藍はしばしの解放感に浸った。四六時中ニキアスに抱かれていることに嫌悪感はないが、自分の足で地面を踏めるのは、単純にうれしい。

「ニキアスの居場所もバレない？」

「おそらく。ただ、近くにいる神力の強い神子ならば、私の居場所をたどれるかもしれない」

後続が到着し、次々と馬を降りる。藍は馬上の悠斗に駆け寄った。

「悠斗くん！」

抱き下ろそうと、馬上の悠斗に手を伸ばした。悠斗もそれに応えるように、手を伸ばす。しかし、二人は同時に手を引っ込めた。

「藍さん。届かない、かも」

「……うん、俺も余計なことをした。ごめん」

馬上の悠斗に手が届かなかった。神殿馬がミニバンのサイズなのがいけない。代わりにシメオンが手を伸ばし、悠斗を抱え下ろした。

ユーニスが敷いてくれた布に、悠斗を誘導する。悠斗の顔は蒼白《そうはく》で、ガチガチと歯を鳴らしていた。

「悠斗くん大丈夫？」

「し、死ぬほど寒い」

「そうだね。俺も実感してる。本当に寒いね」

藍は過去に雪山で撮影した経験がある。体感では、おそらく気温は零度に近い。これほど寒くて降雪していないのがむしろ不思議だ。

藍は悠斗の肩にもう一枚布を巻きつけた。そのまま背中をさする。かいがいしく悠斗をかまう藍を、ニキアスを除く全員が微笑ましく見守っている。

「藍さんも震えてるよ」

「え？　あ、うん。でも、俺は」

ユーニスが背後から毛織りの布を掛けてくれる。これほど寒いのにマントの下は薄着のニキアス達と違って、藍と悠斗だけがモコモコだ。

『ありがとう』

ウラヌンティウム語で礼を言うと、ユーニスがうれしそうに笑う。ニキアスに教えてもらって、藍は最初に「ありがとう」を覚えた。

ユーニスが差し出してくれた水は冷えていた。何もいらないから、ただ温かい飲み物が欲しい。切実にそう思った。

「あ～コーヒー！」

「うぅ、ラテが飲みたい」

藍と悠斗は同時に呟《つぶや》いていた。目を見合わせて、力なく笑う。

干し肉の破片を差し出されたが、寒さもあって固く締まっており、容易に噛《か》み切れない。さらに細かくちぎってもらった干し肉を口に含んだものの、藍はすぐに噛むのを諦《あきら》めた。

「悠斗くん、干し肉は？」

「俺も、もういいや」

ユーニスが身振り手振りで、食べろとすすめてくる。申し訳なく思ったが、藍は干し肉の匂いがどうも苦手で、この世界に来たときから得意ではないのだ。ユーニスに向かって首を振ると、代わりに木の実を差し出される。栄養価が高く、また数粒で腹持ちする旅の常備食らしい。見た目は大きめのカシューナッツだ。香ばしいそれはほんのりと甘く、藍は好んで食べていた。

殻を割ってもらった木の実を悠斗に差し出す。

「ナッツは？　食べられるなら」

「うん。もらう」

そこからは無言でポリポリと咀嚼《そしゃく》を続けた。悠斗もあまり食は進まなかった。

「ごめん。少し目ぇ瞑って休んでいい？」

藍は頷《うなず》いた。悠斗は疲れきっている。無理もない。目覚めてから、肉体的にも精神的にも、ずっとストレスがかかった状態なのだ。

「藍さん、ちょっとだけ寄りかからせて」

「いいよ。いくらでも」

藍の肩に凭《もた》れかかると、悠斗は目を閉じた。

悠斗は自暴自棄になることもなく、過酷な旅に耐えてくれている。藍に苛立《いらだ》ちをぶつけたのは、目覚めたときの一度だけだ。きっと仕事でも、メンバーやスタッフに優しく気を遣う子だったのだろう。

なんとかして、悠斗をもとの世界に戻してあげたい。藍は切実にそう思った。


悠斗と凭れあっているうちに、いつの間にか藍も眠ってしまった。

「起きた？」

目を開ければ、悠斗が藍の肩に手を回して支えていた。

「ご、ごめん」

藍はあわてて姿勢を正す。なんという失態だと落ち込んだ。

「悠斗くんのほうがしんどいだろうに。呑気《のんき》に寝ちゃってごめんね」

「ぜんぜんいいよ」

悠斗がにっこりと笑った。寒さと疲労に青ざめた顔でも、その笑みは魅力的だ。すると、悠斗が肩に回したままの手にグッと力を込めた。

「藍さんが俺を頼ってくれるの、うれしいから」

「え？」

「年下だけど、もっと頼ってもらいたい」

そう言って、悠斗はへへへ、といたずらっぽく目を輝かせた。

「……悠斗くん」

「なんてね。俺は、藍さんと一緒にあっちに戻りたいからね」

どう答えればいいのかわからず、藍は声を詰まらせた。無意識にニキアスを目で探した。悠斗の表情がせつなげに歪《ゆが》んだことに、藍は気づかなかった。

フードを目深に被った半神は、腕を組んで空を見上げていた。

「ニキアス、あとどれくらいでこの山を越えられる？」

「何事もなければ、三日」

ニキアスは振り返らずに答える。「何事もなければ」という不穏な表現に、藍は不安を覚えた。

再び一行は神殿馬に跨《またが》り、岩がそそり立つ隘路《あいろ》を進み続けた。常に薄暗いせいで時間の感覚がない。時折休憩を挟んでは、ほとんど変わり映えのしない山道をひたすら登り続ける。そして一日の終わりには、岩陰に布を敷いて眠る。

周囲を岩に囲まれているせいで実感はないが、たしかに頂上に向かっているのだろう。日が経つにつれ、だんだんと息苦しくなっていく。吸っても吸っても、酸素が足りない気がする。ついに頭がひどく痛みはじめた。

ふらつきはじめた藍の様子に、ニキアスも気がついた。

「今日はここで休むぞ」

適当な広さの岩陰を見つけると、一行は馬を止めた。馬から降りた途端に、藍も悠斗も、言葉を発することもできずに地面に倒れ込んだ。シメオンとユーニスがあわてて支える。馬から降りたニキアスとセルジオスが、二人を抱えあげて岩陰の奥に運んだ。

ユーニスに何かを指示した後で、ニキアスは藍を膝《ひざ》の上に抱えあげた。

「アイ、苦しいのだな」

「ごめん……なんだか、頭が痛くて……」

ニキアスは眉《まゆ》を顰《ひそ》めると、おもむろにマントを脱いだ。薄暗い岩陰が明るくなる。

あまりのまばゆさに、藍は思わず目を閉じた。まぶたを透かして届く光。その光源はニキアスだ。金属的な輝きを纏《まと》う肌が、フードからこぼれ落ちる黄金の髪が、モヤモヤと立ち昇る神気が、ほの白くあたりを照らしている。

「ニキアス」

大きな手が、ついと藍の頭を持ち上げた。顔が近づいてくる。治癒を施すつもりなのだろう。

「……だめだ。まず、悠斗くんを」

「ユウトはユーニスが看ている。案ずるな」

「でも、こんなところで」

「そなたがもたない」

「いや、やめ……」

顔をそむけたがすぐに引き戻され、唇が塞《ふさ》がれた。口中を探る大きな舌。治療だというように、絡められ、吸われ、治療だというのに一気に蜜《みつ》が口内に溢《あふ》れた。息苦しさがなくなっていくのを感じて、藍は抵抗を止《や》めた。

ひどい頭痛も徐々に消えていく。ツキンと、わずかに下腹が疼《うず》いた。

しばらくして、もう充分だとニキアスの胸を叩《たた》く。ニキアスはすぐに唇を離すと、藍の濡《ぬ》れた唇を親指で拭《ぬぐ》ってくれた。

「どうだ」

「……ありがとう。もう大丈夫だと思う」

「すまなかった。人の肉体がかくも脆《もろ》く弱いことを失念していた」

やり方は強引だったが、治癒してもらえたことはありがたい。これこそ純粋な治療だ。変に意識して抵抗したことが、むしろ恥ずかしくなる。

悠斗はセルジオスに抱えられた状態でユーニスの治癒を受けていた。苦しげな呼吸が、徐々に落ち着いてきたようだ。その様子に藍は安堵《あんど》した。

その後は一同で火を囲んで、固く冷たい保存食で食事をすませた。

山頂まであと一日。一行は言葉少なに、極寒の夜を耐えて過ごした。

＊＊＊

翌朝。目を覚ませば、あたりはすっかり霧に包まれていた。一メートル先が見えないほど濃い霧だ。

「ニキアス、こんな状況で先に進むのか？」

「山頂が近い証拠だ。雲が下りてきている」

藍はギクリとした。いよいよ山の中腹で見上げた雷雲の中に入ったということか。

「雷は？　本当に大丈夫なのか」

「案ずるな。そなたに雷が落ちることはない。それに、落ちたところでどうということもない」

「いや、あるだろう。俺は人間だぞ」

そんなことを言い合っているうちに、道はさらに険しく、狭くなる。

「ここからは徒歩だ。山頂まで歩く」

いよいよ神殿馬を置いて、徒歩で進むことになった。こんなところに馬を置いていくのかと不安になるが、神殿馬はかしこく、自ら神殿に戻ることができるというのだから、その言葉を信じるしかない。

ニキアスがマントを脱ぐ。そのマントで、藍は頭から足先まですっぽりと包まれた。神域に入ったのだから、もはや隠れる必要がないのではなかったのか。

「ニキアス？」

「寒さがしのげる」

なるほど、気温の問題が残っていた。

「ニキアスは寒くないの？」

「ああ。とくには」

マントを脱いだニキアスは、驚くほど薄着だ。だが全身がほのかに光っているし、たとえが悪いが湯気のようなオーラが立ち昇っているのと、何より本人が平然としているせいで、まったく寒そうに見えない。そういえば、超低温あるいは超高温の環境でも生存可能な虫がいたなと、ふと思い出す。

「クマムシみたいだな」

ニキアスがめずらしく声を上げて笑った。

「神子である私を虫に例えるとは」

「ご、ごめん」

藍は我に返り、恥じ入った。頭に思い浮かんだことを考えなしに口にしてしまった。たしかに神の血を引く存在をつかまえてクマムシ扱いするとは、失礼極まりない。

しかし、ニキアスは気を悪くした様子もなく、むしろ機嫌が良さそうに見える。

「そなたは時々、子どものようになる」

「うわっ」

ニキアスの片手に腰掛けるように抱き上げられた。まさしく子ども扱いだ。

藍は自分の足で歩くと抵抗した。しかしどれほど抗議しても、「危険だから」と、絶対に下ろしてもらえなかった。

岩盤の切れ込みをなぞるように、霧が充満した隘路を一列で進む。あまりに霧が濃く、一歩先も見えない。

呼吸がしづらい。酸素を取り込もうと深呼吸するが、苦しさが増すばかりだ。肺がひどく痛む。ニキアスから「危険だ」と諭された理由がようやくわかった。この山の神域は、人間が生存できる環境ではないのだ。

「アイ、口を開けろ。回復させる」

ぐったりとニキアスに凭《もた》れかかった状態で、藍はわずかに口を開いた。

もはや恥ずかしがっている場合ではなかった。藍は朦朧《もうろう》としながら、ニキアスの回復の口づけを受けた。悠斗の状態を気遣う余裕もない。重なった唇からニキアスの神力を吹き込まれると、息苦しさが少し楽になる。

「山頂までもう少しだ。耐えるのだぞ、アイ」

藍は頷いた。

藍と悠斗の体力が回復したら、再び歩き出す。道は狭く休息の場所はない。それでも藍と悠斗のために、何度か一行は立ち止まった。

悠斗に治癒の術をかけ続けてきたユーニスが苦しげに呻《うめ》き、ついに動けなくなる。そこからはシメオンがユーニスを背負って歩いた。

体感にして半日ほど時間が経ったときだった。周囲の景色が変わった。突然、霧が晴れたのだ。すると、上から何者かに押し潰《つぶ》されたようにひしゃげた岩石群が、藍達の目の前に広がっていた。岩のあいだに、人が通れるほどの切れ目が見える。

「ここが最後の難処だ」

ニキアスが呟《つぶや》いた。

「難処？」

「そうだ。ここから山頂までは、神殿兵士でも歩き通すことがむずかしい」

どうするのだろう。肩越しに背後のセルジオス達の様子を窺えば、一様に厳しい表情だ。悠斗はどうやら眠らされているらしい。毛布でぐるぐる巻きにされた状態で目を閉じている。無事なのか不安になる。

「アイ、口づけを」

「え？」

「アンブロシア。そなたの蜜を私に与えてくれ」

なるほど、神力増幅のためかと理解する。道中に何度もキスをしている。いまさらだと、藍は恥じらいを捨てて頷いた。顔が上にくるように持ち上げられた。覚悟を決めて口を開き、頬に手を寄せる。すぐにあたたかい唇が重ねられた。おずおずと開けた隙間から、ぶ厚い舌が侵入してくる。

「ん……」

藍の背骨を快感がつらぬき、後頭部が痺《しび》れた。荒々しい蹂躙《じゅうりん》を受けて、口内に次々と蜜が溢れ出てくる。

「ん、ニキア……」

「もう少し」

ニキアスは藍の蜜を啜《すす》り、喉《のど》を鳴らした。

しばらくして唇を離すと、ニキアスはよくやったというように、藍の後頭部をぽんぽんと叩いた。

「私の首に手を回せ。ここからは、絶対に私から離れてはならぬ。潰れて死ぬぞ」

「えっ」

さらりと、恐ろしいことを言われた。

すると、ニキアスが背後を振り返り、セルジオスに声をかける。ニキアスは意識のない悠斗を受け取った。左手に藍を、右手に悠斗を抱えた状態になる。

「大丈夫か!?」

ニキアスからすれば、二人を抱えることくらいわけないのだろうが、両手が塞がっていると不自由ではないのか。

「重くはない。アイ、ユウトが落ちないように掴《つか》んでいてくれ」

落ちれば潰れて死ぬと聞いたばかりである。藍はあわてて悠斗を包んでいる毛布を掴んだ。

「セルジオスさんに何か問題でも？」

「ここからが問題だ。強靭《きょうじん》な神殿兵士といえども、神圧のもとで自在に動くことはできない」

「しんあつ？」

「岩がもれなく潰れているだろう。神の居場所に近くなるほどに、神圧が強くなるのだ」

なるほど、岩が上からぺしゃんと潰されたようなかたちになっている理由がわかった。おそらく、なんらかの尋常ならざる力がかかっている場所なのだろう。

空気は薄く、まるで高山のようなのに、圧力は深海なみということか。

藍がすっかり青ざめていることに気がついたのだろう。ニキアスが目を合わせてくる。

「案ずるな。そなたもユウトも、安全に運ぶ。しかとしがみついているように」

藍はコクリと首肯して、片手で悠斗を押さえ、もう片方の腕でニキアスの首にしがみついた。

ニキアスが一歩を踏み出す。その瞬間、耳がツーンと詰まった。ニキアスの足元で、バキリと音がする。あわてて足元を見れば、なんと足が岩にめりこんでいる。

ニキアスが低く呻いた。

「ニキアス！」

「……大丈夫だ」

背後から、苦悶《くもん》の声が聞こえてくる。セルジオス達が苦しんでいるのだ。セルジオアス達が岩に手をつき、必死の様子で足を進めている様子が見えた。

「……ひっ」

なんと彼らは目から、鼻から出血しはじめたのだ。それでも、男達は一歩ずつ足を前に出す。

「アイ、それ以上見るな。彼らも覚悟の上だ」

「で、でも！　あ、シメオンさんが」

ユーニスを背負ったシメオンが膝をつき、次に両手をついた。

「どうしよう、シメオンさんが動けなくなっている」

「……ユーニスを抱えてここを踏破するのはむずかしいか」

さすがにニキアスも三人を抱えることはできない。どうするのかと思ったら、ニキアスが囁《ささや》いた。

「耳を塞いでいろ」

尻《しり》と膝を抱き支える腕に、力がこもる。藍は落とされることはないと確信して、両耳を塞いだ。

次の瞬間、ニキアスは獰猛《どうもう》に牙《きば》をむきだして唸《うな》ると、空に向けて獣の咆哮《ほうこう》を上げた。

空気がビリビリと振動する。耳を塞いでも衝撃的な音だった。藍は驚き、思わずのけぞった。ずり落ちそうになり、あわてて肩に掴まる。

「あっ」

金色の髪が宙にふわふわと舞う。藍は瞠目《どうもく》した。ニキアスの背中から、まばゆい金色の光が放射されている。放射状に広がっていく光は葉脈のような模様を空中に描き、さらにグングンと伸びていく。

（これは翼だ……）

光の粒子で出来た巨大な翼。伸び続ける翼の先端から光の粒子が溢れて、周囲を金色に染めていく。金色の粒子はパチパチと線香花火のように弾けて消えていく。

黄金の翼が、背後のセルジオス達のところまで伸びていく。うずくまる男達に、光が降り注いだ。男達は呻きながらも、再び立ち上がった。苦悶の中にも恍惚《こうこつ》とした表情で天を仰ぎ、金色の光を貪《むさぼ》っている。

美しくも異様なその光景に、藍はただ呆然《ぼうぜん》と見惚《みと》れた。

「目を閉じろ」

「どうして……すごく、すごく綺麗《きれい》なのに」

「まだ完全に翼のかたちを取ることができない。このままでは神力がそなたの目を灼《や》く」

藍は素直に目をつむった。たしかに、視神経に白く残像が焼きついている。

「進むぞ」

藍は頷《うなず》き、再び首にすがりついた。


どれほど歩いたのか。突如として、詰まっていた耳がスッと楽になる。

「目を開けてよいぞ」

藍はおそるおそる目を開けた。すると、目の前に巨大な円形の広場が広がっていた。さきほどまでの巨人に押し潰されたような岩群はどこにいったのか。広場の周囲に視界をさえぎるものは何もない。さきほどまで雲と霧の中にいたのに。

「頂上に着いたのか？」

「そう。ここが神山の頂、神の御座だ」

神の御座。聞き慣れない言葉だ。上を見ろ、とニキアスに顎《あご》で促される。

「……っ」

目に飛び込んできた幻想的な光景に、藍は思わず驚嘆の声を漏らした。中天は濃藍《こあい》の空に無数の星々が輝いている。その星空の下、広場の上空には、精緻《せいち》な彫刻が施された柱がいくつも浮かんでいた。柱の数を数えれば、十二本。柱は広場の周囲を囲むように浮かんで、空中をゆっくりと上下している。

柱の周辺には、赤々と炎を灯した無数のトーチが空中にふわふわと浮かんでいる。

壮厳で神秘的な光景だった。

「すごい……」

ここは異世界なのだと、あらためて実感する。まさに神話の世界そのものだ。

「ニキアス、下りてもいい？」

「ああ」

藍は神の御座を踏みしめた。

「御座は神々が下界に降臨する場所だ。ここを越えれば、あとは山をくだるだけだ」

「そんな神聖な場所に俺達が入ってもいいのか？」

「かまわぬ。神々が不在のときはただの空間だ」

ここまで来るのにあれほど苦労したのに。たどり着いてみれば普通に呼吸もできるし、寒くもない。

身体が圧力で動かしづらいということもない。

ニキアスが悠斗を下ろした。あわてて抱きとめて、地面に寝かせる。ニキアスが額に手を当てて、悠斗の覚醒《かくせい》を促した。

「ありがとう」

「セルジオス達を連れてくる。ここにいろ。そなたはけしてマントを脱ぐなよ」

そう言い残すと、ニキアスは広場の端に向かった。おそらくセルジオス達を迎えにいったのだろう。

悠斗が呻いた。

「悠斗くん」

「あいさん、俺…………え、うわぁ！」

悠斗は目を見開いて固まった。空中に柱が浮かぶ幻想的な光景が、いきなり目に飛び込んできたのだ。それは驚くだろう。

「体調はどう？」

「体調は……うん、大丈夫。かなり苦しくて、途中から記憶がないけど……いや、そんなことより、柱が浮かんでる。信じらんない……ここはどこ？」

「ここが山頂だって。神様が降りてくる場所らしい」

「すげぇ。異世界って感じだ」

まさに同じ感想を抱いたばかりだ。悠斗が立ち上がるのに手を貸す。

「ここはぜんぜん寒くないね」

「そうなんだよ。息苦しくもない……あ」

ニキアスがユーニスを抱えて戻ってきた。セルジオスとシメオンはニキアスの後ろをついてきているが、自力で歩くのがやっとという有り様だ。

「ひっ」

三人が近づいてくる。藍と悠斗はセルジオス達のひどい姿に息を呑《の》んだ。三人とも血だらけだ。

「こ、この人達、どうしたの……？」

「難処を通ってきたんだ。とても危険な場所を」

悠斗達の前まで来ると、ついに神殿兵士の二人もガクリと力尽きて倒れた。ニキアスが力を分け与えても、これほどに消耗する難処だったのだ。

「三人とも、本当に大丈夫？」

ニキアスは頷いて、まずはユーニスから手をかざした。

「神力を喰《く》わせているから、命の危険はない……そなたからもらった力だ」

ユーニスの全身がフワリと光る。ユーニスの苦しげな呼吸が、途端に穏やかなものになる。藍は安《あん》堵《ど》した。

ニキアスが次々と男達を癒やしていくさまを、悠斗は藍の隣で食い入るように見つめている。

「……すごい」

悠斗がぽつりと呟いた。

「ここにたどり着くまでも、ニキアスは俺達を守ってくれたんだよ」

そう藍が教えると、悠斗は唇を噛《か》んでうつむいた。ここまでニキアスに運んでもらったとは言わなかったが、三人が遅れてたどり着いたことで、悠斗も薄々察しているのだろう。

すっかり回復したセルジオスとシメオンが起き上がる。藍が不安げに見つめていると、二人は安心させるように頷いた。二人は自らに清浄の術をかけ、血の痕《あと》も消えてすっかり元どおりの様子だ。

次に目覚めたユーニスが目をうるませ、ニキアスの足元にまろび寄って額ずいた。

『ニキアス様……神子よ。なんと、御力が戻られて！』

『まだ完全ではない』

『それでも……なんという奇跡でありましょうか』

ユーニスは何度も額ずき、目を潤ませては興奮した様子で何事かを訴えている。藍はなんとなく二人の会話が想像できた。

ユーニスはニキアスの神力の復活を喜んでいるのだ。おそらくあの翼は、ニキアスの神力の象徴なのだろう。ニキアスは、翼はまだ不完全だと言った。だが、間近で見たそれは、とてつもないエネルギーの塊だった。

蘇《よみがえ》りつつあるニキアスの神力。その力の源は、藍だ。

もし藍が神力を戻す効能を持たない只《ただ》の人間だったとしたら、ニキアスはこれほどまでに愛してくれるだろうか。そんなことを考えて、藍は首を振った。

女々しく、自分勝手な思考だ。ニキアスに惹《ひ》かれはじめている自分自身の気持ちでさえ、アンブロシアとしての本性から来るものではないかと疑っているのだ。その上さらに相手の好意を疑うなど、馬鹿馬鹿しすぎる。

気分を変えるように、藍は声を張りあげた。

「ニキアス！　ここからどうするんだ」

「そなた達が休憩を終えたら、すぐに山を下る」

頭上には星が輝いている。時間の経過がわからないが、すでに夜ではないだろうか。

「ここで野宿はできないの？」

思いがけず、懇願するような口調になってしまった。入山してからは、日が暮れれば移動をやめて、岩陰で夜露をしのいだ。それに今日はもう充分なほど過酷な思いをしている。しかし、ニキアスは首を振った。

「御座には時々獣が降りてくる。聖獣ならばよいが、魔獣ならそなた達を危険に晒《さら》すことになる」

藍は眉《まゆ》を顰《ひそ》めた。聖獣とか魔獣とか、いったいどんな生き物なのだろうか。すると、悠斗が直接ニキアスに言葉をかけた。

「ここ、神聖な場所なんだろう？　それなのに、なんで魔獣が降りてくるんだ？」

ニキアスがしばし無言で悠斗を見つめる。悠斗も、ウルフアイから目を逸らさない。藍はハラハラする思いで、二人の会話を見守っていた。

「魔獣も神の創造物だからだ。神はここで魔獣同士を戦わせて、娯楽として鑑賞することもある」

そのとき、ドンと広場に突き上げるような振動が響いた。

「悪い予感が働いたな」

次の瞬間、藍はニキアスに抱えられて宙を飛んでいた。

「え……？」

あっという間の出来事で、藍には何が起こったのかもわからなかった。広場の端まで数十メートルの距離を、ニキアスが藍を抱えて一気に跳躍したのだ。

藍がニキアスの腕の中で呆然としていると、いつの間にか隣にセルジオスが立っていた。その肩に、悠斗が荷物のように担がれている。

「悠斗くん！」

藍はニキアスの腕を叩《たた》いて、下ろしてほしいと頼む。セルジオスが悠斗を藍の隣に立たせた。

「あ、藍さん……アレ、なに？」

広場の中央に視線を向ける。それまで藍達が立っていた場所に、巨大な生き物が鎮座していた。

「牛？　いや、蛇……」

違う。一見すると巨大な牛に見えるが、その化物は、後肢が蛇そのものだ。とぐろを巻いている。

「……うげぇ、キモ」

悠斗があそこに立ったままだったら、おそらくあの謎の化物に押し潰《つぶ》されていただろう。

「オピオタウロス。魔獣だ」

「あれが、魔獣……」

ニキアスが藍達をかばうように、一歩前に進み出た。

「ニキアス？　まさか、まさかのあの不気味なヤツと戦うつもりか？」

「まだわからぬ。魔獣に敵意はないからやりすごせるか」

ニキアスは黒い牛から目を離さない。すると、空中に浮いていたはずの柱が、広場を均等に囲むように、ズン！　ズン！　と地響きを立てて広場に着地した。トーチが柱のあいだに浮かび、ゴウゴウと炎を燃え上がらせる。

「な、なに？」

ニキアスの表情が厳しさを増した。

「もう逃げられぬ。神が娯楽を所望している」

「……どういうこと？」

魔獣の目が、赤く光った。そのあまりの禍々《まがまが》しさに、藍は背筋を凍らせた。

「私に魔獣との戦いを受けよ、ということだ」

＊＊＊

神によって敵意を宿された赤い目が、ニキアスを標的と定めたのがわかる。魔獣が唸《うな》り、舌を覗《のぞ》かせた。蛇のごとく細く長いそれは、先端が二つに割れている。

魔獣の威嚇に呼応するように、ニキアスの牙《きば》と爪がみるみる伸びていく。

ニキアスは腹底から膨れ上がる攻撃本能を抑えつけ、逸《はや》る肉体の膨張をこらえた。神によるオーダーの強制力。天蓋《てんがい》の神々が「戦え」と命じれば、神子の肉体は勝手に戦いの準備をはじめる。これが、神子の宿命だ。

「……っ」

たとえ神を裏切っても、藍のために生き、死にたい。その願いを打ち砕くのは、神でも宿願でもなく、ニキアス自身の細胞に編み込まれている神子の遺伝子だ。

ニキアスはぐっと拳《こぶし》を握り、掌に爪を喰い込ませた。いまはそのことを考えている時間はない。荒ぶる血を抑えながら、藍に向き合う。

「アイ。ここからけして動くな」

悠斗を抱えて後退りする藍を、ニキアスは腕に手を添えて引き止めた。伸びた爪で傷つけないように、慎重に触る。

「ニキアス。あんた……あんなのと戦うのか」

見開かれたその目が、恐怖で泳いでいる。藍が怖がっているのは魔獣だけではない。おそらくニキアスも相当凶暴な顔つきになっているはずだ。悠斗のために年長である自分が錯乱しないようにと、藍が必死で恐怖を抑えているのがわかる。その健気な様子に、ニキアスは憐憫《れんびん》を覚えた。これからもっと、恐ろしい思いをさせることがわかっていたからだ。

「よいか。何があってもマントを脱ぐな。神が我々を見ている」

神が見ている。その一言に怯《おび》えた藍は、揺れるまなざしで、すがるようにニキアスを見上げた。

「案ずるな。そなたを神には渡さぬ。絶対に」

それだけがニキアスの願いだ。少しだけ落ち着いた様子で、藍がコクリと頷《うなず》く。

「いい子だ」

ニキアスは頷き返すと、神殿兵士達に向かって命令した。

『セルジオス、シメオン。アイとユウトを私と魔獣から守れ』

『ニキアス様、我々がまいります』

セルジオスとシメオンが、緊張を帯びた表情で申し出る。

『汝《なんじ》達ではあれは倒せぬ。それに神は《クロノキアの神子とオピオタウロスの戦い》を所望した』

ニキアスがすげなく却下すると、二人は悔しげに唇を噛んだ。

魔獣が天に向いて吠《ほ》えた。藍と悠斗はとっさに耳を押さえる。牛のような外見に似合わない、耳をつんざく高い音。鼓膜が破れそうだ。

ニキアスも別の意味で頭を押さえて呻《うめ》いた。本能が戦いの時間を告げる。

「グルゥ……」

細胞のひとつひとつが、ボコボコと変化をはじめる。

「アイ。これから、私の……どのような姿を見た、としても……そなたは」

「……ニキアス？　なんだって？」

（これから私のどのような姿を見ても、私を恐れずにいてくれるか）

肉体の奥底に眠る神子の本性が解放されはじめたいま、ニキアスはそれ以上、人の言葉を話すことができなかった。

なぜなら本性をあらわした神子は、人の言葉を持たないからだ。

神は摂理。神は生命。神は恩寵《おんちょう》。神は災厄。そのすべてを受けて、ニキアスの神の血が発露した。

魔獣に応えるように天に向かって咆哮《ほうこう》すると、ニキアスは広場の中央に跳躍した。

鋭く伸びた牙を己の手首に喰い込ませた後、拳を前に突き出す。その手首から、血が溢《あふ》れ出す。

《神よ。ニキアス・クロノキアが所望の戦いを捧《ささ》げる》

ポタリ、ポタリと地面に吸い込まれていく神子の血。突き上げるように地面が鳴動した。神が応えたのだ。

《ウグルァァァ！》

獣神の血が、ニキアスの肉体を翼の生えた狼へと変えていく。

バキバキと骨が破壊され、筋肉がものすごい速度で破壊と再生を繰り返して変化する。肉体のそこかしこがボコボコと膨張しながら人ならざる異形のものに変化するさまは、さぞや異様な光景だろう。顔は完全な狼に、金色の髪は金属的な光沢を帯びた獣毛に変わる。背中には光の翼。肉体が二倍くらいのサイズまで巨大化して、ニキアスの変態が終わった。

『ニキアス様の翼が復活された……！』

シメオンの驚嘆の叫びが聞こえてくる。いまはまだ神力がエネルギーとなって凝縮しただけで、翼としてのかたちを取ることができないが、確実に復活しつつある。

ニキアスが、蛇牛に襲いかかった。牡牛《おうし》も角を向けて突進してくる。ニキアスは両手でズン！　と角を受け止めた。ニキアスの踵《かかと》が地面を削りながら後退し、砂埃《すなぼこり》が舞った。

角を押さえるニキアスの手が、青い電光を纏《まと》った。その直後、轟音《ごうおん》とともに稲妻が落ちる。爆圧の後に、爆風が同心円状に広がった。

「ニキアス……！」

藍の悲鳴が聞こえた。ニキアスは跳躍し、一度魔獣から離れた。シメオンがしっかりと藍を抱き込んで爆風からかばっている様子が、視界の端にチラリと映る。

《シメオン、それでよい》

変態を遂げた神子の声は、音というより振動となって頭蓋《ずがい》に直接響く。シメオンが頷いた。

蛇牛がとぐろを巻いて動かなくなった。ニキアスのほうから仕掛けるのを待っている。

オピオタウロスの脅威はあの蛇の下半身だ。近くに寄れば吐息が猛毒を放って獲物を動けなくさせる。動きが鈍くなった獲物は、尻尾《しっぽ》に搦め捕られたら最後、胴体が二つにちぎれるほどの力で締めつけられて絶命する。

ニキアスは平然と蛇牛に近づいていった。この世界に戻ってきた直後のニキアスだったら、確実に敗北していただろう。しかし、いまはアンブロシアから摂取した神力がものすごい速度で全身を巡っている。

かつての力すべてが戻ったわけではないが、オピオタウロスを倒すには充分だ。

この戦いは、神のための娯楽。いわばショーだ。あの尻尾の動きを麻痺《まひ》させ、毒を放つ前に、喉《のど》を食いちぎればよい。オピオタウロスの内臓を喰らえば、神を殺せるほどと言われる膨大な神力を得られる。この戦いは神の気まぐれなどではなく、いずれかの神の恩寵《おんちょう》なのかもしれない。

獣神の神子は、舌舐《したな》めずりした。あたたかい魔獣の内臓を喰らうことを想像して、口から涎《よだれ》が滴り落ちる。

ニキアスは跳躍した。上空から蛇牛に襲いかかる。牡牛が口を開き、スプリットタンを震わせた。

紫色の液体がブシャリと放出される。毒だ。

ニキアスは光の翼で上体を覆うと、そのまま牡牛の腰あたりに着地した。

《グォォォォ！》

ニキアスは横殴りに腕を払った。オピオタウロスの尻尾が、狼の鉤爪《かぎづめ》によってズタズタになる。風圧とともに、牡牛の胴体が半分だけ千切れ、ドサリと倒れた。

魔獣の血が青く光っている。盛大に噴き出したそれが、青い雨となってニキアスの全身を濡《ぬ》らした。金属様の輝きを放つ獣毛がその血を弾く。

ニキアスはもう一度鉤爪を払い、のたうち回る尻尾をさらに細切れに引き裂いた。魔獣が断末魔の叫びを上げる。

決着は着いた。ひと抱え以上もある牡牛の頭をたやすくねじ切ると、ニキアスは青い血が滴るそれを、広場の中央にデンと置いた。

《天蓋の神々よ。我が勝利を供物として受け取り給え》

天空から、光の粒子が瀑布となって広場に降り注ぐ。神々が供物を受け取って、ニキアスの勝利を祝福している証だ。

ニキアスは両手を広げ、恍惚《こうこつ》とした表情で黄金の滝に打たれた。みなぎる神力。本性を解放した快感。勝利の余韻。神に勝利を捧げる法悦。

分断された胴体から、オピオタウロスの新鮮な内臓が見える。これが戦いの報酬だと、ニキアスはそこに手を突っ込み、はらわたを引きずり出した。

その頃にはもう、ニキアスの中から理性は完全に消えていた。獣神としての本性をむきだしにした己の姿が、藍の目にどんな風に映っているのか、意識の端にすら存在しなかった。

新鮮であたたかい、神力の源。ニキアスはにんまりと笑うと、魔獣のはらわたに喰らいついた。

＊＊＊

目の前で繰り広げられるおぞましく暴力的な神話劇から、藍は片時も目が離せなかった。

ニキアスは二倍ほどの大きさの異形の獣に変身を遂げ、圧倒的な力で魔獣を嬲《なぶ》り斃《たお》した。

太く鋭い鉤爪がひらめくたびに、空中に浮かぶトーチの炎がゴウッと強火になる。まるで見えざる観客がわぁわぁと歓声を上げているようで不気味だ。

「ニキアス……」

ニキアスは勝利した。見るに堪えないほど凄惨《せいさん》で、極めて野蛮な狩りだった。

魔獣の青い血が噴き上がり、シャワーのように飛び散る。それが中央に立つニキアスの全身に降り注ぎ、ニキアスの服は青く染まった。倒したオピオタウロスの角をぐいと引き上げると、ニキアスは巨大な魔獣の首をまるで苺《いちご》をもぐように軽々とひねり、ブチリとねじ切った。

「ひっ」

藍は思わず悲鳴を漏らした。ニキアスの異様な姿とその怪力は、まさに神話の怪物そのものだ。

巨大な牛の頭部を、広場の中央にドンと据える。次の瞬間、黄金の雨が広場に降り注いだ。

激しく燃え上がる無数のトーチの炎。黄金の雨。その中央に立つ異形の獣神。肉塊となった魔獣。

幻想的で、残酷な光景だ。

ニキアスは首を失った魔獣の亡骸《なきがら》に近づくと、腹を裂き、はらわたを引きずり出した。まるで獲物の屍《しかばね》に群がる狼だ。藍達が立っている場所からかなり距離があるにもかかわらず、ニキアスが牙をむきだしにして笑ったのがはっきりと見える。

「ニキアス！」

これまであれほど藍の一挙一動に敏感だったのに、いまは藍の声が聞こえている様子もない。

（あれが……ニキアスの本性）

ニキアスは魔獣の臓物をつまみあげ、大きく裂けた口をパカリと開けた。その顔に、ポタポタと青い血が滴り落ちる。ニキアスは青く染まった全身を、魔獣の血でさらに汚した。

「……っ」

藍は口元を押さえ、悲鳴をこらえた。いや、こらえたのは吐き気だった。それ以上異様な光景を見ていることができず、藍はシメオンの胸に顔を埋めて、固く目を閉じた。


どれほど目を閉じていただろう。

気がつけば、魔獣の死骸《しがい》は、跡形もなく広場から消えていた。黄金の雨が降り注ぐ広場の中央に、美しい半神がすっくと立っている。ニキアスはすっかりいつもの姿を取り戻していた。あの残忍で異様な本性の面影は、どこにも見つけられない。

ニキアスは、まっすぐ藍を見つめていた。

藍は様々な感情に押し潰されそうになって、とっさに目を逸らした。それがニキアスを傷つける行為だとわかっているが、感情の爆発をこらえるためには現実逃避が必要だった。

戦いの直前に、ニキアスはあることを言いかけてやめた。「これから私のどのような姿を見たとしても」と。その続きはおそらく「いままでと変わらずにいられるか」だ。

これまで何度か、ニキアスの本性の片鱗《へんりん》を目にしてきた。老夫婦と少女が灰になったとき、そして洞窟《どうくつ》の中で媚薬《びやく》に侵される藍を組み敷いたとき。だが、人としてのかりそめの姿を脱ぎ捨てた半神が、これほどまでに異形の生き物だということを、どうして想像できただろうか。

そこまで考えて、藍はあることに思い至ってゾッとした。

(なら、俺は……?)

いままで神の果実アンブロシアだと言われても、自分の本性がどんなかたちをしているのか、藍は考えたこともなかったのだ。

もしかして自分も、異形の生き物に変身するのだろうか。あるいは果実というからには、四足の獣どころか、ただの桃や林檎《りんご》のような、意思なき食物になったりするのだろうか。

いつの間にか、ニキアスが目の前に立っていた。シメオンが腕を解き、ニキアスに向かって藍の背中を押す。

「アイ」

「ひっ」

伸びてきた手を、思わず払いのけていた。とっさの行動に言い訳もできず、藍はビクついてマントの中で縮こまった。

「私が怖いか」

ニキアスの声音に、わずかに哀《かな》しみが混じる。

違うのだ。ニキアスを嫌ったわけじゃない。ただ無性に怖かった。

全員が、悠斗さえもが、藍がニキアスを受け入れるかどうか、固唾《かたず》を呑《の》んで見守っている。それがわかっているのに、笑顔で「魔獣を倒してくれてありがとう」と迎え入れればいいだけなのに。

藍の喉は固まったまま、言い訳も、感謝の言葉も、何ひとつ発することができなかった。

ニキアスが伸ばしていた手を下ろす。藍の胸が引き絞られたように痛んだ。

『シメオン、アイを運べ』

シメオンに何か命じると、ニキアスが離れていく。

（ニキアス、違うんだ。ニキアス！）

藍はその背中を見ながら、何度も心の中で半神の名前を呼んだ。

いい歳《とし》をして泣きたくなる。実際に目頭が熱くなった。しかし、藍はぐっと歯を食いしばって、荒ぶる感情をこらえた。

「藍さん……俺と一緒に、もとの世界に戻ろう」

悠斗が日本語で呼びかけてくる。藍は顔を上げた。悠斗が、蒼白《そうはく》な顔で藍を見つめている。おそらく藍の顔も青ざめているだろう。

「悠斗くん」

「見ただろう？　あいつは魔獣を倒しただけじゃない。死骸からはらわたを引きずり出して、むしゃむしゃ喰《く》ったんだぞ。バケモンだ」

　それ以上、何も言ってほしくない。すがるような目で、藍はひたすらフルフルと首を振った。その様子を見た悠斗は、悔しげに顔を歪《ゆが》める。

「こんな世界で、藍さんも俺も、生きていけるわけがないよ」

＊＊＊

　神の御座から、山の反対側を下る。山頂近くのひしゃげた岩が乱立する場所も、なぜか簡単に下ることができた。あそこの圧力は、御座に上がる者を選別するトラップのようなものだったのだろうか。

　一行はほぼ駆けるような速さで、どんどん山道を下っていく。尖《とが》った岩がなぎ倒されたように折り重なるエリアまで戻ってきた。周囲は霧に包まれて、ときおり上空に青い稲妻が走る。山を登ったときと同じ現象だ。

　藍はシメオンに背負われて運ばれていた。自分の足で歩きたいなどと、わがままは言わなかった。当然の権利だとしても、それを言い出せば、彼らにいっそう迷惑をかけるとわかっていた。悠斗も同様だろう。黙ってセルジオスに抱かれている。

　ニキアスはユーニスを背負い、先頭を駆け下りている。その背中を見つめているうちに、暴風雨のように吹き荒れていた感情が、少しずつ凪《な》いでいく。考える時間だけは、たくさんあった。

本性を目の当たりにすれば恐怖する。いや、それどころか嫌悪する——ニキアスはそう言って、藍が耐えられるだろうかと、静かに見定めていた。

ニキアスが後方をたしかめるように、ちらと振り返る。目が合った。数瞬、二人は互いに様々な感情に翻弄されながら見つめ合う。

先に目を逸らしたのは、ニキアスだった。そのことに藍は落胆した。

神の御座で、咄嗟《とつさ》にニキアスを拒絶してしまったことが悔やまれる。

ニキアスの本性はたしかに衝撃だった。正直に言えば、ニキアスの本性は宗教画の天使のような姿なのではないかと思っていたのだ。しかし実際は、異形の怪物だった。

一方で、藍はその姿を、怖いとか醜いとは感じなかった。闘神のごとき肉体に狼の頭、背には黄金の翼を生やした異形の神。全身が金色に輝くその姿には、畏敬《いけい》の念を覚えたほどだった。

ただし、あの原始的な戦い方は別だ。武器を使わずに、己《おの》が肉体で敵を引き裂き、肉をねじ切るあの容赦ない凶暴さは、たしかに藍を恐怖させた。とくに、異形の姿のまま魔獣の内臓を貪《むさぼ》りはじめたときには、実際に吐き気がするほど気持ち悪かった。

しかし、藍の恐怖の源はそこではなかった。

ニキアスが見せた本性の姿は、完全に人の心を喪失しているように見えた。どれだけ藍が呼びかけても、反応しなかったのだ。神の摂理が支配する世界で、あれが本性に支配されるということだと、まざまざと現実を突きつけられた。藍は何よりも、いま自分に起こりつつある変化に恐怖したのだ。

(俺も、いつかあんな風になってしまうのだろうか)

藍の本性のかたちは、おそらくニキアス以上に人間とは程遠い。人ならざる何かに変化しつつある自分への恐れ、そして予感めいたものに、藍はいまだに震えが止まらなかった。

＊＊＊

かなりの距離を下ってきたところで、突如ニキアスが足を止め、雲に覆われた上空を見上げた。どうしたのだろうか。

次の瞬間、ニキアスが跳躍した。一同は驚愕《きようがく》してその姿を目で追う。

「アイ！」

「えっ？　……あっ」

シメオンの背から藍を奪いとると、ニキアスは列の最後尾に飛び去った。シメオンとセルジオスも、すぐに何かに気がついたように、緊張の面持ちで上空を見上げる。同じように曇天を見上げても、何も見えない。

（何かが来る？）

ヒュンと、空気を切り裂くような音がした。その直後、ドガン！　と藍達の目の前に空から何かが落ちてきた。

「うわぁっ！」

「アイ！」

岩が砕け、周囲に飛び散る。ニキアスの光の翼が即座に広がり、先頭のシメオンまでを一気に覆った。飛散した岩は光の翼に触れた途端に、ホロホロと溶け崩れた。

何が起こったのかわからず、藍はただ恐怖に震えていた。藍を抱くニキアスの腕に力がこもる。

「アイ……けして言葉を発するな」

ニキアスの腕に抱かれている喜びを噛《か》みしめる余裕もない。藍はただ頷《うなず》いた。

霧と砂塵《さじん》がゆっくりと晴れていく。

岩が粉々になり、そこだけ更地になっている。ドーム状の陥没。その中央に一人の男が立っていた。

『御座に黄金の雨が降ったので見にきてみれば、貴様だったのかニキアス』

ニキアスと同じような体格。褐色の肌は金属のような独特の光沢を帯びている。髪は白銀で、野放図に広がっている。襟足の髪が腰につくほど長い。ニキアスとは少し趣が異なるが、信じがたいほどの造形美だ。何よりも、全身がほんのりと発光している。

間違いない。どこかの国の神子だ。

藍はギョッとした。ニキアスの爪がググと伸びはじめている。また戦いがはじまるのだろうか。

声をかけようとして、喋《しゃべ》ってはならないと命じられたことを思い出す。話しかける代わりに、藍はニキアスの肩を掴《つか》んだ指に力を込めた。

褐色の神子が、にやりと笑う。

『落ち着け、ニキアス。ここで貴様と戦うつもりはない』

『貴様のことを信じろと？』

『イレクトロン神に誓えばいいか？』

二人は何を話しているのだろう。言葉がわからない藍は、不安でしかたがない。ニキアスの表情は険しいままだ。それでも、鉤状に伸びた爪が徐々にもとのかたちを取り戻していくのを見て、藍はホッと安堵した。

『信じよう……久しいな、カイロス』

ニキアスが話しかけると、褐色の神子はにっこりと笑った。ずいぶん表情豊かな神子だ。

ニキアスが藍に聞こえるように囁《ささや》く。

「あやつはカイロス。イレクトロン神の神子だ」

藍はフードの奥から、こっそりと褐色の神子を見た。カイロスも藍を見ている。目が合ったような気がして、藍はあわてて目を伏せた。


適度な広さの岩陰で、一行は足を止めた。

藍と悠斗は岩陰の奥に座らされる。横にはユーニスがぴったりとつき、セルジオスとシメオンが、カイロスの視線を遮るように二人の前に座った。

ニキアスは岩陰を塞《ふさ》ぐような位置に立っている。カイロスがその隣に立っている。金色のニキアス、白銀色のカイロス。二人が並んでいるさまは壮観だった。趣は異なるが、どちらも神々しい。

ニキアスと話せるときを待っていたのに、闖入《ちんにゅう》者のおかげでタイミングを失い、藍はひどく落胆していた。

「藍さん、疲れた顔をしてる」

「悠斗くんも……心が休まる暇がないね」

そう呟《つぶや》いて周囲を見れば、悠斗はもちろんのこと、ユーニスも心配そうに藍を見守っている。

藍は自嘲《じちょう》した。なにが「心が休まる暇がない」だ。いい大人のくせに、ただ抱えられて、守られているだけ。それなのに、全身全霊で守ってくれているニキアスの手を拒んだ。

「あの褐色の奴は誰？」

悠斗がニキアスの隣に立つ褐色の神子をこっそりと指差す。

「イレクトロンという国の神子らしい」

「はぁ。怪物がもう一人増えたってことか」

何気ない悠斗の呟きに、張りつめていた藍の心の糸がプツンと切れた。

「怪物なんて言うな！」

反論するつもりはなかったのに、気がつけばきつい口調で言い返していた。悠斗がムッと唇を尖らせる。

「なに、いきなり。藍さんらしくないよ」

藍は奥歯を噛んで激情をこらえた。「藍らしさ」とはなんだ。「真宮藍」という人間は、まもなく消えてしまうかもしれないのに。

悠斗の目には、いまの藍はどんな人間に映っているのだろう。この世界に来てから、己の変化に一番戸惑っているのは藍自身だ。

悠斗の目つきがどんどん険しくなる。

「あんなグロい姿を見ても、まだあいつと、まともに付き合えると思ってるの？」

「……っ、俺はニキアスを怪物なんて思わない。それだけだ！」

「それだけじゃないだろ！」

悠斗が藍の手首を掴んだ。

「……っ」

セルジオスとシメオンが、悠斗の怒声に振り返った。遠くに立っているニキアスも、隣の褐色の神子もこっちを見ている。

「キレイごと言うなよ！　薬盛られて、ヤラれて、なのにあっさりほだされて……好きになった相手がバケモンじゃないって、信じたいだけだろ！　バケモンの世界で、とっくにおかしくなってんだ」

藍の顔がさっと青ざめた。悠斗の罵倒《ばとう》は止まらない。

「あんたチョロすぎんだよ！」

「放せ！」

悠斗の手を振り払った。強く掴まれたせいで疼《うず》く手首を引き寄せる。悠斗は我に返ったような表情で、振り払われた己の手を呆然《ぼうぜん》と見つめた。

「藍さん……俺」

ひどく顔が歪んでいるのが自分でもわかる。藍は拳《こぶし》を口に当てて、怒鳴り返したい衝動をこらえた。

「……言い返さないの。俺、藍さんにひどいこと言ったよ」

悠斗の声は、ひどく苦しげだった。

「こんなときまで、俺に気を遣うの？　本当になんなんだよ……何か言い返せよ！」

そのとおりだ。いい大人がなんてざまだ。なんとか理性的に言い返そうと思い、また感情のままに怒鳴り返すのは大人げないとも思い、結局、藍は何ひとつ気持ちを言葉にできなかった。

「藍さん」

視界がふっと暗くなる。目の前にニキアスが立っていた。険しい表情に、心配と憤りが表れている。ニキアスの憤りは悠斗に向けられていた。

ニキアスの背後から、褐色の神子が興味深げにこちらの様子を観察している。彼が敵か味方かわからない以上、仲間割れしている様子を見せるのは得策ではない。ニキアス達が不利になるようなことは避けなくては。そう思うと、不思議と冷静になれた。

ニキアスは藍の前に片膝《かたひざ》をつくと、無言で腕を伸ばしてくる。藍を悠斗から引き離そうとしているのだ。藍はすっと掌を掲げて、抱き上げようとするニキアスを制した。

「ニキアス、いまは放っておいてくれ」

腕がピタリと止まる。ニキアスに触られたくないわけではない。誤解しないでほしいと、藍は訴えたいのを、すんでのところで止める。

「だが、ユウトは声を荒らげて、そなたの腕を掴んでいた」

はるか頭上からニキアスがじろりと睥睨《へいげい》すると、悠斗も唇を噛み締めて睨《にら》み返す。

「ただの意見の相違だ。たいしたことじゃない。俺と悠斗くんの問題だから放っておいてくれ」

真偽をたしかめるような鋭い目。ニキアスはしばらくしてから頷いた。

「よかろう」

ニキアスから、悠斗に対する敵意が消えた。藍はひそかに胸を撫《な》で下《お》ろした。ニキアスが悠斗を害することはないだろうが、それでも二人には喧嘩《けんか》してほしくない。

再び離れていこうとするニキアスの腕を、とっさに掴む。

「ここにいてくれ、ニキアス。あんたを拒んだわけじゃない」

ニキアスは黙ったまま自分の上腕を掴んだ藍の手を凝視している。まさか引き止められると思わなかったのだろう。

藍は再び悠斗に日本語で話しかけた。悠斗は鬱屈《うつくつ》とした目つきで、こちらを睨んでいる。

「悠斗くん。さっきはごめん」

「俺をかばったの？　俺、相当ひどいことを言ったのに」

「別にかばったわけじゃないよ。そもそも俺が、最初に感情的になったせいだから」

「くそ。藍さんがそんなんだから、俺は……」

そう呟いて、悠人は目を逸らした。

「俺も、ニキアスがあの姿に変わった瞬間は怖かった。魔獣との戦いも完全にホラーだったし、その後も……まあ気持ち悪かったよ」

悠斗が目を見開いた。藍があっさりと肯定したことが意外だったのだろう。

「でも、やっぱり俺はニキアスを怪物とは思えないし、思いたくない」

「……どうして」

「あの姿がニキアスの本性だとしても、人としての心を持ってるってことを、知ってるからかな……キレイごとを言う奴だと、すぐほだされるチョロい奴だと思っていいよ」

悠斗は首を振った。

「俺にはわかんないよ」

「そりゃそうだよね」

藍は頷いた。ニキアスの誠意も優しさも、まったくわかりやすいものではないからだ。

「流されやすいというのは、本当かもしれない。情けないところを見せてごめん。失望しただろう」

「俺も……乱暴なことしてごめん」

小さな声で呟くと、悠斗はがっくりと肩を落とした。

「俺はただ、藍さんが心配なんだ」

「うん。心配してくれていることはわかってる」

「なんかこの世界に来て、どんどん藍さんの雰囲気が変わっていくし」

悠斗の何気ない言葉が、胸の奥に抱えている不安を刺激する。

「……そう？」

「うん。まともな風呂《ふろ》もないような世界で、変な服を着ていても、藍さんはどんどん綺麗《きれい》になっていく。奇妙なくらいに」

意外な答えに、藍は考え込んだ。ニキアスも言っていた。ウラヌンティウムに戻ってから、見た目も変貌《へんぼう》しつつあると。藍は切実に、鏡を見て己の変化をたしかめたかった。

「それがそいつのせいなら……俺は悔しい。藍さんを連れて帰りたいよ」

悠斗の声に、切実さが募っていく。

「藍さんみたいにヤワっこくて優しい人を、こんなバケモンばっかの世界に置いておきたくない」

「俺は、そんなにヤワいかな」

「しっかりしてるよ。俺を必死で助けてくれたもん。でもそういうことじゃなくて。藍さんは、傷つきやすくて、柔らかい。ぎゅっと握ったら潰《つぶ》れそうだよ……こんな感じで」

悠斗が腕を伸ばし、藍の二の腕をきつく握った。

「悠斗くん。痛いよ」

「だから怪物達から、藍さんを引き離したい」

藍の腕を放して悔しげに拳を握る悠斗の肩に、今度は藍が手を置いた。

「心配してくれてありがとう。でも、俺の前で、ニキアスを『怪物』と呼ばないでほしいんだ」

悠斗に手を振り払われなかったことに、ひそかにホッとする。

「悠斗くんが、ニキアスのことを内心でどう思ったってかまわない。実は、俺自身が……その言葉がしんどいんだ。こっちに来てから、俺こそが、たぶん違う別の何かに変わりつつあるから」

悠斗が瞠目《どうもく》した。

「そんな……どういうこと？」

「俺にもわからないけど、感じるんだ」

藍が抱える葛藤《かっとう》の片鱗《へんりん》を見たのか、悠斗の黒々とした大きな目がわずかに潤む。

「俺がものすごいチート持ちでさ、この世界でも、藍さんを守れるほど強かったらよかったのに」

その言葉で、藍はようやく気がついた。藍が悠斗を守りたいように、悠斗も藍を守りたいと思ってくれているのだ。

藍にとって、悠斗は完全に庇護《ひご》の対象だった。巻き込んだ責任を感じて、何がなんでも守ってあげねばならないと思っていた。

だが、藍の腕を掴《つか》んだ手は、藍とさほど変わらない大きさだった。

そうだ。年下でも悠斗はすでに社会人で、藍よりもキャリアは長い。自分で考えて行動する大人の男なのだ。藍なんかより、よっぽど悠斗のほうが意思も強くしっかりしている。

ならば、本音をぶつけてもいいだろう。そう思った。

「正直に言えば、自分の変化が怖いんだ。そのせいで、自分の気持ちにも最近確信が持てない。だから、ごめん。落ち着いて話せるようになるまで、もう少しだけ時間が欲しい」

そう言って、藍は悠斗から離れた。

今日はあまりに色々なことがありすぎた。お互いに必要なのは、冷静になる時間なのだろう。

「ニキアス、話がしたい」

次に、腕を掴んだままだったニキアスを見上げる。日本語で交わされる会話が理解できずにニキアスが苛立《いらだ》っているのは感じていた。だが、「ここにいてくれ」と藍が頼めば、黙って傍にいてくれるのだ。ニキアスには藍の葛藤が伝わっている。そんな気がした。

＊＊＊

時は少し遡《さかのぼ》る。ニキアスは藍達を岩陰に休ませ、自身はカイロスと対峙《たいじ》していた。

『その険しい顔はなんだ、ニキアス。久しぶりに会った親友と、旧交を温めるつもりはないのか』

褐色に銀髪の神子カイロスがにこやかに笑う。瞳《ひとみ》の色は真紅。「時」を司る女神イレクトロンの神子だ。

二人は昔から、似たような体格、美しさ、そして神力の強さを持っていた。神子としてそれぞれの国を統べる役目を引き継いだ時期も近い。

しかし、その立場は、同じ神子でも大きく違っていた。カイロスの国イレクトロンは、ウラヌンティウム第一位の豊かで平和な国であり、ニキアスの国クロノキアは、最下位の滅亡の危機に瀕《ひん》した国だった。

それでも、ニキアスが界渡りを決断する三百年前までは、国が近いこともあり、カイロスとは懇意にしていたのだ。性格は正反対だが、神子としての実力は拮抗し、だからこそ互いを認め合っていた。

『一瞬だけ戻ってきた気配を感じた。それ以降は、さっぱり貴様の神力がたどれなかった。どうしているのかと思っていたぞ』

『私が、オルコスの最中だということは？』

『知っている。三百年前に、貴様が界渡りをしたと聞いたときに』

カイロスが腕を伸ばし、ニキアスの肩を叩《たた》く。

『オルコスを果たした暁には、天蓋《てんがい》の神々に、褒美としてヘロスマキアの開催をねだるつもりなのだろう』

『そうだ』

ヘロスマキアは神子が神の代理として戦う代理戦争だ。滅びゆく自国を救いたい。その一心で、神と交渉し、ニキアスは界渡りという無謀な挑戦を行った。己の翼をもいで神力の大部分を放出し、異界に流されたアンブロシアを探す旅に出たのだ。

『次に貴様と向き合うことがあれば、それはヘロスマキアの戦闘場だと思っていた』

ニキアスがそう言うと、カイロスは苦笑した。

『まあそう早まるな。まだ戦うとはかぎらないだろう』

ニキアスは応えなかった。オルコスを引き受けたときから、カイロスとの道は分かたれたと思っている。第一位の国の神子として尊崇を受けているカイロスは、いずれ戦わなくてはならない相手だ。

『異界から無事に、アンブロシアを取り戻してきたんだな』

ニキアスは頷《うなず》く。

『この山を越えてきたということは、ヘスペリデスに向かっているのだろう。なぜわざわざ険しい道を選んだ。我が国を通るのならば、邪魔をせずに通したのに』

『貴様ならばわかるだろう。アンブロシアによからぬ野心を抱く神子がいる。貴様がそうではないとはかぎらない』

カイロスが片眉《まゆ》を上げた。

『貴様をそこまで警戒させたのは、オパリオスのタロスの仕業だな。くく、貴様からアンブロシアを奪おうとしたのか。あの猪突猛進《ちょとつもうしん》な神子のやりそうなことだな』

まだクロノキアの領土内だったにもかかわらず襲いかかってきた神子タロス。地中深く埋めて退けたが、いずれ、奴とも再びヘロスマキアで戦うことになるだろう。

『タロスと戦って、退けたのか』

『ああ』

『あれでも第五位の国の神子なんだが、神力を大きく失った貴様にさえ敵わないとは』

神子の力は、ほとんど神の序列に比例する。もちろん年齢の差や地力の差によって、神力が前後あるいは拮抗《きっこう》する場合もあるが、最下位の国の神子であるニキアスは、本来ならばタロスに負けてもおかしくないのだ。

『今回は、タロスの若さが幸いした』

カイロスが笑う。どうやらニキアスの冗談だと思ったらしい。しかし、タロスの浅慮によってかろうじて勝利したのは事実だ。あのときは、いまのニキアスの半分の力もなかったのだから。

『どれだけ神力が衰えても、かつて序列第一位を誇ったクロノキアの神子ということか。だが、私には敵わない』

『そのとおりだ、カイロス』

ニキアスは素直に認めた。半神同士の会話に、気遣いも謙遜《けんそん》もない。ニキアスの肩を叩くと、カイロスは笑った。

『安心しろ。私自身は、アンブロシアにはさほど興味がない。あれはヘロスマキアに勝利して、英雄となる神子のためのものだ』

厳密には違う。アンブロシアの化身である藍の体液は全ての神子に作用し、莫大《ばくだい》な神力をもたらす。しかし、ニキアスは否定も肯定もしなかった。アンブロシアの恩恵を独占したいからではない。藍を独占したいからだ。

異界に流されたアンブロシアの胚珠《はいしゅ》は、人の胎に宿り受肉した。この世界の誰も知らない、奇跡の存在。だから、ルキニアの神子エロクアも、藍そのものがアンブロシアだとは気がつかなかった。

しかし、相手は第一位イレクトロンの神子カイロスだ。その神力は、かつてのニキアスと同じほど膨大なものである。

聡明《そうめい》なカイロスのことだ。万が一にも藍の香気を嗅《か》げば、なぜここまで藍自身が芳しく香るのかと疑問を抱くだろう。そして藍自身がアンブロシアの化身なのだと、必ず答えを導き出す。

『アンブロシアを、ヘスペリデスに戻すのだな』

絶対に、藍の本性をカイロスに気づかれてはならない。

ニキアスは頷いた。

いまは目的を変え、藍の身体から《神官の指》の効果を抜くために目指しているが、もともとアンブロシアを戻すためにヘスペリデスを目指していた。

『ところで、あのマントに包まれているのは何者だ』

カイロスがニヤリと笑う。ニキアスとは違い、その表情には屈託も憂いもない。ニキアスは内心で舌打ちした。やはりカイロスは藍に興味を持った。

『何者でもよかろう』

『ずいぶん大切そうに守っていたではないか』

カイロスがふと、何かを思いついたように真顔になる。

『貴様がそのような顔をするということは、もしや連れているのは《つがい》か』

ニキアスは、カイロスを射殺しそうな目で睨《にら》む。カイロスは両手を上げた。

『なるほど。当たりか』

『もしあれが私のつがいなら、貴様はどうする』

低い声で恫喝《どうかつ》すると、カイロスは肩をすくめる。

『クロノキアの神子のつがいに手を出すほど、私は愚か者ではないぞ。まあ、興味はあるが』

そう言って、ニヤリと笑った。

ウラヌンティウムのほとんどの神や神子は、多淫で多情だ。涼やかな顔をしたカイロスとて例外ではない。狼神の血を引くニキアス以外に、生涯唯一のつがいを定める習性を持つ神子はいない。

カイロスは分別のある神子だ。藍が単なるニキアスのつがいならば、カイロスはけして手を出すことはないだろう。かつて他国の神子がクロノキアの神子のつがいに軽はずみに手を出したせいで、壮絶な死闘が起こったことも、歴史から学んでいる。

だが、藍がアンブロシアと気がついたら、カイロスとてどんな行動を取るのかわからない。

カイロスが藍を欲しがる。そのことを考えるだけで、ニキアスの心中に凶暴な嵐が吹き荒れる。カイロスは第一位の国の神子。いまのニキアスでは、カイロスを退けることは不可能だ。

ニキアスに無意識に惹《ひ》かれてしまうのは、アンブロシアの本性によるものなのかと、藍は不安がっていた。おそらくその不安は当たっている。

藍自身が望もうが望むまいが、神の血脈に通じる者に求められれば、藍の肉体は快楽に蕩《とろ》けるだろう。たとえばカイロスに求められても。それが、おそらくアンブロシアの本性だからだ。藍の本性が目覚めつつあるいま、その傾向は今後ますます強くなるだろう。

だが、藍の心はどうか。

神の御座で魔獣と戦った直後、藍は本性を現したニキアスにひどく怯《おび》えていた。手を振り払われたとき、その場で藍に襲いかかりたい衝動をこらえられたのは奇跡だ。

そのときだった。岩陰の奥にいた藍が声を上げた。何を言っているのかわからないが、声音が緊張感に溢《あふ》れている。振り返って見れば、悠斗が藍の手首を掴んで怒鳴っていた。

『お、貴様のつがいは青年だったか』

セルジオスもシメオンも、二人を不安そうに見守っている。問題があれば彼らが止めるだろうとはわかっている。だが、藍に自分以外の男が触れていることに、ニキアスは怒りを覚えた。

もはや、指一本たりとも、他の人間に藍を触れさせたくない。

ニキアスが藍の前に片膝《かたひざ》をついたときには、藍はすでに悠斗の腕を振り払っていた。何かをこらえるようにうつむいている。フードの陰に隠れて、表情を窺うことができない。

悠斗に何を言われた？　藍は何を憂えているのだろうかと、焦燥感が募る。

藍は一度、ニキアスの腕を拒んだ。しかし、藍はなぜか一度は拒んだニキアスの上腕を掴んだまま、悠斗と会話を続けている。時折会話の中に「ニキアス」と、自分の名前も聞こえる。

歯がゆい。日本語が理解できないことが、これほどもどかしいとは。自分にもわかるように英語で話せ、と怒鳴りたくなる。

少し離れた場所から、カイロンが興味深げにこちらの様子を静観しているのがわかる。

山頂で藍に拒まれてから、ずっと溜《た》まり続けている苛立ちと焦燥を、ニキアスはひたすら拳《こぶし》を握って押し殺した。少しでも刺激を与えられれば、爆発してしまいそうだ。

しばらくして、ようやく藍がニキアスを見上げた。再び目が合った瞬間、ニキアスの全細胞が歓喜に沸き立った。

愛しい。神子としての宿命を捨てても守り抜きたい、生涯唯一無二の、最愛のつがい。

「アイ、抱えてもよいか」

「だめだ」

藍は首を振ると、わずかに顔をしかめ自分で立ち上がる。無自覚なのか、いまだにニキアスの腕を掴んだままだ。

「なぁ、少し離れた場所で話せるか」

ニキアスが我慢できたのは、そこまでだった。有無を言わさずに藍を抱き上げる。驚きに見開かれた瞳に、ニキアスに対する恐れも嫌悪もない。その事実が、ニキアスの独占欲を一気に爆発させた。

「ちょっ……ニキアス！」

柔らかく甘い、ニキアスの大切な、大切なつがい。このまま誰にもたどり着けない場所に閉じこめて隠してしまいたい。

「どこに行くんだ！」

「離れた場所で、私と話したいと言ったのはそなただ」

「そうだけど……待ってくれ！」

ニキアスはスタスタと岩陰から出て、バサリと翼を広げる。光の翼からこぼれ落ちる神力が、周囲を黄金色に染めた。

カイロスは腕を組んで、ニキアスの光る翼を見ていた。ニキアスの現在の力を見極めたのだろう。褐色の神子は、獰猛《どうもう》な笑みを浮かべている。だが、そのことさえ、いまはもうどうでもよかった。

カイロスが敵に回るのか、あるいは味方か。いずれわかることだ。

『追いかけてくるな。すぐに戻る』

ニキアスはそう言い捨てると、つがいを抱えて空へ舞い上がった。


ニキアスと空を飛んでいる。

できれば二人きりで、落ち着いて話がしたかった。だが、空を飛びたかったわけじゃない。

「ニ、ニキアス」

眼下には尖《とが》った岩石群。さきほどまで難儀して歩いてきたそこを、ニキアスは藍を抱きかかえたまま軽々と飛び越えていく。ニキアスの背中に生えた光の翼の先端から、黄金の雨がパラパラと岩山に降り注ぐ。灰色の世界が金色に染まっていく様は壮観だった。

　景色が恐ろしいほどのスピードで流れていく。しかも、高いところが苦手な藍からしてみれば、現実逃避したくなる高さだ。

「綺麗《きれい》だ……じゃない！　ニキアス！　怖いから高度を下げてくれ！」

「なぜ震えている。寒いわけではなかろう」

「高すぎてこわいんだよ！　……うわあっ！」

　ニキアスが急停止し、空中にホバリングする。休めそうな岩陰を見つけたのか降下をはじめた。衝撃もなくふわりと着地すると、藍は脱力する。

　ニキアスはすたすたと岩陰に入った。そこでようやく、ニキアスは藍を放す。藍はその場にヘナヘナと崩れ落ちた。

「本当に高いところが苦手なようだな」

「たしかに話したいと言ったけど……ここまで離れる必要があった？」

　ほんのりと発光する半神を睨む。無表情だが、なぜか機嫌が良さそうだ。

「なんでそんなに機嫌がいいんだ？」

「わかるのか」

「わかるというか……」

　なんとなくだが感じるのだ。無表情だが、ニキアスがずいぶん高揚しているのがわかる。

すると、ニキアスが、さきほどと同じように片膝をついた。手を伸ばして、頬に触れてこようとする。藍は、その手を拒まなかった。

「アイ」

今度こそ、ニキアスがはっきりと笑った。藍は驚きのあまり、ポカンと口を開ける。これほどほがらかなニキアスの笑顔を、初めて見た。

「そなたが私を拒まず、こうやって触れることができる。これ以上の喜びはない」

「……え？」

「愛している」

美しい半神の顔が近づいてくるのを、藍は呆然《ぼうぜん》と見つめていた。

「……ニキアス？」

頬に添えられた手は、とてもあたたかかった。


唇から全身が溶けて、ニキアスとひとつになっていく。

溜息《ためいき》を漏らしそうになるほど強烈な感覚が、肉体の奥底から滾々《こんこん》と溢れてくる。きちんと話をしたかったのに、あっという間に、藍の肉体は神子の求めに応えて従順に蕩けていく。

「ニキアス……ニキアス」

いつの間にか、あぐらをかいたニキアスの膝の上に、向かい合わせで座らされていた。

肉厚な舌に敏感な粘膜をするするとこすられ、直後にジュッと吸われる。藍は全身をビクビクと震わせた。溢れた唾液《だえき》を、ニキアスが歓喜とともに啜《すす》る。

「はあっ……あ」

「小さな舌だ」

相手の口内に誘われた舌に、鋭く伸びた牙《きば》が当たる。そっと柔らかな舌に押しつけられた尖りに、パンと快感が弾けた。

「アイ、私の命……どうかもう二度と、私を拒まないでくれ」

溺《おぼ》れそうな藍に息継ぎをさせる合間に、ニキアスは何度も繰り返し、愛を囁《ささや》く。拒まないと、藍はきちんと言葉で伝えたかった。だが、唇が解放されない。舌先はずっと溶け合ったままだ。

藍は会話を諦《あきら》めた。話したかったことのすべては、きっともう伝わっている。

「愛している」

背中と首筋を愛おしげに撫《な》であげる、大きな手。

「アイ、私の最愛。愛している……どうか、私を壊してくれ」

ニキアスは藍に惜しみなく愛を伝え、傍にいてほしいと乞《こ》い続ける。心をまったく偽らない半神に、藍の胸がぎゅっと引き絞られる。たまらなかった。

「ニキアス……」

私を壊してくれ、というのは、いったいどういう意味なのだろう。もしそれが心のことを指すのならば、お互い様だ。

藍は太い首に腕を回し、もっと深く重なってほしいと、ニキアスにさらなる口づけをねだる。ニキアスはその願いに応えて、藍の後頭部を引き寄せた。

ようやく満足したのか、ニキアスが唇を離してくれた。わけもわからない状態ではじまったキスのおかげで、なけなしの体力気力が更に削られて、もはやくたくただ。

「は……」

くったりと逞《たくま》しい肩に額を預ける。どれほど互いを貪《むさぼ》っていたのか、もはや唇がふやけて倍の厚みになっている気がする。あとニキアスの舌が大きいせいで、地味に顎《あご》が痛い。

大きな掌が、落ち着かせるように後頭部を優しく撫でてくれる。今日は色々なことがありすぎて疲れている。様々な不安と問題を後回しにしてでも、このまま眠りたくなった。

「ユウトと言い争いをしていたのは、私とのことについてだろう」

しかし、ニキアスが気にしているのなら、この場で話し合ったほうがよいのだろう。頭がぼんやりとしてまとまらないが、藍はなんとか気力を振り絞った。ただし疲れてぐったりしているから、だらしない体勢のままなのは許してほしい。

「気になった？　たいしたことじゃないよ」

「何を話しているのか理解できないことが、あれほどもどかしかったことはなかった」

「ニキアスには関係ないことだよ」

藍を支える腕にグッと力が入る。肋骨《ろっこつ》がミシミシと軋《きし》んだ。苦しい。藍は二の腕をタップした。

「潰《つぶ》さないでくれ。いま俺、何もできないから」

「……わかっている。くそ、なぜにそなたはかくも柔いのだ」

苦虫《にがむし》を噛《か》み潰したような声とともに、腕の力がゆるんだ。ようやく呼吸が楽になる。圧倒的な力の前に、まさに虫になった気分だ。

「いつかブチッてやられそう」

「まさか。絶対に傷つけない」

「ふは、わかってる。冗談だよ」

藍は肩を揺らし、寄りかかっている肩を溜息で湿らせる。どれほど本性が獰猛で凶暴な獣でも、絶対にニキアスが藍を傷つけることはないと確信している。

「関係ないと言ったのは、悠斗くんとのことは自分で解決したいからだ」

ニキアスは無言だ。だが、不満げな空気がヒシヒシと伝わってくる。

「不満か？」

「つがいのことで、私が関係しないことなどない」

「息を吐く回数も数えられそうだな」

「叶《かな》うのならば数える」

藍は呆《あき》れ返《かえ》った。ニキアスの言う「つがい」というのは、いったいどこまで濃密な関係なのだ。

「過保護というより、過干渉すぎじゃないか？」

「クロノキアのつがいというのは、そういうものだ」

なんならニキアスのほうが、正気か？　と言わんばかりの表情だ。

まったく、ニキアスの度を超えた執着には苦笑するしかない。今も教えろ、という無言の圧がすごい。だが、悠斗がニキアスのことを『怪物』と言ったせいで口論になったなんて、本人には伝えたくなかった。

「言い争いは、神の御座で見せた私の本性も関係しているのだろう」

藍は苦笑した。隠したくても、本人が先に答えにたどり着いてしまった。

「本性を現した私の姿は、恐ろしかっただろう」

「正直に言っても？」

寄りかかった肩が揺れた。ニキアスが頷《うなず》いたのがわかる。

「めちゃくちゃ怖かったよ」

「そうか」

「あんたの本性って、翼が生えて、もっとこう、天使みたいになるのかなと思っていたんだ」

勝手に抱《いだ》いていたイメージだ。

「実際は巨大化して、羽が生えた狼男みたいになるし。凶暴な見た目すぎて怖かった。あれはあれで、たぶん見慣れれば格好いいと思うんだけど」

拙いフォローに、ニキアスがかすかに笑った。

「ただ魔獣の頭をブチッて引きちぎって……最後は内臓を引きずり出して、急に食いはじめたときには……あれはもう、本当に怖かった」

いまでもそのときのことを思い出すと震える。

「あれは神が私に与えてくれた褒美だ」

意外な答えに驚いて、藍は目を見開いた。まさかあんなグロテスクな内臓が、神の褒美だったとは。

「優勝賞品は牛一頭分の焼肉、みたいな感じなのか？　……いや、そんなまさか」

「オピオタウロスのはらわたには、神をも殺せると言われるほどの神力が満ちている。喰らえば、その神力がそのまま我がものとなる」

「なるほど……ああ」

さすが異世界。常識では理解しがたいことがたくさんある。そういえば、と、藍はさきほど空を飛んだことを思い出す。

「だから、翼がしっかりしてきたの？」

「そうだ。そなたが授けてくれた力とともに、オピオタウロスの神力を取り込んだおかげで、私の力はかつてとほぼ同じくらいにまで回復した」

たしかに、まだ先端の輪郭が溶けていたが、それでもずいぶんと翼らしいかたちになっていた。

「へえ……よかったな」

「アイ」

ゆっくりと地面に転がされる。ニキアスが頭の横に片手をついて、覆いかぶさってくる。

フードがずりさがって、藍の顔があらわになった。もう片方の手は、藍のなめらかな頬を愛おしげに撫でる。

「いまでも私が恐ろしいか」

藍はじっくりと半神の顔を眺めた。金色のウルフアイとアースアイが、互いに複雑な感情を湛《たた》えて絡み合った。藍は正直に答えた。

「うん、怖いよ。出会ったときからずっと、いまも少し怖い」

半神のまなざしが憂いを帯びる。

「でも、やっぱりニキアスの傍にいるのが、不思議なくらい自然なことに思える。背中におんぶされているユーニスさんに、さっきは嫉妬《しっと》したくらいだ」

「嫉妬？　そなたが？　ユーニスにか」

「そう」

「なぜ？」

藍は頬を撫でる指を取り、先端にそっと口づけた。

「この手が他の人に触れているのが、嫌だなって思ったんだ」

「それはまことか」

狼の目がわずかに揺れた後、煌々《こうこう》と輝きを増す。全身から金色のオーラが立ち昇ってきた。

「……ニキアス？」

「そなたは、まことに『心』で、私を求めてくれているのか」

不安なのはニキアスも一緒だったのだ。藍はそのことに安堵して頷いた。

「そうだったらいいと思ってる」

こんな嫉妬めいた独占欲を、誰にも感じたことがなかった。これまで告白されるままに何人かの女性と付き合ってきたが、本当の意味で心を動かされたことがなかったのだと、いまならわかる。

「そう。たぶん、俺の心がニキアスを欲しがってるんだ」

その瞬間、ニキアスの喜びが爆発した。

「うわっ！　ニキアス？」

バサリと音がして、ニキアスの巨大な翼の中に閉じ込められる。ニキアスの腰まである金髪が、光の粒子の海にフヨフヨと浮かんでいる。

「アイ、もう一度言ってくれ」

「何を？」

「そなたの心が私を求めていると。私を欲しがっているのは、アンブロシアの本性からではないと」

またむずかしいことを言う。本性を凌駕《りょうが》しろと、本人にはどうしようもない要求をしてくる。ならば、おまえは本性を抑えられているのかと反論したい。

だが、答えを急《せ》かすニキアスに、ここは素直に負けることにした。

「たぶんそうって、言っただろ？」

「たぶん？　なんとあいまいな。これだから日本人は。イエスか、ノーか。どちらなんだ」

藍は思わず忍び笑いをしていた。ニキアスがなぜか急に人間くさくなった。

「なに、イエスかノーかって」

「いいから、早く答えろ」

性急で、言葉足らずで、強引で。ニューヨークで出会った頃のイーサンを思い出す。まだ一ヶ月も経っていない気がするのに、ずいぶん昔のことのようだ。

「イエスだよ」

ニキアスの目を見て答えた瞬間、膨大な光の粒子が、一気に翼の中に放出された。

「うわっ……なっ？」

顔の前でストロボを無限に焚《た》かれているみたいだ。あまりの眩《まぶ》しさに、藍は目を押さえた。

「痛い！　ニキアス、目が開けられない！」

「……すまぬ。抑えられない。そのまま目を閉じていろ」

「ええ、嘘だろ？」

額に、まぶたに、唇が落ちてくる。首筋に甘く食いつかれたときには、反射的に目を開けてしまった。途端に視神経を焼かれそうになって、再び固く目をつむる。まぶたの奥に、白い残像が散った。

「あっ、え、うぐうっ」

ぶ厚い肉体がのしかかってきた。興奮して藍のことを気遣う余裕がないのだろう。ニキアスの体重は、おそらく藍の倍は余裕である。

このままだと本気で圧死しそうだと、藍はごつい肩を必死でタップする。

「く、くるし……」

掠《かす》れた声で窮地を訴えると、即座に重みが消えた。ようやく空気が肺に入ってくる。

「っ、すまぬ。大丈夫か」

「げほっ……たのむから落ち着いてくれ」

「ああ。そなたを心ゆくまで愛したい」

「けほっ……あんた、俺の話を聞いてないだろう」

抱きたいと言いながらキス以上のことをしないのは、おそらくイレクトロンの神子が近くにいるせいだろう。アンブロシアの香気が藍自身のものだと万が一にも気づかれないためには、藍をマントに包んだままにしておく必要があるのだ。

「……そなたが、アンブロシアでさえなければ」

そのくやしげな囁きが、どんな言葉よりも藍の心を浮き立たせた。いまこの瞬間、藍はどうしてもニキアスの表情が見たかった。いつものように無表情なのだろう。それでもきっと、藍には読みとれる。ニキアスの瞳の中にたぎる熱い想いを。

しばらくすると、ニキアスが上体を起こした。ようやく理性が戻ってきたのだろう。藍は胸を撫《な》で下《お》ろした。素面《しらふ》で抱き合うのは、やはりまだハードルが高い。媚薬《びやく》の後遺症が悪さをしてどうしようもなくなっている状態ならともかく。それに、置いてきた悠斗の様子も気になる。

「言っておくけど、俺は本来、そういう関係になるのは慎重なんだ」

目を閉じていても、ニキアスの視線を感じる。

「私に抱かれるのは嫌か」

「嫌なわけじゃない。単純なイエスかノーかじゃなくて、この関係に、俺なりに気持ちを書き足す余白をくれよ」

「そなたの心は信じている。いつまでも待つ。だが、そなたの本性は違う。神子が相手ならば、アンブロシアの本性はそれが誰でも惹《ひ》かれるだろう」

「人を淫乱《いんらん》みたいに言うな。誰でもいいわけがないだろう」

藍は目をつむったまま、むっと眉間《みけん》に皺《しわ》を寄せた。

「何者かがそなたに指一本でも触れることを想像するだけで、気が狂いそうだ」

「たとえそんな状況になったとしても、俺が望んだことじゃない。ことが終わって正気に戻ったら、絶対に自己嫌悪で死にたくなる」

不穏な仮定で暗くなる、これこそ不毛な会話だ。

「どうせ俺は、そう遠くないうちに、また熱でわけのわからない状態になるんだろう？」

最低最悪なことに、目の前にいるなら誰でもいいと、きっと我を忘れてセックスをねだるのだ。そして事後、己の最低な醜態を思い出しては、屈辱と羞恥《しゅうち》に絶望するに違いない。

「うぅ、やっぱり他の女も男も近づかせないようにして。俺には無理だ。ニキアス以外の誰かとなんて、想像しただけで死にたくなる」

ぐ、と、なぜか苦悶《くもん》の呻《うめ》きが聞こえてきた。

「ニキアス。その光、いい加減どうにかならない？」

フワリと音がして、風が頬を撫でた。まぶたの向こうに透ける世界が、少しずつ暗くなっていく。

「もう目を開けてよいぞ」

ニキアスが翼を広げた。光の粒子が大気に散らばると同時に、羽が霧散した。幻想的な光景に、藍はうっとりと見惚《みと》れた。しかし、なぜか藍を見下ろすニキアスの眉間には、ひどく皺が寄っている。

「あんた、どうしてそんなしかめっ面をしているんだ？」

「いまこの瞬間、そなたに媚薬の効果が出ないかと願ってしまった。己の浅ましさを省みている」

「は？」

藍は目を瞬いた。媚薬がもたらす発情は、地獄の苦しみと紙一重なのに、藍がそんな状態に陥ればここで藍を抱けると思ったと、ニキアスはいま馬鹿正直に告白したのだ。

「はは……最低だな。普通、被害者の俺にそんなことを正直に言う？」

「わかっている。だが、そなたに触れる理由を求めてしまった」

「それでも、そういうことは思っても隠そうよ。最低だよ、本当に……ふは、は」

驚きと呆《あき》れが過ぎて、だんだん笑いが止まらなくなる。

「は、だ、大事なことは、必要なタイミングで言わないくせに……なんだよ、ははは！」

ニキアスが驚いているのがわかるが、間欠泉のように笑い続けてしまう。

「許してくれ、アイ」

「いや、許すよ……はは、許すけど、あんまりおかしくて」

そもそも恋愛めいた感情で脳内を花畑で埋められる状況ではないのだ。それなのに愛しているだの、いますぐ抱きたいだの、まるで恋人とのじゃれあいのような呑気《のんき》な会話をしている。しかもその相手は半神。その本性は、有翼の狼。あらゆることが非常識で滑稽《こっけい》だ。

「ごめん。あーもう、笑いすぎて涙が出た」

藍は目尻《めじり》に滲《にじ》んだ涙を拭《ぬぐ》った。またこんな風に、笑えると思っていなかった。

「……アイ」

ニキアスの目に、ひどく苦しげな光が宿っている。

「泣かないでくれ」

「いや、これは……あれ？」

拭っても拭っても、次から次へと目尻から雫《しずく》が流れ落ちてくる。

「は、いい大人が……こんなことで、笑い死ぬとか」

藍は両腕を交差させて、みっともなく濡《ぬ》れた顔を隠した。頭を隠す腕ごと、そっとニキアスの腕に抱きしめられる。

「私がそなたを愛していることが、そなたを追いつめているのか」

「ふ、ちがう……っ」

あらゆる不安を堰止《せきと》めていた防波堤が、決壊しただけだ。

「うれしいんだ」

ずっと、非情な神の摂理に支配されたこの世界が恐ろしかった。いまも恐ろしい。

行く先も目的もわからない異世界の旅の過程で、次々と不安がのしかかってきた。それがあまりに重すぎて背負いきれなくなりそうで、平静を装うのに必死だった。

それなのに、アンブロシアとしての本性が、少しずつ内側から藍を変えていく。肉体は否応なく、神子の存在に蕩《とろ》けていく。むしろ藍にとっては、この世界こそがリアルで、刺々《とげとげ》しくて。

心だけが、ずっと周回遅れだった。

「俺の気持ちが……やっと、現実に追いついた気がするんだ」

旅の仲間からわざわざ距離を取って、キスをして、正直に気持ちを告白しあって、照れて、むかついて、相手の言動に呆れて。こんな状況で、そういう人間くさいことをしている自分が滑稽で。でもこの瞬間、少しだけ気持ちが軽くなった。

泣き笑いながら囁《ささや》く藍を見つめて、ニキアスがせつなげに目を細めた。

いつか、何の憂いもなく平和な世界で、ニキアスとゆっくり語り合いたい。これまでどんな人生を歩んできたのか。何に喜び、何を求めているのか。相手はなにせ何百年も生きている異世界の半神。きっと藍が過ごしてきた二十五年の人生とは、何もかもが違うのだろう。

「抱き合うなら、ニキアスがいい」

心を揺さぶり続ける、唯一無二の狼。藍はいま自覚している精一杯の想いを告げた。

「いまはニキアス以外に、俺の心は動かないよ」

＊＊＊

二人きりになった時間は、体感にして三十分もなかっただろう。

藍がニキアスに抱えられて舞い戻ると、悠斗はほっと安堵《あんど》したような、それでいてひどく思いつめたような表情を浮かべた。「さきほどはごめんなさい」と、藍は深く頭を下げて謝罪した。悠斗が発した何気ない言葉に過剰に反応したのは藍のほうだ。

悠斗も一言「ごめん」と謝って、その後は自分の世界に籠《こ》もった。藍もそれ以上話しかけなかった。そのことに、悠斗も安堵しているように見えた。

あの瞬間、藍にできたのは、いまの自分の気持ちを正直に悠斗に伝えることだけだった。藍も悠斗も、互いの本音を、どこかで本気でぶつけあう必要があったのだろう。

一行はそのまま岩陰で黙々と食事をこなし、一夜を過ごした。いつの間にか、イレクトロンの神子は消えていた。

当然のように、ニキアスは横たわった藍を腕に抱く。これまではマントを着ていたニキアスに包まれていたが、いまは逆だ。マントに全身を覆われた藍を、ニキアスのむきだしの腕が抱える。

直接体温を分け合えないことに寂しさを覚えながらも、あまりにも多くのことがあった一日の疲労がたたり、藍はあっという間に眠りに就いた。

翌朝……といっても、霧がかかった神域では夜が明けたかどうかはわからなかったが、藍はニキアスに揺さぶり起こされた。

「ん……」

「アイ、起きろ。また奴が来る」

「え？　来るって……？」

その直後だった。ものすごい爆発音とともに、地面に大きな衝撃が走った。ニキアスが即座に藍を腕の中に匿った。悠斗が飛び起きたのが、視界の端に映る。

『やあ』

立ち昇る煙の中から現れたのは、にこやかに笑う褐色の神子だった。ニキアスだけではない。セルジオスもシメオンもすっかり警戒している。

『また来たのか。いったい我らに何用だ、カイロス』

見上げれば、ニキアスは冷え冷えとした表情を浮かべている。

一方の褐色の神子はにやりと笑った。少女の姿をしたルキニアの神子といい、この褐色の美貌《びぼう》の神子といい、ニキアスと比べるとずいぶん表情が豊かだ。

『おいおい、三百年ぶりに再会したのだぞ。昔とずいぶん態度が違うではないか』

『我々につきまとったところで、アンブロシアは渡さぬ。見せもせぬぞ』

カイロスが肩をすくめる。

『タロスのような愚か者と同列にするな。たとえ神の果実だろうが、単なる神子の私には無用なものだと言っただろう』

銀色の風が吹いた。ニキアスとはまた違った趣の美貌が、瞬時に藍の目の前に迫る。

「……っ」

真紅の瞳《ひとみ》がルビーのように輝いている。カイロスがニコッと邪気のない笑みを浮かべた。褐色の指がフードに伸びてくるのを、藍は呆然《ぼうぜん》と見つめることしかできなかった。

『おっと』

視界がカッと青い閃光《せんこう》に染まると、一瞬遅れてバリバリと空気を引き裂く音がした。ニキアスの逞《たくま》しい胸に抱き込まれたせいで何も見えなかったが、おそらくニキアスが電撃を走らせたのだろう。全身の産毛が逆立ったのがその証だ。いまも、バチッバチッと放電する音がする。

『これに近づくな。殺すぞ』

『はっは、最下位の国の神子の分際で、一位の私を殺すと？』

だが、その直後、褐色の神子は見えざる衝撃に弾き飛ばされた。藍は息ができなくなるほどきつく抱きしめられていたが、状況を把握したくて必死で視界を確保する。見えた。ニキアスの腕が獣のそれに変化している。拳に青い稲妻を纏《まと》っていた。

さきほど立っていた場所まで、カイロスは後退させられていた。だが、まったくダメージを受けた様子はない。楽しそうにニヤニヤと笑っている。

『やるではないか』

次の瞬間、ニキアスとともに、藍は壁に叩《たた》きつけられた。全身がバラバラになりそうな衝撃に、息が詰まる。

「アイ、大丈夫か」

鎧《よろい》のような肉体に包まれているおかげで、怪我はしていない。

「大丈夫だ。でも、ニキアスのほうが……！」

「私は問題ない。まだ声を出すな。よいな」

ニキアスが体勢を立て直す。どんなときでも藍を放さない。いや、いっそうきつく、息もできないほど強く抱き寄せられた。

カイロスが片手をプラプラさせながら、ゆっくりと近づいてくる。

『私に逆らうな、ニキアス。いいではないか、つがい殿の顔を拝むくらい』

今度は、ニキアスが獰猛《どうもう》に笑った。

『近づいたら殺す、と忠告したぞ』

すると、カイロスが真顔になって腕を組む。

『……なるほど、貴様。やはりそうか』

赤い瞳が剣呑《けんのん》に光る。藍はニキアスの腕の中から、必死で二人の気配を読んだ。さきほどの凶暴な敵意は薄れているが、いまだに殺伐とした空気が漂っている。

『ニキアス。貴様、神力がほとんど戻っているようだな』

ニキアスはあっさりと首肯した。

『私の神力を測るためにこんな真似をしたのか。これにかすり傷のひとつでもつけてみろ。私の理性はいともたやすく弾け飛ぶ。たとえ旧知の仲の貴様とて容赦はせぬ』

褐色の神子はニキアスの恫喝にもまったく躊躇《ちゆうちょ》しない。

『なぜ神力が戻った。貴様のその膨大なうつわは、そう簡単に満たされるものではなかろう』

『神の御座でオピオタウロスを斃した。その恩恵だ』

『そうか。だが、数百年もの長きにわたりクロノキアの大地に注ぎ続けたせいで、極限まで失われていたはずの貴様の神力が、オピオタウロスのはらわたを喰《く》っただけで満ちるとは思えないが』

『……だが、それが事実だ』

緊迫した睨《にら》み合《あ》いが続いたが、しばらくすると、カイロスが肩をすくめた。

『まあよい。いまはそういうことにしておいてやろう』

『話がそれだけならば、我々は出発する。邪魔をするな』

カイロスは頷《うなず》いた。

『貴様とはまだ話したいことがあるのだが、またの機会にしよう』

『なんだ』

『ルキニア神から、貴様が授かったヴィジョンについてだ』

ニキアスの全身が、わずかに強張った。

『……貴様がなぜそれを知っている』

『ルキニア神の神子エロクアから聞いた』

ニキアスは、いっそう冷たい目で褐色の神子を睨みつける。

ニキアスの腕の中で、藍は不安が昂《こう》じ続けていた。神子達が何を話しているのか理解できないことが、ひどくもどかしい。いまさらながら、日本語の会話の内容がわからず苛立《いらだ》っていたニキアスの気持ちがわかる。

「あっ」

ニキアスが藍を抱え上げた。フードの奥を覗《のぞ》き込んで藍の様子を窺う。

「アイ、怖い思いをさせたか」

「い、いや。怖いというよりは、二人が何を揉《も》めているのかが気になって」

恐怖を感じる暇もないほど、一瞬の出来事だった。

二人の諍《いさか》いを目の当たりにしてわかったことがある。神子同士が本気で戦えば、いともたやすく地面は裂け、岩は粉々に砕ける。小さい頃テレビで見た怪獣の大戦争のような状態になるのだろう。

藍は悠斗の反応が気になった。ちらりと見やれば、座り込んだまま呆然と神子同士の諍いを眺めていたようだ。

『もう行く。カイロス、貴様は国へ帰れ』

ニキアスが褐色の神子に向かって言い捨てる。カイロスは腕を組んで、半笑いの表情でニキアスと藍を観察している。いったいあの神子の目に、藍と悠斗はどういう存在に映っているのだろう。

褐色の神子が何を考えているのかが気になって、つい見てしまう。しかしニキアスは、こちらに集中しろと言わんばかりに藍を揺すって視線を搦め捕った。

「あやつのことを、そなたが気にする必要はない」

「そういうわけにも……なあ、大丈夫そうだったら下ろしてくれ。恥ずかしいんだよ」

「いや、もう出発する」

そう言って、ニキアスはセルジオス達に何かを命じた。

『行くぞ』

ニキアスの号令に頷いて、セルジオスが悠斗を抱え上げた。シメオンとユーニスも荷物を抱える。

カイロスはその様子をじっと見ていた。

カイロスとすれ違う。ニキアスの肩越しに、一瞬カイロスと目が合った。

「……!」

フードの奥の奥まで貫くような、真紅のまなざし。カイロスは藍に向かって微笑んだ。

不可思議な熱のこもった視線の意味を理解する前に、あっという間に景色は流れていった。

＊＊＊

巨岩の隙間を滑り落ちるように、ニキアス達は山をどんどん下っていく。この速さなら、今夜中にこの岩場の斜面を抜けるだろう。

岩陰を見つけては、一行は藍と悠斗のためにわずかな休憩を取る。

「悠斗くん、大丈夫？」

水袋を回しながら声をかける。悠斗はぐったりとした様子で頷いた。

「気持ちわりぃ。でも一日ライブのリハを通しでやったときよりは、マシ」

わだかまりを感じさせないようにしてくれているのだろう。普段どおりの軽口だ。本当に優しい青年だと、藍は心のなかで感謝する。

「藍さんは？　大丈夫？」

「雪山でじっとカメラ回るまで待機していたときよりは、まだ」

「ずっと抱えられて腹ん中が暴れてる感じ」

自分で足を動かさずとも、ジェットコースターに何時間も乗っているような状態で揺さぶられ続けているのだ。内臓がずっと激しく振動していれば、疲れもするし、気分も悪い。

「目的地について、もう一回教えてくれる？」

「うん。ヘスペリデスって場所で……っ」

ズクン、と下腹が激しく疼《うず》いた。とっさに腹を押さえて、藍はうずくまる。

「藍さん……？」

「ぐっ……は、は」

耳の奥からズキンズキンと、心臓の音が聞こえる。全身から一気に汗が噴き出した。

「藍さん!?　どうしたの？」

「あうっ！　……あああっ」

悠斗が肩を掴《つか》んだ。その瞬間、全身を走った刺激に、藍は悲鳴を上げた。悠斗が驚愕《きょうがく》に目を見開く。

（こんなときに……くそ！）

《神官の指》の後遺症だ。いままで意識もしていなかったのに、胸の先が布に擦れて痛痒《いたがゆ》い。充血して固く凝《しこ》っているのがわかる。同じように、みるみる下腹が兆して、ズキズキと痛みを訴える。膝《ひざ》を固く閉じて、熱を孕んで震えるそこを必死で隠した。

背後からすばやく伸びてきた腕に抱えあげられる。

「いやあうっ……だめ、だ！」

「すぐに連れていく」

藍はボロボロと涙をこぼしながら、ニキアスにすがりついた。

全身を汗で濡《ぬ》らし、歯を食いしばって煩悶《はんもん》する藍のさまを、全員が悲痛なまなざしで見ている。

恥ずかしい。悔しい。だが、熱暴走を起こした肉体は、自分ひとりでは制御できない。

「かくして……こんな、みせたく、ない」

「わかっている。もう少しだけ我慢できるか」

いたわりに満ちた低い声に、必死の思いで頷く。

嘘だ。我慢なんてできようもない。全身が痒い。腹奥が煮えてドロドロに溶け、頭がおかしくなる。どこもかしこも、擦って、宥《なだ》めてもらいたくてたまらない。

「つらい……にきあす、つらい……」

ニキアスが囁《ささや》く。

「ユウト、アイをこれから安全な場所に連れていく。このままでは、アイが苦しみ抜くだけだ」

「やっぱり……あのときの薬のせいか」

ニキアスは頷いた。

「そなたはセルジオス達と後から追いかけてきてくれるか。一刻の猶予もないのだ」

悠斗が硬い表情で頷いた。

「あんたは？　どうするんだ」

「ヘスペリデスまで翔《と》ぶ。しかし私の翼では、全員を連れていくことはできぬ」

「……わかった。悔しいけど、藍さんも、あんたに助けてもらいたいって望んでいるから」

二人のやりとりも、ニキアスがセルジオス達に話しかけている言葉も、耳鳴りで何も聞こえない。

(何を話しているんだ。早く！　早く助けてくれ……誰でもいいから)

違う。誰でもいいわけがない。ニキアスじゃないとだめだ。藍は唇を震わせ、言葉にならない声で必死に懇願した。

「……ほかの、だれも、近づけないで」

「わかっている。そなたと、私だけの場所へ」

ニキアスが岩陰を出て、翼を広げた。巨大な猛禽類《もうきんるい》の翼だ。先端はいまだに輪郭があいまいなまま、そこから光の粒子がキラキラとこぼれ落ちている。

ニキアスが羽ばたいた振動で、藍の下腹を強烈なオーガズムが貫いた。ニキアスの腕に抱かれたまま、藍は白い喉《のど》を晒《さら》した。声もなく痙攣《けいれん》すると、ぐったりと弛緩《しかん》する。ニキアスが苦悶《くもん》の表情を浮かべて、藍の頭に額をぶつけた。

「私の最愛。すぐに楽にしてやる」

藍は発情に霞《かす》む目で、ニキアスのウルフアイを見つめた。

ニキアスじゃないと、いやだ。

言葉にはならなかったかもしれない。急激に眠気に襲われる。おそらくニキアスが術をかけてくれたのだろう。ニキアスが頷いたのを見て安堵《あんど》したのが最後の記憶だ。

ヘスペリデス

鮮血の海に少しずつ沈んでいく。夢の中で、藍は必死で腕をバタつかせた。血の海で溺《おぼ》れかけているのは、藍だけではない。ニキアスと悠斗がすぐ目の前にいた。藍と同じく、ねっとりとした血の海に沈みかけている。二人を助けたかった。しかし、どれだけ血の海をかいても、いっこうに前に進むことができない。

　二人は目を開けているのに、あがくこともなくどんどん沈んでいく。

《ニキアス……！　悠斗くん！　誰か！　誰でもいいから、二人を助けて！》

　助けを求めて、藍は絶叫した。

　沈みかける寸前に見上げた空に、黒い渦が生じていた。時計状に柱が浮かんでいる。神の御座で見た光景と同じだ。しかし、柱は次々と折れ、ガラガラと崩壊して瓦礫《がれき》と化す。その瓦礫は次々と、天空の中心にぽっかりと空いた暗黒に吸い込まれていく。

　世界が、血と暗闇で覆われていく。

《ニキアス……！》

　夢だとわかっているが、藍は悲鳴を上げ続けた。

　生まれたときは、もっと透明で明るい水中にいたのに。どうして。


「アイ、目覚めよ」

　いやだ、目覚めたくない。藍はいやいやと首を振った。

「大丈夫だ。何も恐ろしいことはない。目を開けろ」

　ニキアスの声だ。ニキアスが傍にいるのならきっと大丈夫だと、藍はおそるおそる目を開けた。

薄暗い室内に二人はいた。フカフカとした場所に横たわって、ニキアスの腕に抱かれている。

「……ニキ、アス」

声がカスカスに掠《かす》れている。

「気分はどうだ。少し治まったか」

ニキアスがそっと覆いかぶさってくる。半神の肩を滑り落ちた金髪が、藍の頬をくすぐった。

藍はようやく、さきほどまで自分がどういう状態だったのかを思い出した。

「クスリの……」

「そうだ。苦しかったな。だがもう、《神官の指》の効力は治まっただろう」

たしかに。全身がひどく怠いが、煮えたぎるような発情は治まっている。

「よく耐えた」

ニキアスが汗でべったりと額に張りついた前髪を、優しく撫《な》でつけてくれる。全身が汗と体液でしとどに濡れているのがわかる。ニキアスも藍も全裸だった。

四肢のすみずみに意識を巡らせれば、乳首も陰茎もひどく敏感になっているのがわかる。後孔はもったりとした熱を持ち、まだ何かが挟まっているような違和感がある。股関節《こかんせつ》も、膝も、腰も、あらゆるところが重怠い。

「また、俺……ひどいことに、なったんだな」

「そなたのせいではない。薬の効力で意識が飛んだだけだ」

藍はぼんやりとニキアスを見つめた。

「ニキアス以外、おれに、さわってない？」

「ああ……ああ、当然だ。誰にも、指一本触らせるものか」

よかった、と藍は安堵の息を吐いた。

「おれたち、セックス、したの？」

「ああ。だが、ここはまだだ」

力強い指が丸く引き締まった臀部《でんぶ》を撫でる。

「ただ指で拓いただけだ。そして、私の精を放った」

そのまま、指をぬくりと、いまだに腫《は》れぼったい蕾《つぼみ》に含まされた。途端にツキンと甘い絶頂に見舞われて、藍はあえかに悲鳴を上げた。

「また達《い》ったな」

「だめだ……だめ」

「ここで快楽を極めては、私の腕の中でそなたは何度も小さな死を迎えた」

とにかくこれ以上乱されまいと、藍は怠くて重い腕を動かしてニキアスの腕を掴む。潜り込んだ指が、それ以上いたずらを仕掛ける様子はない。むしろヒクヒクと収縮する蕾がそれ以上の刺激を求めている。藍は己の肉体の浅ましい反応がいたたまれなかった。

「抜いて……」

身を捩《よじ》って抵抗することもできないほど疲れきっている。藍は無力に、半神の慈悲を乞《こ》い願《ねが》うことしかできなかった。

ニキアスが目を細めた。そっと指を引き抜かれる。いまだに下腹がツキンツキンと疼いている。

「そなたは夢現《ゆめうつつ》のまま、もっともっとと貪欲《どんよく》にここの刺激をねだり、涙をこぼして、甘い蜜《みつ》を振りまきながら私を求めた……愛らしく淫《みだ》らだった」

「やめろ……おぼえてないから」

嘘だ。覚醒《かくせい》したいま、なんとなくうっすらとだが記憶が戻ってきた。

前回と同じで治療と称して、挿入以外のあらゆるみだらなことをされた。いよいよ指だけでは我慢できなくなって、挿《い》れてほしいと、泣きながら懇願したのを覚えている。まだだ、と歯を食いしばって唸《うな》った狼。

強請《ねだ》って、叫んで、甘えて、全身を汗と体液で濡らし、そのすべてをニキアスに舐《な》め啜《すす》られた。

藍がうっすらと頬を染めたことで、記憶があると察したニキアスがひっそりと笑った。

「そなたの痴態を前に、私の理性が吹き飛ばなかったことを、そなたは私に感謝すべきだ」

「……う、ごめん」

同じ男として、ひたすら奉仕させ続けたことが本当に申し訳ない。

ニキアスが水瓶を傾けて水を口に含むと、口移しに与えてくれる。抵抗感はまったくない。藍は与えられるままに喜んで喉を鳴らした。

「……この水」

一口含むなり、藍は目を見開いた。とても美味しい。革袋に入っているせいでなんとなく淀《よど》んで埃《ほこり》臭かったこれまでの水とは、明らかに違う。細胞のひとつひとつが生き返る心地になる、まさに甘露と言える水だ。

「ここの水はそなたの性に合うはずだ」

「どういうこと？」

「ここはヘスペリデス。神々の天蓋《てんがい》と地上を繋《つな》ぐ楽園」

藍は目を見開いた。

「ここが？　……目的地に着いたの？　こんなに早く、どうやって？」

「空を一昼夜をかけて飛んできた」

ニキアスをそっと押し退けて、窓の外を見る。

天空の星と、篝火《かがりび》が見える。藍はほっと安堵の息を吐いた。空は群青に染まって、こぼれそうなほど無数の星が瞬いている。

周囲を見渡す。美しい部屋だ。やわらかな亜麻布が敷かれた寝台。白い石壁はこれまで見たこともないほど滑らかで、繋ぎ目が見えない。

「マントを着ていなくてもいいのか？　ニキアスの居場所がバレたんじゃ」

「イレクトロンの神子に特定されたいまとなっては、私の居場所を隠しても意味はない。そなたの存在だけ隠されればよい」

「他の神子達が、ここに来るかもしれない？」

「ああ。だが、ヘスペリデスには、たとえ神子とてそう簡単に入ることは許されない」

ニキアスが藍を抱き上げた。うっと藍が呻《うめ》く。蕾から何かが垂れてきたのだ。言わずもがな、媚薬《びやく》を落ち着かせるために含まされたニキアスの精だ。

「どうした」

藍は赤く染まった頬を隠した。これ以上粗相をしてはならないと、きゅっと尻《しり》に力を入れる。ニキアスはそんな藍の苦労に気づいているのかいないのか、どこか満足気に藍の首筋に顔を埋めた。獣っぽい仕草に馬鹿みたいに胸が高なる。

「やめろよ。汗臭いだろう」

「脳髄が痺《しび》れるほど良い匂いだ。それに、そなたの肌に私の匂いがしみついている」

マーキングの成果をたしかめられていたのかと、藍は真っ赤になってニキアスの頭を叩《はた》いた。半神がめずらしく声を上げて笑う。

ニキアスは藍を抱き上げると、窓際に藍を連れていった。

「さあ、そなたも見るがいい」

「……！」

窓の外に広がる絶景に、藍は言葉を失った。

夜空を埋めつくす星々。巨大な月。無数に空中を漂う大小の篝火。それらの光に照らされた楽園の地には、視界のすみずみまで森と大小の泉が点在している。

中央に、ひときわ大きな泉があった。中央に小さな島があり、そこに一本の果樹が立っている。人の背丈を少し越えたほどの果樹だ。

それを見た瞬間、藍は声なき溜息《ためいき》を漏らし、やがてぶるぶると震えはじめた。その様子を、ニキアスは無言で見守っている。

（あぁ……ああ！）

叫び出したいような歓びが心に満ちてくる。いつしか藍の目から、自然と涙が溢《あふ》れていた。

「……ニキアス、俺は……俺は」

わかっていると、ニキアスが腕に力を込める。

「ここが、そなたの命が芽吹いた場所だ」

金色の泡がポコリ、ポコリと水底から湧いてくるのを覚えている。あの泉の中で、金色の光の粒子にあやされて、のんびりと実る日を待ってたゆたっていた。

（俺は、ここで生まれたんだ）

様々な感情が一気に押し寄せてきて、それに圧倒されて心の置きどころがわからなくなった藍は、ニキアスの首にしがみついた。

「ごめん……しばらくこのままで」

ニキアスは藍が落ち着くまで、ずっと抱きしめてくれていた。


再びニキアスに抱き上げられて、寝台にコロリと転がされる。半神がのっしりとのしかかってきた。

「またするの？」

「いや。ただ、そなたの顔を見ていたいだけだ」

「じゃあ、キスして……ニキアス」

藍は間近で見下ろしてくる半神の頬に、そっと手を添えた。

「ニキアス」

もう一度名前を呼ぶ。最後に『プリーズ』とねだるように囁《ささや》くと、藍は祈りを込めて目を閉じた。

あたたかな吐息が唇にかかる。その瞬間、全身がブルリと期待に震えた。触れた粘膜から溢れる唾《だ》液《えき》を絡め、啜り、愛撫《あいぶ》に等しいキスが終わる頃には、藍はある覚悟を決めていた。

「なぁ。いつ頃、俺のことを好きだって自覚したんだ」

その質問に、ニキアスは苦笑した。

「まるで初々しい乙女のようだな」

濡《ぬ》れた唇を親指で拭《ぬぐ》ってくれる。藍はその指をきゅっと握った。

「乙女で悪かったな。日本人はまず言葉でたしかめるんだって」

藍が真面目に答えると、ニキアスは愛おしげに目を細めた。

「自覚したのは、国境近くで老夫婦と少女を見送ったときだ。ただ、こちらに連れ戻したときから、私のものだと思っていた」

「嘘だろう。ニューヨークにいたときは、あんなストーカーみたいな行動で、さんざん俺を怖がらせたくせに」

「一緒に来てくれと説得したかった。だが、そなたは私に怯《おび》えてなかなか話す機会をくれなかった」

そういえばずっと話がしたいと言われていた。だが、そのやり方はあまりにも強引だったではないか。こちらのせいにするなと、藍は怒りの表情を浮かべる。

「本当に怖かったんだよ。意味不明なことばっかり言うし、強引だし。触られるたびに静電気も走るし、パーソナルスペースを思いきり無視して、がんがん人の匂いを嗅《か》いでくるし」

「それは……すまなかった」

普段は情緒がないのかというくらいに淡々と話すニキアスが、バツが悪そうな表情で謝罪する。わずかに人間味溢れる表情を浮かべるだけでほだされてしまうのだから、自分もたいがいあまっちょろいなと藍は自嘲《じちょう》する。

「そなたに触れたことがきっかけで記憶が戻った。あのときはまだ人格が混乱していたせいだ」

「半神でも言い訳するんだな」

「ああ。なにせ約四百年分の記憶が一気に流れ込んできた。あの瞬間は神々との誓約がすべてだった。そなたを一刻も早くウラヌンティウムに連れて戻らねばと焦っていたんだ」

「四百年って……結局、あんたはいくつなんだ？」

「ウラヌンティウムに生まれたのは七百年以上前だ」

藍は目を瞠《みは》った。それではニキアスは七百歳を超えているのだ。それほど長い時間を生きていれば、たしかに人間とは異なる精神構造になるのもしかたないのかもしれない。

「そなたを追い詰めた自覚はある」

「そうだよ。それと、無理やり攫《さら》ってきたことは、真剣に反省してほしい」

ニキアスは素直に頷《うなず》いた。またそんなところに人間味を感じて、どうしようもなくうれしくなる。

藍はコトンと男の胸に頭を寄りかからせた。体力を消耗した身体がままならないのは、単なる言い訳にすぎない。結局何を聞かされても、どんな言い訳をされても、この腕の中から逃げようとは思わないのだから、すでに自分の中で答えは出ているのだ。

前に進むだけ。後戻りはできない。

「私はそなたを我がものとする正当な権利を持たない」

正当な権利とはなんだという疑問が浮かんだそのとき、女性の声が幾重にも折り重なる詠唱が、ぼんやりと記憶の底からよみがえる。

神子のうち最も勇なる者が英雄と成り
神庭の果実を戦果と成す

藍は眉を顰めた。

(最も勇なる者が英雄となる？　その戦果が、アンブロシア？)

しかし、ニキアスの次の言葉で、藍の不安は一気に霧散した。

「正当な権利など知ったことか、と思った。たとえ神々に罰せられてもかまわない」

あたたかい手が藍の頬を包み込む。再び見つめあった。

「エロクアが君に触れたことを思い出すだけで、いまも、目に映るものすべてを破壊したくなる。君に触れる可能性がある者すべてを殺したくなる」

ニキアスはうやうやしく藍の手を持ち上げると、唇を押しあてる。

「君がアンブロシアであっても関係ない。この世界にいるかぎり、二度と、この手を離さない」

ニキアスの強烈な独占欲に、藍は倒錯的な喜びを味わった。

「だから、もう少しだけ俺の傍にいてくれ」

互いに生まれ持った宿命の、何もかもを捨てられたらいいのに。あの世界に、二人で戻れたら。

「もう一回、キスしようか」

ニキアスの首を引き寄せる。男は素直に頭を下げた。藍は重い首を持ち上げて男の唇を啄《ついば》むと、続きを催促する。見た目に反してあたたかい唇に、目の奥がぐっと熱くなる。

（ニキアス——俺も離れたくないんだ）

いまはこの想いを言葉にして伝えることはない。

悠斗のために界渡りを実現するチャンスを捨てたくない。もちろんニキアスの命と引き換えに実現するのではなく、なんとか別の方法を探したい。

藍はひそかに決意した。

言葉を覚えよう。この世界で生きていくための知識を手に入れて、心も身体も鍛えよう。そして、これからは少しずつでもいいから、自分の心に折り合いをつけてもとの世界への未練を捨てていこう。

ニキアスに祖国を裏切らせずに、界渡りを起こす方法を見つけ出す。そして、悠斗をもとの世界に戻す。それが、この世界で藍が目指すべきことだ。

いつかなんのわだかまりもなく、この男に自分の気持ちを告げることができるだろうか。どうせ生きるのなら、ニキアスが存在する世界で生きていきたいと。いつか、心からの想いを込めて。

＊＊＊

翌朝、窓から差し込む日差しが柔らかく藍の頬を撫《な》でた。おだやかな覚醒《かくせい》にうっとりする。どうやら昨夜は、あのまま眠ってしまったらしい。

「おはよう」

「おはよう……あっ」

そうだ！　と藍は跳ね起きた。正しくは跳ね起きようとして、無様な格好で寝台に撃沈した。

「うぅ」

「無理をするな。やはり負担が大きかったのだな」

誰のせいだ！　いや、そうさせた原因は俺にあるのか？　と、藍は内心でグルグル自問自答しながら、ニキアスを恨めしげに睨《にら》みあげる。ニキアスは無様にひしゃげた藍を軽々と抱き起こした。

「キスするついでに、回復させてくれればよかったのに」

「気持ちよさそうに私の胸に涎《よだれ》を垂らして寝ていたから、わからなかったのだ」

藍は羞恥《しゅうち》に真っ赤になると、ニキアスの太い腕をバシバシと殴った。ニキアスは笑って唇を寄せる。回復のキスならばと、藍は目を閉じた。治癒のついでに甘く貪《むさぼ》られて、息も絶え絶えになったところで、ようやく解放される。

「ありがとう」

やはりすごい。あっという間に回復した。

「そう、悠斗くんは!?」

ニキアスはおそらく藍だけを連れてここへ飛んできたに違いない。

「俺のせいで彼らを置いてきたのか？」

「そうだ。だが、ユウトもそなたの応急処置が必要だと納得した上だ。彼らはいまも大地を駆け、ヘスペリデスに向かっている」

藍は眉《まゆ》を顰《ひそ》めた。ニキアスが全速力で空を飛翔《ひしょう》して一昼夜。ここで過ごしたのが一晩……？　いや、わからない。どれほどのあいだ、悠斗と離れているのだろう。

「何日経った？」

「ユウト達と別れて三日だ。案ずるな、彼らは無事だ。いまも順調にこちらに向かっている」

「わかるのか？」

ニキアスは淡々と頷いた。ニキアスがそう言うのならば、本当にわかるのだろう。だが、それでも不安だ。この世界には、予想もできない危険が多すぎる。

「どれくらいで到着する？」

「シメオンが神殿馬を呼び寄せていれば、あと十日ほど」

「十日もかかるのか」

言葉も通じない男達に囲まれて、悠斗は不安な思いをしているに違いない。

「案ずるな。多少の魔獣もならず者が現れても、セルジオスとシメオンの敵ではない。必ず無事にユウトをここに連れてくる」

そのときだった。パリンパリンと、部屋の外から薄いガラスが割れるような音が聞こえてくる。

ニキアスが立ち上がった。つられて藍も立ち上がる。今度はよろけることはなかった。

「うわっぷ」

マントをバサリと被される。羽織っていろということなのだろう。慣れたもので、藍はそそくさとそれに身を包んだ。

「おでましだ」

「誰が?」

「この楽園の主、ヘスペリデスの乙女達だ」


おばあちゃん達だ。それが部屋に入ってきた乙女達の第一印象だった。

乙女達というからには、もっと若くて、ギリシャ神話の女神のような女性達を想像していたが、ぞろぞろと入ってきた四人の乙女は全員が老いた女性だった。

髪の色も背丈もバラバラだ。ただ、全員が白いギリシャ風の衣装を着て、頭に多種多様な植物を編んだ草冠を被っている。

真ん中に立つひときわ小柄な薄い金髪の老女が、音もなく前に進み出た。

《アステロペの息子よ。挨拶《あいさつ》もそこそこにそなたは部屋にこもって》

藍は驚いた。老女の言葉がわかる。

「クリソテミス、失礼を詫《わ》びよう。こうしてヘスペリデスに迎え入れてくれたことに感謝する」

ニキアスも英語を話している。藍はますますびっくりした。藍の驚愕《きょうがく》に気がついたのだろう。

「ヘスペリデスの乙女達は口で話しているのではない。何語で語りかけてもかまわないのだ」

《お連れの具合はよくなりましたか。なぜ人間をここに連れてきたのですか》

クリソテミスと呼ばれた老女の口は、たしかに動いていない。笑みのかたちで固まったままだ。

「私の連れは、ルキニアの神子によって《神官の指》の毒を体内に残している」

《まぁ、なんという》

乙女達が騒然とした。

「ヘスペリデスの泉に浸かれば毒が抜けると、ルキニアの神子から聞いた」

すると、赤い髪の背の高い老女が進み出た。

《アステロペの息子よ。その人間は神の生贄《いけにえ》だったのですか？　ならばわたしたちにも運命を変えることはむずかしい》

「ちがう。彼は犠牲者だ。ルキニアの神子の悪戯に過ぎない。神子が人間の命を好き勝手に弄《もてあそ》ぶなど、あってはならないことだ」

藍はドキドキしながら、ニキアスと乙女達の会話を見守った。しかし、さきほどからニキアスのことを名前で呼ばずに、「アステロペの息子」と呼ぶのはどうしてだろう。

「エリュティアよ、頼む」

《アステロペの息子よ……わたしたちがあなたに甘いことを知っていて、また面倒なことを持ち込ん

できましたね》

「そうだ。だが聞き届けてほしい。この者は、私のつがいなのだ」

　ニキアスがそう答えた途端、老女達がにわかにキャッキャと騒ぎ出した。「つがいですって」「まああ」とおっとりと喜んだり驚いたり、大変かしましい。外見以外は恋バナで盛り上がる女子高生だ。そうか。ここらへんがおばあちゃん達が乙女と呼ばれる所以《ゆえん》か、と、藍は見当違いの納得をする。

　クリソテミスと呼ばれた老女が、にっこりと笑った。

《聞き届けましょう、エリュティア。めったにないアステロペの息子のわがままよ》

　赤い髪の乙女がわかったと頷いた。どうやら無事に何らかの治療はしてもらえそうだと、藍はほっと胸を撫で下ろす。

《つがいのことならば、アステロペの息子がこうなるのもいたしかたないわ。それがクロノキア神の血ですもの》

　そうよそうよ、と、他の乙女達も騒いだ。脳内に響く乙女達の声に、藍はうっとりと聞き入った。シャリンシャリンと鈴の音が重なるような声は、いつまでも耳を傾けていたいくらい心地がよい。

《クロノキア神がアステロペを見つけたときもそうだったわ》

《わたしたちの大切な姉妹、アステロペが》

　藍はそこでようやく気がついた。ニキアスは「母は神に仕える乙女だった」と言っていたではないか。つまり、アステロペはヘスペリデスの乙女の一人だったのだ。

《それで、どうしてそなたのつがい様は、封呪のマントを纏《まと》っているのですか》

クリソテミスが無邪気に首を傾げる。

「乙女達よ。どうか私に、千日の猶予をくれないか」

ニキアスが藍を引き寄せた。ぐっと腕に力がこもる。

《アステロペの息子よ。それはどういう意味でしょう》

「この者は私のつがい。生涯を賭《と》して守りたい、唯一無二と定めた相手。これから千日、神々に知られることなくここヘスペリデスでこの者と過ごしたいのだ」

千日。そのあいだに、ニキアスは藍と悠斗をもとの世界に戻す界渡りを起こすつもりだ。

《それはよいでしょう。ですが、神にも知られぬようにとは》

「この者は封呪のマントを着て過ごす。そうなれば、神の目には留まらない」

老女達は「どうしましょう」「どうしましょう」と、鈴が鳴るような声で相談をはじめた。

千日といえば、三年。藍達にとってはずいぶんと長いが、おそらく悠久の時を生きるニキアス達にとってはまたたきほどの時間なのだろう。

それが、ニキアスが藍との関係に終止符を打つと決めた期限だ。そう考えると、藍は途端に胸が苦しくなった。命を捧《ささ》げてもらってまで戻りたくないという藍の気持ちを無視して、ニキアスが一人で決めた期限。つがいというならば、唯一無二というならば、もっと対等に責任を分かちあうものではないのか。

藍はあることを決意し、前に進み出た。ニキアスの腕が止める。

「アイ、そなたは出てはならぬ」

「俺に彼女達と話をさせてくれないか」

「なぜだ」

「ニキアスと俺の二人のことだろう？　なら、俺の気持ちも彼女達に言わせてほしい。ダメ？」

ニキアスはぐっと固く拳《こぶし》を握った。あらゆる憂いから藍を遠ざけたいのだろう。これまでもずっとそうだった。だが、少しずつでもいいから変えていきたい。

藍はニキアスの腕をポンポンと叩《たた》いた。そして再び乙女達の前に進み出る。

「ヘスペリデスの乙女達。僕の話を聞いてください」

老女達がきょとんとした顔で、藍に視線を向けた。

「アイ」

いいから、と藍はニキアスを制した。

「俺の名前は、アイと言います。長い距離を旅して、ニキアスとともにここにたどり着きました」

《つがい殿、ようこそヘスペリデスへ。つらい旅を乗り越えて、よく来ましたね》

金髪の老女が穏やかなまなざしを向けた。ありがとう、と藍は頭を下げる。

「ニキアスが言ったように、俺の存在を、しばらく神様達に秘密にしてほしいんです」

《どうしてですか。つがい殿》

「俺の存在を神様に気づかれると、ニキアスと別れなくてはいけないからです」

隣に立つニキアスが息を呑《の》んだ。乙女達も戸惑っているようだ。気配で伝わってくる。

《ですが、つがい殿。ここは天蓋《てんがい》に最も近い場所なのです》

「突拍子もないお願いをしていることは、充分理解しています。この地で、神様に隠しごとをするのが簡単じゃないことも。でも、俺達には、他に行き場所がないんです」

藍は真摯《しんし》に頭を下げた。頭を下げるのがこちらの作法にあるかどうかわからない。それでも誠意は示せると思ったからだ。

「千日……いや、本当ならもっとずっと、ニキアスに幸せでいてほしいんです。俺は」

藍は二の腕を掴《つか》むニキアスの手に、手を重ねた。

《つがい殿。困りましたね》

「貴女《あなた》がたがニキアスの母親の姉妹で、その息子のことを気にかけているのなら、どうかお願いです。少しだけでいい。許されるあいだだけ、どうか……俺を神様から隠してください」

お願いします、と藍は再び頭を下げた。そのままじっと、乙女達の答えを待つ。

《お顔を上げなさい、つがい殿》

藍はおそるおそる顔を上げる。

《わたしはヘスペリデスのクリソテミス。そちらの赤い髪の乙女はエリュティア。栗《くり》色の髪はヒュイゲイア。そして白髪の乙女はリバラといいます》

なぜか突然、乙女達の紹介がはじまった。乙女達がどういう結論を出したのか早く聞きたいところを、グッと耐える。

《わたし達の末の妹は、アステロペといいました。アステロペは遠い昔、外の世界に降りたときに神の眷属《けんぞく》と出会い、子を孕《はら》み、楽園を離れました》

藍はハッと息を呑んだ。ニキアスの母親の話だ。
《美しい妹はその後夫と死に別れ、嘆きの中にいたところをクロノキア神と出会い、愛されてつがいとなり、強く美しい神子を生みました》
藍は頷《うなず》いて、辛抱強く耳を傾ける。
《わたしたちはずっと、妹の幸せを願っていた。その気持ちは妹にも届いていたでしょう。しかし、妹は二度とこの地に戻ることはなく、やがてクロノキアの大地に還りました》
クリソテミスが、キトンの奥に隠していたペンダントの先を持ち上げて、藍とニキアスに見せた。
キラキラと光る一粒の粒子が、透明な球体の中で明滅している。
《そのとき、アステロペの星がひときわ強く輝き、流星となって落下しました。わたしたちは必死に祈り、星の欠片《かけら》をつかまえることができたのです》
「母上……」
ニキアスが呟《つぶや》いた。ふわん、ふわんと、呼吸するように明滅する儚《はかな》い輝き。
《わたしたちは妹が星に託した願いを受け取りました。これがアステロペの最期の祈りです》
クリソテミスが球体を両手で捧げ持つと、パリンと透明な殻が割れた。そこから小さな光が飛び出して、ニキアスの周囲をくるくると回った。
「母上……！」
《アステロペの息子よ。妹は最期まであなたのことを気にかけていました。そして私達に、大地と民のために血を流し続ける神子を助けてほしいと》

いまにも消えてしまいそうな光が、藍の頬をちょんとつつく。

《アステロペの愛し子よ。わたしたちヘスペリデスの乙女は、アステロペの祈りを叶えます。そなたとつがい殿の願いを聞き届けましょう》

老女の言葉とともに、光がふわっと霧散する。最後の粒子がニキアスの額にぶつかり、淡雪のように溶けて消えた。ニキアスは言葉もなく拳を握りしめている。

藍はいつの間にか、涙をこぼしていた。母親と姉の死を嘆いて生きてきたニキアスの魂が、アステロペの最期の祈りを知ることで少しでも救われればいい。そう願いながら。

《つがい殿。どうか、安心してお過ごしなさい。あなたの存在を、ここヘスペリデスで千日、神々から隠しましょう》

あわてて涙を拭《ぬぐ》うと、藍はやさしく微笑む老女に「ありがとうございます」と、再び頭を下げた。

「よかったな、ニキアス」

藍はニキアスを見上げて微笑んだ。すると、ニキアスも穏やかな目で見つめ返す。

「アイ、マントを脱ぐがいい」

「え？　いいの？」

「ああ。この部屋には結界を施している」

でも、と藍は逡巡《しゅんじゅん》した。部屋の中にいる乙女達に、藍がアンブロシアであることがバレてしまう。

しかしニキアスは、それでよいのだ、と優しく首を振った。

「母の祈りに応えてくれた乙女達に報いるために、彼女達の宿願が叶《かな》ったことを伝えたい」

ニキアスの指が、マントを留めているブローチを外す。藍はチラとニキアスを見上げて、ひそめた声で確認した。

「……さきほどの約束は反故《ほご》にされないかな？」

「ヘスペリデスの乙女達は、けして約束を違わぬ」

藍はわかったと頷いて、マントに手をかけた。

《アステロペの息子よ、わたしたちの宿願が叶ったとは、どういう意味ですか？》

「乙女達よ。私はオルコスを果たして、異界より戻ってきた。これがその証だ」

老女達の目が、驚きに見開かれる。

《まさか……》

マントが足元にバサリと落ちる。藍の姿があらわになった途端に、老女達は一様に衝撃に目を見開き、悲鳴をこらえるように口を押さえた。

《なんてこと……この子の香気は！》

「そうだ。アンブロシアは異界にて人の姿で結実し、いまヘスペリデスに戻った」

＊＊＊

幾重にも重なり合いながら、楽園中に響きわたる乙女達の祝歌。細胞が揺さぶられるような歌声が、鼓膜を震わせる。

藍がアンブロシアだとわかってからの乙女達の興奮と喜びは大変なものだった。老女達は藍を取り囲んで頭や手を撫《な》で、抱きしめては、人間のかたちをしていることに驚き、涙をこぼして喜んだ。もはや彼女達にとっては、大切に育てていたアンブロシアが無事に戻ったことだけが重要であり、藍が人間の姿をしていることなど、どうでもよいようだった。

大きく実って、立派に育って、と撫でくりまわされ、まるで出荷前のリンゴか桃になった気分を味わった。ヘスペリデスにいた頃はまだ水中にただよう胚珠《はいしゅ》だったことを考えると、乙女達にとっては、卵で川に放流した鮭が無事に遡上《そじょう》してきた感覚なのかもしれない。

「まぁ、母親達……いや、おばあちゃん達みたいなもんだからなぁ」

藍は水辺に腰掛け、ぼんやりと足を泉の水に浸していた。最近お気に入りの場所である。泉の水はとにかく藍の性に合う。心身ともにすっかり寛いでしまうのが悩みの種だ。

癒やしの泉に何度か浸かることで、《神官の指》もすっかり抜けた。アンブロシアにあれほど強力な神薬を使うなんて、と、乙女達はルキニアの神子エロクアにひどく怒っていた。

そんなこんなで、ヘスペリデスに着いてからは、いささか緊張感がなさすぎるほど、のんびりとしたときを過ごしている。

乙女達は、末の妹アステロペの息子であるニキアスのことをとても気に入っているようだった。暫定的に孫ポジションの藍と、甥《おい》であるニキアスがつがいであるということを素直に喜んでいる。あれほど神に引き裂かれるかもしれないと悩んでいたのが、バカバカしく思えるくらいだった。

正直に言えば、「つがい」という感覚はいまだによくわからない。獣の血を引く者達に備わっている直感的な相性を感じる本能らしいが、通常の人間には感じとれないそうだ。

ヘスペリデスは、神子であろうが滅多に出入りできる場所ではなく、完全に乙女達が運営する自治領のような場所だということだった。もちろん、ニキアスは母親の恩恵で特別枠だ。

悠斗達の到着を待つあいだ、藍はこの世界の基礎的な知識を乙女達に教えてもらった。

悠斗達はここに入れてもらえるのかと尋ねたところ、アンブロシアの大切な異界の友人ならば喜んで歓迎するという。孫可愛さゆえなのか、ガバガバのセキュリティだ。

藍がこちらの言葉を覚えたいと言うと、乙女達は少しあわてた。普段から乙女達は声を出して会話する習慣がないからだ。

しかし、赤い髪のキリリとした老女エリュティアが、わたしが教育係になりましょう、と申し出てくれた。そして突如として、年若い女性に変身したのである。滅多に楽園の外に出ない乙女達が、外界に下るときに取る姿だという。これで外界の言葉を喋《しゃべ》るというのだ。

藍は初めて乙女の変身を目の当たりにしたとき、驚愕《きょうがく》に腰を抜かした。そして思った。なぜ乙女達は普段からこの若い姿を取らないのかと。すると、どうやら実年齢に合わせた姿を取るほうが楽ちんだということだった。

ニキアスに乙女達の年齢を聞いたところ、ニキアスも、彼女達がいつから生きているのかわからないという。それほど悠久のときを生きているのだ。

藍は乙女達に導かれ、さまざまなことを少しずつ学んでいった。ウラヌンティウムを構成する十二の国の話。それらを治める各国の神子の話。

そうこうしているあいだに、悠斗達が到着した。藍と悠斗は抱き合って、安堵《あんど》とともに再会を喜びあった。面白かったのは、悠斗が初めて乙女達に挨拶《あいさつ》したときのことだ。悠斗は藍と同様に、ニコニコと微笑む老女達を見て「……乙女とは？」と首を傾げていた。

ニキアスは、藍と過ごす以外の時間は、楽園の書庫にこもりっきりだった。神に頼らず界渡りを起こす方法を探しているのだろう。

ニキアスには、命を賭《か》けずに界渡りを起こす方法を探してほしいと、改めてお願いした。わかったと神妙な態度で頷いてくれたが、己の命を軽んじるニキアスのことだ。どこまで真剣に考えてくれているかどうかわからない。そしていまだに悠斗だけではなく、藍も一緒にもとの世界に戻すつもりだ。千日という期限。そのことを考えるだけで、藍の胸は言いようのない切なさに引き絞られる。

「……あれほどつがいつがいって主張していたくせに」

藍は悠斗を誘い、夜の散歩にでかけた。水辺に座ると、悠斗が空を見上げて感嘆した。宙に浮かぶ無数の篝火《かがりび》は、まるで空に放たれたランタンのようだ。

二人でちゃぷんと泉に足を浸けた。サンダルを履いたままでもおかまいなしだ。藍にいたってはマントを身に着けたままだ。このマントはどれだけ水に浸しても濡《ぬ》れないのだ。不思議なことに服やサンダルとて、濡れてもここではすぐに乾く。

「めちゃくちゃきれいだなぁ。完全にファンタジーの世界だね」

「うん。たぶん永遠に見飽きない」

一行がヘスペリデスに入ってから、どれくらいのときが経っただろう。日付を記録していないので正確なところはわからないが、すでに何週間も経ったような気がする。ここは時間が過ぎていく感覚が薄い。

到着したばかりの頃、悠斗はいたずらに時間が過ぎていくことに焦っていた。しかしニキアスによって、こちらの時間と向こうの世界の時間の流れは大きく違っていて、こちらで半年過ごそうが、向こうの世界では半月ほどの時間経過だと教えてもらうと、ようやく落ち着きを取り戻した。

それ以降は、悠斗も積極的にこの世界の言葉を学ぶようになった。生来のコミュ力を発揮して、藍と同様に、乙女達にとても可愛がられている。そのおかげか、悠斗はすでに簡単な会話をセルジオス達と交わせるようになっていた。ぼんやりと水に浸かっていることの多い藍よりも、むしろ習得が早いくらいだ。

「この世界で、藍さんとこんな風にのんびり夜歩きできるなんてね」

ヘスペリデスには魔獣が出没することもない。住人である四人の乙女達以外に、いまはニキアス達しか滞在していない。そのせいか、あれほど心配性で独占欲の塊であるニキアスも、藍が自由に行動することを許していた。

「この世界に落っこちてきたとき、俺は骨折して熱で朦朧《もうろう》としてて……でも、藍さんが俺を見つけてくれて、必死になって助けてくれたんだよな」

「あのときは、ただ怖かった記憶しかないよ。本当に怖かった」

「そう見えなかったよ。毅然《きぜん》として見えた」

「悠斗くんも俺も野垂れ死ぬかもしれないと考えて、ずっと震えていたんだよ」

ニキアス達に捕まってからは、嵐に翻弄《ほんろう》される木の葉のようだった。自分の生きる道を、自らの力で歩くことができない無力さに絶望した。死と暴力がすぐそこにある世界で、圧倒的な力を持つ半神と、捕らわれた無力な人間の旅がはじまった。

それがどうして、あと少しでどうしようもないところまでころげ落ちてしまいそうな関係になってしまったのだろう。

ヘスペリデスに到着した直後以来、ニキアスとはセックスしていない。

キスを交わすことはある。舌をこすり合わせるうちに互いに盛り上がって、そのまま軽い触れ合いをすることもある。寝台に転がされ、一方的に高められて放埒《ほうらつ》を迎えたこともあるが、やはり体液をこすりつけ混ざり合わせるような濃密な時間はすっかりなくなっていた。

それは《神官の指》による藍の強制的な発情がなくなったせいでもあるが、一方でニキアスのほうが、これ以上藍と深く触れ合うことを自重しているせいでもある。

別れのカウントダウンが刻まれていると思うと、ひどくせつなくて苦しい。

ぼんやりと物思いにふける藍を、悠斗は辛抱強く待っていた。

「藍さん、覚えてる？　映画のセリフでさ『僕の人生だ。あんたにはわからない』って俺が言うんだ。それで、藍さんが答える」

藍はすぐに台詞を返すことができなかった。そして愕然《がくぜん》とする。撮影中だった映画の台詞が、何ひとつ思い出せないのだ。

「俺、俺の台詞は……」

台詞どころではなかった。監督の名前は？　主演俳優は誰だった？

「……待ってくれ。嘘だろ」

マネージャーの名前すら思い出せないことに気がつく。顔は思い出せるのに、なぜ。

藍はすっかりうろたえた。いますぐ必死で記憶をさらいたくてたまらなかった。何を忘れてしまったのだろう。そうだ。家族……家族のことは覚えているだろうか。

そんな藍を、悠斗はせつなげに見つめている。

「藍さんの役のリアンはこう言うんだよ。『僕は君の人生を理解したいんだ。そのために僕にできることなら、なんでもするよ』って」

台詞を教えてもらっても、もはやピンと来ない。そのことに藍は絶望した。

「こっちに来たときの藍さんは、ずっとそんな感じだった。役柄のままに、俺に手を差し伸べてくれて……でももう、思い出せないか」

そう、思い出せない。その言葉が決め手だ。

「藍さんはこの世界で生まれたんだって、ここに来て、俺もようやくわかりはじめてる。泉に浸かってる藍さんはこの世界にすごく馴染《なじ》んでて、綺麗《きれい》で、どんどん変わっていってる」

「そ、んな」

「自覚がない？　いまにも、この景色に溶けてしまいそうだよ」

藍はわからないと首を振った。ヘスペリデスに来て、ここがあまりに楽に呼吸ができるせいで、自分の変化など気にしたこともなかった。

記憶だけではない。思えばまともに食事をしたのはいつだろう。たまに果物や木の実を食べる以外は、ずっと泉の水ばかり飲んでいる。人間でいたいのに。心はまだこんなに揺さぶられるのに、肉体はすでに人間ではない何かに変化している。

藍はこみ上げる感情を飲み込んだ。口元に当てた拳《こぶし》を、悠斗がそっと握る。

「藍さん、俺、ニューヨークで会ったときから、藍さんが好きだ」

「……っ」

「一目惚《ひとめぼ》れしたんだ。俺はバイよりのゲイで、可愛くて綺麗な人が好きで……だから藍さんに初めて会ったときに、年上なのに、こんなに透明で手垢《てあか》がついてない人がいるのかと思った」

気がついていなかった。ずいぶんと人懐っこい青年だとは思っていたが、それだけだった。

「はは。年下で、こっちに来ても藍さんを守るどころか、藍さんにも屈強な奴らにも守られてばっかりで、当たり散らして、藍さんからしてみたら何を言ってんだって感じだと思うけど」

たくさん嫌なことを言ってごめんね、と悠斗が笑った。

「悠斗くん……でも、俺は」

悠斗はにっこりと笑った。

「わかってる。あいつのことしか考えられないんだろう?」

ニキアスのことだ。いまさら取り繕うこともできず、藍は素直に頷《うなず》いた。

「あいつ、誘拐犯で不気味だけど、藍さんを守る気持ちは真剣だってわかった。ここに来て、ちゃんと話してみればいいヤツだったよ。それに、どうにかして、俺と藍さんをあちらの世界に戻すって言ってくれた」

ニキアスが藍のいないところで悠斗とそんな会話をしていたことを知って、藍はショックを受けた。

「藍さん、一緒に戻ろう」

悠斗がぎゅっと手を握った。

「あっちに戻れば、藍さんはきっと人間のままでいられる。きっとすぐに台詞も思い出す。藍さんを待っている人がたくさんいる」

「悠斗くん。でも俺は」

「俺も、もうちょっと背が伸びるかもわかんないし。きっともうしばらく経ったら、見た目も何もかも釣り合うようになるよ。なってみせる……だから、一緒に戻ってほしい」

ニキアスは、悠斗の好意を知ったうえで、藍を説得する役目を悠斗にまかせたのか。だとしたら苦しい。つらすぎる。

悠斗は藍の答えを辛抱強く待っている。

何度も口を開けて答えようとするが、喉《のど》が詰まって声にならない。なぜなら、戻りたいという気持ちが、どうやってもニキアスの存在にかき消されてしまうからだ。

それなのに、ニキアスのほうから藍を諦《あきら》めようとしている。やっと安寧の地にたどり着いたのに。それがたとえかりそめのひとときでも、つがいとして過ごしたいと言ったくせに。

藍の目からどっと涙が溢《あふ》れ出た。頬を伝う涙を、悠斗の親指が拭《ぬぐ》う。

「……無理だ」

藍の涙ですでに答えを知った悠斗も、涙ぐんでいる。

「わかった……藍さんがいなくても、戻れるのなら、俺は一人でも、あっちの世界に戻る」

悠斗はそう言って、藍の拳を手に取ると額に当てた。

「あっちの世界で、俺はアイドルを続ける。藍さんの分も、世界に愛されるスターになる」

「……悠斗くん、ごめん」

悠斗は万人を魅了する笑みを見せた。

「それが俺の答え。だから今度は、藍さんがあいつとちゃんと向き合って、答えを出す番だ」

＊＊＊

一度自覚すれば、もとの世界にいた頃の自分と、いかに変化していたかがわかる。

藍はそのことについてニキアスと話そうと思い、一方で、自分の想いが固まるまでは、というためらいもあった。

泉のほとりに立つ四阿《あずまや》にぼんやりと座っていると、乙女達の一人クリソテミスに声をかけられた。

《アンブロシア。どうしてそのように暗い顔をしているの？》

藍は四人の乙女達の中でも、とくにクリソテミスによくなついていた。名前が長いので、最近は「テミスさん」と呼んでいる。

老女はちょこんと藍の隣に座った。
「ニキアスとの別れについて、考えていました」
《アステロペの息子は、相変わらずあなたに夢中のように見えるけれど》
ヘスペリデスの乙女達は、けして名前を呼ばない。なぜかと聞けば、悠久の時を生きる彼女達は神と自分達以外の名を呼ぶことはないらしい。だから藍は「アンブロシア」、ニキアスは「アステロペの息子」と呼ばれている。
《あなたとアステロペの息子はつがいでしょう。どうしてそんなことを考えているのですか？》
藍は悩んだ。ニキアスが界渡りの方法を模索していると教えてよいものだろうか。彼女達にアンブロシアが再び異界に渡る可能性があると知られたら、どういう反応が返ってくるのかわからない。
「それは、俺がアンブロシアだから」
結局無難に答えた。
「ねえ、テミスさん。本当は、アンブロシアは神子とつがいになったりはできないんだろう？」
《ウラヌンティウムの長い歴史の中でも、前例がありません》
「やっぱりそうだよね」
《アンブロシア、あなたは神の果実なのです。誰か一人の神子のためのものではありません》
「テミスさん達は、千日経ったら俺がここにいることを神様に伝えて、その判断に委ねるの？」
クリソテミスは微笑を浮かべたまま頷いた。やはりそうなのだ。どれほど安らぎに満ちた楽園であっても、ニキアスと藍にとって、ここはかりそめの安息地でしかない。

それでもいいと思えた。悠斗をもとの世界に戻す段取りが見つかるまでいられればいい。
《私達を恨みますか？》
「……恨まないよ。ここがそういう場所だとわかってるから」
クリソテミスがか細い腕で、藍の頭を引き寄せた。藍は大人しく、老女の慰めを受け入れる。
「ニキアスも、それをわかってるんだ。でもあいつにとって俺は唯一無二のつがいで、俺と絶対に離れたくないくせに、わざと距離を取ろうとしている」
《あなたはどうなのです》
「俺？　俺は……」
どうしたら、ニキアスと二人で生きていけるだろうか。
《本当はもう、あなたの中で答えは出ているのではなくて？》
藍は顔を上げた。
《いま思ったことを、隠すことなくアステロペの息子に伝えてみなさい》
「テミスさん……」
《アステロペの息子の重い宿命を、つがいとして受け止めるのです》
藍はその夜、部屋に戻ってきたニキアスを夜の散歩に誘った。高いところは苦手だが、どうせだったら、ヘスペリデスの全容が見たいとねだった。
ニキアスの腕に抱かれ、楽園の空を飛んだ。便利なもので、空中をふよふよと浮遊する篝火《かがりび》は、近づくとすっと避けてくれるからぶつかる心配もなかった。

振り返ってみれば、ニキアスが羽ばたいた軌跡に光の粒子が漂って、ゆっくりと地面に落ちていく。

「おお、すごい！」

上空から見下ろすヘスペリデスの夜の景色は、また素晴らしいものだった。大小の泉に空の星が映り、見渡すかぎり星屑《ほしくず》をちりばめた絨毯《じゅうたん》のようになっている。

「綺麗な場所だな」

「そなたが生まれた場所だ。これ以上美しい場所があるだろうか」

相変わらず直球で愛情を示す半神に、藍は顔をほころばせた。ニキアスにとって、ヘスペリデスは藍が生まれた場所。だから価値がある。

藍にとってもそうだ。ニキアスとともに見下ろす景色だから、きっとこれほど美しく感じるのだ。

このままずっと、ニキアスと抱き合っていられたらいい。つくづくそう思う。

そして、そう思えるということは、もうとっくに自分の中で答えは決まっていたのだろう。

「ニキアス、悠斗くんをもとの世界に戻したい」

「もとよりそのつもりだが……ユウトを、とはどういう意味だ。そなたも戻るのだぞ」

やはりニキアスは藍と悠斗の二人をセットで、もとの世界に送り届けるつもりでいる。

「俺はウラヌンティウムに残るよ」

ニキアスが低く唸《うな》った。飛行を止め、空中にふわりと静止する。

「なぜだ。ここで媚薬《びやく》も抜けた、あちらに戻れば平穏な生が待っている」

「もう、無理なんだ」

二人の視線が交錯する。

「アンブロシアとしての性のせいか」

「たぶん。向こうの世界への執着とか未練みたいな気持ちが、少しずつ薄れていってるのがわかる」

「この世界に順応しようと防衛反応が働いているだけだ」

藍は首を振った。

「それだけじゃないんだ。まだかろうじて、家族の顔も名前も覚えている。でも」

それ以上は言えなかった。ふとした瞬間、あれだけお世話になったマネージャーの名前を、事務所の社長の名前を、直前まで撮影していた監督の名前を思い出せなかったことを。

しかし、それだけで言いたいことがわかったのだろう。ニキアスの顔が苦渋に歪《ゆが》む。

「他に変化は？」

「あとは食欲かな。まず肉とか、そういうものも受けつけなくなった。こちらの食事が苦手なせいもあるのかもしれないけど。ここに来て、あまり空腹も感じなくなりつつある」

ニキアスは頷いた。藍を観察して、食欲についてはすでに気がついていたのだろう。

「案ずるな。あちらに戻ればすぐもとに戻る」

「ニキアスに命を賭《か》けてまでして帰りたくない。まだ、あんたの命を削ることなく界渡りを起こす方法は見つかってないんだろう？」

ニキアスが眉《まゆ》を顰《ひそ》める。なんの問題があるのかと言わんばかりの表情に、やはりそんなにすぐ考え方は変わらないかと、藍は溜息を吐いた。

「あんたが俺のせいでどうなったのか一生答えがわからないままで、あっちに戻って何食わぬ顔で幸せに生きていけると？　本当にそう思ってるのなら、あんたは俺を馬鹿にしすぎだよ」

なぜだ、という顔をしている。やはりニキアスにはわからないのだろう。

「だが、界渡りは世界をゆるがすほどの術。前回は神の力があってこそできた。単独でそれをなそうとすれば、相応の代償が必要だ」

「それはもう聞いた。でも、俺は自分の幸せの代償に、ほいほい命を差し出されてそれを喜ぶような世界に生きてこなかったんだ！」

藍は悲しげに笑った。

「あれだけ俺に、心を差し出せって言ったくせに。俺のために死んでくれるかって、あんたが俺に言わせるのか？」

藍の頬を涙が伝う。

「ニキアスの命が失われたら、俺の心だって砕ける……もとになんて戻らない。だからきっと、これが俺の答えなんだ……あんたが好きだよ。愛している、ニキアス」

ニキアスがぐっと拳《こぶし》を握った。

「……では、どうすればいいのだ」

ニキアスが吼《ほ》えた。周囲にバッと羽根が舞い散る。

「この世界では、そなたはあまりに無力だ。ただの人間だったならば、私が全身全霊で守るまで。だが、そなたは神のもの。神の庭にあるべきアンブロシアだ！」

「そんなことはもう自覚しているよ！」

「いや、そなたはまだわかっていない！」

ニキアスが藍をきつく抱きしめる。

「私がオルコスを果たしたと神に奏上すれば、神にそなたを取り上げられる。そのとき、そなたが人の姿と心を保てるかなど、誰にもわからないのだぞ！」

藍は目を見開いた。これまでの不安が、やはりそうかという確信に変わる。

アンブロシアは本来意思を持たない果実だ。神の差配によっては、この肉体さえも失って、本来の果実に戻される可能性もあるということだ。

「そなたが人ならざる存在になるくらいなら……二度と会えなくても、どこかで生きていてくれたほうがましだ！」

息ができないほど強い抱擁。ニキアスの腕が震えている。藍もいつの間にかブルブルと震えていた。

「私はオルコスを破棄する。どうせそなたをあちらの世界に戻せば、神に断罪される。あるいはその前に界渡りを起こして力尽きるかもしれぬ。どちらでもいい」

「よくない！」

「それでいいのだ。そなたの心に私の存在が刻まれていると信じて、幸福のうちに息絶えたい。そなたの心と存在を喪《うしな》うか、あるいは私がそなたを忘れて生きながらえるか、どちらにしても耐えられない。選ぶなら答えは決まっている」

藍は思わずニキアスの肩を掴《つか》んだ。

「待ってくれ。俺が変わってしまうだけじゃなくて？　ニキアスまでが、俺を忘れる……？」

「そうだ。私がクロノキアとそなたを天秤《てんびん》にかけ、神子の資格を失ったがゆえに」

「どういうこと……？　わからない、理解できないよ！」

藍の頭は混乱でうまく働かなくなっていた。考えなくてはいけないことが多すぎる。

ニキアスは苦悩の表情で目を閉じる。しばらくして再び目を開くと、藍をまっすぐ見つめた。

「神力を宿す大地より力を得て、国と民を守る。それが神子の血と細胞に組み込まれた摂理だ。つまり私の遺伝子は、神の摂理に従うようにプログラムされている。そう言えばわかるか」

藍は目を見開いた。その口調は、イーサン・ダニエルのものだ。

「だが私は、国よりも君を選んだ。その瞬間から、私は神子として歪み壊れはじめた」

「そんな……」

だからニキアスは、何度も藍の存在が「私を壊す」と言ったのか。

「神の摂理から外れた私がどうなるか。いずれプログラムを初期化されて、本性のままに生きる獣に変わる」

目の前が真っ暗になる。

「……本当にその選択肢しかないのか？　俺達は、そんな未来しか選べない？」

藍はすがりついた。しかし、ニキアスは首を振った。その目に浮かんでいるのは諦念《ていねん》だ。

ニキアスが、ぐいと藍の両頬を持ち上げた。

「だから言っているだろう。君のために死ねるなら、私にとっては救済でしかないんだ」

藍は瞠目《どうもく》した。

「ニキアス……泣いて」

狼が泣いている。イエローサファイアの瞳《ひとみ》からこぼれ落ちた雫《しずく》が、ぽたりぽたりと、藍の頬に落ちてくる。

「たとえ二度と会えなくても、君が私を記憶に留めていてくれるのならば、それこそが至上の喜び。この世界で互いの存在を見失って生き続けるより、どれほど幸せなことか」

忘れてほしくない、忘れたくないと、狼の瞳が必死で訴えかけてくる。

「どうか愛のために、私に死を選ばせてくれ」

＊＊＊

藍は泉に向かった。水際に腰掛け、足を浸す。

ヘスペリデスの泉は好きだ。肉体が清浄になるだけじゃない。藍の心を落ち着かせる要素が、すべてここにある気がする。身を浸すだけであらゆる不安が溶けていく。まるで魂のゆりかごだ。

そのまま身を滑らせて、ぽちゃんと全身を沈める。

一瞬目を閉じて、すぐに目を開ける。水の中は透明で明るく、見上げれば、水面は眩《まぶ》しいほどキラキラと輝いている。無数の光の粒子が、気泡とともに水面に浮かび上がっていく。

歌が聞こえてくる。ヘスペリデスの乙女達の歌だと、直感的にわかった。おばあちゃん達なのにずいぶんと歌声は若いんだなと、藍は笑った。少しだけ気分が浮上する。

《アンブロシア……聖なる果実、アンブローシア》

はい、と藍は呼び声に応えた。心が凪《な》いできたところで、藍はようやく浮上した。水面から顔を出すと、そこに小柄な老女が笑顔で立っていた。

「テミスさん」

《アンブロシア、お話ししましょう》

クリソテミスの優しい微笑みに、藍は胸から下を水に浸けたまま、水際に頬杖《ほおづえ》をつく。そんな藍を見て、クリソテミスが笑う。

《泉から出たくないの？》

「うん。水の中が気持ちいいから」

《まあ、ネーレイスのようだこと》

鈴を転がしたような声でクリソテミスが笑う。とにかく可愛いおばあちゃんなので、藍も思わずニコニコしてしまう。

「ネーレイスってなに？」

《海の精霊のことですよ。あなたはマントを着たネーレイス》

「へえ。本当はマントを脱いで浸かりたいけど、ニキアスが心配するから」

《まあ、アステロペの息子にも困ったもの。では、結界を張ってあげましょうかね》

クリソテミスが小枝のような手を振ると、白い花がパッと空中に飛散する。頭上高く広がった花は、すぐにホロホロと溶けていった。キンと音がして、一瞬だけドーム型に空が輝いた。
「これで神様にもバレない？」
《どうかしらねえ。天蓋《てんがい》の神々はこの世界を隅々までご覧になっておられますからねえ》
「テミスさん、それだと安心できないよ」
《この婆《ばば》が隠したいと言えば、大丈夫でしょう》
神に連なる者は、嘘をつかない。藍は、マントを脱いで水辺に放り投げた。身軽になって、再びトプンと水中に浸かる。
「悠斗くんはどうしていますか？」
《いつもどおりエリュティアに言葉を習っていますよ。エリュティアは、あの人間の少年のことをとても気に入ったみたい》
「テミスさん、話ってなんだろう」
《アステロペの息子と話をしましたか》
藍は無言で頷《うなず》くと、水中にゆっくりと潜った。透明な水の中で丸くなる。こうしていないと、叫びだしそうな思いにかられてしまうからだ。
《アンブロシア、あなたはアステロペの息子が、オルコスの報酬に天蓋の神々に求めようとしていたことを知っていますか？》
ニキアスのオルコスは、異界に流されたアンブロシア——つまり藍をこの世界に連れ戻すことだ。

《クロノキア神の冤罪《えんざい》を晴らして、国を救うこと？》
《いいえ。目的はそうでしょうが、正確には違います》
藍は眩しい水面を見上げた。
《アステロペの息子は、オルコスの報酬にヘロスマキアを起こそうとしていたのです》
ヘロスマキア。どこかで聞いたことがあるような気がする。
「それはニキアスが、父神の罪を冤罪だと言っていたことと関係しますか？」
《ええ。アステロペの息子の望みは、先のヘロスマキアで断罪された父神の名誉を回復すること。そのために、再びヘロスマキアを開くように天蓋に願い出ようとしていたのです》
「詳しく教えてください」
藍は再び浮上すると、水面から顔を出した。クリソテミスはさきほどと変わらずちょこんと水辺に立って、優しいまなざしで藍を見下ろしている。
「テミスさん、ヘロスマキアってなんですか」
《ヘロスマキアは、神の正義を問う神子の代理戦争です》
「代理戦争……」
不穏な響きだ。ニキアスは代理戦争を起こして何をするつもりなのか。そこでニキアスが勝利すれば、クロノキア神の汚名が雪《そそ》がれるということなのだろうか。
そのせっかくの機会を、藍のために捨てると、そして壊れていくというのか。
《ちゃんとお話ししましょう》

鬱屈《うっくつ》とした藍の表情を見た老女は、よいしょと座り込んだ。藍も泉から出て、水辺に腰掛ける。全身が濡《ぬ》れているが、寒くはない。
《およそ七百年以上前のことです。アステロペの息子は、当時はまだクロノキア国を治める神子ではありませんでした》
「当時は、誰がクロノキアの神子だったの？」
《はるか前に生まれたクロノキア神の子です。ヒトの概念で言えば、アステロペの息子の異母兄にあたる。その神子は先のヘロスマキアで破れ、クロノキア神が断罪されました》
そこからの説明は、なかなか簡単には理解しがたいものだった。最初から話しましょう、と、クリソテミスは空中に手を掲げた。
光の粒子がキラキラと集まり、空中に三つの柱を描く。
《はるか昔。原初の世界には、三人の兄弟神がいました。天空と精霊の神ウラヌス、海と人の神アイラ、大地と獣の神クロノキア。それ以外の神は、三人の柱に力を与える側神という存在でした。しかし、その世界は大きくなりすぎた。人や獣は増え続け、世界は平和を保てず崩壊寸前だったのです》
光の粒が横に広がり、ホロホロと崩れていく。
《天空の神ウラヌスは決意しました。世界を救うために、自分の神力のすべてを世界に溶かし、再び秩序を取り戻すことを。そしてウラヌスの存在は大気に溶け、世界を支える天蓋となりました》
一番大きな柱がパッと散らばり、光のドームに変わった。
《そしてこの世界は数万年前に、ウラヌスの世界、すなわちウラヌンティウムとして再構築されまし

た。そこで天蓋を支える柱神として選ばれたのが、十二国の神です。彼らは六組の対をなす》

ドームの下に、十二の柱が立った。神の御座で見た柱の配置だ。

《海と人の神、大地と獣の神。太陽と夜。生と死。時と記憶。繁栄と戦。秩序と混乱。六対、十二の柱の構成は完璧《かんぺき》でした。ただし、二つ前のヘロスマキアで、記憶の神レイアが弾劾され、冥界《めいかい》に落とされるまでは》

一本の柱が、ホロホロと崩れていった。引きずられるように、別の柱がガタガタと揺れる。先に崩れた柱の対角に立つ柱だった。

「……記憶の神に、何があったんですか」

クリソテミスは首を振った。

《わたしたちにわかるのは、歴史に残された神々の足跡のみなのです。記憶の神レイアを冥府《めいふ》に落としたとして、レイアの対の神だった時の神イレクトロンはひどく嘆き、先のヘロスマキアでクロノキア神を訴えました》

褐色の神子を思い浮かべる。彼はそう、たしかイレクトロン神の神子だ。

「カイロスの神ですよね？」

クリソテミスは頷く。それでは、ニキアスの父神を弾劾したのは、カイロスの母神だったのだ。

「そんな関係で、どうしてカイロスとニキアスは仲良くできるんだろう」

《仲良く、というのはわかりません。ですが、アンブロシアよ。ひとつだけ言えるのは、神や神子の心のありようは、人間のそれとは似ているようで違うのです》

神子同士の交友関係はまた別物ということなのだろうか。あるいは、イレクトロン神は対の神を失った被害者でしかなく、クロノキア神を罠《わな》にかけて冤罪を押しつけた神が別にいるということか。

藍は、空中にクリソテミスが描いた光の線画をじっと見る。

「……いまの柱神は十しかいないはずなのに、なぜ十二本あるんだ？」

《記憶の神レイアの代わりに、不和の神オパリオスが柱神に昇格しました。ただし、かの神に、対の神はいません。クロノキア神は大地を支える神として残され、冥府の山で鎖を打たれています》

藍は眉《まゆ》を顰《ひそ》めた。

「クロノキア神はウラヌンティウムの大地を支えるためだけに、残されたってことですか」

《そう。とても悲しいことに》

「それは、クロノキア神が原初の神だったから？」

《そうです。この世界はウラヌス神が再構築したもの。ですが、天と大地と海がなくては成り立ちません。本来なら柱神から外された神は、大気に溶けて無形の理に戻るのがさだめ。しかし、クロノキア神はいびつなかたちで大地に結びつけられたまま。結果として、クロノキアの大地と神の神力の循環が途切れてしまいました。そこからクノロキア国の苦難がはじまったのです》

さきほどゆらいだ柱のひとつが、フラフラと空中に漂う。その光は細くなり、徐々に柱が崩れだす。

「つまり……クロノキアには、神の力が届かなくなったということですか」

クリソテミスが、よくできましたねというように、藍の肩を優しくさする。

《アステロペの息子は、この悲劇の後、百歳にも満たぬ年で国を背負う神子となりました。クロノキ

ア神を父に、ヘスペリデスの乙女アステロペを母に持つ神子は、膨大な神力を有していました》

老女の表情は、変わらずとても穏やかだった。

藍はクリソテミスの横顔に哀しみの痕跡《こんせき》を探したが、悠久のときを超えて生き続ける存在に、藍が感じているような感傷を見出すことはできなかった。

《アステロペの息子は、痩《や》せて涸《か》れていく国に、己の神力を注ぎ続けた。民を非業の死から必死に救おうとしていました。しかし、父神との繋《つな》がりも途切れたまま長いときが経ち、神子の神力にも限界が来ました。やがて私達の大切な妹、アステロペが灰となり、その娘もまた灰になったのです》

国境の際のあばら家。痩せやつれた老夫婦と孫娘。灰になって消えていく老女を目の当たりにして、己の手に牙《きば》を喰《く》い込ませ大地に血を注ごうと咆哮《ほうこう》したニキアス。

「……どれくらい？」

どれほどの長い時間を、あの男は血を流し続けてきたのだろうか。

《アステロペの息子がありったけの神力をクロノキアの大地に注ぎ、残った最後の力の源である翼を己でもぎ取り、オルコスを誓って異界へ旅立ったのが、およそ三百年前のことです》

それでは少なくとも三百年以上、藍には想像もできないほど長い時間を、ニキアスは国のために尽くして、尽くして、尽くし続けて限界が来て……そして、最後の逆転のために、己の翼をもいだのだ。

代理戦争で勝利して父神の冤罪を晴らし、国を救う。その権利を得るために。

藍は言葉を失い、両手で顔を覆った。感情がうずまいて、言葉にならない。クリソテミスは、藍が落ち着くまでじっと待ってくれていた。

しばらくして、藍は顔を上げた。

「この世界に連れ戻されたとき、ニキアスを一生恨むと思ったんです……一生許さないって」

老女の小さな手が、背中にそっと添えられる。

「俺はあちらの世界で、普通の人間として生きていた。ほんの少しだけ違和感がなかったとは言えないけど、平和で、とても幸せだった。だからニキアスが怖かった。最初から、わかっていたんだ。俺の人生を壊す存在なんだって……でも」

互いに互いの一生を壊して、愛しあう運命だった。

その瞬間、藍は唐突に界渡り直前に交わした、イーサン・ダニエル、いやニキアスとの会話を思い出した。ニキアスはひどく真剣な顔でこう言った。


――『人として生まれた君がその姿を歪《ゆが》められないように……あちらの世界でも、絶対に私が守り抜くから、どうか私を信じてくれ』

藍は目をつむり、天を仰いだ。ニキアスは最初からずっと、藍が人間のままでいられるように、心もかたちも神に歪められないように、守ろうとしてくれていたのだ。そしていまも、その当時の誓いを忠実に守ろうとしている。文字どおり、命を賭《か》けて。

「……テミスさん。俺は、ニキアスのことを愛してる。やっぱり人間でいたいよ」

《アンブロシア。あなたが原初の泉のゆりかごで眠る胚珠《はいしゅ》の頃から、わたしたちはずっとあなたがこ

の楽園に実り、生まれる日を待ち望んでいました》

藍は悲しげに笑った。

「ごめんね、テミスさん。でも、俺は人間として生まれてこの世界にやってきた。神様の庭に宿る果実には絶対に戻れない。戻りたくない……愛してるんだ。ただの人間として、ニキアスを」

続けて、というように、小さな手がトントンと背中を叩《たた》く。勇気を出して横を向けば、慈愛のまなざしで老女が見つめている。

「ヘスペリデスの乙女。どうか、俺達を助けてください」

藍は、祈るように、両手でヘスペリデスの乙女の手を握った。

《あなたは何を望むのですか？》

「望み？」

《そう。人として受肉したあなたが、心の底から望むもの》

「俺の望みは……」

オルコスを果たせば、ニキアスが神に罰せられることはない。民を救うためにヘロスマキアを起こせば、ニキアスはもう壊れないはずだ。

ニキアスのオルコスは、神にアンブロシアが戻ったと宣言することによって果たされる。そのとき、藍はどうなるのか。神は否応なく、藍を本来の姿に戻してしまうかもしれない。それこそがニキアスの恐怖の根源だ。

「……テミスさん。ヘロスマキアに勝利した神子が英雄になるんだよね」

《そうです》
「英雄になった神子はどうなるんですか？」
《英雄は権利を与えられます。神を断罪できるほどの力を》
「……神を断罪するほどの力」
悠斗をもとの世界に戻す。藍はこの世界に残る。ニキアスは神に断罪されず、祖国を救う。神に干渉されることなく、藍は藍のままで、息絶えるそのときまでニキアスとともにある。
どうすればいい。どうすればすべてが叶う。
藍は虚空を睨《にら》んだ。未来を憂えてばかりで、ただ別れの時まで、ニキアスに守られて生きるのか。
「俺が望むのは……」
《アンブロシア？》
「ニキアスがヘロスマキアに勝利すること。そのために、俺をニキアスに捧《ささ》げます」
クリソテミスが困ったように微笑む。
《あなたは神のもので、いずれ英雄に捧げられる。アステロペのつがいとはいえど、一国の神子のものではありません》
「神なんて知らない」
そう言って、藍は立ち上がった。
《アンブロシア！》
「俺の英雄はクロノキアの神子……俺を貪《むさぼ》っていいのは、ニキアスだけだ」

＊＊＊

藍はニキアスの姿を探して、楽園のあちこちを歩き回った。ニキアスは天に続く聖域に近い館にいた。窓から外を見つめている。

楽園には夜の帳が下りて、ふよふよと漂う光源が、まるで空に放たれるランタンのように、影のかたちを変えながらそこかしこを漂っている。

「ニキアス」

ニキアスが、楽園の中央に位置する泉の真ん中に浮かぶ島を指し示す。その島には、果樹とおぼしき木が一本だけ、ポツンと立っているのが見えた。

「あの『英雄の木』に、そなたは宿るはずだった」

聖域のそこには誰も近づけない。おそらく、アンブロシアをもぐ資格を持つ英雄以外は。

「実らなくて正解だった。きっと一人ぼっちで、寂しくてしかたがなかった」

ニキアスが振り向く。藍は逞《たくま》しい胸に、ぎゅっと抱きついた。ニキアスの腕が背中に回され、藍はほっと息を吐く。

「ニキアス。俺は決めたよ」

「あの世界に、ユウトと戻るか」

藍は首を振った。

「戻らない」

「……強情な」

ニキアスは苛立《いらだ》たしげに顔を歪める。それでも、狼の瞳《ひとみ》の中にある藍に対する愛情はゆるぎない。

「でも、ニキアスの命は俺がもらっていい？」

「いつでも」

答えるのに、一瞬のためらいもない。

「誓ってくれるか」

「クロノキア神に誓う。これでよいか」

ここまで来れば、もう笑うしかない。内容も聞かずにあっさりと藍のために命を捧げると誓う男が、健気で愛おしくてたまらない。

本当に、いつの間に、これほど心を預けていたのだろう。

「好きだよ、ニキアス。大好きだ」

そのとき、窓の外がひときわ明るくなった。ニキアスが瞠目《どうもく》する。

「……あの光の柱は。なぜ乙女達は、神との道を開いた」

いよいよだ。もう後戻りはできないと、藍は覚悟を決めた。

「クリソテミスさんに頼んで、ニキアスがオルコスを果したと、神に奏上してもらったんだ」

ニキアスは驚愕《きようがく》に目を剥《む》いた。

「アンブロシアは、神々の庭に戻ったと」

「なぜだ、アイ！　そなたの存在を神に明らかにするとは！」

ニキアスは激怒していた。

「いますぐ界渡りを起こして、そなたとユウトをあちらの世界に戻す！」

強引に持ち上げられそうになるのを、藍は必死の思いでふんばる。

「待て、俺の話を聞いてくれ！」

「アイ！」

「聞けよ！　俺に命を捧げるって誓っただろう！　ニキアス！」

ニキアスは呆然《ぼうぜん》と後退った。その瞳が絶望に満ちている。

「そなたは……私の心を殺すと決めたのだな」

藍は違うと首を振った。

「なぜだ……なぜ、このような選択をした。私のためか。クロノキアの復興を願う私のことを思いやってのことか？」

「違うんだ、ニキアス」

「そなたの優しさが、どれほど残酷なのか……なぜわからぬ」

ニキアスが頭を抱える。

「そなたが私のことを忘れて、英雄のものになるなど……！」

藍はニキアスの頭をぎゅっと胸に抱き寄せて、耳元で囁《ささや》いた。

「違う。絶対にニキアスを忘れたりしない。ニキアスと生きるために、俺はここにいることを神々に知らせたんだ」

聞いて、と言って、藍はニキアスの頬を両手で挟んで持ち上げた。

「ニキアス、オルコスを果たしたことを証明しよう。そして、クロノキア神の復権を求めてヘロスマキアを起こすんだ。クロノキアのためだけじゃない。俺のためにも」

半神の目が、愕然《がくぜん》と見開かれる。

「それだけじゃない。ヘロスマキアで勝利して」

藍はのし、とニキアスの膝《ひざ》に乗り上げた。ニキアスは呆然とされるままになっている。

「だが、私は……っ」

藍は背伸びしてキスをすると、その先の言葉を封じた。

「ヘロスマキアを起こしても、どうせ弱ったままじゃ勝てないと思っていたんだろう？　それでも、いいって。クロノキア神の冤罪《えんざい》を訴えれば過去の過ちに目が向けられると信じて」

「どうしてそれを……」

「俺も色々聞いたんだよ。ニキアス、あんた昨日クリソテミスさんに、オピオタウロスのはらわたから得られた神力を取り出してもらったんだろう。その結晶をユーニスさんに託したんだって？　クロノキアの次の神子に渡せって。国のために最後まで身体を張って……あんたのどこが、神子として壊れてるんだ」

狼の目が、藍を凝視している。藍も目を逸らさなかった。

「そこまで知っていて、なぜ勝利しろなどと」

「いまのままだと無理なんだろう。それに、かつて冤罪をなすりつけた神様がいるなら、そもそも公平な裁きが下ると信じるのはリスクが高い。またその神がなんらかの妨害をするかもしれない」

「なぜそこまで……そのとおりだ。だがそなたには」

藍はニキアスにもう一度口づけた。

「だから、ニキアスがヘロスマキアに勝利するためには、あんたの神力を満タンにすればいい」

そう言って、藍はグイと、着ていた服を自ら引き下げた。

「アイ？　どうしたのだ。なぜ服を脱ぐ」

「相手が相手だ。俺達もズルをしよう」

布にヒダを寄せてあちこち結んだだけの服は、あっさりと腰まわりに落ちる。引き締まった裸身があらわになった。緊張と興奮に爆ぜる胸を、半神の輝く肌に押しつける。大胆なことをしているとわかっているが、これが藍にできる精一杯のアピールだ。

「だから、勝つために、俺を喰《く》って。俺が宿しているっていう英雄のための力を、ぜんぶあんたに渡すよ。もう頭がおかしくなるくらい、セックスしよう」

「……何だと？」

「オルコスを果たした。これで神子としてあんたはバグらないし、俺を忘れない。ヘロスマキアを起せば冤罪を訴えることもできる。あんたが満タンの神力で勝って見事英雄になれば、父神様の冤罪も晴れるんだろう？　それに正々堂々と俺を手に入れることができる。最後に、英雄として得た権利で界渡りを起こして、悠斗くんをあっちに戻す。俺はここに残る。どう？　これでぜんぶ解決だ」

「アイ、そなたは……」

藍は事前に悠斗にすべてを話した。

悠斗をもとの世界に戻すためにニキアスが命を賭《か》ける前に、ニキアスがヘロスマキアに勝利することに賭けさせてくれないかと。そう言って頭を下げた。

悠斗は怒り、泣いた。それも当然だろう。藍は、悠斗の未来より、ニキアスの未来を選んだからだ。

だが悠斗は、藍がそう言って謝ると、そこじゃないと怒った。藍が神によって自我も何もない果実の姿に戻される可能性があること、藍が自身を危険に晒《さら》したことを嘆き、怒っていたのだ。

そして、悠斗は自分の未来を預けてくれた。

「だが、そなたを神に取り上げられたら、すべてが終わる」

そう、問題はそこだ。ニキアスの庇護《ひご》から外れた藍は、この世界では圧倒的に無力だ。

「おばあちゃん達と相談したよ。約束どおり、千日は俺の存在を神様から隠してくれるって……だから、猶予は千日」

しかし、藍は胸に渦巻いている不安を隠して、ニコッと微笑んだ。

「ニキアス、俺はなに？」

「アイ、私の愛する者」

「そう。でも違う。俺はアンブロシア、英雄のための果実だ。そしてニキアス……あんたのつがいだ。だから、少しくらいズルしたっていいだろう？」

半神の目の色が変わった。その鋭い牙《きば》が、唇に食い込む。藍はそこに唇を寄せて、滲んだ血を舐《な》め取った。

実り給へ　楽園の果実よ
実り給へ　英雄のためのアンブロシア

「ほら、ニキアス」

窓の向こうから、乙女達の歌声が聞こえる。重なり、震える祈りの歌が、ひとつの希望を二人の胸に落とす。

「万が一を恐れて行動することを躊躇《ちゅうちょ》していたら、結局何も得ることができない。だから自らの意志で行動するんだ。俺達もそうすべきだよ、イーサン……いや、ニキアス」

クイーンズに向かう車中で、イーサンに言った言葉をそのまま引用する。ニキアスが苦々しげに舌打ちした。

「なんと生意気で世間知らずな……まったく、君という男は」

しかしそのウルフアイは、呆れたような口調とは裏腹にギラギラと輝いている。

同時に翼が顕現した。光でできた猛禽類《もうきんるい》の翼。ほぼ完璧《かんぺき》な状態に戻りかけていたのに、オピオタウロスの力を取り出したせいで、いまは見る影もない。だがそれも、まもなく完璧なかたちに復元するだろう。

（この翼を俺が完全なかたちに戻してやる）

「ああ……」

歓喜の溜息《ためいき》がこぼれる。生きている。これが生きるということだ。

もはや藍と世界を隔てていた透明な膜は、どこにも存在しない。本来の居場所に戻り、真の意味で、藍はこの世に生まれ出た。いま感じているのは、かきむしりたくなるように脆《もろ》く刺々しい、産声を上げたばかりの愛情だ。

藍は神子の存在に蕩《とろ》けて濡《ぬ》れはじめた肉体を、これでもかと押しつける。

「ニキアス、俺のつがい……壊してもいい。壊れてもいいよ。いますぐ俺を喰って」

ニキアスの目に、ギラギラとした欲望が宿る。低い唸《うな》り声とともに、藍は息ができないほど強く抱きしめられた。

「……もう、戻れぬぞ」

「わかってる」

「私がヘロスマキアに勝利して英雄となるまで。そして、そなたを我がものとするまで、けして私を忘れるな」

「わかってる。俺は絶対に俺のままで、あんたを待っている」

藍は興奮に唾《つば》を飲み込んだ。触れ合った肌が、熱く燃え上がって溶ける。

荒々しいキスに、鋭い牙が当たって、藍の唇もわずかに裂けた。互いの血と唾液が混ざりあう。それを舐め啜《すす》った狼が、天に向かって雄叫《おたけ》びを上げた。

ついに素面で半神と抱き合うことになり、藍はガチガチに固まっていた。あれほど格好良く誘ったつもりなのに、押し倒される側になると、これまでの経験がほとんど役に立たなくなる。手の置きどころ、足の開き具合にいちいち悩むのだ。とはいえ、期待にしっかり中心は熱を持っている。それを押しつけ合うようにして官能の入口をこじ開けるのだから、やはりこれは男同士のセックスなのだ。畏《おそ》れと期待に、心臓が破裂しそうだった。

雄々しい半神の裸身があらわになる。全身が大理石から削り出された彫像のように輝いている。自分の太腿《ふともも》よりもはるかに太い二の腕に、藍は指を滑らせた。

それを合図に、対面座位で向かい合っていたところを、ゆっくりと寝台に押し倒された。そのまま唇が激しく貪《むさぼ》られる。互いの蜜《みつ》を啜りあうようにして、何度も角度を変えて、唇をついばみ、また深く重ね合う。激しい呼吸にお互いますます興奮を煽《あお》られて、触れ合った肌は、燃え上がるように熱くなっていた。

鋭く伸びた牙が、首筋を甘噛《あまが》みしてくる。頸動脈《けいどうみゃく》を牙でたどられるスリル。獰猛《どうもう》な獣に、無防備に急所を晒している。そんな状況にも激しく興奮する。

「ニキアス……ニキアス。もう、触って」

どうにもたまらなくなって、ニキアスの金髪をぐしゃぐしゃにかき乱す。藍の目はうっすらと涙の膜を湛《たた》えていた。

健気に震えるそこを大きな手で包み込み、ギリギリの加減でめちゃくちゃにしてくれる。

「苦しくないか」

「んっ、あっ、あ……ない、だ、だいじょうぶ」

「アイ……甘い」

熱い唇が甘い音を立てて、首筋から胸元へと徐々に下りていく。すっかり尖《とが》った小さな乳首を吸われ、もう片方を乳輪ごとキュッと強く摘まれたときには、藍は興奮しすぎて軽く極めてしまった。

ニキアスの長い金髪が、濡れた肌に淫《みだ》らな模様を描く。その度に、藍は小さな悲鳴を上げてビクビクと震え、全身をいやらしくくねらせた。

ニキアスはそのまま頭を下げ、指でずっと可愛がっていた藍の屹立を愛おしげに口に含んだ。

「うあ、そこ、だめだ……だめ、あっ、あう、あっ」

大きな舌に亀頭を包まれて吸われると、腰が溶けそうな快感が一気にせりあがってくる。

「だめ、ニキアス……おれ、もう、あう、あっ、あっ」

ニキアスは一瞬たりとも容赦しなかった。高みまで強引に連れていかれると、藍はあえかな叫びを上げてついに蜜を放った。強烈な遂情に、藍はくたりと脱力した。

「いや、もうだめ……いった、のに……だめだ、だめ、あっ」

極めて敏感になったそこを、容赦なく玩弄《がんろう》される。

「だめだ。もう一度、昇ってこい」

ニキアスに触られたところすべてから、熱暴走がはじまる。脇を、腫《は》れて尖った胸の尖りを、愛らしくくぼんだ臍《へそ》を、あらゆる凹凸をこれでもかと舐められる。藍は涙を散らしながら、叫び、喘《あえ》ぎ、懇願し、結局最後はニキアスが与える刺激のすべてに敗北して、何度も小さな死を迎えた。

どれほど全身を愛撫《あいぶ》されたのだろう。息も絶え絶えで、文字どおりの死を迎えそうな藍は、真っ赤な目で狼に懇願した。

「かんべんしてくれ……もう、もう本当にむりだっ」

ニキアスは泣きを入れる藍を冷たく睨《にら》む。

「無理だと？　壊していいと言ったのはそなただ」

「い、言ったけど、こんなに……あうっ」

「挑発した責任を取ってもらうぞ」

「いや……あっあっ……だめ、や、いや……」

ニキアスは口淫を続けて藍を惑乱の極みまで追いつめながらも、男の手にはずいぶんと小さい尻朶《しりたぶ》を割り、つつましい蕾《つぼみ》に指を一本しのばせた。

「いっ……」

藍は悲鳴を呑み込んだ。そこが男の指を受け入れたのは初めてではないが、違和感が凄い。

しかし、狭くて小さい蜜穴は、健気にもニキアスの太い指に耐えて、従順にほころびはじめた。濡れた媚《こび》肉がくじられるみだらで恥ずかしい音に、藍の興奮はいや増した。

「痛くないだろう？　ここはちゃんと、熱を鎮めた私の指を覚えている」

ニキアスが耳元で笑った。

「私の手首まで濡れているぞ。女よりも濡れる孔《あな》だ」

「……っ、言うなっ」

ニキアスの指はあっさりと藍の弱みにたどり着いた。藍が明らかに喜びの悲鳴を上げると、ニキアスはすぐに指を増やし、わずかに膨らんだ官能の凝《しこ》りを優しく転がす。

喉《のど》をヒクヒクと痙攣《けいれん》させ、藍はその場所で絶頂を迎えた。

いつの間にか、尻朶の両側から指を含まされて、交互に動かされていた。

「もういやだ……本当に、もう」

「何本受け入れているかわかるか……？」

「ゆるして、たすけて……あっ、あん、あ」

藍はもはや忘我の境地で、ニキアスの囁《ささや》きもうまく拾うことができなかった。どうしてこれほどと思えるほど、指で玩弄されきったそこから蜜が溢《あふ》れ、快楽がふつふつと湧き上がる。

いまだに男の屹立を完全に受け入れたことのない場所は、フカフカと柔らかい苗床に変えられた。

半神が種を蒔《ま》くための苗床だ。最後の仕上げにと、藍はコロンとひっくり返された。

「なっ」

抵抗などできない。大きな手にいとも簡単に尻を持ち上げられ、膝《ひざ》を立てさせられると、尻朶を割られる。薄い尻肉のあいだに息づく薄紅色の蜜穴を前に、狼の本能を持つ半神は舌舐めずりした。

狼は本能のままに、愛しいつがいの、無防備に眼前に晒された陰嚢《いんのう》から会陰、そして後孔までを、ベロリと長い舌で舐めた。

「……え？」

一瞬、藍は何をされたのかわからなかった。わかったのは、長い舌が柔らかくほころんだ蜜穴に侵入してきたときだ。

「ニキア……っ、いや、やめ……そんなところっ」

半神は舌を含ませぬくぬくと出入りさせたまま、あえかな抵抗を繰り返すつがいのもの慣れぬ痴態を、目を細めて堪能している。

藍の身体からくったりと力が抜けた。あっあっと、侵されるままに泣き声を上げる。

やがて、のっそりと巨体が背中を覆った。もう藍は、言葉を発することもできない。しとどに泣き汚れた顔を晒して、すがる思いで半神を見つめる。

再びひっくり返され、藍は大きく開脚させられた。正面から覆いかぶさってくる影。深く唇が重ねられた。藍のほっそりした手を持ち上げ、ニキアスは己の剛直を握らせる。

「これで、そなたの処女を奪う」

藍はその凶悪な大きさに恐怖し、唇をわななかせた。手を引こうとしても許されず、藍は震えながら涙を散らした。

そのままゆっくりと体重をかけられ、剛直の先端を、ぐっと少しだけ食まされる。先端の膨らみは凶暴な大きさで、藍は苦悶《くもん》の表情で弱々しい悲鳴を上げた。

だが半神は、その悲鳴の中に混ざっている官能を見逃さなかった。

「ひうっ、う、う……」

「そのまま……上手だ。力を抜いていろ」

「ん―――っ」

少しずつ入り込んできた剛直が、みっしりと処女穴を埋め尽くす。敏感な媚肉を内側から刺激されて、恐怖に萎えていた藍の屹立も少しずつ反応しはじめた。

ニキアスは上体を起こし、藍の腰を持ち上げてさらに侵略を開始した。

物言わぬ獣と化した半神の、荒々しい息が降ってくる。隘路《あいろ》の最奥まで侵された頃には、藍は再び前から白濁をこぼし、半ば意識を飛ばしていた。

ニキアスが恍惚《こうこつ》とした笑みを浮かべている。

喰《く》われる。美しい獣の神に、骨まで、跡形もなく喰われてしまう。

「すべてをもらうぞ。私のアンブロシア」

ニキアスがゆるゆると律動を開始した。徐々に激しくなる動きに、藍はうつろに涙をこぼしながら、細い身体で限界まで耐えた。やがて腹奥にばらまかれた半神の種。獣はすぐに猛り立ち、藍の蜜穴を容赦なく犯し続ける。

「こわれる……」

「ああ、壊れてしまえ」

部屋に満ちる、獣と、甘い果実と、濃密な性が混ざりあった匂い。

何度目かの放埒《ほうらつ》を腹の中に受けたところで藍の限界が来た。

暗闇に落ちていく中、光り輝く翼が広がった。羽先まで完璧な状態だ。

どうだ、俺のおかげだと、喜びに心が膨らむ。狼の目が、藍の視界いっぱいに広がった。

《アンブロシアよ。私は神であり人である。そなたのおかげで、完全な存在となった》

巨大な黄金の翼、狼の眼《め》と牙《きば》。雄々しい肉体に白い肌は鋼の強さを持つ。黄金の髪が、完璧《かんぺき》な美貌《びぼう》を取り囲み、まるで太陽のフレアのように輝いている。

よかった。これが、大地と獣の神クロノキアの神子の本来の姿なのだ。

(俺の英雄……どうか勝利して、戻ってきて)

わずかに動く指先で、ニキアスの指を掴《つか》まえた。そこから記憶がない。

＊＊＊

乙女達が開いた天蓋《てんがい》へ通じる道は、光り輝く円柱だった。翌朝も変わらずそこにあった。四人の乙女達が構成する陣から膨大な光が噴き出し、柱状に天まで突き抜けている。

藍は少し離れた四阿《あずまや》から、悠斗やセルジオス達とともにその様子を眺めていた。

「すげ……」

悠斗の呟《つぶや》きに、藍も頷《うなず》いた。昨夜の荒淫《こういん》の影響はニキアスが消してくれたが、こうすると決めたときから胸に渦巻く不安は消えない。

「これからニキアス様が奏上にまいります」

シメオンの言葉に藍は頷いた。少しずつだが、簡単な会話なら理解できるようになっている。

ニキアスは光柱の前に進み出ると、片膝《かたひざ》をついた。

《天蓋におわす神々よ、吾《わが》ここに誓約を果たし、異界より御宝を取り戻した》

ニキアスの奏上は、不思議なほどクリアに、藍達のところまで響いてきた。

乙女達はアンブロシアがヘスペリデスに戻ったことを寿《ことほ》ぎ、歌に乗せて神に届ける。神の言語だ。

藍の耳には、ワーンワーンと反響する環境音楽のようにしか聞こえない。そもそも人の声帯が出せる音ではなかった。

膝をつき頭を垂れていたニキアスがひとつ頷くと、ゆっくりと立ち上がった。遠くからでも、はっきりと藍の視線を捉《とら》える。

その目の輝きでわかった。オルコスの報酬に願ったヘロスマキアの開催が聞き届けられたのだ。その証拠に、光の柱に裂け目ができた。ああ、すぐに旅立つのだなと覚悟する。

ニキアスが天に向って吼《ほ》えると、背中に巨大な金色の翼が顕現した。猛禽類《もうきんるい》のような翼は、羽先までくっきりと完璧なかたちをしている。

ニキアスがもう一度、藍を見た。不覚にも泣きそうになったが、ぐっと拳《こぶし》を握ってこらえる。別れなら昨夜のうちにすませてある。願いも、愛も、希望も、すべてを伝えた。

ニキアスが光の柱の裂け目に進み出る。

「……ニキアス！」

乙女達の歌声が幾重にも重なって、楽園中に響き渡る。次の瞬間、光の柱がニキアスを飲み込んで、爆発音とともに消滅した。

＊＊＊

藍は中央の泉に身を浸した。水中で丸くなり、ゆっくりと沈んでいく。ぶくぶくと水底から湧き上がる泡が、藍に優しくまとわりつく。

水底に横たわって水面を見上げれば、明るく眩《まばゆ》い外の世界が見える。ゆらゆらと揺れる、楽園の青い空。

クリソテミス達乙女は、ニキアスとの約束どおり、千日のあいだは藍の存在を神から隠してくれるらしい。いや、ここに来てすでに二十日以上は経っているので、厳密には千日を切っているが。

藍の存在を隠す。その代わりに、藍は毎日マントを脱いで中央の泉に浸かり、アンブロシアの香気を残す。クリソテミスが泉全体を覆うように目くらましの魔法をかけてくれているおかげで、藍の姿は見えないらしい。だが、香気がそこにあると神はわかる。

本当にこれでいいのだろうか。おばあちゃん達は世界のすべてを理解しているようで、その実、色々とガバガバなのでは？　と日々不安は高まるばかりだ。

不思議なほど綱渡りの存在証明だ。どこまでいっても、ウラヌンティウムのルールはよくわからないし、神が認知する世界となればさらに意味不明だ。一生理解できるとも思えない。

ヘスペリデスにいると、外界の様子はまったく伝わってこない。セルジオスはニキアスを助けるために旅立った。藍と悠斗のために、シメオンと神官のユーニスが残っている。

藍自身は、悠斗と二人でエリュティアに言葉を教えてもらいながら、日々のんびりと水に浸かっているだけだ。戦いに赴いたニキアスに対して、自分はいったい何をしているのかと、己の無生産ぶりが情けない。

ニキアスは、いま何をしているのだろう。

おそらくヘロスマキアに向けて色々と準備をしているに違いない。神子同士の代理戦争というものがいったいどういうものなのか藍にはわからないが、きっとそうだ。

メールも、メッセンジャーも送れない。本当に不便な世界だ。

藍は明るい水面に向かって両手を伸ばした。宿願を果たして、無傷で戻ってきてほしい。泉に浸かりながら、藍は毎日クロノキアとニキアスのために祈る。

いまの藍にできることは、祈り、ニキアスの戻りを待つことだけだった。


何時間たゆたっていただろう。このままでは眠ってしまいそうだと、藍は浮上した。なるべく人間らしく生活すると決めているのだ。

すると、水辺に誰かが立っているのが見えた。おぼろげに褐色の肌が見える。旅立ったはずのセルジオスだろうかと、一瞬いぶかしむ。

水面に顔を出す直前に、その人物が誰か気がついた。気づいたときには遅かった。あわてて再び水中に潜ろうとするが、伸びてきた腕に両手首を掴まれて、ザバッと引き上げられる。

「……っあ」

「やあ、つがい殿」

真紅の瞳《ひとみ》に褐色の肌の神子カイロスが、そこにいた。

（なぜ、この人がどうしてヘスペリデスに……！）

両手の自由を取り戻そうと必死でもがくが、神子の膂力《りょりょく》の前には無力に等しい。

「暴れないで……ああ、こうして明るいところで顔を見るのは初めてだな。とても愛らしい」

足の指が水面から離れたところで、ぐっと腰を引き寄せられる。カイロスが首筋に顔を近づけた。

「やめ……っ」

匂いを嗅《か》がれているとわかった瞬間、不思議と甘い戦慄《せんりつ》が背筋を走り抜ける。藍は震えた。

「これでわかった。貴方がニキアスの神力を回復させたのだな」

藍は小さく悲鳴を上げて逃げようともがいた。カイロスが楽しげに笑う。

「ねえ、そうだろう？　つがい殿……いや、物言うアンブロシアよ」


（次巻に続く）

Ruby collection

英雄《えいゆう》はアンブロシアを喰《は》む　上《じょう》

2023年12月1日　初版発行

著 者　小綱実波

発行者　山下直久

発 行　株式会社 KADOKAWA
〒102-8177
東京都千代田区富士見2-13-3
電話：0570-002-301（ナビダイヤル）
https://www.kadokawa.co.jp/

印刷所　株式会社暁印刷

製本所　本間製本株式会社

デザインフォーマット　内川たくや（UCHIKAWADESIGN Inc.）

イラスト　円陣闇丸

初出：本作品は書き下ろしです。

ISBN 978-4-04-114426-8　C0093　Printed in Japan